# 从迷雾中走来的女人

## 给孩子足够的空间和自由

刘远芳

Cong MiWuZhong ZouLai De NvRen

浙江工商大學出版社
ZHEJIANG GONGSHANG UNIVERSITY PRESS

**图书在版编目(CIP)数据**

从迷雾中走来的女人 / 刘远芳著. — 杭州：浙江工商大学出版社，2016.6

ISBN 978-7-5178-1307-1

Ⅰ.①从… Ⅱ.①刘… Ⅲ.①长篇小说—中国—当代 Ⅳ.①I247.5

中国版本图书馆 CIP 数据核字(2015)第 212586 号

**从迷雾中走来的女人**

刘远芳 著

**责任编辑** 张婷婷

**封面设计** 林朦朦

**责任印制** 包建辉

**出版发行** 浙江工商大学出版社

(杭州市教工路 198 号 邮政编码 310012)

(E-mail:zjgsupress@163.com)

(网址:http://www.zjgsupress.com)

电话:0571-88904980,88831806(传真)

**排　　版** 杭州朝曦图文设计有限公司

**印　　刷** 杭州恒力通印务有限公司

**开　　本** 710mm×1000mm 1/16

**印　　张** 26

**字　　数** 415 千

**版 印 次** 2016 年 6 月第 1 版 2016 年 6 月第 1 次印刷

**书　　号** ISBN 978-7-5178-1307-1

**定　　价** 68.00 元



浙江工商大学出版社营销部邮购电话 0571-88904970

## 一 恨是一条不归路

## 二 生儿育儿

## 三　不是骨肉胜似亲

## 四　提升自我的价值

# 恨是一条不归路

成长过程中，心里拥有的不满和委屈，最终变成怨念、无助，有害自己的身心健康。

# 六十年代末的留守儿童

外婆生在富裕人家，住在西湖边上，听说家里还有佣人。当年看上了一表人才、精通医术的外公，于是下嫁到一个偏僻山区，膝下一女，就是我的妈妈。我妈妈是父母的掌上明珠，从小到大没有干过一点家务活，不用为生活而犯愁，是那个年代的大家闺秀。外婆的能干，让妈妈没有一技之长，性格比较孤傲。

外公死得早，加上外婆花钱大手大脚惯了，仅有的家底挥霍一空，家道中落的外婆和妈妈，日子过得非常清苦。后来招了个上门女婿，也就是我的爸爸。那时候我爸爸远在四川打工，妈妈和外婆带着我们几个孩子居住在浙江，妈妈由于性格的原因，经常跟外婆发生冲突，于是她独自一人带着弟弟搬到爸爸的老家，距离我们十里地。从此一家人各奔东西，彼此都有自己说不完的苦。

小时候，我和哥哥跟着外婆一起生活，没有多大的劳动能力，又必须承受生活的种种。一个小木桶是我童年记忆的开始。记忆中我和哥哥抬着小木桶的水，要走一个很陡的坡，才能把水抬进家门。还有一个大粪桶，跟我们一样高，用草绳系在半腰，我们抬着走。生活的疾苦和艰难，并没有让我感觉到害怕，反倒是亲人的教育压得我喘不过气。

幼年的日子，我们都要去干农活，每逢干旱的季节，种菜浇水会变得更辛苦，常常累得直不起腰。从小非常懂事的我，不会偷懒，不敢说一句累。有时候，真的会腰痛，就会说一句："哎哟，腰疼死了。"长辈就会开口笑我："小孩子有什么腰……"吓得我不敢多嘴。在他们看来，一个孩子是不会感觉到累，也不能说辛苦的，仿佛一切都是我在偷懒。

小时候，外婆经常跟我说："有一天，奶奶死了，妈妈就会垫棺材底……”让幼年的我非常害怕。上学的日子，我跟同学说这件事，同学都替我紧张和担忧。长辈的一些无心的话，带给童年的我无数的恐慌。上一代的恩恩怨怨，总是让外婆说得很可怕，好无助。黑夜里不断的噩梦，一直伴随我长大，爸爸说：“那是因为你身体不好，会经常做噩梦。”

童年时，家中温饱问题无法解决，有还不完的账，东家一斗米，西家一斤粮，大人让我和哥哥把一笔笔欠款写在门板上，密密麻麻的一片。大家除了干活还是干活。那时候想要得到亲人的表扬太难，不管我做多少，都不会说我好，让我感觉不到自己的优点。

记忆里的昨天，不能做我想做的事情，看我想看的人。哭一次，笑一回，都好像是一种错误。不管是哭还是笑，都会得到家人的嘲笑与讽刺。真的想流泪时，咬牙忍着，这种煎熬压抑着我成长的心灵。我要是笑了，又会说我笑得不够体面，不懂得文雅，妈妈又会说：“穷开心有什么可以开心的。”仿佛一切的压力，都是贫穷的缘故，于是，我幼小的心里，萌生一个愿望，长大以后一定要赚很多的钱，让一家人都过上好日子。事与愿违，真的长大了以后，我没有孝敬自己的父母，有的是冷漠和无助，让我最终郁郁寡欢。

很多年以后，我终于明白存在心里的恐慌，不是身体的缘故，是我的心里没有安全感，没有可依赖的温情。亲人的很多教育方式我不认同，它带给我的是一种无言的悲伤。爱和恨只在一线之间，我却不知道从什么时候开始，我对未来的期盼，变成一种绝望。人到中年，我问过妈妈：“为什么，童年的我总是被挨骂，不会表扬我一次。”妈妈说得很轻松，好自然：“怕你被表扬，就会骄傲不做事。”妈妈做梦也不会想到，就是她的不认同，不赞美，让我看不到生命的希望。

每一个父母都爱自己的孩子，教育方式的不同，成就的儿女心态千变万化。我的亲人想要培养我做事的能力、赚钱的能力，却让我失去快乐，没有正能量的扶持，负面的情绪可以摧毁一个人的心智，泯灭自己的善良。我变得内向、拘谨、倔强，甚至变得心胸狭隘，得理不饶人。

回顾自己成长的经历，我感觉到教育的重要性，父母要懂得赞美和鼓励孩子，正确地激励他们的决心和斗志。父母和子女之间需要的是相互理解和关心，爱是生命的动力。

# 性格的养成

我从记事的那天起，就咳嗽不止。黑夜降临后，咳嗽声总是不断，一不小心就会咳出一堆痰，连饭带水吐在床上，苦了外婆又害了自己。床上真的很暖和，我时常不知不觉把脚和手伸出被子外面，外婆看见后就会掐我的大腿，让我的心里非常害怕，但又改不掉自己的坏毛病。如此平常的事情，却让我感到恐惧，为自己的不听话、不懂事而自责。

外婆担心我受凉，所以一次次地掐，提醒我不可以蹬被子，出发点是为了我好，但不当的行为让我感到恐惧和不安。童年的这段经历，让我不敢犯错，即使有一点点的纰漏，我都会觉得自己没用、无能。

小时候，最害怕外婆的那双眼睛，随便看我一眼，说我一句，我就站在那里不敢动，那不是听话，是恐惧；也不是胆小，是无助和无奈。外婆经常会说："你怎么像个小媳妇，一天到晚哭丧着脸，就跟上辈子谁欠你似的。"外婆又说："你怎么就像个畜生一样，出门、进门都不懂得打招呼，让你吃那么多饭，养个白眼狼……"我的确很少说话，常常独自发呆，不知道该怎么做才能够让自己感到快乐。

我的沉闷与内向，让外婆更加不喜欢我，无论做什么，我都像一只惊弓之鸟，说不出的幽怨。

如果我说话声音重一点，外婆会觉得我是在跟她吵架，她喃喃自语："别看我耳朵聋，眼睛可是雪亮的，你有没有骂我，一看便知。"说话小声一点，外婆又会说："你知道我耳朵聋，故意说那么小声，不让我听见……"让人说也不是，不说也不行。

记忆中的外婆，非常严肃，听到外婆一声声的叹息，我更加没有自信，外婆叹息道："哎！我要是有个儿子就好了，也不会老来无靠，受人欺负。养个女儿顶什么用，有儿子多好啊！"这无形中加重了我的心理负担。我的妈妈不算能干，这让外婆感觉到养女儿没用，但她不明白，一个人的能力需要从小磨炼，这并不是生儿生女的问题。

无数个日子，我在心里想：我要是个男孩该有多好，外婆就不会讨厌我，等我长大了，一定要帮外婆撑起这个家。童年的愿望，变成存在我心里的阴影，让我迷失方向。直到有一天，我再也不能承受心中的压力和负担，变得绝望，没有了生机，那一刻，我开始怀疑人生，才知道自己一切的想法都错了，人要活在当下，活在现实，活在亲人相互友爱的温暖里，才能够茁壮成长。

二十年以后的今天，我依然看到我的妹妹用这样的方式教育她的女儿。妹妹的女儿在我弟弟前面走着，本也没什么问题。但我的妹妹在后面喊："小舅走来了，你怎么也不让一下？"她女儿连忙往前走，眼泪不住地往下流。我妹妹的态度，让她的女儿感觉到惊慌，但为人母的她并没有感觉到孩子心里的恐慌，又变本加厉地骂女儿："嘿，我说一句都不行，你就感觉到委屈，我对你说一句重话都不可以吗？"说着便将一只手举在了半空。我看了很生气，上前抓住妹妹要打女儿的手，对着妹妹说："你是看到她小，无力反抗，是不是？"妹妹看着自己教训女儿被我制止，感觉面子上过不去，对女儿的态度更加恶劣，又碍于我的情面，不敢吱声。

我把妹妹喊到一边，对她说："你是想把女儿变成乐观开朗的人，还是变成畏畏缩缩的人，是你的态度让她变得内向、拘谨，心里面除了恐惧，还能有什么？你想女儿长大以后，成为你的仇人，还是变成你的至爱？她今天是不敢跟你吵架，那是因为她还小。跟儿女说话是要讲道理的，否则等她有能力反抗的时候，你就没办法了。"

接着，我又跟妹妹的女儿说："小惠，妈妈会这样对你，不是对你不好，她就是那种脾气和性格，是外婆当年的教育使妈妈不懂得如何更好地沟通与交流。你不要跟妈妈生气，也不用害怕，以后想做什么，好好跟妈妈讲，要是妈妈说你，你就跟阿姨讲，但是一定要学会尊重妈妈，知道吗？"外甥女似懂非懂地点点头。

生活中，很多父母教育孩子，习惯凭自己的心情和感觉，不管孩子是不是可以接受。不尊重孩子的教育，效果会适得其反，让孩子心里的委屈变成一颗毒瘤。

要想孩子过得好，不是给儿女多少物质的财富，而是要给孩子一份尊重、一种理解，这样才能让我们的孩子开朗、快乐。

# 对爸爸的成见

妈妈生了我之后，坐月子时中风了。面对病危的妈妈、年满周岁的哥哥（我和哥哥相差十三个月），还有襁褓中的我，年老的外婆独自一人担负起生活的重任。那种煎熬，那份痛苦不是一般人可以承受的。

妈妈中风后，外婆非常焦急，请了许多郎中都没有看好妈妈的病，有一个郎中给妈妈打了一针后不敢再来，外婆拼命地喊，然而昏睡中的妈妈一直没醒。外婆心里真的害怕，试图喊隔壁的表舅来帮忙，这时妈妈醒了。这次生与死的挣扎，成为外婆心里的一道坎，也无形中留给我一道疤痕——我对爸爸的不满。

走了一道鬼门关的妈妈，醒来对外婆说："妈，我做了一个梦，梦见自己去了一个很遥远的地方，那里面很好玩，玩得我都不想回家了，碰到一个熟人对我说'嘿，你怎么还在这里玩，你妈快急死了！'就这样我被喊醒了。"外婆给我讲这段故事的时候，让我一次次感觉到自己是个不祥之人，平白无故让妈妈和外婆都遭那么大的罪，心里面有一种深深的负疚感。

外婆时不时地会讲述那一段故事，又说爸爸的不是，留在我心里的是不满与愤怒。外婆对我说："那会儿，哥哥还小，你才出生，妈妈又坐月子，我实在没办法了，发电报给你爸爸，让他回家一趟，谁知道你爸爸回电说：病的已经病了，我又不是医生，回来有什么用。"硬邦邦的几句话，让外婆非常生气和伤心，她常常跟我讲起那些事，渐渐地，我对爸爸充满了怨恨。

每年的八九月份，爸爸回家探亲。妈妈是眉飞色舞，哥哥心里有一些不屑，讽刺道："对我们那么冷漠，看到爸爸的时候那样开心，有什么好开心的呀！"外婆眼中的爸爸更是一文不值，老少三人对爸爸的态度都是冷若冰霜。童年的我根本就不想见爸爸，宁肯饿肚子，都不想吃爸爸煮的饭、擀的面条，这种偏激的思想扎根在幼年的我的心里，根深蒂固。

爸爸是乐观的，性格比较开朗，每天脸上堆满笑容。爸爸喜欢唱歌、吹箫、拉二胡，民间的文艺活动无一不通，唱一曲娄剧，拉一会二胡，逍遥自在。外婆说爸爸不务正业，让我感觉爸爸说的每一句话都不值得我信任。外婆的态度，拉开了我与亲人之间的距离。

每一次看到爸爸，我的心里就会莫名恐慌，说不出的害怕和厌恶，就像是躲瘟疫一样躲着爸爸，爸爸没看到我的影子，会到处去找。在爸爸的心里，我非常优秀，也是兄弟姐妹中最能干的一个，偏偏我对爸爸的态度是极度的冷漠与排斥。爸爸经常对哥哥说："去，把妹妹找回家，给你两毛钱。不，给你五毛！"其实，我就站在不远处，望着爸爸的背影，却始终不肯露面。

爸爸前脚离开家门，后脚我就出现在哥哥的面前。就这样过了很多年，至今想起，我都觉得不应该。亲情的淡漠，造就我对婚姻的不理解，在很长的一段时间内，我排斥异性，怀疑别人对我的好都是有目的的，我不会用心接受一份感情，更多的是逃避和不认同。

直到有一天，我遇见一个人，触动我心灵的那根弦，我才知道自己所有的人生都错了，但我又不懂得如何改变自己，结果错失了一份爱情，痛不欲生。从那以后，我开始回顾人生，感悟人生的点点滴滴，才发现自己的思想偏离现实的轨道，无论我怎么努力，都不能改变自己的现状。

当我成为母亲的那一天开始，我改变父辈的教育方式，学会理解和宽容，尊重长辈，孝敬老人，不让孩子的心里有一丝抱怨。只有父母拥有一颗豁达的心，才能让儿女走得更好，看得更远。

# 我不是生来就孤僻

外婆的家住在大街上，人来人往，遇上赶集的日子，更是热闹非凡。对门的大妈人缘很好，家门口总是围着很多人，吹牛的，说人长短的，比比皆是。最开心的要数逗孩子，你一言我一语，逗得小孩子大哭，又咯咯地笑，各色人等，千姿百态，让人羡慕不已。人们愉快地交谈着，时不时传来一阵大笑，看得我眼花缭乱，心里好激动，眼睛里充满了好奇。这时，背后传来外婆的声音，阻止我看热闹。外婆念叨："看看看，有什么好看的，那又不属于你……"一句话，把我拉回现实，穷人的日子是那样悲凉，父辈总是用自己的想法阻挡我们的视线，存在他们心里的那种自卑，直接影响下一代的健康成长。

小时候，心里存在很多疑问，我时常想：许多人明明说别人的坏话，当面却又笑容满面、点头哈腰，人性是多么虚伪，让我无法理解。让我更不解的是：为什么大人的世界总是那样开心，又是那样轻松……可望而不可即的人生，让我以为长大后就可以获得那份自由、那种快乐。

坐在自家的门槛上，看着对门的大人和小孩，心里感慨着"对门邻居的孙子好漂亮喔！"心中不免啧啧称好。许多人都在夸耀着，小孩子真的很可爱，笑起来"咯——咯——咯——"的声音，让人心动又向往。如果起身奔向那热闹的场面，抱一抱可爱的小精灵，摸一摸他的小脸蛋，该是多么开心的一件事。可是我不敢，身后的那双眼睛，随时凝固我的笑容，使我望而却步。

我是好动的，喜欢帮别人家做事情，在别人的眼里，我是能干、聪明的，听到别人的赞美，我会感到自己很幸福、很快乐。妈妈看见我帮人家做事，会说："那是你贱，会帮别人家做事，人家自然要说你好。"言语间是那样不堪，又害怕我被别人利用，让我不知道自己是对还是错，一声声的贬低和教训，让我的内心变得凌乱。

凡是我感觉到快乐的事情，家人都会说不好，我感到委屈，想要发泄内心的不满，于是不断地做事，想得到家人的一点欣赏，但妈妈又会说："做一点事情，有什么了不起，回家就显摆，你得意啥！"言语间，不会有一丝的同情，更不会让我感觉到温暖。

父辈的教育，说话总是带刺，也不会顾及我的感受，让我幼小的心里多了一份恐惧，少了一点自由，都说父母是孩子的第一任老师，可妈妈的话总让我感到不自在、不痛快。尽管父辈并没有恶意，出发点也是为我好，我却感受不到亲情的温暖。

我不是生来就孤僻，是父辈局限我的思维，不允许我有自己的观点。我习惯了自言自语，一个人散步，一个人上山砍柴，一个人下地种田，有的是孤立而不是独立。遇上什么麻烦的事情，除了逃避还是逃避，最终的结果是吵架、打架。我成长的过程都活在自我的世界里，不会听别人的劝，不会跟别人友好相处，谁要是说错一句话，做错一件事情，我就会跟他绝交。

心中的自卑，让我不敢靠近别人半步。我曾经以为这一切都是贫穷的缘故，当我有钱的一天，发现自己依然不敢面对我想要的一切，我就知道我错了，我一直活在过去的阴影里。

有一句话说得好，我不是天才，但可以成为天才的母亲。我在教育孩子的同时改变自己以往的思想，极力推荐孩子去交朋友，不管是怎么样的朋友，只要让孩子开心的朋友，那就是好朋友。每个孩子都有自己的闪光点，吸取别人的精华，看到自己的不足，可以提升孩子自身的能量，只有突破自己、超越自己，才能够发挥无限的潜力。

许多父母错误地认为，孩子不能做太多事情，其实一个孩子去做自己心里想做的事，即使感觉到累，也不会成为负担。可怕的是父母的不认同、不理解，加以无端的阻拦和教训，这才是儿女心中真正的煎熬。

面对儿女，我只有一个信念，让孩子做力所能及的事情，培养孩子的兴趣爱好，不是让他学多少专业，干多少实事，而是让他们看到自己的成就、生活的美好。

# 童年的无知和愚昧

外婆的疼爱，让哥哥觉得自己很了不起，但他从来不知道，在农村，身为男孩是天生的优势。但是，倘若自己不够努力，一样得不到别人的尊重。即便是兄妹俩，也要懂得相互谦让、彼此尊重，不是谁可以压制谁的问题。

哥哥总是以长者的身份压着我、管着我，不管他是对还是错，对我的教育都是命令，不可以有还击的余地。我的反抗，会让哥哥感觉到很没面子，又让他觉得我不够听话。外婆对哥哥很疼爱，但恨铁不成钢，打和骂是常有的事情，外婆总是对哥哥说："白天，我不能够抓到你，晚上我像隔壁的舅妈一样，捉着你就打一顿。"上一代的教育很愚昧，以为打一次、骂一顿，让孩子听话就是教育，殊不知孩子没有主见和思想，也便不会有将来。

隔壁的舅妈，每一次管孩子都非常凶，追着孩子满街喊打。年幼的哥哥看到父辈的形象，学得很快，自认为他对付我是绰绰有余，尽管他的出发点都是为我好。可是我偏偏不服哥哥的管教，让他心里有一种挫败感。他想要征服人心，靠的是武力，而不会用自己的努力去感染别人，这就激化了兄妹之间的矛盾，让彼此的心里更加不服气、不尊重。

有一天，外婆像往常一样不在家，留下我和哥哥洗碗。哥哥说："今天的碗归你洗。"我也不甘示弱，大声道："凭什么要我洗，今天的碗就是你洗。"出乎意料，哥哥没有生气，居然默不作声去洗碗。我坐在不远处的小板凳上，正为自己不用洗碗而沾沾自喜。哥哥把碗洗完了，冷不丁洗碗水从我的头上泼到脚。我哭了，感到一种莫名的屈辱和忧伤，难过极了。年幼的我们无知，又非常野蛮，不知道什么是对什么是错，凡事凭自己的心情斗争到底，却不知道亲人之间需要忍让、相互关心、彼此帮助。

田野上，茫茫一片望不到头，到了农忙时节热闹非凡，家家户户都忙着割水稻、掰玉米，有犁田的、牵牛的、担粪的，还有扛稻草的……真是一片美丽如画的景象。走在田野的小路上，和大人们一起干农活，帮外婆收割水稻，都是我童年最开心的事情。说真的，我干农活还真是一把好手，大人都夸我能干，我心中感到非常自豪。

那天，邻居大婶担了一担东西，手上牵着她的孩子，走路非常缓慢。路上遇见我，让我帮忙把她的孩子牵回家，举手之劳的事情，我是很乐意帮忙的。回家后，哥哥看到我牵着别人家孩子，怒气冲冲地对我说："谁让你牵别人家的孩子，小小年纪就拍人家马屁……"在哥哥心里，对人好是拍马屁，不长志气，而我认为帮别人做事是一件很荣耀的事情。父辈的教育，让我们对世界的认识有了差异，哥哥跟随长辈的意愿，约束我的人生。

我不会跟哥哥妥协，心里充满了不服气、不认同，说话的声音比哥哥更大。哥哥说我不像个女孩子，我大声狡辩："大婶让我帮忙，把她家的小孩子带回来，有什么不可以？更何况人家担了一担东西，牵着小孩子不方便，帮一下忙有什么关系？"哥哥的骂声更加激烈："什么？你小小年纪还敢顶嘴。不觉得自己这样做很贱吗？"哥哥看到不能驯服我，随手拿起一把镰刀，追着我满街跑，幸亏邻居制止了哥哥的野蛮行为。

很多年以后，我才明白哥哥生气不是为了那件事，而是我的态度激怒了他，我的不尊重、不屈服，一样会伤害哥哥的那份自尊。孩提的我们不懂得珍惜，不知道谦让，不明白学会忍受委屈、学会知足，人生才能够变得更美好。

假如我能懂哥哥的一番苦心，我就不会跟他吵架；假如我能做一个弱者，哥哥就会变成一个强者，保护我，疼惜我。就是我一次次的顶撞，让彼此的心都变得冷漠，又无可奈何。这些都是在我长大以后才明白的道理，让我付出了沉重的代价。

为人母的一天，我学会了做一个弱者，允许孩子照顾我、体贴我，并且每时每刻都关心我，女儿会经常对我说："妈妈，你好笨哦！报个生字都不会，要是考语文，绝对是零分……"如果换成是以前，我会感到自己很没面子，现在我会傻傻地笑，对女儿说："妈妈这么笨，就是当初没好好读书，错过了。你可不一样哦！记得要认真读书，长大了才不会像妈妈一样笨……"女儿会咯咯咯笑个不停，我们之间充满着默契和感恩。

亲人之间，不需要说理，不应该争吵，彼此尊重和谦让，才能够让一家人活得更开心，更滋润。

# 失去读书的兴趣

上学了，这是童年很开心的事情。按理说我应该把书读得很好，但初中以后的成绩很差，因为满脑子想着赚钱，没有认真读书，也不用心听讲，读书的事情就一天天荒废了。

“咳……咳……”一声声的咳嗽，是我童年最好的写照。无休止的咳嗽，影响其他同学上课，老师经常让我回家看病。咳嗽不是一朝一夕可以治好的，我经历了十多年的煎熬。尽管如此，我小学的成绩还是名列前茅，要是能够用心读书，初中以后的成绩也不会很差。但幼年时的我喜欢看大戏、看电影，不管第二天是不是要上学，都会跑很远的路去看电影，没有集中精力学习。

学生时代的我是沉默的，又非常自卑。我经常穿妈妈的衣服去上学，肥大的衣服遮住我弱小的身体，被同学讥笑，也被老师看不起，对老师的恐惧不是一天两天的事情，存在我心里的阴影，至今都不能释怀。尽管我的成绩不是很差，但每回发奖状都没我的份，成绩比我差的同学都能得到奖状，老师表扬他们而没有表扬我，我倍感落寞，暗自较劲，我对自己说：“读书不就是为了以后赚钱吗？长大以后，我一定会赚很多钱。”

其实我也有学习的天分，特别是作文和数学比较擅长。数学是我的最爱，常在老师没有布置作业之前就完成数学题目，而且基本上都不会错。只要我想做的事情都可以做好，问题是我不想做的事情太多了。看似娇柔的我，性格非常倔强，我有自己的一套学习方法，课文上完一遍，基本上能背全文，但我不喜欢语文老师对我的态度，所以没有用心读书。

说真的，我也是有艺术细胞的，我喜欢画画，渴望跳舞，更喜欢唱歌，但多半都是哀怨的歌曲。那个年代，在偏僻的山村，很难看到一点颜色，看到别人墙上的一幅画，我会情不自禁画一笔。铅笔盒上的白雪公主和七个小矮人是我童年的挚爱。我会自己动手画白雪公主，看着自己的作品，心中好得意。我想，如果当时我能拥有良好的心态，或许会是另外一种命运吧。

学校体操比赛时，学生都穿统一的服装，蓝裤子、白衬衣，而温饱都成问题的我，别说是白衬衣，上学读书的学费都是减免的。外婆给哥哥做了一件白衬衣和一条蓝色的裤子，全校只有两个女孩没有穿白衬衣站在后面做体操，其中一个就是我。深深的自卑感让我总是为自己的人生惆怅，又常不服气、不认同，这些造就了我性格的偏激、倔强、不合群。

童年的我，不喜欢别人的施舍，很多邻居看到我穿得破破烂烂，会给我一些旧衣服，但当时的我觉得这都是惺惺作态。我不懂得感恩，心里尽是不满与偏激的想法，正是这种性格造就我的独立，喜欢一切都靠自己努力去创造。

由于种种原因，我没有考上高中。我心里的杂念太多，导致失去了读书的兴趣，看不到自己的缺点，存在心里的怨念足够毁掉自己的人生。回顾过去，我有太多的不足。我一直活在自己的世界里，不愿跟别人分享我的快乐，也没有人会分担我的痛苦，独来独往的生活让我脱离了现实的人生。

很多年以后，我学会了反思，于是我教育孩子有自己的一套方法。我感觉到，孩子不喜欢读书，问题不在于他的智商，而在于他感兴趣的到底是什么，孩子不想要的东西，父母再怎么施加压力都是徒劳无功。在孩子年幼时，我培养孩子的表达能力、交际能力，还有待人接物方面的礼仪，让孩子轻松愉快地成长。孩子上学期间，我没有给她增加负担，没有让她感觉到读书特别艰难，她不会做的题目、不想做的作业，我都会告诉孩子，一切都是很正常的。只要她学会勇敢地面对，只要每天能够进步一点点，那就是人生最好的成功。

人生一世，不是为别人而活。我不允许孩子学会计较，学会攀比。别人是别人，她永远是她自己，管好自己的每一天，就是最好的明天。活得简单快乐，才能够活出自己的人生，拥有自己的思想和主见比什么都重要。

# 活在梦中的我

外婆是一个相当严肃的人，做事的方法非常精明。她非常爱干净，一件衣服即便打满补丁，穿在身上依然非常整洁。

有一次我在洗衣服，外婆看我没把衣服洗干净，就把湿衣服扔在大街上，让我感觉到莫名的屈辱与悲伤，无地自容。我坐在门槛上放声大哭，外婆也不管我，直到我重新把衣服洗干净为止，她不会有一丝的妥协。这让我从小特别谨慎、细心，害怕做错事。

每一次看到外婆皱眉头，我的心中都会起一阵寒意。小时候的我，不觉得自己有什么优点，但我喜欢出去干活，在劳动中创造快乐，仿佛只有离开家人的视线，我的心灵才是自由的、轻松的。

每逢星期天，我都要和表姐、表妹一起上山捡柴火，这同样是我最开心的事。站在山脚下，我感到自己是那样渺小，看着山的高大、庄严，心里会有一种踏实感、满足感。爬山的感觉很美好，即便累得气喘吁吁，我也不会停止脚步，似乎忘记了一切的恐惧和烦恼。

无论我怎么做，山都会屹立在那儿，默默无语，不会骂我，不会损我，仿佛是我人生的依靠，是我心中最坚强的后盾。站在高山上，我什么都不怕，我喜欢仰天大喊“哦……”，然后听山的回音，感觉自己的心和大自然融在了一起。

风来了，天黑了，乌云一阵阵地翻滚着，云雾满天，我却觉得那景象美如仙境，如诗如画。我仿佛置身梦中，觉得人生是那样美好。那一刻，我们都舍不得下山，在两棵小树上系一块塑料布，三个人躲在塑料布下面。狂风一吹，塑料布“哗……哗……”被风吹得好远。雨来了，三个人被淋成了落汤鸡，冻得发抖，牙齿发出咯咯的响声，你看看我，我看看你，大笑一番，然后背着竹筐下山了。

我喜欢听流水的声音,小溪边潺潺的流水声多么温和、慈祥。伤心和无助的日子,我会在溪边一坐好几个小时。水的声音让我感觉不再孤单,寂寞与寒冷烟消云散。那时候,我曾暗暗地想,如果我会弹琴,是否可以弹出人间最美妙的音律。虽然不会弹琴,但我会唱歌,虽然音调不一定很全,但我唱的是心中的希望,是对美好人生的追寻。

一个孩子无法依靠父母的怀抱,不能感觉到家的温暖,只能把自己一切的情感寄托山林与流水,这是一种孤独的体验。学校门口,常会有一些初中生的父母说:"我们家孩子在家里不怎么说话,但跟他的朋友们一起就乐不可支,有说不完的话。"这些父母嘴上说着这样的话,心里并未意识到家庭教育的失败。多少孩子无形中在自我世界里慢慢封闭了自己,学会逃避,学会沉默,这是父母的无知导致的。

在过去那些痛苦和孤独的日子里,亲人教会了我办事利索、能干,但我的心智却没有跟着成熟起来。很多事情想不通、说不清楚的时候,我常常会以争吵的方式来发泄和表达。后来我才明白,独立自主的人格,不是仅仅一个人吃饭、一个人睡觉、一个人上学,那不是独立,是孤立,是一个人无奈的表现。真正的独立,是可以面对事情时做到从容与淡定,内心不会觉得麻木、孤立无援。

许多父母认为,培养孩子的独立能力,就是让孩子一个人生活。但我喜欢接孩子放学,看着孩子吃饭,陪着孩子睡觉,这都是我最开心的事情,是亲情带给我的一种享受。我喜欢带着孩子一起去爬山,摘孩子喜欢的野果,我伴随她童年成长的点点滴滴,让她的心里不孤独、不恐惧,对未来充满希望。

我告诉孩子,独立是指一个人面对自己的问题时,可以做到不害怕、不逃避,勇敢地面对,简单纯粹地处理成长中的每一件事情。让她拥有母亲的怀抱、亲情的温暖,塑造从容与淡定的心性,看见人生的美好与希望,我认为,这是我所能给儿女的最好的爱。

无论何时何地,父母良好的家庭教育是给儿女最好的礼物。孩子想拥有独立自主的人格,需要父母的呵护与引导,这是人心最大的温暖。

# 溺　爱

上初中了，学习成绩还不错的我已经没有读书的念头，脑海里想的都是钱：长大以后该怎么赚钱，外婆看到我赚的钱会是怎样的感觉，无数的幻想占据我的心灵。

读完初一，我自作主张，既不跟外婆商量，又不告诉妈妈，在校长那里开了一张转学证（过去乡下学校的转学手续很简单），把自己转到妈妈所在的那个村庄去读书。不管那边的学校是不是同意，一张转学证让我去了妈妈家。

妈妈的家乡，坐落在一个山脚下，依山环绕，边上有一条沟渠，水缓缓地流着，清澈透明，家门前有一条小溪、一片小竹林，都是我梦中的摇篮。妈妈带着妹妹，住在这美丽的小村庄，弟弟跑到外婆家那边上幼儿园。无形之间，我跟弟弟交换了一个家，各自开始了新的生活。

我去的时候，妹妹刚好读小学一年级，我看不惯妹妹的一些做法，但她又不服我的管教。妈妈经常会说："妹妹小，你就不能让一让？别人都欺负妹妹，你做姐姐的，怎么可以欺负妹妹？"话是不错，妈妈却不知道，一个人的强大需要自己的努力，不是父母无缘由地帮衬。

小时候的妹妹很喜欢哭，又不肯吃饭，妈妈常常哄妹妹，还说妹妹是生病了，吃碗馄饨就会好的。在我们家连饭都吃不饱的日子，能吃到馄饨就像是进了天堂。有时候，我真想试一试，如果自己生病了，妈妈是不是也会那样对我。后来我真的病了，妈妈没有给我买馄饨，而是让医生给我打针，我不愿意，妈妈说我是装病的，当时的我听了心里好难过，非常伤心，觉得同样都是女儿，享受的待遇完全不同。

我们家吃饭有个规矩，妹妹先添饭，再是我们添饭。可妹妹却不领情，每一顿吃饭都剩，一碗一碗地剩，妈妈也不心疼，不会叫骂。不管我们是不是吃饱了，妹妹依然我行我素，没有群体的观念，不会有节俭的思想。在妈妈的心里，只要妹妹不吃亏就好，其他都不重要，妈妈会说："你们都会自己照顾自己，唯独妹妹还不会。"亲人之间之所以会有距离感，是父母对一方的偏爱造就的。

大多数时间，我看到锅里饭不多，只能吃个半饱，心里对妈妈的意见很大。我对妈妈说："你看妹妹，明明吃不完饭，还要添那么多，你就是偏心……"妈妈听了我的话，一边哭一边说："都是我无能，女儿都看不起我。"看到妈妈委屈的样子，我的心里更难受，再也不敢对妈妈说什么。

对亲人的不理解，以及言语的伤害，会让骨肉间越走越远。要想一家人和睦相处，父母要懂得协调，错误的家庭教育会导致亲人间彼此不懂得尊重、不知道珍惜，甚至心里不平衡、不甘心。过去的错误，让我明白一个道理：亲人之间的矛盾需要当即处理，不能耽搁；家庭教育至关重要，父母的厚此薄彼，会让儿女的心里存有不同的想法和意见，最终的结局是两败俱伤。

多少年以后的今天，我教育自己的孩子时，特别注重他们的心理。当女儿跟我说："妈妈，哥哥欺负我……"我会告诉女儿，要试着理解哥哥的心情，尊重哥哥的感受。当儿子跟我说："妈妈，你看妹妹……"我会对女儿说："丫头，哥哥要是不喜欢你那样，你就玩自己的……"女儿会不吱声，一个人去玩；见妹妹走开，儿子单独在那里也会感觉到无趣，又会想着要照应妹妹。

我这样做，看似让女儿受委屈，其实是给她独立成长的空间，让女儿更懂得珍惜自己、保护自己。面对强者，需要忍耐，学会尊重，才能够让自己变得更强大，更有涵养。成长过程中的孩子，需要经历生活的磨炼，体会当弱者的滋味，才能够变成真正的强者。

如今，读高中的女儿经常会对我说："妈妈，我在学校很'二'的。"我连忙诧异地问道："'二'是什么意思？"女儿笑嘻嘻地说："'二'就是很傻的意思，我很傻，别人是不是都该照顾我。"我连忙应承女儿，看着女儿满面笑容，我的心里很欣慰。

人生很多时候，不需要我们有多聪明、多算计，真正的强大是在内心，只有甘心吃亏的人，最后才不会吃亏。大智若愚、傻里傻气，可以带给别人更多的温暖，同时也给自己更多的安全感。

# 是谁让我不孝

爷爷奶奶家的条件不错,吃穿不愁。爸爸回来了,爷爷和姑姑会对我们特别好。可是当爸爸不在家的时候,他们的姿态就不一样了,明知道对我家来说一年难得吃几顿白米饭,却故意端着一碗饭,在我们面前说:“哎,白米饭可好吃了,真的好香哦!”他们想让我们看着眼红、心里不好过,以为这样就占了上风。

爷爷家有好几棵果树,有樱桃、梅子、橘子,那棵梅子树很大,梅果一旦成熟都往树下掉。爷爷不允许妈妈去捡,如果妈妈去捡梅果被发现了,肯定是一顿骂,并且带着满满的鄙视。果树成熟的日子,姑姑会把水果分给别人家,却不会给我们留一颗。我很难想象,那是一种什么样的亲情,彼此间如此计较。

年少的我,不懂得孝顺,也不知道如何尊重老人。看到妈妈被欺负,我摇身一变,成为妈妈的保护神。妈妈是善良、软弱的,在家里,经常听到爷爷的叫骂声,姑姑更是常常与妈妈吵架,还有伯父伯母也都会欺负妈妈。温饱都成问题,却又必须承受家庭各种压力,这对于无奈又无助的妈妈而言,真是雪上加霜。

不同的环境造就了不一样的个性。跟妈妈相比,我是厉害的角色,而且非常强悍。两军相战勇者胜,我也是初生牛犊不怕虎,敢和爷爷叫板,跟姑姑斗嘴,还跟伯父伯母吵架,谁都不是我的对手。尽管我不是很高大,可我的样子比姑姑和爷爷都凶,仿佛是妈妈的保护神。

妈妈逢人便讲:“咱家大女儿可厉害了,敢和爷爷、姑姑吵架”。别人会对妈妈说:“是要厉害一点,别像你一样总是被欺负。”这也正是妈妈想听到的话。我在旁边听了,非常得意,感觉自己是一个很了不起的人物。那时的我并不知道,自己那样的行为,是在无形中养成了冲动、野蛮的个性,并且深深地烙印在我以后的生活中。

每当樱桃成熟的日子，每天的第一件事是去摘樱桃，摘完樱桃再去上学。不管爷爷怎么想，那时的我就喜欢看到爷爷生气的样子。每回去偷摘果子，让别人看见了，我就顺便分给人家一些。最好笑的就数摘橘子。每次爷爷闻到我身上的橘子味，就会大声臭骂我一顿，说我的户口不在那里就不是那里的人，骂我不该偷橘子。爷爷一直觉得我是个外人。听了爷爷的话，我又一次跟爷爷叫板，说得比爷爷更大声："谁叫爸爸生了我，你又生了爸爸呢？活该吃你家橘子。"说完，我哈哈大笑，把爷爷气得直跺脚。

记得还有一回，我在屋里清了块地，方便下雨天晒衣服。爷爷家的房子很大，很像一个四合院，中间有一堂屋。妈妈嫁给爸爸以后，跟爷爷家没有分过房，爷爷让妈妈住哪里就住哪里，其余的空间都不归我们所有。不管是晒衣服，还是做别的事情，都要征求爷爷奶奶的同意，稍不如意，就是一顿骂，这是常有的事。

不管三七二十一，我清了一块地晒衣服，把爷爷放的柴火清到了一边，这可惹恼了爷爷，他大声嚷嚷："那块空间是你家的?！你的户口又不在这里，又不是这里的人。"爷爷每一次骂人都会说那句话，跟爷爷叫板，我总觉得自己很神气："管我是哪里人，反正是你儿子的种。"说话理直气壮，模样儿挺得意，把爷爷再一次气得抓狂："你还叫板，把你的衣服全扔了。"我没有一丝惊慌的样子，喊道："谁敢把我的衣服扔掉，我就和谁不客气！"

其实，我心里非常害怕，只是存心气爷爷，不让爷爷察觉我内心的恐慌。我心里想：不就是把衣服扔在地上嘛，我又不在乎，大不了再洗一次呗。从那以后，我越来越盛气凌人，肆无忌惮，不懂得孝道。

后来渐渐明白，没有知识和文化的人，喜欢做一些无聊的事情，白白浪费自己的大好年华，不懂得把有限的精力和时间用于创造美好的世界。一家人相互伤害，不团结友爱，这个家就没有凝聚力。在家人面前逞强是最无聊的行为，如果一个人执着于此，也就不会有大作为。

很长时间以来，我都不懂得团结的力量，既想拥有一切，又不舍得付出，不知道礼让。父辈不懂得教育，让孩子不懂得如何尊重长辈，不知道真爱。

教育子女，我改变这一切，不允许儿女吵架、跟长辈斗智斗勇。我用理解与关怀的心，去孝敬老人，爱护子女。良好的家庭教育，是父母和孩子一辈子的财富。

# 不能团结的一家人

农忙了，对我们家来说，收割水稻是一件很麻烦的事，经常为没有打稻机的事情而犯愁。实在没办法，只能在夜间别人家休息的时候，借打稻机用。多数的日子，我们都是被人同情，被别人施舍的滋味真不好受。

夜间收割水稻，直到天亮才收割完，又累又饿，辛苦劳累不说，一家人还不够团结。回家后，急忙做吃的，不知道为什么，我和哥哥碰在一起就吵架，赌气不吃饭的我，以为自己这样会受人重视，结果没有一个人过来哄我，愣是把自己饿坏了，还变成大家的笑柄。年少的我，非常无知、愚昧，经常跟家人赌气作践自己，不吃饭，不睡觉。妈妈说："别喊她吃饭，饿了不会不吃。"听了妈妈的话，我更加伤心，在心里跟自己较劲："不就是吃饭嘛，不吃就不吃。"那一次，我饿了两天两夜，实在忍不住，下楼狼吞虎咽地吃了两大碗饭。妈妈的方法的确有用，肚子饿了不能不吃饭。可是，幼年的我心里的煎熬又有谁能够理解？饿坏身体的后果由谁承担？只有长大以后的我，才明白这个道理。

农忙到了，爸爸回家探亲，外婆让我请爸爸去帮忙收割水稻。爸爸的回答让我非常气愤，他没有直接说去也没说不去，仰头对我说："你扛那个稻桶的时候小心一点，这个肩上，那个肩下。不然的话，整个人会被稻桶扑在里面。"不用说，意思是让我自己背稻桶。年过十六岁的我，哼都没哼一声，扭头就走。

那一次，外婆和弟弟把稻桶抬到我肩上，又是他们一前一后帮我看路。田野上的小路很窄，一不小心会掉到田埂下。我一步步把稻桶挪到自家的田地上，心中觉得悲苦和凄凉，对父母也越来越淡漠，无形中还带些恨意。

又一次，生产队上山分柴火，哥哥像往常一样出去了，留下我和外婆两个人在家。我潜意识中还是希望爸爸能帮我们一把，于是兴冲冲又去爷爷家找爸爸，然而他却依然是那种态度，让我不寒而栗。爸爸对我说："我们家也要砍柴，我又不会分身术……"结果可想而知，我又吃了闭门羹。

外婆硬是要和我一起上山砍柴，被我制止了，我不希望年老的外婆那样的辛苦、忙碌，不想让她和我一起上山。我想，人世间最大的悲哀，莫过于老来无依、生活无靠。曾经，我一直以为人生本就是那样的，心里也就不再计较，感觉那是一种无言的悲伤。

妈妈总是说："兄妹几个，数你的脾气最差，一句话都说不得。"当初我也没在意，也不知道自己错在哪里，就是心里不舒服，心里想说的话又不能说，憋着一肚子委屈，不知道跟谁去表达，感觉无奈、无助。直到后来，我一个人出门，住在别人家里，看到他们一家人乐呵呵的，跟我们家完全不一样，不像我们家碰到就掐，见面就吵。

有一段日子，我很沮丧，非常悲观，甚至想到过自杀，不知道活着的意义、存在的价值，深感人情薄如纸。当我走过那段痛苦的日子回忆人生，才明白自己的种种不是，有很多事情根本就不用计较，比方说别人说我没用，有些人不能够理解我，这些都是正常的，重要的是我对自己的感觉。当年的我，根本就不懂得这些，生怕别人会说我的不是，笑我的没用，非常在乎别人的眼光，最终吞没了自己。

多少年以后的今天，多数的回忆都是父母无缘由的责骂和教训，我不能说自己的父母不好，却也不愿意说父母好，存在我心里的记忆，的确是不开心、不快乐。

为人母之后，我从来不在乎别人说什么，教育孩子有自己的原则。我不会为别人的一句话，而去责备儿女的不是。即使夫妻之间会有不同的观点，我也不会因此让孩子不开心。陪伴孩子成长的这十多年里，我给孩子的爱是微笑、理解和帮助，只要孩子有需要，我永远都不会拒绝。我要让他们感觉到，家是一个温暖的港湾，家人可以共同排忧解难，家可以让孩子们看到希望和未来。

# 生与死的痛

怀抱着无数的梦想，我长大了，初中毕业的我没有考上高中。不是我笨、不会读书，是我心里的杂念，满脑子想着赚钱，毁掉了我读书的前程。十八岁那年，在妈妈的帮助下，找了一家施工队老板托了关系，跟着远房堂姐夫妇一起去江西安福建筑工地做小工。

工地上的活是辛苦的，也是快乐的，刚满十八岁的我，可以扛动一百斤一包的水泥，担沙子、挑泥浆等也是女孩中的佼佼者。工地上有九个女的，常常为分工不均而吵架，挖苦讥讽是常有的事情。数我最厉害，随便说什么，可以应付自如。我不愿意在别人面前显示自己是个弱者，在公众场合总是嘻嘻哈哈的，可独自一人卸下面具的时候，却觉得凄楚，常一个人偷偷地哭泣。

爸爸来信了，那是我出门在外收到的唯一一封家书，没有让我感觉到喜悦，而是有一份淡淡的失落。爸爸信中并没有问我在外面过得好不好、累不累、有没有受欺负，有的只是责难，一封信简单明了十三个字，言语中怪我不该自作主张南下打工，抛下外婆一个人孤苦伶仃。当初我并不能理解爸爸的心意，也不懂得要好好珍惜亲情，更不明白“子欲养而亲不待”的真正意思。

不知道为什么，那段时间，每到晚上，我都会做一个同样的梦。梦里的我，穿着破破烂烂的衣服，回家看外婆，外婆见了我，笑眯眯地对我说：“回家好，回来了就好。”这样的梦，持续了很久很久。我从没想过要写封信回家，不知道该怎么写。平时除了干活，极少与亲人交流与沟通，多是无语和沉默，不顾彼此的牵挂与思念，心里只想着赚钱回家，外婆就开心了。那时候的我，以为钱能解决一切问题，有钱了，我的人生就不会拘束，不会无助。

又一次做梦，梦见自己穿了一身好看的衣服，外婆看到我目露凶光，生气地对我说："你回来干什么？回来有什么用？"截然不同的两个梦，吓出我一身冷汗。

第二天中午，我在保卫科门前洗衣服，才洗了一半，一位女工友跑来找我，递给我一份电报，电报上只有四个字："婆亡速回。"我瞬间惊呆了，全身颤抖，眼泪不住地流。工友们见了，都安慰我说："别哭了，说不定是你奶奶，不是你外婆……"堂姐还说："肯定是你奶奶，你奶奶常年卧病在床，一定不会好。"我急忙摇头说："不是的，妈妈临行前吩咐过，外婆有什么事，一定会告诉我。奶奶就不会了，奶奶对我们家一直都不好。"或许是临别前的征兆，妈妈随口的一句话变成了现实。

那天下午，我在财务室预支了五十元钱，堂姐夫送我去火车站。无奈没有当天下午的火车班次，我又直接坐汽车去分宜上火车，用最快的速度回家。一路上，泪流不止，想起爸爸的那封信，想到自己的不懂事，心里有无数的悔恨，我怪自己不该擅自做主，外出打工。心心念念渴望长大的我，来不及报答那份养育之恩，外婆已经撒手西归，是多么痛心的一件事情。

第二天中午，我到家了。下车后见到生产队的一位大婶，她叹息道："哎！你怎么才回来，你外婆上午就已经送上山了。"我听了，脑袋"嗡"的一响，一片空白，双腿一软，不知道自己是怎样走回家的。我花了一天一夜的时间赶回家，却连外婆的最后一面都没有见到，这让我一生都不能原谅自己。

我觉得自己整个人都麻木了，隐约听到邻居老远喊我妈妈，告诉她我回来了。妈妈连忙出门相迎。我走到家门口，再也没有勇气进家门，跪在地上，放声大哭。撕心裂肺的哭喊声惊动了整条街，大家都陪着我流泪，一起伤心，一起难过。妈妈告诉我，外婆走得很快，前后不过三天时间。那天早上，外婆像往常一样起得很早，去菜地施肥，回来就病了（脑溢血），等送到医院，已经来不及了。回来后，外婆中风了，一只手不停地摇动，又不会说话，睁着眼睛摇头，她在等我们回家。临终前，外婆硬是把眼睛和嘴巴都张开了，深叹了一口气，死不瞑目。

妈妈还说，当初没想到给我发电报，而是给在内蒙古打工的哥哥发了一份电报，但找不到哥哥，又不知道哥哥在哪里。我好恨！为什么父母就不会想到我，不会理解我对外婆的一片真情。妈妈又说："我们都想到外婆在乎的是哥哥，没想到给你发电报，后来想想又不对，才给你发的电报。”妈妈的话，像一把钢刀刺在我胸口，一声“不在乎”，我十多年的辛苦变成一页白纸，给我造成多大的伤害。

妈妈又告诉我，外婆死前的几个月，生过一场大病。妈妈都没想过给我写一封信。一直以来，我家的亲人间缺少沟通，每个人都非常独立，经常相互抱怨，彼此缺乏尊重和理解。彼此疏于联络和倾诉，让一家人变得陌生，没有亲切感。

很多父母、孩子都是这样，不懂得彼此说说心里话。父母对子女多是责备、抱怨，自己无声的付出，孩子却并不明白；孩子内心不能真切感受到父母的爱，久而久之就不懂得感恩。不知道感恩的人，是无法理解真爱，也不会懂得珍惜的。

教育是一门学问，父母不仅要培养儿女读书的能力、工作的能力、独立生活的能力，还要让他们懂得亲人之间的爱，让他们明白父母的无私与伟大。当初我对父母的不满，本身就是一个错误，心中的责备与抱怨，让我看不到人生的希望，感觉不到亲情的珍贵。多数留守儿童，更应该得到父母的理解与关怀，父母要体会儿女的心情，正如老话说“生母不如养母亲”是有一定道理的。

我在教育儿女的时候，会努力让他们懂得理解父母、尊重父母，了解父母的一切，让他们明白，父母为了孩子，甘心情愿付出自己的一生。

# 第一次接触异性

外婆去世的第二年，我又跟随堂姐夫妇去了江西工地，打工赚钱，看似一切像往常一样，我的内心却少了一份生机，多了一些麻木，白天上班，晚上织毛衣，给家里每个人织件毛衣，算是我的一份心意。我会在织的毛衣上编织许多好看的花纹，只要我见过的图案，就能把它编织出来。我织的毛衣可好看了，工友们都夸我。

临近过年的时候，一个年轻的小伙子非要我给他织件毛衣，还没有等我开口答应，人家已经买了毛线送到我面前，没办法，只能接受了。事实上，我也不懂得拒绝，总觉得举手之劳，就帮帮人家。对我来说，织成一件毛衣用不了十天时间。通过这件毛衣的牵连，我和小伙子有了一次密切的联系。

小伙子挺不错的，瘦瘦高高，白白静静，长得挺好看。他是做木工的，聪明能干。对小伙子谈不上喜欢，但也不觉得讨厌，俩人算是相识了。有一次，小伙子帮我去买缝纫机，却躲躲藏藏不敢见人，我看了直笑，帮人买个缝纫机，需要偷偷摸摸的吗？那时候的我，对于男女关系还是模糊不清的。小伙子的一番折腾，倒让我变得迟疑，害怕别人说闲话。

那时候，蜜蜂牌的缝纫机不错，我咬咬牙买了一台。我的个性好强，买东西从不要差的，买不起宁可不要，这是从小的一种习惯。小时候，只要我不喜欢的东西，宁可饿死都不吃；不想要的衣服，宁可冻死也不穿。我这固执和倔强的性格是遗传了外婆的，是我从小跟外婆一起生活，多年来潜移默化的作用。我不相信所谓的“天生如此”，我不信命，只信自己。

小伙子帮我把缝纫机带回家，又把缝纫机组装好，我心里很感激，也暗暗地开始欣赏他。我可笨死了，缝纫机抬回家，连个空机都踩不顺，倒来倒去就是不会，还不如妈妈聪明，脚踩脚地教我。爸爸说："只管做吧！要是做坏了，就改成袖套和短裤。"我按照家里旧裤子的样子，总算做了一条新裤子，自己感觉特洋气。后来慢慢明白，其实我不是生来就胆大，在干活方面，是家人对我的支持，无形中培养了我敢做敢闯的个性。

有一晚，我和小伙子去约会，散步在田间的小路上，小伙子怯怯地牵着我的手，手直抖。我却没有他的那种紧张，心里还直笑：牵个手，紧张什么呀！那个时候的我，大大咧咧的，见到男孩子也不会过于羞涩，一切都很自然。

过了一会儿，小伙子开口了，他很严肃地对我说："我在家不喜欢干活，像我妈妈和爸爸一样，粗活都归妈妈干。"小伙子家距离我家不远，基本情况还是了解的，他家里的农活都是他妈妈做，他爸爸是工人（工人在那个年代最吃香）。听到这句话，我的脑袋轰地一下，他这样说，不就是告诉我，如果以后跟他结婚，粗活都得我来做？我才不干呢！

我一声不吭，头也不回，潇洒地走了。我无法接受这种人，见面第一次就谈条件，暗示我该做粗活。再说我们之间八字还没有一撇，就给我设了这样一个条件，我的心里很不舒服，觉得没必要继续做朋友。当初的我，不知道什么是责任与担当，认为一个男人说那样的话，让我很不开心，于是说分就分了。

很奇怪，我和小伙子的妈妈倒是无话不谈，我非常欣赏老人家的勤劳与能干，她比我妈妈强多了。小伙子的妈妈，见面就夸我，说我织的毛衣很漂亮。小伙子的妈妈干干瘦瘦的，但干活却非常厉害，他家有一块地在离我家不远的地方，他妈妈总是一个人在地里干活。

有一天，我又看到他妈妈一个人在干活。于是，我顺手拿了把锄头，帮小伙子的妈妈一起干。结果，我被家人骂了个遍，说我没出息，这让我感到无地自容。尽管我心里没鬼，但人言可畏，日久天长，做事情会越来越觉得不自然，不知道什么事该做，什么事不该做，心里充满了迷茫与困惑。步入青春，我们都是善良而纯真的，没有复杂的想法，很多时候也只是凭着一份心情、一种感觉，没有家人说的那么复杂和不堪，但却不得不面对虚伪、荒唐的现实。我渐渐觉得自己不知道谁是谁非，感觉谁都不适合，又感觉谁都是不错的。

人生要活得真实，才能变得灿烂；要懂得尝试，才能够明白，怎么样的生活才最适合自己。很多父母会根据自己的情绪,凭空而论,无端猜测,甚至把自己的儿女贬得一文不值,他们不懂得如何顾及孩子内心的感受。即使父母有什么想法,那也只是一个参考和建议,不能随意下结论。对孩子来说,人生的路需要自己走。

儿子成年后的一天,我对儿子说:“如今,你长大了,结识不同的朋友,接受不一样的爱情,父母都不会有意见。只要你记住,让你开心的人才能够让你感觉到幸福与快乐。”对儿女的教育,我都是相当民主的,给他们自由的空间、尽心尽力的支持和鼓励,做孩子的听众与读者比什么都重要。

回顾自己成长的经历,我明白了一个道理:父母的过多干涉和过分担忧,会让儿女迷失方向,使他们看不清自己的需求,不能用平静的心态处理问题,最终伤人伤己。

# 勤劳与诚信

小时候，我常看到勤劳的外婆起早贪黑，担着两个小粪桶，去地里种菜，等菜长好了就分给邻居们一起吃。外婆不仅勤劳，而且也是个非常讲信用的人。那时候家里太困难，时常要借钱，那些帮助过我们的人都说外婆很有诚信，借钱借物后每个月都会准时还账。实在困难的时候，外婆也会先把旧账按时还上，下个月再继续借。

记得那时外婆常说："下雨天，就是我的星期天。"是啊！记忆中的外婆总是忙忙碌碌，不管是照顾我和哥哥，还是救济妈妈，从没有过怨言。她不会嫌弃妈妈的无能，只是常常叹息，带着一些对我爸爸的抱怨。这让我感到家庭的不幸福、不快乐都是爸爸的缘故，那时的我并不懂得，一个家庭的兴旺，需要大家共同努力和奋斗。

妈妈经常说："有钱人家都很势利，虽然有钱但不会借钱给我们……"这让幼年的我对有钱人嗤之以鼻。渐渐地，我变得不愿意与人结交朋友，不会说一句好话，也不会要人家的东西，骨子里充满了固执和偏见，越来越孤单。

其实，在家乡的日子，邻居对我都很好，不像父母说的那样，有钱人会看不起我。我们街上有一位大伯，很有名望，经常会竖起大拇指对我说："你在我们这条街上，是一个很不错的女孩子。"我不解其中的含义。那时候的我相当自卑，总是沉默，一个人学着外婆一样早出晚归，不会跟别人有太多的接触。

外婆不在了以后，邻居都劝我不要再外出打工。有一次，农忙收割，手里没有钱，我去邻居大伯家借钱，大伯说他没有空余的钱。我羞愧难当，匆匆跑回家了。过了一会儿，邻居大妈来问我："刚刚是不是到大伯家借钱了？”我低头不语，怯怯地看了大妈一眼，无奈地点了点头，那时恨不得有个地缝可以钻进去。我最怕被人拒绝，让人看不起。

没想到，邻居大妈又问我：“你要借多少钱，我借给你……”我突然不知道如何是好，轻轻地说了一句：“十五元够了，我会马上还给你的。”一边回答，一边承诺，生怕大妈不会相信我，又会像爸爸一样误解我（有一次，我跟爸爸借钱，爸爸非但没有借给我，还数落我一顿）。大妈乐呵呵地说：“没关系，你没钱，以后都向我借，不用急着还给我，我们家不缺钱。”大妈那样说，我心里却不可以那样想，手上有钱后我马上把钱还给她了，继承了当年外婆的风格。

那一年，响应国家政策农转非的号召，妈妈和弟弟妹妹都搬迁至四川，我和哥哥超出了搬迁的年龄，只能留在家中。刚巧四川招工，爸爸有意让哥哥去一趟四川。沿途的路费需要一百多元，温饱都不能解决的家庭，想拿出一百多元是不可能的。

那时候的我们都长大了，到了赚钱的年纪，家里还是一贫如洗。我把打工赚来的钱交给妈妈，自己买了一台缝纫机、一辆自行车后，已经囊中羞涩。妈妈说：“你们一个个都厉害，都比我能干，你们想干啥就干啥，我也管不了。”记忆中，我的亲人之间总是这样相互抱怨。可悲的是，不会努力进取的人，借钱的确很难，几乎是空手而归。别人不是没有钱，怕肉包子打狗有去无回，谁也不愿意让自己的钱变成水漂。

很多年以后，我才明白爸爸的不信任，不是针对我，是针对他自己的人生。爸爸是个性情中人，但不懂得沟通与交流。他从小没有得到爷爷奶奶的疼爱，心里也是非常凄楚，又要时常面对外婆的抱怨、妈妈的懦弱，这些都透露了爸爸心中的压力和无助。看到我们长大，依然不会分担他肩上的重担，爸爸只能发泄自己内心的恐惧，他心中的苦恼可想而知。

生活中，很多父母会这样做：自己不分白天黑夜，辛苦劳作，家和孩子是他们的动力，但看到儿女不懂事、不听话，又会怒火中烧。彼此缺乏理解和沟通，让亲情变得陌生，失去温暖。

我为人母之后，改变了父辈在家庭教育方面的愚昧和无知。儿女长大了以后，并不是不需要父母的援助，而是更需要心灵的温暖。要想儿女懂得独立，就不能孤立孩子的心灵。想要培养儿女各方面的能力，父母要懂得放手，给儿女足够的空间和自由。我经常对女儿说：“丫头，你小时候培养能力，长大以后，才有能力养自己、孝敬妈妈。你小时候如果不努力，长大以后，会让妈妈跟着你一起要饭的哦！”简短朴素的一句话，却让女儿从小就明白“少壮不努力，老大徒伤悲”的道理。教育孩子，不是让他们学多少东西，而是要让他们懂得做人的道理，有为人处世的担当与责任。只有孩子自强、自尊、自爱，才能够真正明白勤劳与诚信的可贵。

不要怀疑孩子的能力，相信自己的孩子比什么都重要，只有给他们足够的信心和力量，才能够让他们更好地成长，发挥无限的潜力。教育不是打和骂，不可以数落、贬低孩子。父母眼中的孩子应该永远都是最优秀的。

学习家庭教育，是父母给儿女的一份爱。父母的理解和宽容才是儿女心里最大的需求。父母的态度，可以为儿女撑起一片广阔的天。

# 麻木不仁的我

离开家门，我就是乐观开朗的，难以置信原来自己还有那样的个性。面对不同的环境、不同的色彩，我有时候喜怒无常、情绪不定。

我可以把什么事情都埋在心中，又可以什么事情都畅所欲言，无所不能，又似乎什么都不会。一会儿清醒，一会儿模糊，连我自己都不明白，哪一个才是真实的我。从小的成长环境造就了我要强、爱面子的个性，为了一句话，我可以跟别人争得面红耳赤，妈妈说我像一只刺猬，碰不得，说不得。我曾经对自己说："万事不求人。"求人帮忙之后被人拒绝，在当时的我看来是最难以接受的屈辱。但谁也不会想到，如今的我会喜欢做营销工作。

每一年农忙，我都是一个人割水稻，一个人插秧，一个人散步，一个人行走在乡村小路，一般的日子都离别人远远的。那一年，妈妈带着弟弟妹妹跟爸爸去了四川，我心里别提有多开心。无奈的亲情，拉开我和父母之间的距离。我不习惯父母的生活方式，不接受父母的教诲，不愿意跟父母住在一起，不想追随父母去四川，这都是我当时麻木与冷淡的表现。

爸爸卖掉所有的家当，包括桌子、凳子，能卖钱的都卖掉了。我心里冷笑，父母去了四川，我和哥哥在家乡，他们卖掉所有的家当，是否想过我和哥哥的感受。对于这些事，我虽然表现得毫不在乎，但心里还是非常计较。后来，爸爸寄来一封信，说是途经贵阳的时候被小偷扒了钱。看了信，我心里没有一丝同情。亲情的冷漠，让我看不到生命的希望，无形中埋下仇恨的种子。

哥哥比我孝顺多了，但他蛮横不讲理。哥哥每一次向我要钱时，就会对我说："你现在养我，以后我帮你养父母……"真不知道这是什么逻辑，我心里想：你养父母跟我有什么关系，那也是你的父母，为什么是帮我养。难怪爸爸会骂我："你是兄弟姐妹中，最不孝顺的一个。"说真话，当初我对父母的确很无情，又非常冷漠。

每一个父母都是爱自己的孩子的，但说话态度的不同，给儿女的感受就不一样。父母家庭教育的失误、说话技巧的缺失，会让儿女感觉不到家的幸福，无法体会亲人的真爱。妈妈会说："一娘生九种，九九不一样。"我倒是认为，是父母对每一个孩子的态度不同，导致孩子有不同的个性。比如说，妈妈看到我生气，离家出走，不会去找我，也不会问我去哪里。弟弟要是晚一点回家，妈妈会急着去找。父母在乎的程度不同，儿女的心态自然不同。妈妈以为我比较能干，即使不管我，也能够自己把事情处理得很好。但她不明白看似坚强的孩子，更需要父母的呵护，这样才不会让孩子变得敏感落寞，内心觉得自己一无是处。

很多年以后，当我自己成为母亲，不管我的孩子多么能干，我都不会忘记付出自己的一份关怀；不管我的孩子多么独立，我都愿意陪着孩子走一段、聊一会，并且给他们更多的关心与呵护，让他们感觉到，无论走到哪里，父母的心都跟他们连在一起，无论遇到什么问题，他们都不会是孤立的个体，家永远是他们的避风港。

一个真正的家，不是仅仅一家人住在一起，而是一种精神、一份爱。让孩子感觉到家的温暖，让他们无论走到哪里，都不会感觉到心灵的孤单和落寞，这才是人生最大的幸福。

# 冰冻三尺非一日之寒

田野上，我和哥哥、弟弟三个人去拔田草，哥哥和弟弟坐在田埂上聊天，笑得前仰后合。我一个人在田里拔草。那时候的我也不觉得委屈，一个人做事惯了，麻木了，一切都是理所当然。

天快黑了，回家看到空闲的妈妈，晚饭都没有煮，急得我直跳脚。一天的劳动，累得我直不起腰，饿得眼冒金星。做什么事情都不敢偷懒的我，从小有个怪毛病，饿了会头痛，针扎一样的痛。妈妈说我是遗传了爸爸的头痛病，然而并没有人体会过我的痛苦和辛劳。

头痛与饥饿双重折磨下，我发了脾气。妈妈不慌不忙地说："干点活有什么了不起，就你知道吃饭……"看着妈妈那不屑一顾的样子，我委屈地大哭起来。那时候的我不懂得如何更好地沟通，实在难过了就拿头往墙上撞，心里憋屈，又无处哭诉。妈妈看到我那个样子，又接着说："撞头还想害人啊！不吃饭还能饿死你？"妈妈的这句话，让我感到亲情的冷漠，当时甚至觉得这样的亲情不值得留恋。

那一晚，我真的没吃饭，也没有回家，独自一个人走在溪边，感受黑夜的寒冷。那一夜，没有一个人过问我的去处。我努力工作，辛勤劳动，却连最基本的关心都是奢望。或许是贫穷的日子，让人的心都变得冷漠。妈妈会说："你们兄弟姐妹四个，要团结一心，相亲相爱……"说是那么说，可我并没有看到真切的行动。

妈妈家门前有一条小溪，伤心和难过的日子，那里是我最好的避风港。那时的我，觉得活着好痛苦，死了又不甘心。亲人的不理解，自己的不珍惜，让我感觉到生命毫无意义。一个人走在溪边，用稻草取暖，饥寒交迫地度过了一个晚上，没有人知道存在我心里的无助和绝望。

第二天回家，没有人问我前晚在哪里过夜，是否吃过晚饭。像往常一样，每个人都过着自己的生活，一切都似乎没有发生过。存在我心里的怨恨，就像滚雪球一样，越滚越大，最终无法收拾。

直到有一天，我自己都无法面对那样的自己，才知道一切都错了。人生道路需要不断地尝试，痛了才知道放手。我在乎家人的感受，害怕别人说我的不对，很多时候自己努力了但没有得到家人表面的认可，心里很失落，所以无数次作践自己，内心失去平衡。那时候的我并不明白，当其他人不在乎你的时候，要越加珍惜自己。不吃饭、不睡觉、残害自己的身体，这是对自己的不负责任。很长一段时间，我一直沉迷在自己的世界，无法醒悟，总以为自己的悲伤都是别人造成的。很多年以后，我不再恨自己的家人，不是我原谅了谁，而是我懂得了真爱，懂得了放开自己，我明白责任和担当比生命更重要。

当我看到女儿出生，我开始害怕自己的死亡，怕女儿重复走我的路。每当有人跟我吵架，我改变以往的作风，更加保重自己，珍惜自己。我让孩子做力所能及的事情，让她学会不赌气；我帮助她完成的事情，孩子要对我说声“谢谢”；要是我的事情，孩子帮我去完成，我要对她说声“谢谢”。比如说，孩子给我拿一双鞋子，我要懂得感恩，感谢孩子对我的付出；我给孩子添一碗饭，拿一次书包，孩子要对我说声“谢谢”。分工不同，干活不累，好习惯都是平常点点滴滴的积累。我认为，彼此间懂得感恩，知道珍惜，才能够完善一份感情，让亲人之间更加融洽相处。父母和儿女之间懂得相互帮助、共同分担，才能够让彼此的心灵更亲近、更温暖。

生活中的孩子，发一些脾气，说一些不中听的话，属于正常的事情。父母不要跟孩子计较和争执，要懂得宽容和理解。这样，孩子的心情会变得平和、豁达，不容易急躁。思想的偏激、性格的固执等会扭曲孩子未来的人生。

适当示弱，缓和气氛，也是一种父母表达爱的方式。儿子好几次对我说：“妈妈，我是看到你好欺负，才会跟你吵架。”说话间嬉皮笑脸，不觉得难过，也不会尴尬，彼此都很轻松，而我也会笑呵呵地说：“嗯，下次继续吵。”为人父母，给孩子做一次榜样，体会亲情的温暖、母爱的伟大，又何乐而不为。

很多父母误以为教育，就是要说服孩子、征服孩子，却不知道儿女心里的委屈，需要父母更多的理解与关怀去安抚。冰冻三尺，非一日之寒。父母长时间不当的教育，存在孩子心里会变成一颗毒瘤，甚至演变为仇恨。这样的局面，一方面源于孩子的不珍惜、不懂事，另一方面也是因为父母对孩子缺乏认同和欣赏。人和人之间都需要相互尊重、相互体谅，彼此帮助，才能够让孩子平和、自然、充满阳光。

# 我的初恋

电影院是男男女女约会的最好场所。年轻人都喜欢娱乐,他们大多认为,聚在一起是缘分,简简单单,合得来就好,合不来就散,不用计较得失,也不会有挣扎和痛苦。

那一天,影院内有一个帅哥总是拿着手电筒照来照去,哪里是看电影的样子。我灵机一动,对那帅哥喊道:“喂,你的手电筒借我用一用,可以吗?”帅哥马上问我:“你要找什么东西吗?”我暗自觉得好笑,连忙回答:“我想照一照,电影院里哪个小伙子最帅。”帅哥这才知道,我是在逗他取乐,连忙摇头说:“那不行……”就这样,我们算认识了。

不知道帅哥是从哪里打听到我去江西打过工、和谁一起干过活的,还知道我家住哪里。我一脸惊讶地反问他:“你不会是查户口的吧? 把我调查得那么清楚,是不是另有所图?”帅哥沾沾自喜地说:“那当然,也不看看我是谁。”看到他一脸得意的样子,我笑弯了腰。也是在这时候,我才看清他的脸,的确挺帅的。我不知道他是哪里人,身材高高大大的,一张四方脸,一脸憨厚的样子,比较可爱。

帅哥约我第二天看电影,那电影是我原本打算要看的,更何况我是电影迷,于是我满脸欢喜地回答:“行啊! 明晚电影院门口,不见不散。”我想,那时的自己是充满自信、落落大方的。第二天晚上,我老远看见帅哥站在电影院门口,他看到我后连忙相迎,我不客气地问:“票呢?”帅哥递给我一张票,自己连忙又去买票,把我逗得直乐:“搞半天,你是没给我买票啊!”帅哥连忙回答:“等着给你买票的。”管他呢! 没等帅哥一起,我自己拿着票,径直进了电影院。

在电影院内坐了没多久,帅哥来了,嘻嘻哈哈问候了一番后他就走了,追别的女孩子去了。年轻就是好，谁也不会计较，非常有趣。这时，又来了一位异性，但他不帅，自称是帅哥的哥哥。行啊！机会来了，不逗一回兄弟俩，还真不是我的风格。我回头对帅哥的哥哥说："告诉你弟弟一声，本人回家了。"我言语间看似有点生气，但心里面觉得好玩极了，然后佯装离去。一会儿的工夫，帅哥在后面直追，说了一摞的好话。我心里一直偷笑，要的就是那个效果，让他表示出在乎我，总算也没让我失面子。于是，我们回去接着看电影了。

从那以后，我几乎天天跟帅哥一起看电影。帅哥学聪明了，中途再想出去跟别的女孩调笑时，就会脱下一件外套让我拿着，转了一圈后又回到我这里来。每当他这么做的时候，我只是乖乖等在那里，心想我一个大姑娘，如果拿着一件男人的外套到处晃悠，影响不好，再说，有免费的电影看，那就看呗。现在回头想来，年轻就是好，什么都不会去想，的确让我度过一段最美好的时光，无忧无虑，没心没肺。

说来也怪，时间久了后，帅哥不再与其他女孩调笑了，我一时间还真有点不习惯，诧异地问："你怎么不出去转悠了？"帅哥一本正经地回答："从今以后，再也不出去转了，陪着你看电影。"我心里暗笑，知道他是动了真情，而我依然没心没肺。那一晚，帅哥硬拖着我去他家走了一遭，他家的一扇大门，我们人还没进去，就突然倒下了。这是什么门嘛！我心里再一次感到有趣，那感觉很自然，也很轻松，心里非常舒坦。

帅哥的妈妈连忙招呼我，给我煮了一碗点心，可丰盛了，豆腐皮加鸡蛋，这当时在我们家乡意味着最好的招待。此后，我们似乎确立了男女朋友的关系，他成了我的男友，彼此感觉不错。但是，恋爱和婚姻是两码事，谁也不知道明天的结局会怎样，"结婚"对于那时的我们来说，还太过遥远。

没过几天，男友外出打工了。临行前的那个晚上，我又去了他家。那天，我们聊得很晚。他小学文化，识字不多，但责任心比较强。我非常欣赏他，为有他这样的男朋友而感到自豪，总觉得有一股暖流在心里。那时，我内心感到从来都没有过的踏实，那份感情是当时我心中最大的寄托。

那一年的农忙跟往常不太一样。还没有到收割的季节，男友的妈妈和妹妹就提前来问我什么时候收割水稻，并排好日期先帮助我割水稻，再收割他们自己家的。我心里充满了感激，第一次有了家的感觉。自己的爸妈都不会帮我什么，人家的妈妈和妹妹却如此有诚意，这让我体会到从未有过的温暖。

人家帮我收割水稻，我自然也要帮助人家，我不想欠别人一份情。一直不修边幅、像个野小子的我，当时并没有考虑太多世俗的眼光，也不计较得失，就去他家帮忙干活了。在当年的农村，村里人看到我的举动，议论纷纷。大家都说“有娘一个娘，无娘都是娘”，哥哥到处嚷嚷：“我不同意妹妹嫁给那个男的，妹妹非要嫁……”自那以后，我的世界被流言搅得满城风雨，存在我心里的惶恐，日积月累，越来越多，最终使自己走进了死胡同。

我在后来的生活中，总结自己的过去，感觉到一个人的爱，需要无数的组合，亲情、友情与爱情，缺一不可。许多父母害怕孩子会早恋，而我却支持孩子认识不一样的朋友。朋友的儿子，我都介绍给女儿认识，女儿对同学说：“妈妈帮我选对象呢！”女儿问我：“妈妈，你就不怕我会早恋吗？”我笑着对女儿说：“妈妈相信你会做好自己该做的事，希望你拥有更多的爱，让你的人生过得更充实，你要是真的喜欢谁，妈妈也不阻拦，因为那代表了你自己的眼光。”女儿很感动，对我说了声“谢谢”。

我清楚地知道，当初认识异性是一种缘分、一种巧合，是一份自然的相遇，没有任何杂念，也不会有越轨的行为。然而，家人的意见、世俗的眼光给了我无数的压力，分手的结局留给我很多阴影，重要的不是失去谁、拥有谁，而是那种煎熬和折磨，让我至今想起来还觉得喘不过气。

为人母之后，我不希望孩子背负沉重的枷锁，我对孩子说：“这个世界上，有男人和女人，对于异性，不应该避而远之，无论什么样的朋友，只要让你感觉到快乐，妈妈就不会阻拦你，不要在乎别人的眼光，幸福需要自己去创造，未来的路是你们自己走出来的。”有我这样的引导，孩子感到幸福与快乐，让他们的人生充满阳光，充满爱。

# 想嫁人真的很难

不知道是贫穷的缘故，还是修养的问题，我和哥哥常常会吵架，不管是什么事情，哥哥都会找一个理由来说我的不是，却不会寻找自身的问题，他经常恶狠狠地对我说："那么想男人，你就去嫁人，我也不拦你……"好多难听的言语，他都会说出来。

邻居的一位大妈对我说："看你哥哥经常这样打骂你，要是我就早点嫁人了……"我也想啊！问题是该怎么嫁。有一天，哥哥对我说："前几天，收到你的一封信。"我开心地问："信呢？"哥哥带着些许傲慢和霸道，回答说："我看了其中的内容，觉得不是很顺眼，就把信给撕了。"我一下子愣了。即使是兄妹，侵犯我的隐私权，也是不道德的行为，可是我无可奈何，跟他吵的结果就是两个人打架。

哥哥有个同学，经常来我们家玩。哥哥经常对我说："我那位同学非常喜欢你，还有他的妈妈经常跟我说起你……"后面一大堆的话，我都记不清了，反正只要是哥哥的朋友，我都不会感兴趣。有一次，哥哥同学的妈妈帮忙给我们家做了一些豆腐。她上门送豆腐时，问我："你跟我们家儿子来往这么久，什么时候可以定个日子……"我惊呆了，然后苦笑。通常这种状况，我是不会解释的，因为我不懂得如何去沟通。不过，她的那番话让我多了一个心眼，我第一次用正眼审视哥哥的朋友，观察到他和哥哥的确有很多不一样的地方，从心里接受了哥哥的朋友。

那一年农忙，我在县城做绣花的工作，哥哥跑来跟我说，让我回家种麦子，他自己又匆匆忙忙地外出打工赚钱了。他所谓的"赚钱"，其实就是出门溜达一圈，农忙结束后就回家了。与往常不同的是，那一次，哥哥还比较上心，说他同学会帮忙一起种麦子。等我从县城匆匆赶回家，邻居告诉我，哥哥的同学已经去了我们家的地里。那是我第一次接受一个男孩帮我们家种麦子，而且是哥哥预先说好的。我从心里赞许哥哥的同学，觉得他说话做事都比较有分寸。但是，不敢正面他人，习惯看别人的背影，这是我童年养成的坏习惯。我心里的恐惧和拘束，让自己不敢正视内心的感情。再加上有过之前的一次感情伤害，我不敢轻易接触异性，不想把自己陷入困境，害怕再一次经历暴风雨的洗礼。

没过多久，问题就来了，哥哥再也不说同学的优点，而是说一大堆坏话，令我非常不满，反问哥哥："以前你总是说人家好，怎么一下子又有那么多的缺点了？"哥哥理直气壮地对我说："以前做朋友不觉得，现在如果要做妹夫就差劲了。"哥哥说他是为我好，其实是在寻找一个借口，心里担心我出嫁后，他自己太孤单，其实我们的心里都没有安全感。

可想而知，这段缘分又不了了之。哥哥总是对我说："这世间没有好男人。"我又对哥哥说："既然这个世界上没有好男人，那么就让我找个坏男人，行吗？"哥哥又说我贱。我是真的不想跟哥哥一起生活，我们的思想、见解、人生观都不相同，他占板守旧，喜欢充当大人的角色，而我内向、固执，不听他的安排。

很多年以后，我才明白，一切的不幸，不是哥哥造成的，而是我自己不敢争取自己的幸福，又不敢违背大人的意愿，我看似叛逆，内心却惶恐不安，一方面渴望爱情，一方面又拒绝爱情，自我矛盾。要是我真的下决心要嫁给谁，或者是跟定了谁，我想哥哥也是没有办法的，是我心里的懦弱，造就了自己人生太多的悲剧。

教育孩子，让他知道每个人都有爱和被爱的权利，不仅要懂得付出，也要懂得索取。我对步入青春的儿子说："你今后选女朋友，不用顾忌太多父母的心情，但必须要懂得保护自己，珍惜自己，要明白真正爱你的人，一定会对你好。"儿子对我说："妈妈，我找的女孩子如果对你不好，我就不要……"我笑着对儿子说："不会的，只要你认定的女孩子，妈妈也会珍惜她、呵护她，不管是媳妇，还是女婿，只要是你们喜欢的，就一样是妈妈的儿女。"

父母亲不断干涉孩子的婚姻，阻拦孩子的爱情，伤害的不是别人，而是自家的儿女。真心对我们儿女好的人，都值得我们珍惜，只有一家人相亲相爱，才能创造美满的幸福。

# 踏上异乡的路

多少年来，我就像一只笼中的鸟，渴望放飞的自由，在一次次的渴望中期待明天，又在一次次的绝望中寻找希望，最后变得麻木不仁。

有一天，一个朋友问我："想不想去湖南打工？月工资翻倍。"朋友的一句话，对我来说是一个多么大的诱惑，月工资翻倍，又可以离开我的家，这是我当时最开心的事情。面对自己的家，我身心俱疲又无可奈何，只要能够离开伤心地，拥有一个新环境，我根本不管去哪里，也不管工资和待遇。

那是一个新开的工厂，请浙江的几个师傅去指导一下，帮他们撑起那个厂，工钱比我们平常在老家时多了一倍。我们一行五个女的，加上带班的大师傅夫妇，一共七个人，去了湖南东安的一个偏僻小镇。20 世纪 90 年代，湖南东安还是个很落后的地方，离桂林倒是不远。桂林山水甲天下，可惜我没去，那时的我没有游山玩水的心情，心里想的是赚钱，始终认为有钱就会有一切，有钱就可以改变我一生的命运。

到了新办的工厂，那里的一切准备都不完善，业务是很少的，一开始几乎是没事可做。其余四个人受不了这种寂寞和孤独，又因牵挂家中的人和事，就断断续续回家了，剩下我和大师傅夫妇三个人继续留在湖南。我可不一样，觉得在外面怎么样都比在家好，有吃有住的，没有人会欺负我，不会让我失去自由，感觉像是到了天堂一样。

人是很奇怪的动物，留在家中，感觉到是一种约束，是心灵的囚禁；离开家门后，却又开始思念自己的父母和亲人。那时的我，第一次有一种欲望，想给父母写一封信，向亲人求助。我并不是害怕孤单，而是怕万一那个厂办不下去了，不知又该去往哪里。每当我想起回家，心里都会异常恐惧和不安，有说不出的无奈和无助。妈妈在湖南有个亲戚，是妈妈的大伯的儿子，也就是我的表舅，于是我很想去表舅家探亲。贫穷的日子里，只有湖南的这户亲戚是唯一不嫌弃我们家的，跟我们家一直有来往，我们家曾得到他们的很多照顾。

以前在家中，听到父母和哥哥说："我们家穷，亲戚都看不起我们，不要跟他们来往。"我听了，心里自卑，又很不服气，于是一看到亲戚，我就躲得远远的，见到他们也不打招呼，心里非常不屑。临近过年，我去了表舅家，由于彼此没有见过面，辗转几次才见到表哥一家人。由于那天天色已经很晚，没有见到表舅。表哥一家人对我很热情，嘘寒问暖，还拿出许多东西招待我，让我感到异常温暖。第二天早上，表舅来看我，他穿着一件奶白色的风衣，高高的个子，红光满面，看上去不像五十多岁的人，对我非常友好，他那和蔼可亲的样子，我至今都未曾忘记。

表舅一家人轮流招待我，待我如同贵宾，当时我觉得，天堂的待遇也不过如此吧。表姐夫妇又带我去韶山游玩，在韶山拍照留念，进饭馆吃饭，吃得那样丰盛、无拘无束，那些对当时的我来说，都是人生的第一次。表舅一家人总是笑意盈盈的，不会让我感到恐惧。一切的一切，是我过去成长的岁月里从没有过的景象。那一份温馨和快乐，令我陶醉，至今回味无穷。

表姐知道我会绣花，带我去桥头商店看别人绣花。一个中年妇女摆了一台缝纫机，人工绣花，生意真的很好。我在心里嘀咕："她绣的花哪有我绣的好看，要是我去做那个生意，是不是会更赚钱?"在感情方面完全没有自信的我，对于自己做的东西，却是非常有信心的。看着眼前的一切，我暗暗在心里盘算自己的未来。

穷人的孩子早当家，走的是亲戚，想的是未来。想拥有一份自己的事业，需要有独立的精神与人格，要学会做梦，大胆地去构思，相信自己能比别人做得更好，不怀疑自己的能力，拥有目标和方向，这是成功的基础。

事业的辉煌，或许不能代表什么。只有心中的快乐和自信，才可以真正诠释生命的意义。一次人生，几番挫折，让我明白，教育孩子的关键不是盯着所谓的"能力"不放，要想培养出全面发展的孩子，必须先培养他们独立自信的人格，告诉孩子做人的道理，人生道路是自己努力走出来的。

# 前门拒虎，后门引狼

那一年，去了湖南，又奔赴四川过年，那是我有生以来第一次去四川。爸爸写信让我去，我是奉命行事，并不是自己的意愿。在那时的我看来，骨肉亲情只是一份义务、一份责任与担当，心里没有欢笑，更多的是无奈。

到了四川，来接我的居然是哥哥，这让我非常吃惊。心里有一点开心，但更多的是慌张，那不是我的无情，而是我心里积累已久的恐惧。过去无休止的吵架，成为我的心理阴影。彼此间的隔阂，心与心的距离，是一辈子无法逾越的鸿沟。

在四川住了九天，大年初五，我提出要回老家。第一次去四川见父母，彼此的感情不是那样深厚，要离开时并没有不舍。哥哥要求我带他一起回家，这可把我急坏了，于是我在父母面前放声大哭。骨肉亲情走到那样的局面，不是我愿意看到的，但存在我心里的害怕及对哥哥的排斥，都不是我所能放下的。父辈的教育，让一家人长期处于对立的局面，不懂得相互付出、彼此分担，也就不会有相亲相爱的氛围。

我盲目地相信自己可以跟妹妹相处，感觉妹妹比哥哥小，不可能阻挡我人生的自由，所以我同意把妹妹带回老家。然而，不懂得如何处理人际关系的我，依然把这份亲情弄得很尴尬，很无助。我觉得自己是作茧自缚，明知道妹妹的生活自理能力很差，但在父母的要求下，我不懂得拒绝，便把妹妹带回了家乡，结果却给自己带来更多的困扰。我和妹妹回到老家没多久，哥哥又从四川跑回来，从我手上拿走五十元钱，去内蒙古打工了。对于哥哥，只要我给他钱，就不会来烦我，但妹妹是每天跟着我，看着我，每当看到妹妹那麻木的状态，我感觉心里特别难受。妹妹经常不洗脸，不梳头，不洗衣服，一点都不会照顾自己，一个十七八岁的大姑娘，完全没有独立生活的能力，这又何尝不是父母溺爱造就的结果呢？

妈妈和外婆的教育，让我们兄弟姐妹四个人拥有四种不同的个性。妈妈经常会说："哥哥是那样的人，你就不要指望他会还钱；妹妹没用，那你就多帮帮她……"总之，凡事需要我多多付出，渐渐也就成了责任与担当。但是，时间久了，付出的人心里会失去平衡，得到的人会贪得无厌，这就变成一种恶性循环。直到有一天，我再也无法承担一切的压力，心里的负担太重了，最后崩溃。当我放弃了付出，却发现哥哥和妹妹并没有因为我的放手而过得更糟糕，相反他们比我更强大。这说明人都是可以独立的，是付出的人不放手，得到的人不珍惜，让我们这份亲情曾经凌乱不堪。

在经历许多事之后，我了解到教育孩子需要放手，放手让孩子成长，放手让孩子做力所能及的事情，放手让孩子学会拥有自己的责任与担当。在后来的日子里，一旦发现儿女对我产生依赖，我就会控制自己对他们的付出，给他们成长的机会。

燕子高飞是需要一个过程的，不能因为看见孩子摔疼了，就不让他学习走路；也不能因为看到孩子被人欺负，而保护她一辈子。孩子只有经历过痛的滋味，才能更加懂得珍惜，也才能更好地学会保护自己。孩子心灵的成长比能力的提升更重要。只有经历过风雨，孩子才能变得更坚强，更独立。

# 再一次踏上湖南的旅途

那一年的夏天，我把妹妹安排在一个厂里上班，想给妹妹一次锻炼的机会，也给自己一个独立的空间，我独自一人再一次踏上湖南的旅途。把妹妹一个人留在家乡，我是欠考虑的，这是不负责任的行为。但是，当初我是真的害怕了，不懂得如何处理这样的问题，最令我害怕的不是经济负担，而是一种精神上的折磨。后来，妹妹写信告诉我，哥哥和邻居都欺负她，让她不得安宁，于是我又专程回家把她带去湖南。妹妹的一些作为的确让我看不惯，但我又无法改变她，最终忍无可忍，还是把妹妹送上了去四川的火车。那时，我心里怀着深深的内疚，感觉对不起父母，但又觉得很无助，即使我的外表再冷漠，内心还是想要珍惜亲情，很想帮助哥哥和妹妹，无奈真的是心有余而力不足。

在我去湖南的列车上，面对跟我一样去奔前程的陌生人，我是那样健谈，又是无比快乐，像一只放飞的小鸟飞上蓝天，叽叽喳喳说个不停，仿佛忘记了所有的烦恼。面对生活，我依然充满信心，憧憬着未来，离开家门的我是开心的、快乐的。车上的人，都喜欢听我聊天，讲述许多动人的故事。在讲故事方面，我还真是个天才，看完《天龙八部》，我可以说出书中所有人物的名字，把故事讲得滴水不漏。在我还年少的时候，邻居的孩子都很喜欢听我讲故事。每当那个时候，我都非常自豪。很多人佩服我讲话的水平，说我讲话最有意思了。出门在外，我不怕被人欺负，懂得保护自己，这都是童年时那些孤独的日子里养成的习惯。

没有一个人会知道，我讲话的水平是从哪里练出来的。小的时候，没有人可以说话，我习惯了自言自语，这是给自己的一种安慰，用来调节自己的心态，因为我心里有一股不服输的劲儿。我喜欢看书，活在自我的世界里，做一件事、说一句话都要经过深思熟虑，不轻易得罪别人，可一旦生气又势不可当，无人敢敌。我就是那样的一个人，风趣幽默，但大多数的日子像个小媳妇。

列车缓缓施行，我不曾停止与人聊天。看到做生意的，我就跟他们聊生意经，大家都说我是做生意的天才。那时候的我并不知道什么是生意，也不会做，连忙辩解道："我去湖南走亲戚，真不是做生意的。"别人都不敢相信。我哈哈大笑的同时，感谢大家对我的欣赏，风趣地说："借你们的吉言，我马上去做天才。"似信非信，心里却是乐开了花。

看到打工仔，我就跟他们说打工的乐趣，被迫无奈的感觉，工友们频频点头。看到小孩，我可以逗孩子大笑。几个广东的游客，来自省政府，有点文才，没有官腔，看我如此健谈，纷纷给我让座，大家你一言我一语地聊开了，感觉好像是久违的老朋友，相见恨晚。我问他们："你们是在广东省府干什么的呀？"他们一个个笑着说："我们呀！在广东省府扫地的。"我一本正经地回答："行啊！下回我去广东，专程拜访几位，然后，门卫问我，你找谁呀，我告诉他，找你们省府扫地的。"话一说完，车上的人哄堂大笑。

列车上的我，是真实的，内心平和，没有自卑，也不会顾忌什么，心里感到开心与快乐。从小父母对我的教育一直告诉我，女孩子不可以出风头，这埋没了我在与人交际方面的才华，阻挡了我与人交流的权利，让我失去了展示自己的舞台。离开家庭，我像一匹脱缰的野马，感受到人生的魅力，看到了充满希望的未来。有人说我谈吐不凡，这让我感觉到特别自豪。

人都是需要被赞美的。生活在阳光下，心中却充满着阴影，一份失败的家庭教育，让生活变得复杂。我在教育儿女的时候，又把复杂的人生变得简单，让儿女感觉到生活是平和、自然的。

其实，人生的悲剧，都源于人心里的一种感觉。只要能把人生看淡，看得平凡，也就能感觉到轻松和自然。我告诉孩子，老人的思想是她的一种习惯，我们无法改变客观环境，那就学会改变自己，让自己成长，学会多理解和包容，一切事情都是平常的事情，不需要计较和逃避。

一个人能力的提升，不是靠长大以后磨炼，而是小时候点点滴滴的积累而成。童年的我会缝缝补补，长大的我会穿针引线；童年的我敢于挑战命运，长大的我才能活出自己的思想，闯出自己的一片天空。只要是能做的事情，我不会让孩子放过任何机会；只要孩子愿意做的事情，我会放手让他们去成长、去经历。

我的父母对妹妹的溺爱，致使她长大以后吃了不少苦，受了不少累。不管父母有多么强大，孩子都有独自面对生活的一天。成人的世界，不仅仅是成长和学习，更多的是担当与责任，而生活的阅历和能量，在孩子小的时候就应该开始积累。

# 我和小侄女

时间很快，辗转几次后，我又到了表舅家。表舅一家人对我很不错，他们对我的照顾和关怀，让我刻骨铭心，没齿难忘，我也付出更大的努力，在表哥家帮着带小侄女，又帮他们做家务，能干的活我几乎全包了，获得表舅一家更多的信任与赞美。

去表舅家的时候，小侄女才两岁左右，长得白嫩白嫩的，好可爱，带着一个小兔子花样的帽子，活像一只小兔子，让人见了就喜欢。刚进家门那会，小侄女不是很喜欢我，不欢迎我这位远道而来的表姑姑，对我的排斥是可想而知的。表哥表嫂都是工人，白天要上班，晚上回家带女儿。白天就由我照看小侄女，可一到晚上，小侄女就把我推到门外，不让我进屋。

很快，我把小侄女治得服服帖帖，彼此成为一大一小的好朋友，小侄女对我的依赖甚至超过了对父母。每次小侄女哭，表嫂没招都会来找我，我是最有办法哄小孩子开心的，但又绝不会无限制迁就孩子。我不会刻意去讨好小孩子，不让他们随心所欲，我有自己的原则和底线。让孩子学会尊重，懂得独立，拥有快乐的生活，这是家庭教育的真谛。

第一天，我带着小侄女在家里，看到父母亲都去上班，小家伙开始哭个不停。我没有理会她，睡在客厅的沙发上，听着小侄女在房间哇哇大哭，我心里还直乐。哭是小孩子的权利，这不是我可以控制的，她愿意哭多久都行，哭累了，自然会消停。

没过多久，小家伙哭得没声音了，我也没有去管。再过一会儿，小家伙手上提着一条裤子，告诉我裤子尿湿了。我帮孩子换了裤子，便回沙发上继续躺着。本以为小家伙会继续哭，没想到她非但没哭，还噔噔噔走到我面前，喊了一声“姑姑”。我故作疑惑地问她：“你怎么不哭了？姑姑还没有听够呢！去去去，继续到你的小房间哭去……”我一边说，一边轻轻地推了她一下，示意她继续回去哭。小家伙表现出半推半就的样子，看得出她感觉到不好意思。她一脸无助地跟我说：“姑姑，我不哭了。”我又一次惊讶地问道：“为什么不哭了呀？”小孩子说不出个道理，对我直摇头，一脸的难为情，告诉我再也不哭了。既然是不哭了，该轮到我上场了。人生就是个舞台，有主角不能没有配角。花好要用绿叶配，没有长辈正确的引导，孩子还是不会懂得哭和不哭的道理。我对小家伙说：“喏，你自己说不哭的，下次不可以再哭啰，再哭我不带你出去玩。”对小孩子来说，出去玩是一种诱惑，又是一种交换，让孩子明白，不哭就可以达到目的，听话才能够享受更好的待遇。

每一次我背着小侄女逛街，小家伙都会趴在我背上问：“姑姑，你有家家吗？”我哭丧着脸说：“姑姑是没有家家的。”小家伙来劲了，得意地说道：“姑姑，那我给你一个家家，好吗？”看她一脸天真的样子，惹得我直笑，我开心地问她：“好的呀！你想给姑姑什么样的家家？”小家伙充分发挥她的想象力、创造力，说：“姑姑，那我给你的是草房子家家哦！”孩子也明白，我们在玩游戏，玩一种很开心的游戏。我继续开心地回答：“好的呀！姑姑最喜欢那样的家家了。”小家伙听了直乐，兴奋得不得了，感觉自己好有创意。

一转眼，小家伙上幼儿园了，接送小侄女成了我每天最开心的事。每一次去接孩子，小家伙都会非常开心，遇上别的小朋友，她会非常自豪地把我介绍给其他同学：“这是我姑姑，你家有姑姑吗？”在小家伙的心目中，有姑姑是一件很幸福的事情，这也成了我心中的骄傲。那是一份情感的纽带，让我们体会到被人需要的幸福。

教育孩子，不是靠哄，而是要懂，懂得孩子的需求，了解他的成长，明白他心里的恐惧，不放纵孩子无理的要求。一个孩子遇上陌生人，或者碰到不喜欢的事情，哭是很正常的，让孩子发泄不满的情绪和无奈的恐慌，这是一个他适应生活的过程。孩子走过心里的坎，自然会变得平和、轻松。

有时候，大人多余的举动，反而让孩子没有方向，无法调节自己的心情，让孩子失去自控的能力，没有自律的行为。自然的教养要懂得放手，让孩子看到自己的不足，明白处世的方式和方法，用他们自己的思维考虑人生，这才是孩子未来要走的路。

# 初生牛犊不怕虎

表舅家住的厂是兵工厂，那里差不多有两三万职工和家属，是一个很大的市场。当年穿绣花衣裳是非常时尚的。在我的家乡，绣一件衣服是两三毛（最多七八毛）的钱，在那里最少都是好几元，甚至是十几二十元的价钱，没有固定的价格，售价多少都是自己说了算。我心里想着赚钱，看着这一切，像是捡了元宝一样开心，但那时候的我不懂得如何挖掘市场和抓住商机。

当初的我，除了会绣花，其他什么也不懂，印花、图案的设计等都是在后来的日子里慢慢领悟出来的。那个年代，工人的工资都比较低，五六百算是很高的了。表舅一家借了两百元给我，说是借，其实并没打算让我还。现在说起来，两百元又能做什么，来回的路费差不多一百元，还能有多少钱是我做生意的资本呢？但是，当年我就是拿了两百元钱回浙江东阳进货，走上我做生意的道路。

我心里想的是创业，但不知道做生意需要多少资本，只是觉得能够有机会做生意就行。初次进货，所有货物行李都是我亲自用肩膀背过去的，舍不得花钱托运，因为根本就没钱。每一次东西多了，怕自己一个人上不了车，我就会找候车室行李比较少的人，问候他们一些情况，去向哪里。大家一起聊聊天，熟了成为朋友，人家也就不怕麻烦，会帮我一起扛行李上车。人生只要有目标，心里就不会害怕，会使出浑身解数达到自己的目的。心里有方向，会提升一个人的胆量和智慧，心在哪里，成就便在哪里。

上了火车的我，如鱼得水，不管火车多么拥挤，我都可以找到自己的一席之地，跟我聊天的伙伴络绎不绝。上车时有人帮我把行李送上车，下车时又有人帮我把行李背下车，大家都心甘情愿帮我一把。理由只有一个，以诚相见，从简单的聊天变成朋友，彼此真心实意地相处。出门在外的过客，需要懂得礼貌待人和尊重他人，这样更加容易获得别人的信任和帮助。

两百元做不了多少事，在我买了一些印粉、丝线及一些绣花图案的书之后便所剩无几。后来，我又从以前工作过的那个厂的老板那里赊了一些成品，如被套、枕套这些东西，一起带回了湖南，放在别的商店寄卖，摆了一台缝纫机在商店里接业务。一个月下来，接了一单二十四元的业务，我开心得一夜没合眼，逢人便讲开张做生意了。

那会儿，游戏机非常热门。工人阶级的人们有充裕的生活费，打麻将和玩游戏变成一种时尚。表舅一家建议我，回老家义乌进一批货，可以赚一笔，还说进这个货，肯定可以卖个好价钱。初出茅庐的我，做生意一窍不通，傻傻地以为，从这里进货到那里卖，算出进价和出价的差额，就都是自己赚的钱，完全没想过什么是销路，什么是人脉，也不懂得自己适合做什么。

表舅一家花了血本，一次性借了我三千元，看到市场，有了目标后，他们也看到了希望。我到了义乌的大市场，东西琳琅满目，看得我眼花缭乱。我转了大半天，没找到买游戏机的地方，但那时的我心里其实已经不想买游戏机了。我看到气球，进价是八分钱一个，心想：自己给侄姑娘买一个气球是一元钱，进价这么便宜，不知道要赚多少钱呢！想着想着，觉得心里美滋滋的，于是一口气买了五百元钱的气球。看到绣花图案的贴布娃娃，又买了五百多元钱的货。那时候已逢冬季，于是我又进了一百双小孩子的毛拖鞋。还没等把钱全部花完，我就匆匆回湖南了，要不然的话损失会更大。

到了湖南才知道，自己根本不懂如何叫卖，感觉直接站在大街上叫卖的样子丑死了，而且特别没面子。以前我想去做营业员，哥哥说那是去卖笑，风月场上的女人才会那样做。可能是从小受类似这样的错误信息的引导，我无法说服自己抛头露面，当众吆喝，所以所有的货都堆放在家中。当时，我心里只有一个念想，就是尽快赚钱还清债务，但内心却没有勇气踏出那一步。相反，表舅一家人到处帮我推销货品，他们在单位找熟人，联系商店，表哥出差还带上气球。他们会在家里吹一个气球，让它从四楼飘下来，以便让更多的人看见气球，这样慢慢提高产品的知名度，多少也就卖掉了一些东西。一个好汉三个帮，若是没有表舅一家人的帮助，我真不知道自己该怎么走过那段尴尬的岁月。

人生有许多事情，只有经历过才会明白。在经历了彻底的亏本以后，我才懂得如何去赚钱。曾经有一个生意人对我说：“第一次做生意，不要学会借钱，一旦失败，会让你感觉到压力沉重，想翻本会失去勇气，很多人有过一次失败，不敢再尝试第二次……”我就是这样，原本没钱，一下子借了三千元，这在当时不是个小数目，要想回本难如登天。我当时心里想的是赶紧回家，打工赚钱，还清债务，不想再继续留在湖南，有一种想要落荒而逃的感觉。但人生的一切，或许冥冥之中自有定数，想成事，需天时地利人和，但也要学会等待，学会坚持。那时候的我，不具备这样的条件，没有那样的勇气。那时的我盲目、无知，想要逃避，就像孩子不会读书学会逃避，我不会做生意，就想着逃避。要不是之后的一次机遇，让我看到事业的希望，我也不会留在湖南一待就是十四年。

生活的经历，让我明白了一个道理，成功的秘诀在于坚持，要敢于面对失败，才会有成功的希望。如果当初我回家了，或许这辈子都不会懂得如何做生意；倘若没有一次次的挫折与心痛，我也不会懂得如何教育子女，奋力拼搏，勇往直前。

# 柳暗花明

那个年代，火车非常拥挤，逢年过节则是更挤，回家的票很难买，我连续去了两次火车站都没有买到。无奈返回表舅家，表哥说："三月份会有一趟货车经过你们家乡，搭便车一起回去吧！"或许是天意，也或许是缘分，我就这样再一次留在湖南。

世事难料，当你一心想多接几单生意的时候，没有生意；当你并不太在意生意的时候，客户却找上门来了。我在湖南又住了半年，表舅一家热心地帮我出去宣传。渐渐地，越来越多的人知道了我的存在，问我会不会做的确良被套，虽然我当时内心还是有一些顾虑，但还是应允了，对于自己的手艺我还是比较自信的。有了那一次生意后，我心中再一次燃起做生意的欲望，于是改变以往的策略，进货做的确良被套、枕套，还有电视机罩等。

有过曾经的失败后，我总结了以往错误的思想，懂得了赚钱的要害，不再盲目进货、随波逐流。这一次做生意，我学会了取长补短，不买成品，而是买布，利用自己的一双巧手，做出时尚的家居装饰用品，如床罩、枕套、被套等，还有当年最流行的落地窗帘。

20 世纪 90 年代初，落地窗帘算是新兴的潮流，在我的家乡，能拥有落地窗帘的家庭很少。那时候，落地窗帘的钱很好赚，不知道是我聪明，还是苦难磨炼了我，当时的我做起窗帘来无师自通。最初我问别的商家窗帘怎么做，没有一个人肯告诉我，怕我抢他们的生意。那时候的落地窗帘式样齐全，千变万化，既然别人不肯透露信息给我，我就自己拿着一块布在门板上，用图钉固定它的式样，自己设计创造出各种不同的窗帘，独家原创，别具一格，成为当时当地的一大风景，获得了客户的一致好评。

除了窗帘以外，电视机罩、音响罩等我都做，在我的店里几乎能找到所有家电的美丽外衣。那个时候，家用电器非常时尚，也比较贵，大家都非常珍惜。谁家买了电器，都会找我做一个罩。当时有个出嫁到北京的姑娘还写信给她的家人，找我做一个电器罩寄过去。那时候，一个月接到的订单，一年都做不完。

之后，我风雨兼程，日夜操劳，一刻不耽搁，好多个日子里都熬夜工作，差不多做到天亮，也不觉得疲倦。偶尔打个盹，稍微清醒一点后，就又开始干活。那时候窗帘的制作费几乎由我说了算，因为一切都是新玩意、新创作，所以钱比较好赚，我一天可以做到好几百元的利润，相当于工人一个月的工资。于是，我心里的志向更加远大了，想开一个自己的公司，办一个工厂，甚至立志成为百万富翁。

那一年，我不仅还清了债务，还余下了不少的钱。我用自己的手艺和智慧，把生意经营得蒸蒸日上。虽然没日没夜地工作很辛苦，但是看着那些做不完的订单，望着沉甸甸的果实，我的内心还是自豪极了。那时有许多人找我投资，想让我跟他们一起合作，但由于不懂得团体的力量，也害怕合作的风险，所以我拒绝了。我心里有自己的“小算盘”，想找一个志同道合的人，一起为事业拼搏，共同开发我们的市场，那时的我对未来充满信心和期待。

然而，情商为零的我，败给了自己的一份感情、一种心态，我做梦也不会想到，心灵的残缺需要我用一辈子的时间去偿还。我渐渐明白，人生不是用金钱堆积的，情义无价，但感情也需要经营，需要我们有更多的智慧、更多的爱心。

# 一见钟情

每一次过年以后，我都回老家进货，顺路拜访老朋友，聊一聊彼此的心境，感到无比幸福与快乐。

那一天，天刚蒙蒙亮，下着毛毛细雨，地上笼罩着茫茫白雾，一派冬天的景象。我没有看钟，不知道是几点，姐姐来到我家中。姐姐还是第一次来我家呢！大多数的日子，我的朋友都不会到我家串门，我倒是也不想他们来，对自己的家庭不信任，怕引起不必要的误会，给朋友难堪，自己也难做，所以我做什么都是躲躲藏藏。

姐姐进门就喊："这么晚了，怎么还不起床？"我连忙起床下楼，睡眼蒙眬地回答："起那么早干吗？又没事做。"姐姐的忽然到访，的确让我很吃惊。她是我多年的好朋友，比我年龄大，所以我一直称呼她姐姐。我们之间比亲人还亲，没有隔阂，不会吵架，以礼相待。这份朋友间的情谊，是留存在心里最好的温暖。

我探问姐姐："姐姐，你今天来我们家有什么事情吗？"我们之间不需要客气，没有很多礼节，于是我开门见山地问。姐姐神秘兮兮地告诉我："走，好事情，带你去见一个小伙子。"弄了半天，是给我安排相亲，可这不是我喜欢的话题。我从来不稀罕别人的介绍，认为自己认识的，才是最好的，但姐姐的厚爱，实在盛情难却，于是我只能跟着去了。

一路上，姐姐告诉我："小伙子在苏州当兵，年龄和你一样，都是属鸡。"说是早几天前，小伙子托媒给姐姐和姐夫，让他们介绍对象，姐夫把我介绍给了他，人家早早地等着我回来，赶巧我昨天回家，所以想尽快安排我们见个面。记得很久以前，姐姐也为我说过一次媒，好像是当兵的，让我给拒绝了。这一次无论如何都要见一见，毕竟是姐姐的一片心意。

姐夫看到我们的到来，马上去喊男主角登场。没想到他跟我一样是懒虫，还没有起床，说的也是同一句话，睡眼蒙眬地对姐夫说："起那么早干吗？又没事做。"我和姐姐听了都哈哈大笑，"英雄所见略同"。就因为这同样的一句话、同样的一件事，我心里对他多了一份好感，无形中产生了一些共鸣，就这样，初次见面他给我留下了美好的印象。

小伙子长得高高瘦瘦的，皮肤黝黑，气质倒是不错，穿一件白衬衣，系一根红领带，外面套一件皮衣，更加衬托了男儿的风范和军人的气质。看到他的第一眼，我莫名心跳加速。平常的日子里，我对待异性比较刻薄，说话也常常针锋相对，感觉人家都是上辈子欠我似的，因为自己对命运有恨，所以对异性不是很尊重。

此刻，我被眼前的异性征服了，小伙子频频献殷勤，说话不乏幽默和情趣，给我端茶送水，于是我们两个你一句我一句地聊开了，一切都很投机、很融洽。所谓的一见钟情在那一刻产生了，我的确是心动了。人生难得遇见真爱，我内心充满欣喜。我们彼此交流没有芥蒂，沟通也很顺畅，让我度过了异常快乐的一天。然而，也是这一天，改变了我一生的命运。

是福不是祸，是祸躲不过。纵然是因我的倔强造成的后果，但倘若命里注定有此一劫，渡我寻到人生的真谛，回归平常的生活，也足以让我此生变得更加完整。生活中有很多人，只知道赚钱，却不懂得真爱，也不懂得珍惜，让多少年华白白流失。

# 难忘的一天

那一天，我们俩喝了很多开水，辛苦了姐姐和姐夫，他们却是忙得不亦乐乎。临近中午，小伙子带我去见他的朋友，又继续喝茶，装了一肚子的开水，但我心里乐开了花。返身到姐姐家，我们一起吃了一顿中饭，言语间流露出一种相见恨晚的感觉。小伙子的热情，远远超过我的想象，那种大方和自然都令我陶醉。

有些人，见过一次便是一辈子的记忆。多少爱情如过眼云烟，了无痕迹，而我对他的记忆，一生都无法忘记。有些人生儿育女过了一辈子，没有过真爱，平平淡淡活到老，又何尝不是人生的幸福。难得遇到真爱，不管后来发生了什么，依然感谢上苍，感谢命运，让我找到一个完整的自己。

吃过中饭，我想起要去拜访一位亲戚，小伙子听到我说这句话，二话没说，走出门口拦了一辆车。当时眼前的他是那样有魄力，男人的阳刚之美在他身上得到体现，我觉得男人就该有干脆利落的性格，那样才能成为女人的依靠。小伙子招呼我出门上了车，一切都是那样自然，那样舒畅。能深深打动人的，是对方想你所想、爱你所爱，这不仅需要智慧，更需要做个有心人。

第一次去叔叔家，路真难找，打听了好几个地方才找到，因为是远房亲戚，所以平常来往非常少。叔叔见面后第一句话问："你们是兄妹俩吗？"我的脸一下子红了，不知道该如何应对。小伙子反应很快，回答说："是的，我们是兄妹俩。"叔叔笑得好微妙，而我显得有些尴尬，叔叔肯定地说："应该不是兄妹俩……"我轻声地笑了笑，随即向叔叔说明来意，自己是受人之托来帮忙传达消息，聊得差不多后我起身告退。

出门后，小伙子问我："刚刚你怎么喊他叔叔，不喊姑父？"我一脸不解地问道:“为什么要喊姑父?”小伙子偷笑,说道:“如果喊姑父,可以到你家拜年,喊叔叔以后去他们家拜年。”原来是这样,我也不失风趣地回答:“真的啊? 那我要回去,重新喊一遍。”我很滑稽地做了一个回头要走的动作,小伙子连忙一本正经地说:“算了吧! 算了吧!”那一刻,心中掠过一阵阵暖意,彼此间的幽默,再一次产生共鸣。

走到马路边,半天不见车来,寒风刺骨。小伙子着急地在一旁等待,嘴里喃喃自语:“车怎么还没有来?”看他心急的样子,我笑着回答:“站在这儿倒也不觉得冷!”本想缓和气氛,结果小伙子将了我一军,冷不丁地说:“那你站在这儿好了。”于是我笑着问:“如果是夏天,我是不是该站在这里不用回家了?”小伙子笑了,我也笑了,从心里发出的微笑,真的好舒服、好惬意。

过了一会儿,车来了。上车后,小伙子想要坐前面,而我想要坐后面,最后他自然是顺着我的意思一起坐后面。我第一次体会到被人尊重的滋味,心里觉得很欣慰。小伙子喃喃自语:“坐前面多好,可以看风景。”我假装不屑地说:“那你可以坐到前面去。”不知为什么,小伙子说的每一句话,都让我感到开心。这是从来没有过的感觉,在他面前,我突然改变了以往对异性不理不睬的样子,变得像一只温顺的绵羊。曾经读到“昙花一现,只为韦陀”的故事,或许自己也是如此,遇到了那个特别的人,才把潜藏在内心深处的真正的柔情展露。

车到了姐姐家门口,小伙子说:“去我家坐坐吧!”没等我反应过来,车已经到了小伙子的家门口。我顺从地跟在小伙子后面,一切是那样自然,那样温馨。我第一次感觉到自己是个女孩子,做女孩的感觉真好。人类的感情是那样微妙,有人相聚一生,却形同陌路,而有人片刻之间能成为知己。

不一会儿的工夫,我们走到了小伙子的家门口,家中摆设很简单,但是很整齐、干净,四个凳子并排放在墙边,角落中有个箱子,给人一种清爽的感觉。小伙子尴尬地对我说:“我们家连沙发都没有!”言语中透着几分酸楚,但又是那样诚恳。我反问道:“那你的意思,没有沙发就不能坐啰?”小伙子笑了,马上回答:“那倒不是,你快坐……”我们面对面坐下,又聊了一会儿,不管说什么,都觉得很轻松。

那天喝的水实在太多了,我常往厕所跑,等我从厕所出来,不见了小伙子的踪迹。过了一会儿,小伙子出现了,充满歉意地对我说:“哎呀! 今天点心吃不成了，没找到我妈，又不知道去了哪里。”闹了半天，小伙子是去找他妈给我做点心，我满心欢喜，他的那份心意让我很感动，一股暖流涌上心头。

接着，我们又聊了一会儿，之后小伙子送我去了姐姐家。那一晚我没有回去，住在姐姐家里，回想一天的经过，以及小伙子的言行举止，我的心跳加速，但内心又觉得惶恐。爱情的种子播在我心里，那是幸福的泡沫，是噩梦的开始。

没有人会理解我当初的心情，我也不明白自己为什么会那样惶恐，那样不安，心里想的是过去，担忧的是未来，过分紧张让我失去了平常心，造成了很多不必要的伤害。无奈的结局，给了我深刻的感悟：人的一生中，心态比能力更重要。

之后为人母的日子里，注重孩子心灵的成长，变成我教育的主题。当许多家长忙着提升孩子能力的时候，我让孩子了解生活、学会生活，懂得平淡、自然就是人与人之间相处的最佳状态，以诚相待，用心感受人生的美好、灿烂、无价。

# 真爱无价

认识小伙子的第二天，我心绪不宁，内心得不到一刻的平静，对往事的恐惧、心里的阴影都浮现在眼前。总想着哥哥怎么对我，别人怎么看我，世上的人又会怎么理解我，我顾忌别人的看法，完全没有自己的原则和主见。我就像变了一个人，自己都不认识自己了。

尘封已久的往事，浮现在我面前，在心中波涛汹涌。那些刻骨铭心的伤痛、说不清的悲欢离合，让我心里面战战兢兢，生怕自己一不小心说漏了嘴，家里人知道我谈恋爱，会让这份感情再一次面对尴尬的局面。我想的不仅仅是自己，还有小伙子的命运，当初我认识的异性，都被人说得一文不值，我不想自己喜欢的人再一次遭受这样的境遇。

我开始怀疑自己不是个好女孩，不是个好妹妹，也不是个好女儿。我生怕他会知道，我的过去没有好名声。家人对我的不肯定、不认同，让我产生无数的幻觉。一切的往事都变成我不好的记忆，我感觉到自己是那样不孝。于是第三天，我快速踏上返回湖南的路途，心想至少我的事业不受人控制。我心里的不自信、不淡定，让我落荒而逃，我在逃避自己的一份幸福。

那一日，小伙子一路送我去进货，我很欣赏他的聪明与灵活。去布市买布，小伙子会边看商标边留意货的出厂地，他的细心让我更加痴迷，心想：如果他做生意的话，绝对不会比我差。尽管以前我也交往过异性朋友，甚至弄得满城风雨，但从没有过心跳的感觉。这一次，我由衷地欣赏眼前的这个男人，再一次心动不已，情窦初开。

我们买好布就去了托运站，一切手续办妥后，小伙子顺手拿走发票，打算帮我第二天寄托运单，一切尽在不言中。平常的我，一般会回家继续等一天，拿到托运单后再启程，这样就不用等通知，到了湖南下火车就可以提货。但我没有拒绝小伙子的一片心意，反倒很享受那种被人照顾的感觉，但心里又有些忐忑不安，甚至不敢多留一天，于是匆匆赶到义乌，准备前往湖南。

小伙子一路护送我去义乌。到了义乌，我要去批发市场见一个人，帮别人办一件事。等我们到了批发市场后才发现，那个人已经下班了，并约我第二天再见面。此时，天色已晚，我没有赶上当天的火车，于是只能在旅社住一晚。小伙子不但给我付了住宿费，还帮我找了个洗脚的盆子，之后又请我吃了一顿饭。等到一切安排妥当，他才启程回家。我送了他一程，但一路上我们不再有初次见面时的那份轻松和自然，患得患失的我也变得不再幽默和有趣。目送小伙子上了车后，我心中一阵失落。

回到湖南，我再也无法抚平自己的思绪，心中是无尽的酸楚和挣扎，往事如潮水般涌来，我想放下，但又历历在目。外婆的离去，亲人的不理解，童年的辛酸，过去那些无法言说的痛，依然存在我心底，让我痛不欲生。我好想倾诉，好想珍惜和小伙子之间的缘分。

不说还好，真的要说，才发现自己根本说不清楚，不知道具体要说什么。从没向人倾诉过心事的我，第一次感觉到自己的愚笨，根本不懂得自己想表达什么，觉得什么都不对，什么都想说，但又觉得不应该那样说，心里乱透了。

不久，小伙子来信了，给我寄了那张托运单，还写了一封信，言语中充满内疚，深表歉意，说那天他不该把我一个人留在旅馆，认为那是不负责任的行为。其实，我没有责备他的意思，更不会认为他不好，看到他这样说，心里很感动，对他更加思念。

面对爱情，我变得脆弱，想对一个异性倾诉衷肠，却不知道如何开口，积压在心里多年的怨恨和委屈，又变成无尽的内疚与自责。想到当初擅自做主去江西打工时，外婆责备我自私，结果直到外婆去世我都没能赶上送终；想到家人责备我对一个异性的思念，胜过对亲人的好，仿佛一切都变得不正常、不应该，心里充满了惶恐和不安。

对当时的我来说，感觉要表达对一个人好，简直比登天还难。后来，我强迫自己给小伙子写信，希望他做我的一个听众、一个读者，并且强调我们不是男女朋友的关系，但我内心其实期待是我们可以成为男女朋友。我对他说话总是颠三倒四，我自己也搞不清楚，究竟是让他做我的男朋友，还是做普通的朋友。说什么都不对，做什么都不是我真实的想法，我的思想凌乱不堪。

我写的第一封信，小伙子给我回了信，信中写得非常诚恳，安慰我说："人生不如意十之八九……你也算是女孩中的强者，作为男儿的我自叹不如……人生很多时候都不知道该何去何从……我喜欢自己努力的结果。"看了小伙子的回信，我心里既感动又崇拜，但却说不出自己心里真实的感受。没有人会理解我当初的心境，至今我都说不出那种感觉，脑子里尽是自相矛盾的纠结的思想。

有些人懂得赚钱，却不懂爱，这是因为他们的成长过程中缺少爱，比如缺乏亲人之间的关爱和体贴。大多数父母对孩子的教育，不是打就是骂，贬低儿女的人格和自尊，致使好多孩子长大以后，在感情方面失去自信，没有平常心，缺乏与人交流、沟通的能力，因此错失很多感情。即使有的人会努力表达自己，但思路不够清晰，说话颠三倒四，让别人糊涂、自己心慌，一样得不到预期的效果。

我在爱情路上摔了一个大跟头，百思不得其解，为什么我奋斗事业可以无拘无束，极力进取，不怕失败，心里淡定、平静，但在面对自己的一份感情时却如此恐慌，魂不守舍，又惶惶不能终日。

在事业方面，我想做什么，家人都会支持我、鼓励我，放手让我去做，这才会有我的胆大和敏捷。而在感情方面，我的无知，以及家人的不放手，让我一直没有机会去面对，去尝试，多的是迷茫与困惑。不管我认识谁、喜欢谁，家人都会评头论足，说我的不是，让我看不到自己的优点，不知道如何面对内心的需求，取而代之的是内疚、不安，甚至还会有一种罪恶感，渐渐失去正确的判断和思考能力。

现在，我会告诉自己的孩子：让你感觉到快乐的人，就是你最好的朋友；你想做什么，想对谁好都是你的权利，妈妈不会阻拦你，不会贬低你。我的过去已经注定是个历史性的错误，而儿女的人生才刚刚开始，他们必须是健康的，快乐的，拥有正确的人生观和价值观。身体健康固然重要，但心灵健康才能使生命更加完整。

# 我才是真正的弱者

一直以来，别人都说我是个强者，不依靠父母，不需要兄弟姐妹的帮助，万事不求人，拥有几个肝胆相照的好朋友，但我心里却有着无数的自卑，表现出来的往往是倔强、固执，看起来似乎很有个性，其实一直活在自己封闭的世界里。

我不懂得付出，也不知道索取，不敢追求自己想要的人生。小时候，生活是煎熬的，那时候我告诉自己要学会坚强，误以为坚强就是对人不理不睬，有自己的一套做法，但又常常作践自己、折磨自己。弟弟比我聪明多了，贫穷的日子里，每个人分到一块肉，弟弟会跟外婆说我不喜欢吃肉，我就真的不敢再吃，倔强地说："不就是一块肉，有什么了不起！"外婆也不会说那块肉是我的，不可以给弟弟，她看着我吃亏，又说我的不是，责怪我太倔强。

小时候的我，常常穿着破破烂烂的衣服，满心期待着长大以后可以给自己买好衣服，而并不懂得活在当下。那时候，我总是在心里一次次对自己说："等我长大了，过上有钱的日子，我就会做什么什么。"等到我真的长大了，有钱了，却依然不懂得怎么生活。从小养成了的习惯和心态，让我变得畏畏缩缩，不敢对自己好，也不敢对别人好，害怕家人的眼光和批评，让我迈不开心灵的脚步。

长大后的我依然会欺骗自己，想着等我赚多少钱以后，我就不会自卑，不会无助。等到有钱了，我又欺骗自己，找出各种不同的理由，不让自己好过，总觉得如果善待了自己，就会被别人说我自私，于是依然不敢过自己内心想要的生活。面对爱情，我心里有一种无言的痛，内心有着无数的期盼和等待，但真的摆在我面前，却又不敢去相信和接受，有的是惶恐，瞻前顾后，终究不敢面对自己的真实想法。

公交车上，看到一个孩子，两三岁大，脾气不小，对着外婆大声吼，看着阿姨给他的东西，一脸的不满，一会儿喊着外婆，一会儿嫌弃阿姨，弄得两个大人束手无策，千方百计地哄着。这让我想起自己的人生，多年来的习惯很难改变，甚至酿成无法改变的命运。我对着孩子的外婆说："小孩子不要让他养成这样的习惯，长大以后就麻烦了。"外婆很轻松地对我说："没关系，小孩子长大一点以后就会好的。"殊不知，多少孩子长大成人后无法改变自己的习性，就是因为童年时养成了不好的习惯。

人一定要活在当下，尤其是对孩子的教育必须注重平常的点点滴滴，不要让一切坏习惯注入孩子的心里，不然等以后想要改变又谈何容易。父母是孩子的第一任老师，给孩子空白的人生填上无数的色彩。环境对人的影响非常大，生在狼窝像狼，生在狗窝有狗的习性，生在人群里才活得像个人。父辈的修养不同，成就孩子的命运各不相同。

当年，我明知道自己的不足，有心想要改变，做了很多的努力，却还是无法改变自己的命运，让我痛苦了一辈子。面对感情，我哭了整整十年。后来，我学习跟孩子说心里话，告诉孩子童年时养成的习惯对将来人生的影响。我在教育孩子的同时，也努力改变自己以往的个性，经历无数的痛苦，慢慢让自己变成另一个人，拥有今天的人生。

我失去的爱情、放弃的事业、无奈的婚姻，以及那些痛苦的岁月，跟家庭对我的教育有很大的关系，家人对我的态度，让我不敢靠近别人，不敢说出心里话，不敢面对自己心里的需求，当这一切成为习惯，我想改变自己，却需要用我一生的时间。走过半个世纪的人生，回忆过往那些迷茫的岁月，心中留下的是心酸。

为人母的今天，我放手让孩子做自己喜欢的事情，在遵纪守法、品行端正的前提下，让孩子学会去尝试，去争取自己的那份权益。幸福一半要随，一半要争，这不是成年人才能有的勇气，在孩子小的时候就该拥有这样的想法，才会让人生不留下遗憾。

# 偏向虎山行

那一年，我不断地哭诉，逢人便讲："我喜欢一个男的，却不敢去爱他……"多数人鼓励我去见小伙子，跟他说清楚自己心里的感觉。一个朋友对我说："爱一个人就大胆地去爱……"在朋友的支持和鼓励下，我义无反顾地奔赴江苏。

列车上，我一直怀揣着紧张的情绪。面对感情，我的心里一片空白，感到很无助。从小到大，我的生活似乎除了吵架就是打架，我从来不会撒娇，也不会对人说心里话，不懂得交流与沟通，不知道如何表达自己的感情，内心充满了迷茫与困惑、恐惧和不安。面对那个心里牵挂的人，我该说什么，又能做什么。

找到小伙子的营地后，我犹豫了好久，最终拖着沉重的脚步，走进部队那一扇门，那对我来说是一扇地狱之门。抬眼望去，好多军人盯着我看，我感觉自己成了一个透明人，从头到脚让别人看了个透，心里面直打寒战。没有见过世面，又不懂如何接触人群的我，做什么都觉得不应该。许多军人问我找谁，尽管心中害怕，感觉无地自容，但还是鼓起勇气说出了小伙子的名字，当时感觉那三个字沉甸甸地压在我心上。

小伙子坐在二楼的通道里，对我的造访倍感意外，但又是那样的开心，非常热情地接待了我。看到他跑来跑去忙碌的背影，我心里没有一丝的轻松，不敢抬头去看小伙子，感觉一切都是那样的不自然、不正常。我心里很害怕，害怕别人会说我贱，说我不要脸。父辈的教育，早已让我看不见自己，眼里看到的都是面子和计较，总是活在别人的阴影里。

小伙子一脸的笑容，依然是初次相逢的那个他，而我却不敢正视他的眼睛，不敢面对自己的心。我没有当初的自然、潇洒和自信，有的是沮丧、不安、自卑。望着小伙子瘦瘦高高的背影，我心中充满了歉意，忧伤的情绪笼罩在我心头。

小伙子连队的指导员、连长请我吃了一顿饭，邀上连队里几个来自我们家乡的同乡一起聚会。好热闹的场面，多么盛情的款待，我却黯然伤神，欲言又止，多想敬他们一杯酒，感谢领导为我接风洗尘，最终却一句话都没有说出口，俨然是个小媳妇。看着别人，心里暗自落泪。想起多少年前的往事，记得有一次想给别人唱首歌，哥哥瞪着眼对我说："女孩子出什么风头……"于是我坐在那里不敢再动。

眼前的小伙子，像是我的亲人，又似我的朋友，有一种情愫在我心里生根发芽。就如面对亲人的时候一样，我的心里是在乎的，但又是那样拘束，有太多的不敢。只有在吵架的时候，我才会有勇气和斗志，平常的日子里，我是那样胆小和拘谨。那是一种多年来成长环境的影响下形成的心态和习惯，不是我想改变就能轻易改变的。

住了一个晚上，我感觉浑身不自在，心里特别尴尬和别扭，自己明明有很多生意要做，无缘由跑去看人家，心里想着：他会不会觉得我很懒，平时都很空没事做……不由一阵恐慌，于是跟小伙子辞行，觉得还是回湖南比较好。人家依然很热情，挽留我多住几天，对我说："明天是八月一日建军节，军人放假。"我却执意要走，心里想：自己说出来的话，怎么可以不算数。那时候的我，不是固执而是无知，从小长辈对我的教育，让我说什么都不敢反悔，以为那就是诚信。

一个人讲诚信是好事，但说话太刻板，生活不懂情调，则会让人觉得无情和冷漠。人和人之间需要一点客套，有人挽留是一种幸福，给人一个面子也是一种爱。当初的我，如果看到别人嘴上说要走，经人一挽留又不走，我会认为那个人好虚伪，明明说要走，结果又不走，不就是假装的呀。其实不同的场合，有不同的挽留、不同的心境，也应该有不同的对待，问题是我不懂。

回到湖南，我才发现自己该说的没说，该做的又没做，留下一笔糊涂账，心里满是失落和挫败感。我又一次开始牵挂，怀抱着无数的思念，异常地难受和无助，那是一种无法言语的感觉，让我再一次变得忧心忡忡。

感情的路走得好艰难，弄不清楚自己为什么会这样，欲爱不能，欲罢不休，这样的痛苦一天天折磨着我，身体日渐消瘦。很多年以后，我才明白自己对待感情不懂果断，总是思前顾后，提不起、放不下，这才是最痛苦的折磨。

我为人母之后，教育孩子要学会果断，懂得取舍，做什么事情都要学会大方，勇往直前，心里想要什么，学会去面对，即使不能如愿，也不会有遗憾。女儿上初中后，有一天问我："妈妈，我要不要去竞选班长？"我说："当然要，为什么不可以？"女儿对我说："妈妈，这次考试成绩不太好，我怕别人不会选我，会取笑我。"我笑着回答："那有什么关系，别人想笑是别人的事情，你要是没竞选，会是你一辈子的遗憾，因为你不懂得争取，会失去很多机会，竞选的结果不重要，重在参与。"女儿听了我的话，放心大胆地去了，结果当选了班长，回来对我说："妈妈，幸亏你让我去，要不然我还不知道，自己人缘这么好，班里三十九个同学，三十四个选我的。"看着女儿开心的样子，我笑了，发自内心地感到欣慰。

父母的引导方式不同，成就儿女的命运是不一样的。当年不管我想做什么，我的家人都会批评我、教育我，甚至贬低我，有时候我对外人好一些就会说我贱，帮别人家做事会说我不长志气，导致我对婚姻的不确定，对感情的不自信，心里害怕别人的眼光，畏畏缩缩。经历了几十年的坎坷，我一直走不出自己心里的阴影，我是败给自己的心态，所以虚度了一生最好的年华。

女儿庆幸自己有个好妈妈，儿子说我是生活的艺术家，但即便我能指引别人努力改变命运，却依然无法改变自己的心态。半个世纪的岁月，我活在半梦半醒之间，带着恐惧和害怕，害怕夫妻吵架，害怕别人看不起我，人前人后两张脸，活得很累、很无助。

好的家庭教育，要给儿女最好的爱，不是金钱和物质，而是一份心灵的自由，一份理解和关怀，不要局限孩子的思想，要帮助孩子达成自己的心愿，拥有他们想要的人生，这才是儿女心中最大的需求。人生真正的幸福，是可以做自己想做的事情，追求自己想要的生活。

幸福一半要争，一半要随，争的是人生，随的是心。孩子小的时候跟父母吵架，不是不听话、不孝顺，父母要懂得如何与孩子交流和沟通，才能给儿女指引正确的方向，创造美好的未来。

# 胆小和懦弱

那天早上，小伙子再一次为我送行，彼此都没有那种轻松愉快的感觉，小伙子带我去看有着吴王、西施典故的莲花池，我像一个木头人一样跟在后面，没有一丝的情趣，不会说一句话，脑海里一片空白。我心里想：总有一天，我会变成一个正常的人，变成初次相逢时的那个我……

我也很欣赏初次跟小伙子见面的那个自己，大方、文雅，又充满情趣，可惜这样的机会，对我来说的确不多。小伙子不错，又带我到市区的花园坐了一会儿，尽一份地主之谊，我依然不说话，彼此间都显得很沉默。

接着，我们去吃晚饭，喝汤的时候，我把调羹放重了一点，小伙子看了我一眼，我居然不敢再喝汤，感觉自己很没面子，不懂得斯文，心里满是顾忌和不安。

家里的长辈总是教育我到外面要讲究斯文，顾及形象，但具体怎么做，我从来不知道，心里越是在乎，越是感觉到自己什么都做不好。就像多数父母一样，总是要求孩子去做什么、学习什么，结果达不到他们预期的效果时，就说是老师不会教，或者责备儿女不用心，让孩子到哪里都显得拘束、没有自信。

孩提时自信与否跟父母的态度有很大关系。父母鼓励、肯定孩子，儿女会变得优秀和自信，又充满动力；父母贬低、否定孩子，儿女会变得消极、自卑，或者内向、懦弱，而在平常吵架被激怒时，孩子会死命抵抗，这会让父母误以为性格是天生的。

自己的一番经历，让我明白人的性格是可以靠后天培养的，这跟从小父母的态度、家庭的教育有很大的关系。我从女儿出生开始就注重对她礼仪的教育，比如她的坐姿、站姿、走路的姿势等，还有为人处世的道理，都是平常一点一滴培养的结果，良好的习惯从家庭教育开始。不像当初我的父母教育我的那样，到别人家里吃饭干活都要看别人的脸色，让我变得畏畏缩缩，没有自己的思想，不敢有自己的行为。

二十年以后的今天，女儿去阿姨家玩，我姐姐家条件比我家好，同样是有着贫富差距，要是我的妈妈，会说："阿姨家条件不错，你要注意一点，不要让别人看不起。"说什么、做什么都是以别人为前提，让我变得小媳妇一样。而我对女儿说："你去阿姨家，想干吗就干吗，要什么就跟阿姨讲，不要害怕，如果阿姨不喜欢你，你就回家。"我的一番话，让孩子卸下了防备，保持正常的交际，这对她的未来有着深远的影响。

平常在家里表现不错的孩子，到别人家也一样不会淘气，父母又何必多此一举，给孩子加以各种限制，以此给孩子的心灵蒙上一层阴影和压力呢？很多时候，是父母自己的自卑和虚荣在作祟，使得孩子不敢面对真实的自己。将来孩子步入社会，需要的是大方、从容，还有无拘无束的潇洒，才能够更好地立足。

家庭教育中，父母对孩子引导方式不同，产生的局面就不同。如果父母一味要求儿女在别人面前获得一份荣誉，会埋没孩子的天性，局限儿女的思想。自然、大方，才是真正的美。

# 人生最悲莫过于心死

那一年，我的耳朵边上生出两个小洞，平常没事情做，喜欢挤弄一下，挤出很多脏东西，结果发炎了，而且一发不可收拾，痛得我哇哇直叫。在湖南，第一次上医院去看病，还是表舅妈陪我去的。

表舅妈认识五官科的医生，医生军校出身，医术相当高，他建议我两边都开刀。因为害怕以后再发炎，所以我们决定听从医生的建议。开刀以后，我住在医院里，表舅妈给我送吃的，湖南的朋友陆陆续续来看我。那时候我收了三个徒弟，先后都来看我，内心觉得很幸福，也很荣耀，我喜欢那种被人重视的感觉。

有一天，医生给我挂盐水，那是我人生中第一次挂盐水，不懂得如何照顾自己。我一个人去上厕所，结果瓶子拿得太低，导致鲜血往管子里回流。我很少来医院，再加上缺乏生活常识，完全不懂得如何处理，结果硬生生看着自己的手肿得很大。当时，我的心里有说不出的凄凉和孤独，看别人住院都有人陪，唯独我孤单单的一个人，特别难过，忽然间好想自己的家人。

我一个人傻傻地坐在那里，想自己的过去，越想越觉得心酸，内心好挣扎。不知道自己这么拼，是在为谁辛苦为谁忙。面对爱情，我把自己弄得人不人鬼不鬼，一时间不知道自己活着究竟为了什么。不懂得珍惜自己的我，平时舍不得吃，又舍不得穿，突然不知道赚钱是为了什么，这么想了想，心里面有了更多的酸楚和无助。

在医院，我一个人想着想着，变得更加绝望与伤心，想到家人对我的冷漠，还有一家人不似一家人的场景，心里面冰凉冰凉的，没有一丝的温情，看不到希望。忽然开始瞎想，倘若有一天我被车撞死了，把钱留给谁都不甘心，即使是给父母亲，我也不愿意。以前我会害怕，会觉得所受的委屈都变成了恨，但这一次，我开始用心思考人生。

我是六十年代末的留守儿童，对父母的印象非常模糊，要说对长辈的感情，更多的应该是心疼外婆。外婆说的话，我都记在心里，刻在生命的记忆里。想起外婆的死，自己的不孝，我泪流满面。即使过去很多年，还是那种感觉，对老人的思念从不间断，我觉得自己赚的钱，只有外婆值得我孝敬，那是一种偏激的想法，一种对感情认知的模糊。其实，父母对我也不是很差，会给我一些东西，也给过我一次钱。那时我在湖南，要买绣花机，借的钱都是湖南亲戚的，心中气愤就给父母写了一封信，抱怨他们对我的不闻不问。之后，父母寄给我一千元钱，但当时我的心里不懂得感恩，有的只是不屑。

曾经有一个房地产公司的经理跟我说："我是最怕给儿子打电话了，没说两句话，儿子就把电话挂了，都不知道说啥好！"我问他："你是不是问儿子在家有没有听话，学习有没有用功？"经理马上回答："是啊！不这样问，那还怎么问？"我笑了笑，说："要是我，不会这么问。"经理诧异道："你会怎么问？"我又一次笑了："我会问孩子在家是不是开心……"经理又问："那孩子说不开心，又该怎么办？"我还是笑："问孩子为什么会不开心？"为人父母，要学会做孩子的听众，聆听孩子的心声，理解孩子心中的委屈，帮助他们走出心灵的困惑。

我在教育孩子提升能力的同时，非常注重孩子心灵的成长。父母千万不要等到孩子的心封闭了，才想起要安慰和关心孩子，到那时候儿女不会懂得感恩，也不会理解父母的一片苦心。这不是儿女不听话，也不是他们不理解父母，而是他们原本想要得到父母的疼爱和关心，期盼得太久就会变成失望，又从失望变成绝望，到最后把心封闭起来了，一切就都变得无味。即使父母付出更多的金钱和物质，孩子也不会感觉到温暖，到那个时候，更多的孩子已经不再相信父母。

# 忍无可忍

那一年，我一次又一次返回家乡，寻找我失落的根。多少年来，我就像一朵飘着的云，无依无靠，不开心就离开家，想着可以寄住在小溪边，以天为盖地为庐，但说起来几番潇洒，做起来几番迟疑。家乡虽大，却无我的栖身之地，每一次跟哥哥吵架，哥哥都会拖着我到门口，让我去嫁人，可是一旦我真的要谈朋友，又是一味阻拦。哥哥说过的最令我难过的一句话是，说我见一个爱一个，看到男人就不得了。哥哥觉得我就是个花痴，但我却没有谈过一次像样的恋爱，每次一有个苗头就像风一样逝去，独留自己心里无限的纠结和不安。

我和哥哥尽管会吵架，也会打架，心里害怕，但又相互依赖，我一边逃避那样的处境，一边又适应着那样的生活。人的内心是矛盾的，也是复杂的，一切不好的情绪都会变成一种恶性循环。

哥哥结婚了以后带给我无数的震撼，使我的人生更加没有了方向。哥哥从内蒙古娶回了嫂子，大嫂非常漂亮，人又好，我从心里由衷地祝福哥哥。那一天，我买了很多的好菜，招待初次见面的嫂子。炒菜的时候，我特意问过嫂子会不会吃辣，嫂子点头说她会吃一点，于是我放了一点辣椒。没想到，哥哥看到我放了辣椒，眼睛一瞪，凶巴巴地说："明知道嫂子不会吃辣的，还炒得这么辣。"言语间，责备我故意放那么辣，刁难嫂子。我原本打算奉献自己的一片爱心，结果好心被当作驴肝肺，惹了一身骚。我要是对嫂子不好，可以不买菜、不花钱，不需要如此为难自己。哥哥数落我是常有的事情，但他对我的态度和对嫂子的态度比起来，显然对我太不公平。这样一次次积累之后，我的内心再一次失去平衡，导致我最后的崩溃。

人是不能比较的，一旦有比较，就会感到自己更加委屈，更加不值得。

面对哥哥，我不想再付出，不想做无谓的牺牲，哥哥对我蛮不讲理，让我忍无可忍。多少年来，哥哥不会顾及我的感受，这不是他的性格，而是他的习惯，是从小长辈对他的娇惯而形成的。在哥哥面前，我没有私人空间，别人写给我的信，哥哥想撕就撕了，不会顾及我的人格与自尊。我再一次迷茫了，成长带给我太多的迷茫和困惑。

那一年，我拼命地赚钱，又拼命地花钱，想平息自己无奈的思绪，弥补对自己的亏欠。以前，看似赚了很多钱的我，肚子饿了却不会给自己买一碗点心，一心想把钱存起来带回家。我一心想为家里盖一套房子，让自己活得有尊严、有面子，父辈的教育让我所有的努力都只为一份虚荣的感受。但那一刻，我所有的斗志都泯灭了，既不要荣耀，也不要面子，只想做一个真实的自己。

很多时候，我心里明明想要的东西，却不敢争取，怕别人会说我自私，会说我不顾及亲情，如果穿漂亮的衣服，又害怕别人会说我太风骚。我的内心有太多的渴望，却又不敢对自己好。父辈的教育，让我活在别人的阴影里，没有正确的目标和方向，只有无数的煎熬，压抑着自己内心的需求。为了成就父母的想法，我自己却变得叛逆而不孝。

直到我放弃这一切，放弃了自己，放弃了我的家庭，心甘情愿做一个弱者，才发现人生并不像父母说的那样，我的兄弟姐妹也不会因为我的贫穷而特别照顾我，我的朋友也不会因为我的贫穷而看不起我，一切都只关乎个人的性格与修养。

在我最贫穷、落魄的岁月里，我坚持悉心培养我那可怜的女儿，让她懂得尊重别人，也让她学会自尊、自强、自爱。随着时间的推移，我渐渐明白，贫穷不是屈辱，也并不可悲，真正可悲的是失败的家庭教育，没有原则，没有方向，会让儿女的心理浑浊不堪，失去阳光，失去良好的心态。

# 金钱挽不回逝去的灵魂

童年的我，以为有钱就有了一切，不懂得经营感情，不知道珍惜自己，不会营造生活的快乐。内心世界很痛苦，却不懂得如何调节自己，总是自欺欺人，以为长大以后就可以活得明白、活得快乐。

当年，别人认为我是强者，其实我的心里早已疲惫不堪，在感情面前不堪一击，内心深处真正的坚强不是用金钱和物质可以挽回的。小时候的我，活得压抑、不痛快，不能做自己想做的事情，不能说自己想说的话，常常逃避和沉默，心里只有一个信念："长大了，我一定要赚很多钱。"可是等真的有钱了，我还是不快乐。

表嫂买了一块英纳格手表，告诉我那块手表有多贵，戴在手上又是多么好看，强调那可是名牌，言语间透露了傲慢，以及她内心的幸福与满足，眉飞色舞。看表嫂的开心劲儿，我真的好羡慕。我问表嫂那块表值多少钱，表嫂说："三百多元，相当于工人一个月的工资。"后来，我去商店买了一块价值八百多元的英纳格手表，我真正在乎的不是那块表，而是想得到像表嫂那样美好的心情。我戴着表，却感觉不到表嫂的那种骄傲，也没有她的那种幸福感。心态不同，感受到的东西也是不一样的，不是有钱就一定会快乐，是我在那一刻悟出的真理。

为了赶时髦，我一口气买了三个金戒指、一副金耳环、一条金项链，还有一套银首饰。另外，我还买了名牌的衣服、名牌的鞋，买了童年做梦都想得到的一切之后，却依然不能充实我空虚的心灵。那一刻，我才知道，我完了，没救了，我的人生没有了方向，不再有动力。成长的过程中，我的心里没有爱，只有钱，以为自己一切的苦难都是贫穷造成的，父辈给我的教育，让我对人生产生误解，不明白幸福其实需要亲情、友情与爱情。

表舅一家听到我买了一块 800 多元的手表，都跑来看稀奇。他们稀罕的是我那块表，因为他们并不知道我每个月可以赚多少钱。他们也不敢相信，向来节俭的我会变得如此奢侈，这的确让他们大吃一惊。他们的目光中透露着无数的不解，言语间多了几分羡慕。曾经负债累累的我，一瞬间变得如此阔绰，倘若不是我的心态出了问题，或许我能在事业上走得更远、更好。

心灵的苍白，让我再也没有赚钱的欲望，只剩下悲苦与绝望。面对与小伙子的感情，我依然百思不得其解，不知道如何面对才是一个温柔的女性该做的，不懂得抓住人心，感到异常迷茫与困惑、伤感与落寞，我们俩之间除了写信还是写信。即使写一千封信，还是写不出我心中的一切，写出来的文字絮絮叨叨，却完全没有说清楚自己要表达什么，想要得到的又是什么，心里明明有想法，却始终没有勇气开口。

几十年以后的今天，我允许儿女跟我吵架，诉说心里话，我不会说孩子的不是，不觉得孩子烦，我让他们学会表达，懂得交流与沟通，能够有勇气说出心里话，这都是人生最大的学问。情商的培养远比能力更重要，一个人懂得表达，就不会失去朋友。未来的人生，人脉就是钱脉，不能让孩子拥有能力，却败给自己的心态，那是人生最大的悲哀。

# 扶不起的阿斗

素来潇洒的我，面对感情越来越没有自信，一次次强迫自己学会面对，明知不可为而为之，但依然满是凄凉和迷茫、荒唐与无知。我先后一共去了苏州三次，去跟小伙子见面，但每一次都不欢而散。我要求自己坚持去尝试，喜欢的东西勇敢地去追求，这是对自己内心的挑战，我要打败的不是别人，而是自己心里的不良情绪。我身体里拥有的正能量远不如负能量，消极、悲观、自卑、自惭形秽等，都是当年的我最难克服的习惯。

我第二次启程去苏州，小伙子给我煮了一碗热腾腾的面，外加两个鸡蛋。我依然不知道说些什么才好，于是又开始絮絮叨叨地诉说自己的往事。我刚开口说了半句："我哥哥……"面对我那些家长里短的事情一次次地纠缠，小伙子心生厌倦，感到很无奈，他一句话顶了回来："你是你，你哥哥是你哥哥。你哥哥怎么样，跟我有什么关系？"言语间在告诉我，哥哥怎么样都不要紧，要紧的人是我。尽管我可以听出话外之音，但却不懂得如何应对，一脸茫然地看着他。小伙子又说了一句："你是脑袋有病……"吓得我再也不敢出声，感觉自己的确有病，于是暗暗对自己说："总有一天，我会有能力说心里话，到那一天我一定会告诉你，我没病，有病的是那份家庭教育。"

他那一句话说中了我的要害，我岂止是脑袋有病，心里的毛病更严重。我鼓起勇气问他："我们还能做朋友吗？"小伙子给我最后通牒："你再这样下去，恐怕连朋友都做不成了。"那一刻，真的好希望有人扇我一巴掌，唤醒梦中的我。我是茶壶里煮饺子，有货倒不出，有些事明明心里知道，就是说不出一个道理，让彼此变得更尴尬、更无助。

第三次，我又去部队找小伙子，存在我心里的脆弱，像是掉在蛛网上的小虫，越是挣扎越是缠得紧，让自己变得更加脆弱。我的心里只有一个信念，不管结局如何，我都要强迫自己学会面对，哪怕是粉身碎骨，也在所不惜。只有错了才明白什么是对，只有痛了才感觉到生活的真实，我想了解最真实的人生是怎么样的色彩。

这一次，我心中觉得理亏，不敢当面去见小伙子。很多时候，我明知道自己错了，但不知道如何去改，我在寻找一个答案，一个自己都无法理解的答案。不明所以的同乡和同学都劝我："他是个脾气古怪的人，生气的时候，会跟连长、指导员叫板。"我心里知道不是小伙子的错，有问题的人是我。成长的过程中，我一直活在自己的世界里。许多人步入婚姻，才明白自己的选择是个错误，有多少人都是到了适婚年龄，随意婚嫁，根本就不懂得感情与婚姻的距离。我也不知道，一头的雾水，所以用了几十年的人生去探索。

部队的指导员和连长都劝我说："唉！我们都劝小伙子娶了你，他就是不作声……"别人又怎么可能明白，存在我心里的矛盾与困惑，我带给小伙子的压力又有多少。他从来没有贬低我的人格、侮辱我的自尊，很感谢他顾全了我的面子和骄傲，让我几十年都没有忘记，对他心存感恩。从那时候开始，我发誓这辈子一定要做回自己，做一个最真实的我。

多少年以后的今天，对人对事我都以诚相待，别人会怎么样对我，都不是我要计较的，我要做的是自己，哪怕被人误解，被人说闲话，或者是被人欺骗，我都不想说别人的坏话。这是一种人格，是一种气质和修养，也是我几十年悟出的心得。爱出者爱返，福往者福来。

教育自己的孩子学会面对他们不敢面对的一切，让他们明白，这是人生最大的成功与骄傲。每一次，女儿考试没考好，我会很平静地对待她，告诉她这是一种挑战。逃避是懦弱无能的表现，超越自我要从平常的小事开始。我经常对女儿说："每天晚上睡觉前，你躺在床上要好好想一想，哪一件事让你感觉到有压力，然后你要努力鼓起勇气去面对，只有战胜自己内心的脆弱，才能够让自己过得更轻松、更自豪。"

# 不要对我太好

对生活的绝望，让我没有了赚钱的欲望，又不知道该怎么活，我徘徊在人生的十字路口，不知道何去何从，除了做事赚钱，不知道自己还可以做什么。原本以为自己第一次拥有了爱情，拨动了心中的那根弦，却不了了之，并且这一次的感情失败跟父母兄弟一点关系都没有，完全是因为我自己那种无法释怀的压抑。我想，我该学会放手了，放开自己，放开过去所有的恩恩怨怨。

我走在法院旁的一条小路上，引起另一位异性的注意。他是法院院长的儿子，比我大三岁，大学毕业，是一个很优秀的男生，会做一手好菜，我称呼他为大哥哥。大哥哥很不错，陪我散步，听我述说往日的故事。不自信的我，不知道自己有多少魅力，更不明白的是，在我落魄的日子，还有人会欣赏我。

不会游泳的人，换再多的游泳池也没用，关键是自己得学会游泳。不懂得经营感情的人，换多少异性朋友，也依然不会把握缘分。我跟大哥哥聊过去，谈理想，一起追逐童年的梦想。我告诉他，小时候我多想学服装设计，想做一件最好看的衣服，当初家里穷，别人不收我做徒弟，后来去学习，又心不在焉，错过了一次又一次的机会。

没想到，大哥哥出了趟差，给我买了两本服装设计的书，由他妈妈转交给我。尽管没有当初见到部队的那个小伙子那样让我觉得激情澎湃，但我的心里还是好感动。因此，我认识了院长夫人，夫人很朴实，非常友好，没有架子。她邀请我去法院玩，说是想让我给她们家做一个洗衣机罩，我去量了尺寸，从此成了法院的常客。

院长约我下次去他们家吃鱼头，听说我喜欢吃鱼头，打开厨房的门让我看一堆的鱼。院长喜欢钓鱼，平易近人，非常勤劳、善良，告诉我他们家有热水，要我洗脚以后再回家，我受宠若惊。贫穷的日子让我保持拘谨，言语中有几分胆怯，做不到落落大方。

法院周边的土地上种了很多菜，经常可以看到院长夫妇劳动的画面，两个人一起种菜、一起浇水。后来，我又认识大哥哥的弟弟，他也非常尊敬我，也是一个大学生。院长对我说："我们家不会嫌弃农村户口的女孩子……"无形中表白了他们的一份心意，让我放心。院长又告诉我，他们家在市区有两套房子，兄弟俩一人一套，我心生敬佩，同时又很自卑。面对自己凌乱不堪的家庭，又怎么可能配得上如此好的家世，心里觉得非常惶恐。从小受家里封建思想教育的影响，心里存在门当户对的观念，于是又一阵惊慌。我在心里想：万一他们知道我的家庭，又该怎么想，怎么做……

表舅一家都认为，这是一段很好的姻缘，支持我、鼓励我有机会多去他们家坐坐。深夜，院长夫人亲自送我回家，一路上聊了很多，她的确是一个非常好的母亲，和蔼可亲，给人感觉好温暖。

大哥哥出差回家后，邀请我去他们家玩，亲自做了一顿饭给我吃，大哥哥烧的菜可好吃了，让我至今回味无穷。大哥哥说，以前他买衣服都不是很讲究，认识了我以后，有不一样的感觉了。尽管我出身寒门，但穿衣服、做事情都比较讲究，一般的衣服不穿，不喜欢的事情不做，非常有个性。有一次，我对大哥哥说："要么不买衣服，要买衣服就要买好的，不浪费钱，也不会有遗憾。不像有些人，买一大堆的衣服，多数都没有品位，还不如穿旧衣服。"在我的一番话之后，大哥哥有形无形中模仿我的风格，让我心里产生一些很微妙的感觉。

以前贫穷的日子里，我宁可穿破烂的衣服，也不愿意被人同情和施舍。大哥哥一家人都很喜欢我，而我却在心里想：他们家的人会喜欢我，是喜欢我会做事，以后到他家，岂不是变成奴才。无形中，我想到妈妈平常说的"别人家对你好都是因为有利可图"，又听到很多人说"男人都一样，得到了就不会珍惜……"没有生活常识、对爱情十分迷茫的我再一次落荒而逃，后来想起来，觉得当初的自己多么愚不可及。

当年的我，不懂得什么叫人格魅力、个性相吸，是父辈的想法局限了我的人生，阻挡了我前进的脚步。平时经常听到别人说："谁谁有钱了，抛弃了原来的妻子……"心里不寒而栗，并且担忧自己的未来，其实这也是心中的不自信、不肯定，让我一次又一次错过美好的生活。面对感情，我心神不宁，不懂得珍惜，不知道感恩，又一次放弃大哥哥的示好，虽然心里懊恼不已，却又无可奈何。

人和人之间没有贵贱之分，有的是心与心的距离。有些人看似门当户对，但心灵的不完善、不豁达，也不会得到别人的尊重和珍惜。只要具备人格魅力，心地善良，心态健康，积极向上，无论是谁都可以自信满满地走自己的道路。

# 迟来的母爱

那一年，结束在湖南的事业，回到家乡，我开始明白，在我心里金钱不再是最重要的了，我要的是一份亲情、一份真爱。回到家后听闻的第一件事，是小伙子结婚了，距离我跟他分手只有几个月的时间。所谓的分手，其实我们根本没有牵过手，又或者连最起码的朋友都谈不上。一场相遇，因为我的无知和愚昧而彻底画上了休止符，也结束了我青春时期最美好的一段爱情。那存在我心里的爱，长达二十多年，这份爱延续着我生命的意义，使我不再盲目追求，明白金钱和物质不是人生的重心，重要的是学会爱。

小伙子和别人结婚虽然是我预料中的事情，但我内心还是感到深深的落寞，心的温度顿时降到了冰点。我看不清前方的路，不知道该怎么走，心里面有一种绝望、一份叹息。当时唯一想对自己说的一句话："我的人生一定要好好走下去。我要在有生之年，学会表达，学会沟通和理解，做一个真止的女人。"我不是有病，而是对生活有太多无知，对家人有太多不了解。

那一天，我和妈妈一起去了哥哥家，也就是我和哥哥从小一起长大的外婆家。在我没有出嫁之前，那里应该也算是我的家。哥哥见到我的第一件事，就是喊我买柴火、买米，我心里不乐意，也不想付出。我和哥哥一起生活许多年，不管我付出多少，哥哥都不会懂得感恩，一切都是理所当然的样子。哥哥很聪明，从来不跟我要东西，都是借，我不想给，他就会理直气壮地骂："你有钱很了不起吗？又不是跟你要，那是借，又不是不还给你，我现在是没钱，等我有钱的时候还不是要还你的。"骂的人不知羞耻，听的人却胆战心惊。

那一晚，吃了晚饭，大家都准备睡觉。我们家只有一间房，我和妈妈睡一个铺。两张床紧挨在一起，哥哥在旁边唠叨个不停，怪我白天不买柴火、不买米。我是成心不想做这些事情，听到哥哥的抱怨，很不服气，对着哥哥吼："你喊我买这买那，又没给我钱。"哥哥的嗓门大了起来："我现在是没钱，以后又不是不还你。"我也怒火中烧，毫不留情地说："每次都是借、借……，你有哪次还给我过吗？"哥哥暴跳如雷，声音越来越大，讲话越来越难听。

我和哥哥拼了命地吵架，从床上吵到床下，又从楼上吵到楼下，白天买回来的鸡蛋全砸在地上。尽管我不想买柴、买米，但还是给坐月子的嫂子买了几十个鸡蛋，平常一针一线都很节约的我，这一次彻底豁出去了，自己花钱买回来的东西，由我说了算，怒气上来把自己买的鸡蛋全砸了。我再也不想太去在乎一些琐碎的东西，太在乎身边的一切，反而会失去更多。那一刻的我，什么都不想要，不想留在家中，匆匆收拾行李，再一次决定离开我的家。

那一宿，妈妈没让我走，死死地抱着我。我跪在地上，拼命地磕头，要妈妈放我走。唯独这一次，妈妈没有不管我，没有说以前的那些风凉话，妈妈对我说："如果你要走，等天亮了再走，行吗？"当时，我感觉妈妈是那样的慈祥，又是那样的温柔。为什么以前的我感觉不到，分别许多年，不知道是妈妈变亲切了，还是我变得有心了。可惜，一切来得太晚了，迟来的母爱，不能再感动我的心灵。生活的无情，超越了我的底线，过去的那份期盼、那种等待，早已经变成无数的绝望。船到江心补漏迟，多少父母看到儿女的反常，才感觉到自己过去教育方式不对，可是等到那个时候，想要改变谈何容易。

我第一次听妈妈的话，留在家中等待天亮；第一次听妈妈的话，没有急匆匆离开。以前我和哥哥吵架，妈妈从不干涉，不分谁对谁错，说得最多的一句话是："反正你们都比我能干，我的话谁也不会听，你们想怎么吵就怎么吵，吵累了，自然消停了。"以前，哪怕是我赌气不吃饭、不睡觉，她也没有心疼过一次。

很多年以后，我问妈妈："妈，那一次我和哥哥吵架，你为什么没有说我……"妈妈说："那一次，我好怕你会做傻事……"那一刻，我的心在滴血，但又感谢我的妈妈，要是那一次妈妈再像以前那样对我，或许真的会把我逼上绝路。也是那一次，我感觉到妈妈的爱，妈妈对我说："不要再出去了，要是嫌弃家里房子乱，我们租房子……"妈妈却不懂得，我心里感到绝望不是因为房子的问题，而是无数的渴望变成失望，最后变得心死。

我为人母的今天，只要看到孩子流泪，我会审视自己的行为，如果是因我说话不当而让儿女受委屈，我会改变自己的方式和方法，跟儿女达成共识。看到儿女笑，方才释怀，之后我会帮助他们分析问题，解决心理的疑难杂症，努力让孩子的每一天都过幸福快乐，才是父母对孩子最好的爱。

# 再一次背井离乡

说来也巧，我和弟弟是同一天过生日的，一母所生的同胞姐弟，能够在同一天过生日也属罕见。但我们从没有在一起过生日，那年，弟弟说无论如何都要在一起过一次生日，为此还特地从宁波赶回家中。我呢，在我们约好的日子赶去了宁波，彼此又一次擦肩而过。直至今天，我也没有和弟弟过一次生日。

弟弟是懂事的，是我们家脑袋瓜最灵活的一个，不像我那样保守与古板。任何事情，我不懂得转弯和圆滑，脑袋一根筋，得罪家人不说，又伤害自己。我那不撞南墙不回头的干劲，用来干事业倒是不错，可惜当初的我，已经没有为事业奋斗的勇气，只有面对感情的决心。弟弟知道我去宁波，又匆匆忙忙从家中赶了过来，姐弟俩在宁波会面。我就是这样一个人，想做什么就去做了，不顾及后果，也没有想到别人的感受。

跟弟弟见面的第三天，我们启程返回四川，去弟弟家过年。这是我第二次去四川，若不是命运如此安排，我是不会主动想要去的。由于自己对亲情的无知和冷漠，我对家里的每个人都没有好感，对弟弟感觉稍微好一点，心里没有排斥感，但也没有很多的思念。但自从经历了人生中第一次美丽的相遇，尽管是只开花不结果，却依然让我感觉到爱情的甜蜜、感情的无价，自此以后，我也终于明白，人活着是需要各种感情滋润的，并不是有钱就有一切。

到了四川，生活非常压抑，不是我想要的感觉。一母同胞的兄弟姐妹，所有的人生观、价值观截然不同。弟弟夫妇花钱如流水，经常是吃了上顿没下顿，但弟弟比哥哥能干，虽然没钱却也没让我操心，只是当时的我不太适应弟弟的生活方式。从我有能力赚钱的那天起，我兜里就没缺过钱，尽管不是很富有，但也不会为生活而犯愁。

在四川住了一个月，既不习惯，也不适应，思来想去，还是觉得湖南最适合我。于是，我决定回湖南，妹妹正好要回浙江老家，为了方便相互照应，我们特地买了同一趟火车的票。一路上，火车很拥挤，抵达湖南后，我准备下车，交代妹妹把我的行李从窗口递给我，自己先去门口下了车。没想到，没有生活常识的妹妹，还没等我下车就把行李递给了别人，被人家拿走了，真是屋漏偏逢连夜雨，祸不单行。

古话说得好："一个人倒霉，喝凉水都会噎着。"我心里面好难过，却又不能责怪妹妹，毕竟她没有社会阅历，太容易相信别人，以为车上说过几句话的就是熟人。尽管我心中后悔不已，却又无可奈何。那一刻，我真的是一无所有了，身上仅有的一张存款单，数额也不过几千元，立志要变成百万富翁的我，再一次变得穷困潦倒。失魂落魄的日子里，我被人骗过，让人偷过，做事向来精明的我，做什么都变得傻乎乎，几乎不认识自己，心灵的痛苦远比生活的疾苦更糟糕。

数年以后，我注重孩子心灵的教育，告诉他们生活的常识，让儿女积累社会阅历。从孩子幼年的时候开始，我就告诉他们怎么样理财，让他们懂得细水长流的道理，不到万不得已，不可以轻易借钱，平时自己要注意积攒。有一句古话说得好："吃不穷，穿不穷，不会计划一世穷。"教育孩子要注重全方位的培养，不要局限于书本上的知识，生活里的常识远比书上的理论更重要，更有说服力。

# 一无所有的我

当年的我，除了会做事赚钱，没有生活的常识，不懂得为人处世的道理，不知道用什么方式去表达自己的心情，生气了就开骂，被人欺负就跟人打架，没有文明人的素质和修养。心情不好的时候也会逃避，躲父母，也躲自己，不懂得用智慧战胜困难，愚昧无知，只有莽夫的勇气和胆量。

有一天，我跟舅妈说："其实，我从来都不知道怎么做电视机罩，也不知道怎么做那些窗帘，来湖南以前我从没有做过床上用品，就是会绣花而已……"舅妈大吃一惊，一脸疑惑地问："啊！原来你什么都不会做?"我笑了笑说："嗯，是我到湖南以后，自己慢慢摸索的，要是你知道我什么都不会，当初不敢借钱给我吧?"我言语中带着几分狂傲，又有几分得意。舅妈为难地点点头说："那是肯定不会……"好几千元的账，相当于工人半年的工资。

面对事业，我的确很自信，在幼年那些温饱不能解决的日子里，我就相信自己一定会变成有钱人。而当时，我放弃了事业，一时间真不知道自己还能做什么，舅妈家是回不去了，也不想回去，寄人篱下的生活也不是长久之计。跟人相处，摩擦多少都会有，而我把点点滴滴琐事埋在心里，又成了一种让人感到无助的压力。

舅妈楼上住了一个年纪轻轻的大学生，他对我说："你是二十岁的身体，八十岁的心态，哪一天我要带你去堕落，告诉你怎么跟人上床。"这可把我吓得半天不敢吱声，不明白他说话的意思。做事向来谨慎的我，突然没有了自己的主见，也不再用过去的眼光交朋友，不再一心想要避开那些"不三不四"的人。相反，由于自己的失败，我不敢去见过去的老朋友，心里羞愧，感觉无颜面对，有一种深深的挫败感。于是，我试着去结识不同的朋友，想要麻醉自己，或许堕落一次，就能感受不一样的人生。

后来，我认识了一个理发店的女孩，带她回家跟我一起睡，结果身上仅有的几百元钱被她偷了。那天早上，她起得比我早，披了我的衣服去上厕所，随即匆匆离去。等我起床一看，发现自己兜里的钱不见了，就去找她理论，结果争执之后发现自己根本不是她的对手。于是，两个人在理发店大打出手，我脸上的皮都被她用手指甲抠烂了。过去的我，不喜欢认识像那个女孩那样的人，不愿意听到他们的阿谀奉承。结果现在被别人偷了钱，还挨了一顿打，居然心里面也不觉得委屈，我变得不在乎，变得麻木。

幸亏，我的手艺在湖南还是有一定的知名度，所以订单还是挺多的，解决温饱不成问题，但我没有心情做生意，失去了当年的雄心与壮志，内心总觉得自己悲伤和凄凉。那时，我自己在郊外租了一间房子，认识了几个老太太，相处得比较融洽，有一个婆婆八十多岁了，跟我成了无话不谈的朋友。老人的一份关怀、一种厚爱，让我感到非常温暖，还有她的孙女、孙女婿，包括她的儿女们，都成了我的朋友。

但那一段时间，我已经没有赚很多钱的念想，也不敢面对自己的感情，心里最怕恋爱。那段无助的岁月里，我想成为一个母亲，想拥有自己的孩子。过去，我对别人好，家人会说我贱，这一次，我想对自己的孩子好，家人总不会说我了吧。我心里只有一个要求，谁要是敢娶我，我就嫁，我不要盛大的婚礼，不要彩礼，我只想要一个窝，哪怕是两个人吵架也行，只要给我一个孩子，可以让我余生倾注自己的感情，让我的人生不再孤单。

错误的思想导致了错误的婚姻，不是我对自己不负责，而是当初的我拥有那样不成熟、不健康的心态，所以那之后的生活都是我所要承受的命运对我的洗礼。我在教育儿女的同时，允许孩子慢慢长大，不会责怪儿女不听话、不懂事，没有过阅历的人生，别说是孩子，即使成年人也不可能做到最好。

当年的我有过此番经历，所以我对儿女比较宽容，不管孩子做错什么，我都觉得很正常。我经常对孩子说："做错了，不要害怕，妈妈也会犯错，认识错误并且改过来就好。"这样，孩子内心不会感到过分紧张，也不会有犯罪感，更加不会认为自己无能。不像我的童年，做什么都害怕，但越是小心翼翼越是容易出错，父母的不谅解、不宽容，造成我长大后的无知和愚昧，成长过程中我心里有太多的迷茫与困惑，需要一辈子去理清。

只有错了才知道什么是对，只有经历过才会更懂得珍惜。失败是成功之母，每一次孩子犯错了，我都不会紧张，更不会骂儿女这样那样的不是。父母首先要做的，就是放松儿女的心情，让他们感觉到一切都是那样自然、随和，然后告诉孩子遇到问题要如何去面对、怎样去处理，再进一步引导他们如何去改进，把自己变得更好、更优秀。父母的从容和淡定可以培养儿女拥有良好的心态。

# 二 生儿育儿

养育孩子，不仅仅是只管温饱，呵护孩子心灵的健康成长才是使孩子受益终生的财富。

# 倦鸟落巢

年近三十，我也算是剩女，经人介绍，认识一个异性，长得不好，说话没有魄力，会缠着我，赖着不走。不管我怎么骂都不会退却，或许这就是缘分，我当时认为这就是不离不弃的陪伴。许多人都说我们不般配，我自己也确实对他没感觉，但是当初的我觉得人得有自知之明，我自己只有那个能力，若是没有他的纠缠，有可能一辈子都嫁不掉。我最大的感动是，他让我成为一个母亲，延续了我的生命。

男人家里有三兄弟，他的两个哥哥都很聪明，长得也不错，而且都会开车。据说公公在世的时候，家里很富有，而后来则败落了，他们家是家道中落的典型。这世上，溺爱造就的悲剧层出不穷，当初我的外婆溺爱我的妈妈，结果老来无依；我的婆婆娇惯她那三个儿子，结果弄得一家人鸡飞狗跳。

婆婆是个性情中人，长得牛高马大，非常勤劳，喜欢骂人、打架，可以拿着木棍追着公公满街喊打，可以跟自己的婆婆打成一团。男人一家都是农村的，随着改革浪潮转入城市户口，跟我们家很相似，或许是天意，又或许是我命该如此。20 世纪 80 年代初，公公借钱买了一辆东风车，在湖南、广州两地跑，算是一个有干劲的男人，差不多一个月要跑两趟广州，钱是挣了不少，但也因此养成了一家人花钱如流水的坏习惯。三个儿子不懂得心疼父亲，只顾吃喝玩乐，公公积劳成疾去世，享年五十多岁。

婆婆说我会嫁给她儿子，是看中他们家有房子，男人的妈妈会这样想，无可厚非。那时候的工人，有一套房子已经算很不错的了，多少人看婚姻都是只看表面，真正懂彼此需求的人又有多少。很多人对婚姻唯一的要求是过日子，不会有太多其他想法。当初的我更无知，心里想的是做一个母亲，让自己的情感有一个寄托，让自己不再漂泊。

男人的确很没用，让他洗碗，五个碗可以打烂三个，洗菜时会把塑料盆子凿一个洞，洗过的衣服上到处是斑斑点点。如果是以前，我不会让男人去做事，会自己一个人做完所有家务，省得心烦。但总结过去，我知道是因为我自己的不耐烦，才养成哥哥不做事的习惯，让他觉得坐享其成是理所当然。面对自己的男人，我改变以往的方式，他不会做，我让他去学着做，衣服洗得不干净就让他重洗一遍，尽管我看着心里烦，但还是坚持让他做完。

世事难料，我不敢相信，自己会嫁给这样的一个男人，过去的我或许看都不会看一眼的人，但现在却成了我的男人，这的确很讽刺。或许是上苍给我一次磨炼的机会，成长我的心智，锻炼我的耐心。一直好高骛远、眼里容不得沙子的我，嫁给了一个生活不能自理的男人。我心里没有悲伤和懊恼，只有一种听天由命的感觉。过去的我跟天争、跟地争，最终还是败给了自己的心态。

在湖南的日子，我不在乎别人的眼光，不介意别人说什么。有一个朋友说："你找的男人是一个傻子，生出来的孩子会一样的傻。"他是长得不好看，做事更差劲。多少人替我惋惜，又替我抱不平，我心如止水，没有一点的抱怨，心想最起码我有了一个家，有一种倦鸟落巢的感觉。

人的心要是累了，会消极懈怠，甚至变得一无所有。后来，我在教育孩子的过程中，不会强求儿女一定要做到什么，只有做他们自己想做的事情才不会觉得累、不会感到苦。为人母，我努力做到不去限制儿女的思想，不干涉他们的人生，只要孩子过得快乐，他们的生活就不会差；心若是不快乐，即使有金山银山，也不会幸福。

一直以为是贫穷让我失去自由、失去真爱，然而事实并非如此，我在更艰苦的环境教养孩子，培养儿女的兴趣，注重对孩子的教育，追求的不是金钱和物质，而是那种健全的心态，让孩子懂得感恩，即使父母的物质条件再不堪，孩子一样可以自信、自尊、自爱。

# 离婚的孩子

听说大哥的媳妇是风风光光地娶进门的，花费了不少银两。老爷子走了没多久，大哥就离婚了，留下一个儿子，每天让老太太带。那是一个非常可爱的男孩，一双大眼睛炯炯有神，看起来聪明伶俐，说话做事都比较大方。父母离婚后，他过上了艰难的日子，不是挨打，就是挨骂，这是很多父母离异的孩子会遭遇的问题。我认识小男孩的第一天，他似乎对我很不错，我们之间有一种默契和亲切感，或许是前世有缘吧。

小男孩九岁多一点，读小学二年级，但看起来比同龄的孩子多了一份伤感和忧郁，学习成绩还不错，但字写得不怎么样。一个没有人管的孩子，能够有这样的水平，已经很不错了。每一次小男孩做作业，老太太会往桌子上摆两元钱，说道："喏，你赶紧做作业，做完后这两元钱就是你的了。"金钱的诱惑，小男孩已经习惯了，不见得马上会做作业。

小男孩每一次做数学题，都不写最后一句话，我问他为什么要这样做，他回答说："写不写都一样。"话是不错，但这样的学习态度就不对了。懒惰是人的天性，没人管的孩子更容易犯错。小男孩喜欢玩游戏，每一次去网吧上网，都是大叔帮忙找回来的，这样的事就像家常便饭。一个找，一个溜，反反复复，大家都习以为常了。大哥不管自己的孩子，谁要是向他告状，打骂小孩的事情归大哥自己管，不是拳打脚踢，就是一顿毒骂，打得小男孩鼻青脸肿是常有的事情。这对孩子来说，又何尝不是一场灾难。

有一次，大哥回家了，听到家里人告小男孩的状，火冒三丈，坐在家里等孩子。小男孩放学了，半个脑袋刚探进来，大哥的一个巴掌就过去了，紧跟着一顿骂："你个婊子养的，老子都是给那婊子害的，你还不好好读书，对得起谁呀！"大哥把夫妻间的矛盾、心里的一肚子怨气全撒在孩子的身上，不管孩子是不是可以承受，都是先骂了再说，无视孩子心里的伤痕。

我对男人的大哥说：“哥，不可以这样对孩子，抚养孩子你有一份责任，不要把自己的不幸留给孩子。”大哥反问我：“那怎么办？我要赚钱，又要顾家，不能每天看着他。”话是不错，似乎很有道理，但一个孩子的需求，不仅仅是温饱，还有父母的理解与宽容。我又对大哥说：“带孩子不需要花很多时间，平常态度好一点，对孩子多关心，也是对儿女最好的爱。”大哥又说：“那他这么不听话，不打他怎么办？”打和骂是多少父母教育孩子的模式，但又有多少父母真正知道，存在孩子心里的伤痕会是一辈子的记忆。我又对大哥说：“要是孩子管不好，等你老了，像你妈一样，不会有好日子过。”大哥又说：“那没办法，老了再说，实在不行自杀算了。”多少离异的人自己破罐子破摔，却又责备儿女的不是。

都说离婚不是悲剧，结婚也不是喜剧，只有两情相悦才是幸福与快乐的。离婚这个事儿本身不会给孩子造成太多伤害，但父母的消极态度带给儿女的恐慌、悲伤和无助是难以言喻的。父母自己心里不痛快，发泄在儿女身上，还要责怪孩子不听话，那么父母是否用心聆听过孩子的心声？幼小的孩子更需要有人呵护和疼爱。父母无缘由的责备、没有原则的教育，属于野蛮无知的行为。

看到一代又一代人的悲剧，我明白了一件事情，父母的态度对孩子个性的培养影响很大。如果父母的教育没有原则，孩子就会失去方向，不懂得如何为人处世，不知道珍惜自己，会变得麻木，习惯性逃避现实。小时候的我选择散步、爬山，或者是对着流水自言自语，以此逃避心中的烦恼，还曾多次离家出走。小男孩一般会选择玩电脑、打游戏，沉迷于网络，以此逃避现实。

为人母以后，我努力带给孩子更多的精神财富，我把最好的微笑带给他们，让他们感觉到母爱的慈祥、家的幸福。无论走到哪里，当他们想起家的时候，内心都是温暖的，即使走得再远，都不会觉得孤单。有爱的家，才是孩子心灵的归宿。

# 我怀孕了

未婚先孕，是当今时代很流行的，我在当年也赶了一回潮流。经人介绍的男人，不到三天我就跟他在一起了，没有爱情的甜蜜，也没有幸福的感觉，但还是跟他在一起了。我过着像机器人一样的生活，一切都处于麻木的状态。

不久我就怀孕了，感觉肚子特别痛，我不知道别人怀孕是什么感觉，但当时的我想把孩子打掉。我去了医院，医生说是宫外孕，婴儿大了会导致大出血，建议我拿掉孩子，对我而言，或许那也算是侥幸逃过一劫。朋友说那是苦人天照应，冥冥之中自有定数。那时候的我目光呆滞，没有活力，心里充满绝望。我唯一的希望，就是拥有一个自己的孩子，那样才不会让自己的生命孤单。因为平时感受不到爱，当时的我心里想：好死不如赖活着，我一定要活着，活着就有希望，活着有能力说清楚一切。当初的我只有一个信念，要学会说心里话，学会交流与沟通，做一个正常的人。

医生告诫我半年内不可以再怀孕，当时的我对生命、对自己都不懂得珍惜，不久就又怀孕了，再一次决定去做人流，男人对我说："我今天上班没空，你自己去堕胎，然后自己回家好了。"当时，我觉得人命竟是如此低贱，心里好气愤，于是重复以前无知的举动，提了一个塑料袋，打算回浙江老家。临走，我跟房东打了个招呼，房东奶奶一片好意，提醒我把值钱的东西带在身上。我把自己所有的金器揉成一团，放进塑料袋，直奔火车站。沿途所有的金器都掉了，但我心里不觉得悲伤，有的是麻木和无助。

回到浙江老家，爸爸一个劲地骂我，妈妈陪我去医院拿了打胎的药，当天已经吃过早饭了，不能吃药，必须第二天空腹才能吃。我独自一个人漫步在公路上，走了一遍又一遍，不知道自己活着究竟是为了什么，心中没有了方向，内心只有一个声音支撑了我：做一个最好的母亲。这是我人生的一个心愿。

第二次怀孕，肚子居然不痛了，感觉跟平常没多大区别，我不想堕胎了。回家跟妈妈商量，妈妈永远是那句话："随便你自己，你的事情反正我也管不到。"放纵我干任何事，是妈妈最好的优点，也是她最大的缺点，对我的不闻不问，让我心里没有依赖，缺少亲情的温热。即使我看起来很有主见，但事实上是那样苍白，我再一次感到亲人的冷漠。多年以后，我教育孩子的同时，改掉妈妈对我说话的语气，即便儿女拥有自己的主见，我也要让孩子感觉到亲人的关爱。

第二天，我到医院把药退了，又到村里开了介绍信，去派出所打了证明，再到粮站办理了粮食户口，最终又风尘仆仆回到湖南，和那个男人办理了结婚登记。我结婚了，没有婚礼，甚至没有结婚的喜庆，就这样自己把自己嫁掉了。我心里不觉得悲伤，但也没有快乐，一切都是麻木的状态。

错误的婚姻，让我再一次经历人生的不幸。但不管日子有多么艰难，我对自己一次又一次地许愿和鼓励，一定要好好地活着。无知和愚昧毁掉我的一生，我绝不拿儿女的未来做赌注，我要给他们幸福与快乐，用最好的态度培养最优秀的儿女。

# 我和老太太的战争

那时候，我和男人住在租来的房子里，偶尔回家小住。第一次去男人家洗澡，老太太还真是勤快，二话不说把我的衣服全洗了，我感动得不知如何是好，心想：以后得好好孝敬老太太，反正我的家人都不在身边，老太太是我唯一的娘。在男人家里住的第一晚，大家一夜无话。男人家是两室一厅的房子，二哥住在家里，但水电费都是从我男人的工资里扣。

第二天，男人去上班了，留下我和老太太拉家常，老太太讲一口家乡话，我一句也听不懂，偶尔可以猜上几句。老太太好像在告诉我，三个儿子都没钱，不交伙食费，都靠她一个人的退休金开支。老太太的退休金不高，一个月二百六十元，足够老太太自己过日子，但养不起三个儿子的日常开销，日子过得有些艰难。

看着老太太挺可怜的，我跟她说："你是不是身上没钱？我给你一百吧。"我的话还没说完，老太太就破口大骂："什么？你问我要钱？"真是话不投机半句多，不容我解释，老太太一个劲地骂，我看她来势汹汹，连忙逃脱。第一次登门就跟老太太吵架，不知道实情的人会怎么想，我可不想背负千古骂名，更何况她是一个老太太。

男人回来告诉我，老太太跟他们说，我和她吵架，差点没打她了。我一下子蒙了，恶人先告状的把戏，以前在戏文上看到过，现在居然发生在我自己身上，对付这种事情，我是不会解释的，反问男人："你看我是那种人吗？"我感到不屑，任他怎么想我都可以，我不在乎。不像以前在娘家的日子，什么事情都要争个青红皂白，父母说我不孝，兄弟姐妹也害怕我的厉害。

老太太有三个儿子，由于家庭教育的问题，几个儿子都是"月光族"，跟老太太挤在一起吃饭，谁都不交伙食费，把老太太的工资榨干了，老太太叫苦不迭。我和老太太的战争从伙食费开始，一天一次骂。老太太有骂人的高招，我有应对她的秘诀，每一次她开骂，我就坐在一旁看着听着，好不热闹。

我真的很佩服老太太吵架的能耐，同样一句话可以骂上千句万句都不嫌烦，不知道是骂我，还是骂她自己。骂完看没人理她，又满地打滚，想引起我的注意，常常让我慌乱不已。多数的日子，我还是同情老太太的，她很勤劳，也很能干，但不会经营自己的家庭，不懂得放手，让自己的生活过得非常辛苦。这点我跟她倒有几分相似，我要是一直不懂得改变，结果会跟老太太一样，累死累活没有人心疼。尽管老太太跟我吵架，但我理解她心中的疾苦，她心里的委屈无处诉说，又不懂得如何表达，所以吵架是难免的。

每一次吵架，我看着觉得心疼，但面对她那攻势，我以毒攻毒，表扬老太太骂得好，即使她满地打滚我也给她鼓掌，这可激怒了老太太。她换一种方式，跪地给我磕头。家乡的规矩是，老人给小的磕头会折寿的，我心里是难过，怒火中烧，但表情很麻木，不想呈现自己内心的煎熬。我摆个凳子坐在正中央，让老太太拜个够，看我没什么反应，老太太自觉没趣，也就收敛了。应对无赖就做无赖的事情，有些人你跟她讲道理也没用，只有装作不在乎。

男人可不干了，把我从家里拖到门口。我死活不肯，打死也不撤离战场。多少年来，成长的过程中，我逃避了二十多年，依然没有息事宁人。人生的灾难层出不穷，我不想再逃，也不想再躲，而是选择面对和坚持，静静看着老太太怎么骂我、如何发疯，又不断折磨自己，仿佛跟我一点关系都没有，我只是个看戏的人，看他们一个个演出，谁比谁更精彩。在他们身上，我看到了自己的影子，当年的我又何尝不是如此，吵架、打架、和好，彼此都筋疲力尽，又伤痕累累。

男人慌了，既不能制止母亲，又不能赶我走出家门，急得直跳脚，最后他甩了我一巴掌。那是用尽全力的一巴掌，是愤怒的一巴掌，打得我眼冒金星。我一直都觉得哥哥狠，那一刻终于体会到自己的男人比我的哥哥更毒辣，一巴掌把我往死里打。我不想解释什么，身体的痛苦远不如我心里的悲伤。我不在乎他会对我怎么样，不稀罕他的好与坏，因为一个人的心意都体现在了点滴细节里。

每天朝夕相处的人，平常笑脸相迎的人，出手打人的时候是六亲不认。活了将近三十年，没遇见一个真男儿，都是人模狗样，不值得珍惜，不值得我流泪。我就那样地活着，心如死灰。男人打我，我不觉得委屈，是我该打，自己选择的路，跪着也要走完。我变了，不再争强好胜，心甘情愿做一个弱者，心里只有一个想法：总有一天，我会重新站起来。

用心感悟的人生才能活得明白，家家有本难念的经，不同的性情、不同的人生观，源于不同的家庭教育。父母有方向，儿女的人生才不会迷茫，不是靠武力解决问题的才算强者。人生一世，需要智慧，盲目做事、无理争吵都是不理性的，亲人之间的相互伤害，会直接影响下一代的健康成长。

一段错误的婚姻，带给我不一样的观念，我不再像过去那样野蛮，而是学会了忍耐，改变了自己以往的性格和脾气。过去的我被人欺负，如果哭着回家，家人就会笑我没用，所以哪怕我明明心里很害怕，但为了变成别人心目中的强者，又或者说为了一定要赢，我就算吵不过别人，哭也是要哭赢了回家的。我以前一直误以为自己很强悍，后来才知道其实是别人怕麻烦，假意服个软打发我走而已。

为人母之后，我不允许儿女跟别人吵架，不允许儿女赌气不吃饭，要儿女懂得尊重别人、保护自己、珍惜生活，不要像我那样无知和愚昧，不要重复我的悲剧。

# 纸醉金迷

以前的工人非常“幸福”，很多人去单位报个到就回家搓麻将，过着纸醉金迷的生活。男人没有做事的能力，说是会修车，但就算补个车轮胎都像是世界大战，看着都费劲，但即便如此，还是可以领到额定的工资。

下岗的浪潮在那一年开始了，许多工人面临生活的困境，我家也不例外。许多人羡慕的铁饭碗，随着下岗的浪潮，彻底打碎。上班的工人坐在一起聊天，害怕自己会下岗，弄得人心惶惶。我居住的兵工厂更不景气，男人一年发的工资，总共一千多元，每个月一百多元的最低保障，给他抽烟、喝酒都不够，更别说是养家糊口。

男人不会做事，不懂得独立，又是家庭的宠儿，养活自己都有点困难。男人是顶职去的工厂，没有一技之长，属于享受型，从不亏待自己。不管家里什么样的状况，一根烟、一杯茶，顾自坐在那里，俨然是个大爷。与人聊天，骂骂不景气的厂，抱怨没有人道的社会，他自己的日子倒也过得不错，而不管家里没米下锅。

刚去湖南的那几年，家家户户灯火通明，麻将声、嬉闹声此起彼伏，真是气象万千。男人家里，看似没钱，却也宾客盈门，狐朋狗友一大群，打牌通宵不歇，扣的电费全是我家男人的。本来已经不富有的家庭，众人依然不懂得珍惜，不知道上进，这是家庭教育的悲哀。苦的是老人，乐的是年轻人，痛的是子孙后代。

纸醉金迷的生活，许多工人过着人不人、鬼不鬼的日子。白天上班无精打采，说起麻将则一个个神采飞扬、手舞足蹈，输了和赢了的一样过瘾，不知道输掉的是本性，失去为人处世的原则。下岗的浪潮激起多少懒人的斗志，上班不敢偷懒，下班没钱打牌，而我的家庭过起了鸡飞狗跳的生活，一个比一个惨。

我和男人依旧住在租的房子里，房租也是一笔不小的开销。我怀着八个月的身孕，预产期是正月二十七，临产的医药费也是一个难题。快过年的时候，老太太死活不让我进家门，她想二哥住在家里，二哥是她最疼爱的一个儿子。老人都会有自己的私心，厚此薄彼是多少父母的偏爱。男人的两位哥哥还是比较讲理，分别读了高中和技校，算是文化人。尽管没结婚之前，跟他们有些小摩擦，由于两位哥哥对弟弟很关心，生怕他上当受骗，所以又是打，又是审问，对我这个弟媳妇一百个不放心，但真成了一家人以后，他们对我非常尊重，毕竟是文化人，的确不一样，我备感温暖。两位哥哥劝说老太太，让我过年之前搬回家住。

回家后，我做的第一件事情是把平常来往的牌友拒之门外，不允许家里每天晚上灯火通明。没人的房间，我就进去关灯，不管老太太是否乐意，我想做什么就做什么。吃饭都成问题的家庭，凭什么那样逍遥快活、不懂操持？我不会解释，不像过去一样去理论、去吵架。历史的错误让我明白一个道理，有些事情，自己想做就去做，不用考虑太多别人的想法，自己做到自己问心无愧就好。

花钱大方的老太太受不了这种窝囊气，吵架是常有的事情。任她怎么吵，我维护原则，绝不放任。面对新的环境、新的家庭，我改掉以往所有的习惯，不再怕别人说我什么，也不怕老太太跟我吵架。要想一家人过得好，必须拥有自己独立的人格，学会有自己的主见，不能活在别人的阴影底下，不中听的话可以不听，但自己不可以对老人不尊重。我学会掌控自己的命运，不像以前那样去吵架，而是默默地做事。一个家庭如果不团结，相互抱怨，推卸责任，就永远不会有翻身的日子。我不允许家里人把吵架习以为常，我要学会挑战，挑战自己，挑战改变一家人。

先小人后君子，是我在那个家庭学会的，宁可得罪每个人，也不能让自己过上贫穷困苦的日子。不再无缘无故地付出，也不盲目地追求不切实际的东西，在婚姻生活中，我第一次拥有自己的主见和主权，不再害怕得罪谁、伤害谁，每个人都应该为自己的行为承担责任。十年寒冬，磨炼了我的心智，让我明白人与人之间相处需要智慧，要懂得退让，不要为一些小事斤斤计较，要学会用心感悟每个人的心。

我学会了大度，学会了放下面子，不害怕得罪谁，用自己的一颗心征服了一个家。我让一家人懂得独立，维护自己的尊严，但我最终离开了那个家。教育孩子不仅仅是文化知识的传授，更重要的是培养孩子的气质和修养。一个人若是不大度，不懂得理解和宽容，就不可能获得幸福与快乐。

# 家庭暴力

正月里，我跟男人一起去他朋友家吃饭，一伙七八个人，好不热闹，打牌的、聊天的、忙着吃喝的，大家玩得不亦乐乎。男人玩得正在兴头上，但我累了想回家，拖着男人跟朋友告辞。朋友们都很理解，男人玩得不够尽兴，极不情愿地跟在我后面，心里有一肚子的怨气。

一路上，男人怪我没给他面子，让他在朋友面前丢了脸，却不肯承认是他自己玩得不过瘾，非得跟我较劲，我可不依了，心想到底是朋友重要还是老婆重要。再说，我累了回家是再正常不过的事情，哪有这样的道理，自己玩得不够尽兴就跟我吵架。半路上，我们两个人吵起来，越吵越凶，男人把我摔倒在地上，两个人打架了。当时我有九个多月的身孕，再过一个星期就要临盆了，男人不但没有体谅我，一路上还振振有词。

回到家，老太太更不依了，帮着儿子跟我吵，不管我是不是个孕妇。我累了，真的不想再吵，一个人睡在沙发上，老太太走上前来扇了我一巴掌。一巴掌打在我脸上，记在我心里，那之后，我在那个家待了十年，没有喊过她一声娘。我大声哭喊，要去找那些朋友理论，男人比我更觉得委屈，找朋友证实他自己没有错，边走边骂："我的朋友来了，也不会帮你讲话的。"我睡在沙发上，等着他的朋友到来，心如刀割。

没过多久，有两个朋友来了，他们都说男人的不是，无知的男人更加暴跳如雷，母子俩扬言要把我打死，朋友们怎么劝都没用。实在没有办法，看着即将临盆的我，真怕出事情，朋友劝说无效，就把我带走了，到他们那里过了一晚。那一个晚上，住在朋友家里，我心里想了很多很多，回首过去的一幕幕，终于知道自己欠缺一份胆识和胸襟，若不是我对感情的愚昧和无知，就不会有今天的结局。

第二天，男人来接我回家，说了一箩筐的好话，即使他不说好话，我也一样会回家，总不能大年初几住在别人家，麻烦别人多不好意思。从小到大，我都不喜欢麻烦别人，哪怕是走在田间的小路、露宿在小溪边的沙滩上，我也尽量不去投奔朋友，不会诉苦，朋友不知道我经历过怎样的苦难，自强自立是我一贯的作风。我从心里感谢他的朋友，他们向我伸出援助的手，说明人心还是善良的多。

回家后，大家平静了一段日子。习惯跟人吵架的人有一个习性，吵完以后会跟你赔礼道歉，却始终不知道自己错在哪里，下一次又继续吵，变成一种恶性循环。多少成年人不懂得控制脾气，不会尊重对方，在他需要你时，又卑躬屈膝，一副奴才相，这样的习性很难改变，一般是童年时不当的教育养成的。

时过境迁，不知不觉中我已学会思考问题，原谅别人等于宽恕自己，我的心不会再像以前那样纠结。我学会放手，放宽自己的心，凡事不要太在乎，心里就不会觉得太委屈，慢慢学会收敛自己、改变自己。过去的我，吵架后不开心就会不吃饭，作践自己，伤害自己。后来的我，即便吵架了，也要对自己特别好，平常不舍得吃和穿，这个时候就要去饭馆好好吃一顿，以此安慰自己。学会珍惜自己是人生的一种境界。

当我们不能改变别人的时候，就要学会改变自己。如果我不改变，那么我的女儿将会过得很糟糕；如果我没有醒悟，那么我的孩子不会有幸福的今天；如果我没有学会微笑，那么之后的人生都会变得更加灰暗、无助。学会改变自己，可以拯救下一代的命运。

教育孩子，培养孩子阳光般的心态，首先要学会改变自己，让自己学会豁达，学会理解别人、珍惜自己，对有些人和事要懂得放手，知道忍让，不需要弄得头破血流，不做无谓的牺牲，让自己成为有修养的父母。

# 女儿的出生

预产期的那一天,我的肚子没有反应,于是我去了表姐家,表姐家隔我家不远,大概两百米远的路。我有些担心,没有父母在身边,一切事情需要靠自己,我对表姐夫妇说:“预产期是今天,怎么会没有反应,会不会有什么问题?”表姐夫笑着说:“不用急,说不定晚上发作了。”还真的,那天晚上就有动静了,深夜一两点钟,男人匆匆忙忙送我去了医院。

早上,表舅一家来了,表姐夫那一天原本要出去打工,看到我临盆就没有出门。在湖南的十多年,没有跟亲戚红过一次脸,最简单的口角也没有过,彼此间有的是珍惜和尊重,对表舅一家,我心里充满了感激。湖南的亲人是我的再生父母,在我对生活失去希望的一刻,是他们给我一种温暖、一份勇气,以及难能可贵的温情。

从小到大,我的身体一直都不好,要不是自己坚强,撑不到今天。生孩子的时候,我害怕自己不幸遇难,托朋友跟医院打了招呼。孩子出生的那一刻,我再一次经历生与死的决战,肉体的疼痛远不如我心中的悲怆。按理说,剖腹产是没有太大危险的,上手术台之前,医生给我挂了一瓶氧气,麻醉师给我打了一针最好的进口麻药。一刀下去,我差一点失去知觉,感觉整个人往下沉,血压表的数值直往下降,把医生和麻醉师都吓坏了,整个手术室笼罩着一种紧张的气氛。

后来,医生给我侧身剖腹,感觉到平稳一些,麻醉师在一旁总是喊我,不断地问我叫什么名字,怕我一觉睡下去,再也醒不来。“哇”的一声,听到孩子第一声哭,手术室里紧张的气氛缓和了,大家非常开心,都舒了一口气。这时候,看到墙壁上的时针指在十一点十五分,这就是女儿出生的时间。

从此，我不再是孤零零的一个人，我成为一个母亲了，要为女儿撑起蓝蓝的一片天，扛起生活的大梁。为了孩子，我一定要让自己活得坚强。心中有了寄托，情感不再失去依靠，我的生活再一次燃烧起希望。我心中有一个信念：我要让所有的人都知道，自己并不是个弱者。我的心不再害怕，面对未来，我下决心要努力、要有信心。

女儿出生了，缝补伤口的一刹那，我差点休克，又一次把医生吓坏了。从手术室推出来的时候，我一脸苍白，又是大出血。医生连忙把我推进急救室，鼻子上挂着氧气，手上和脚上都挂了吊瓶，表嫂不停地给我换纸，厚厚的一摞纸塞进去，必须马上更换。那感觉真不是一般的难受，但我哼都没有哼一声。表舅在一边不断地安慰我，表嫂抱了女儿给我看，女儿闭上眼睛像极了我的男人，但不管她长得怎么样，只要是我的女儿，在我心里都是最漂亮的。

没过多久，男人家终于来了两位亲人，是他的二哥和二嫂，我心里也很感激他们。二嫂说："昨天我们回娘家了，知道消息后马上赶过来。"跟二嫂相处，彼此很融洽，两个人性格截然不同，但相处十年没有红过脸。除了婆婆和男人，我也没有和谁吵过架，不管是亲戚还是邻里。

到了晚上，男人的大哥和老太太出现了，大哥忙着看孩子，怕女儿的眼睛像她爸，会很难看的。幸好，女儿的眼睛大大的，清澈明亮，很漂亮。没过一会儿，老太太和大哥回去了，急救室剩下我们一家三口。从那一天开始，照顾女儿的责任由我自己承担，十多年如一日，不让女儿受一丝一毫的委屈，我尽力让女儿感受生活的美好和家的温暖。

在急救室里，女儿始终哼个不停，肯定是哪里不舒服，而我又不能动，男人把小床推到我的面前，看到女儿嘴上的羊水流个不停，男人递给我一张纸。我看着女儿，非常温柔地对她说："宝贝，妈妈知道，羊水流在你脖子会不舒服，来，把脸移过去一点，妈妈给你抹干净。"我一边说，一边把手放在女儿脸的一侧，这种肢体语言，女儿竟然像是听懂了，把脸移了一点点，正好让我方便给她擦脖子，用同样的方法，我让女儿把脸朝向另一侧，女儿又照做了。抹干净了羊水，孩子舒服了，不再哼哼，两个眼睛滴溜溜地看着我，好可爱。

顷刻间，我忘记了所有的疼痛和烦恼，那一刻感觉真的好幸福。有生以来，我第一次感觉到那样温馨，觉得自己身上瞬间有了母性的光环。那一刻的自己是温柔的、善良的，也是那一刻彻底明白，水一样的柔情是女人味，女人的柔软分外美丽。为了女儿，我改变自己以往的个性，冲动、暴脾气都在那一瞬间变得不复存在。

多少父母都说自己爱孩子，但看到孩子时又会觉得烦，说儿女的不是。爱是无怨无悔的，要学会保重自己、珍惜孩子，学会懂得生命、了解无常。对儿女的理解和宽容，是父母一辈子的爱。

# 男人的家教

第二天，表嫂来了，连续几天由表嫂带女儿，给女儿喂得饱饱的，我心里很感动。有了女儿之后，我学会了感恩。到了晚上，表嫂回去了，剩下男人给女儿喂食。医院不允许用奶瓶，母乳喂养有利于婴儿的身心健康，但由于剖腹产的缘故，我没什么奶水，到了半夜，女儿哭个不停，我又不能动，男人睡在另一张床上，怎么喊都不醒，我的伤口才缝合，声音喊不大，无奈只能拼命敲一边的床头柜。好不容易把他震醒了，男人就是不起，睡眼蒙眬地嘟哝道："我的朋友说过，小孩子不能惯死了，不然的话，长大了不好带。"说完又呼呼大睡。

心里那个气呀，这是什么逻辑，为人父母，面对才生下来第二天的婴儿，不问原因，不看她一眼，任凭孩子在挣扎，自顾自睡觉。我是骂也无声，哭也无泪，心里干着急，看着一边哭泣的女儿，心如刀割，又无可奈何。我好心疼，是我当初心态不好，不自信，选择了一段不幸的婚姻，却因此给孩子造成伤害，我一生都不能原谅自己。

天蒙蒙亮，隔壁床的家属过来了。他们帮我摸了摸女儿，发现女儿全身湿透了，男人昨晚喂食，没有把泡好的奶粉喂进女儿的口中，顺着她的脖子流到衣服上。天哪！可怜的女儿饿了一个晚上，又冻了一个晚上，当时我的心都要碎了。我感觉自己很对不起孩子，我让她来到这个人世间，有责任爱护她，让她幸福与快乐。

承蒙别人帮忙，给奶嘴刺了一个洞，我用奶瓶给女儿喂食。女儿咕噜咕噜一口气把半瓶奶全喝进去了，两只眼睛死死地盯着我，仿佛对我说："妈妈，我真的很饿，也很冷。"那一刻，我和女儿的心灵是相通的。我对着女儿温柔地微笑，跟她说："宝贝，对不起哦，妈妈让你饿了一个晚上，冻了一个晚上，是妈妈的错。妈妈向你保证，再也不会有这种事情发生，让你无辜受罪。”十多年来，我用一份温柔的微笑滋养女儿，伴她成长，让她的生命远离灰暗、孤独与寒冷。

第三天下午，男人的二哥二嫂给我炖了一锅鸡汤，送到医院给我吃，尽他们的一份心意。老太太在家里养了七八只鸡，二哥二嫂二话不说杀了一只，说是让我补一补，我很感动，连声说谢谢。那一天晚上，老太太来了，手上提一个热水瓶，进房门就嚷嚷：“才生过孩子的人，是不能吃鸡的，以后会没有奶水。”老太太哪里是心疼我，她是心疼那只鸡，我对老太太说：“我都快饿死了，别说是吃一只鸡，就算是一头牛我也吃得下。”老太太非常不满，骂骂咧咧地回去了。

又一个中午，男人回家吃中饭，到了下午一点钟，同病房的家属见没人给我送饭，让我先喝点牛奶，我哭了，不是因为饿，而是感到心酸。快两点钟的时候，男人来了，看到他我气不打一处来，开口就骂，骂他没用、不会照顾我，男人说：“大哥在家请客，腾不出锅给你烧菜，所以来晚了。”听了这话，我心里真不是滋味，这是什么样的家庭，完全分不清孰轻孰重。

第四天，我可以下床走路了，不管是为自己，还是为女儿，我都要学会坚强，学会独立。比我早几个小时生产的产妇，什么都不能动，而我却能下地带女儿了。医生和护士都佩服我的坚强，从头到尾没喊过一句疼，没有皱一下眉，肉体的疼痛远不如我心中的悲凉。多少年来，只要我说一声苦，我的家人会说：“那是你活该，谁让你一张嘴巴这么厉害。”让我上天无路，入地无门。

医生问我会不会头晕，建议我输点血，体检结果显示我严重贫血。自打出娘胎，成长过程中一直缺少营养，身体很虚弱，我靠自己的坚强去支撑无奈的命运，内心缺少爱，也怀疑爱，不懂得人心的温暖，所以拒绝了医生的好意，心想不接受医院乱七八糟的血样。我跟父母一样，不太相信别人，不相信医院，不到万不得已不愿意上医院，内心愚昧地守着自己的那份固执和倔强。

我在医院待了一个星期，对我来说，像是过了半个世纪，真的很漫长。出院那天，大哥开一辆轿车来接我出院，说是图个喜庆。朋友们陆续到家里看我，大家看着眉开眼笑的女儿，都说她长得秀气、水灵。按照当地的风俗，我们家要到舅舅家去报个喜，送去一只大公鸡，老太太心疼，就把剩下的四五只鸡送到老二媳妇的娘家去喂养了。

老二媳妇有一样比我强，就是嘴巴甜，把老太太哄得团团转。婆媳二人有一个共同的爱好，花钱大方，都是不会计划的主，有钱花到无钱止，日子过得紧巴巴。后来的日子里，老太太的确承受了更多的负担和压力，辛苦捡垃圾赚的钱，差不多贴给老二媳妇，又抚养老大的儿子，弄得自己身心俱疲。老太太是勤劳的，而且也非常有个性，独立生活的能力非常强，但她不会过日子，这就注定了她生活的艰难。

心态和习惯决定一个人的命运，做事能干、能赚钱，这并不代表是生活的强者，不懂得放手，不会经营家庭，不懂得教育儿女，自己晚年的生活会过得非常凄凉、无望。想要培养一个有思想、有情操的孩子，必须让孩子懂得生活，经营财富，学会管理自己的一生。

# 月子里的战争

孩子还在肚子里的时候，一家人聚在一起吃饭，老太太当家，我们交伙食费。我和老二媳妇各自交了二百元给老太太，老大说没钱不交了，老太太自己有一份工资，加在一起共六百多元。好家伙，六百多元钱，老太太没过三天就全部花完了，冰箱里倒是多了鸡鸭鱼肉。

第四天，老太太对我念叨："这么点伙食费，能吃多少天，几天的工夫就花完了。"我心里想安慰老太太，劝慰道："大家交的钱不多，咱们伙食可以稍微简单一点，也不用总是大鱼大肉的，这样是不是可以省一些？"老太太随即顶我一句："那你就别吃肉了。"真是话多吃弹子，我再也不想吱声了。

面对这样的生活，老大还有心思请客，请一些狐朋狗友，这是他们家一贯的作风。一顿饭的工夫，冰箱里的粮食吃去一半，全家人一个月的口粮所剩无几，我心里还真是不服，但刚进门不久，有火不敢发。我真是想不明白，自己没有交伙食费，还能在家请客，摆的是哪门子阔，而且不会感觉到内疚与不安，看别人吃得津津有味，我心里特别难受。

老大和老二吃了饭，各自回家了，剩下老太太清场，仿佛她是儿子们最好的奴仆。老太太心中憋了一肚子委屈，没地方发泄，就又找我出气。不懂得经营关系的老人，舍不得责备自己的儿子，又跟我摆谱，嘴里念叨个不停，但是不管老太太怎么说，我都不吱声，也不帮忙做事。那时候，孩子没出生，我怕伤着肚子里的孩子，能忍则忍。

后来，孩子出生了，又是伙食费的问题，大哥在家连续请客，把冰箱里的粮食掠夺得一干二净，老太太又在家里骂人，于是受罪的又是我。不管我是不是在坐月子，老太太骂得可疯了，这下我可不依了。等到晚上，大哥、二哥在吃饭，我想出去把话说清楚，男人死活不让我出去，怕得罪两个哥哥，可是我管不了那么多。毕竟大哥、二哥没有权利在我们家吃饭，我想起自己的童年，人善被人欺，马善被人骑，做人应该要有自己的底线，拒绝也是一种美。

虽然我还在坐月子，但是趁大哥、二哥都在，我还是坚持起身出了房门，我不想再像以前一样，忍气吞声但回头又跟家人吵架，这是最不理智的行为。该说的话不能不说，不能让自己吃哑巴亏，我的人生第一次有这种勇气。我对着两位哥哥说："哥，树大分权，兄弟长大分家，更何况你们的家早分好了，各自回去开伙吧！免得我们家里没饭吃，婆婆在家骂的都是我。"两个兄弟还是很讲理的，各自回家生活去了。

对于讲道理的人来说，各自生活不是件坏事情，提出这样的建议也不会令他们迁怒于我，因为这是生活最基本的常识，每个人都要懂得独立、自力更生。对于不讲道理的人，我们更不应该纵容，不能让他们坐享其成、贪得无厌，弄得一家人鸡飞狗跳。每个人都要为自己的行为负责，为自己的人生担当责任和义务。

男人总是一副睡不醒的样子，连我的温饱都不能够解决，更别说指望他照看孩子了。月子里，我恳求男人待我好一点，以后我也不会亏待他。但不管我怎么说，男人依旧不懂得如何照顾我，一方面是他的能力问题，另一方面是他真的很懒惰，他总说自己睡不醒，我也没办法。老太太一直跟我较劲，认为是我把大哥、二哥赶出家门，于是不断跟我吵架，把我怀抱中的女儿吓坏了。老太太长得高大，嗓门一次比一次大，女儿直往我身上靠，我能感觉到孩子内心的恐慌，一边紧紧地抱着女儿，一边对襁褓中的女儿说："喔喔喔，小丫头不怕哦，有妈妈在，不用害怕的，妈妈会保护你的哦！"女儿安稳地睡着了。别看孩子小，我的一番话、一个拥抱，能让她心里拥有安全感。

每一次吵架，老太太就把大儿子和二儿子找来，意思是要把我赶出家门，说我没有户口，没有资格住在家里。老太太一直渴望二哥夫妇跟她住在一起，大哥的房子是自己单位的，二哥没有房子，老太爷死得太早，没有给他足够的安排，这是老太太的一块心病。所以，她始终看我不顺眼，心里憋着气，想方设法要把我赶出家门，大哥说："她没户口，但她是你的儿媳妇，不住这儿，又住哪里？"二哥为人比较正直善良，会为兄弟说话，二哥说："你把她赶出家门，房子又给谁住？"听到自己的儿子这样说，老太太没招了，但心里不服气，有些不甘心。

两位哥哥是有文化的，非常讲道理，我也得到两位哥哥很多的照顾。每次去他们家做客，待我如上宾，饭菜端到我手中，而且也不让我洗一个碗。吃完饭，陪我打一轮麻将。我不太会打麻将，他们一个个都是高手，我的牌还没有看清楚，他们早就摸下一个子，打一轮牌要等我很久，但他们都愿意陪我打，彼此心目中是一家人。

日子久了，我降服了老太太蛮横不讲理的个性，感化老太太的心，也使得兄弟之间的亲情更加融洽。但是自己的男人对女儿的态度，一直让我很揪心。能力和修养的不同，决定了一个人的高度，也或许注定了一个人的命运。

# 喂养孩子需要耐心

我不是教育的专家，但喂养孩子，我有的是耐心，把女儿养得白白胖胖，又充满活力，她不会像我童年时那样内向，更不会有我以前那样的恐惧。我身体不好，没有母乳，女儿从小吃的是奶粉，我内心对女儿是愧疚的。我一边赚钱，一边带孩子，从没有让女儿饿一顿，不让她受一次委屈，让她吃饭睡觉都有一份良好的心情，无忧无虑地睡觉，开开心心地喝奶，始终保持乐观的心态。

女儿是听话的，做母亲的我是温柔的，我无论做什么都跟女儿商量，在我眼中，女儿不是个婴儿，她是我的朋友，是可以交流和沟通的知音。我从来不骂女儿，用最温和的声音跟女儿讲话，非常有耐心，心里只有一个信念：要让女儿拥有阳光般的心态，让她健康快乐地成长。我绝不允许别人欺负女儿，谁要是对我女儿不好，我会跟他拼命。为了女儿，所有的一切我都可以忍耐，为了这份爱，我改变自己。

女儿肚子饿了，冲泡奶粉的水太烫，我会等水稍微凉下来一些再泡，而不会掺些冷水去降温。因为平时自己喝水的时候，发现冷、热水掺在一起会失去原有的味道，所以我选择让开水自然地降温，让女儿喝温牛奶。女儿是我自己一手带到大的，一直以来，我都习惯用顺其自然的方式。活在当下，是教育孩子最好的方法。

孩子在婴儿时期常表现出没有多少耐心，想要的东西不能马上得到就会哭，过一会儿又会自己慢悠悠睡回去。这种时候，父母要学会分散孩子的注意力，用一种温和的方式培养孩子的耐心，让孩子明白凡事不是他想要，就可以马上得到的，要学会等待、学会理解。在孩子年幼的时候，父母逐渐培养孩子的这种意识，对他的成长是非常有利的。

我会很亲和地对女儿说："宝贝，妈妈知道你肚子好饿，没办法，奶粉没泡好是不能喝的，你累了就眯一会，妈妈泡好奶粉给你喝，好不好？"我一边对着孩子说话，一边注视着她，我们彼此的目光交会，引导她的思想跟着我的感觉走。女儿真的不哭不闹，两只眼睛盯着我看。等我泡好奶粉，小家伙早已经睡着了，我把奶嘴对着女儿的嘴巴，又对她说："宝贝，奶粉泡好啰，可以喝啰。妈妈知道你饿，又不想睁开眼睛，你闭着眼睛喝吧。"女儿真的闭着眼睛喝完了一瓶奶。喝完奶，女儿安安稳稳地继续睡觉，她不需要睁开眼睛，也不必担忧什么，她的心里非常踏实。

有人说孩子小，什么都不懂，其实孩子小的时候只是不会说话、不懂得表达，心里却是清楚自己需要什么、想得到什么。或许我不懂得科学养儿，但我明白自己童年的处境。我小时候经常做噩梦在找厕所，醒来尿湿床铺，大人常常训斥我，导致我一度特别害怕。孩子的精力有限，有些东西，他们睡着了不代表就不需要，所以父母要多给孩子一些耐心，用合适的方法去引导，千万不能用自己的思维来盲目限制孩子。有很多婴儿常常哭了睡，睡了哭，如果父母不懂得婴儿的需求，没有合理地引导，那么孩子在婴儿时期就会缺乏平稳、坦然的心态，也会对孩子长大后的一些心理产生影响。父母无微不至的关怀，能让孩子心里消除恐慌，给孩子一份安全感，这是为人父母的责任与担当。

很多时候，孩子内向、胆小、懦弱等，都是父母无形之中的一些态度的折射。父母如果以骂的方式来教育孩子，那么孩子会闹得更凶，哭得更厉害，也会因此失去安全感，扭曲原本应有的天真。多少父母看到孩子哭就烦，但是不会说话的孩子需要用哭和笑来表达自己的需求，以此传递信息给父母，这是孩子的表情，父母需要用心体会孩子的想法，这是父母给儿女最好的爱。我没有母乳，但是照样把女儿养得白白胖胖，没有饿过她一顿，没有骂过她一句，连吓唬的话也从来不会说。

我们家住在五楼，但我依然可以接到不少订单，要是我愿意选择事业，生意会是不减当年。但我心里装的是女儿，每次趁女儿睡觉时，我努力干活赚一点钱贴补家用，除了女儿需要的费用及家庭的其他开支，我并不想花太多精力去赚额外的钱，有多余的时间我情愿陪女儿玩，逗她开心，让她的生活充满阳光与欢笑。那时候赶上下岗浪潮，男人一年的工资只有一千多元，不够他自己的烟酒钱，我承受着家庭的压力，同时常常要接受老太太的挑衅。

如果父母心里觉得孩子烦人，那孩子的表现就会真的烦人；如果父母觉得孩子是天使，那孩子每天都会充满天使般的笑容。我的父母心里觉得我是个小媳妇，的确，长大的我依然畏畏缩缩，没有自己的主见，不敢拥有自己想要的生活。而在我心里，我的女儿是开心果，所以，长大以后的女儿依然不会让我操心，快乐而美好。

孩子出生后，父母的态度很重要，如果想让自己的孩子变成公主，就要加倍爱护，尊重孩子的人格，像对待公主一样地对待孩子，那么孩子的将来会有那样的成就。我的父母常常无休止地贬低我，导致我心里很自卑，不敢释放自己。种瓜得瓜，种豆得豆，父母要多鼓励、肯定自己的孩子，在父母那里得到的“待遇”不同，孩子未来的命运也不同。

# 礼貌是通向社会的金钥匙

小时候的我性格内向，不敢与别人说话，这源于父母的教育。培养一个孩子的个性，必须从婴儿时期开始，赋予她一点一滴的正能量。我最先开始注重的是关于礼貌的教育，那时我抱着小猫那么点大的女儿，常常从她的视角出发跟人打招呼。遇见年长的老人，我会亲切地打招呼："爷爷，您上哪儿呀？……"女儿会跟着我狂跳，感觉是她在跟别人打招呼。看到年幼的女孩子，我会追着她们喊："姐姐，你去干吗呀？带我们小妹妹一起玩，好不好嘛。"人家小姐姐会咯咯咯地笑，或者拉一拉女儿的小手，算是一种礼貌，又是一种交际。

多数父母会说："小孩子又不懂，只要她不哭不闹就很好了。"更多的父母不懂得如何教育孩子走出家门后跟人打招呼，这是源于父母自己的一种习惯和教养。我小的时候跟别人打招呼，认为别人都看不起我家穷，心想即便我与人打招呼，多数人不会理我，于是也不敢说话，日子久了就养成了不打招呼的习惯，这是缺少修养和礼貌的体现，也是缺少家庭的和谐与温暖的体现。

我不想女儿重复走我的路，所以我会主动热情地跟人打招呼，跟人大大方方地聊天，热闹的场面常带着女儿去看，借此告诉她一些生活的常识。看到别人在舞台上跳舞，我想培养孩子的兴趣，于是不断指点，夸耀演出者："宝贝，你看阿姨们跳舞是不是很好看？喏喏喏，那个阿姨跳得多好呀！我们家丫头长大了跳得更好……"几个月大的孩子，懂得被夸耀的开心，还真的蹦蹦跳跳起来。

孩子出生时像一张白纸，而父母是孩子的第一任老师，可以给孩子空白的心灵填上不同的色彩。让孩子接触不同的人群，适应不同的环境，可以让孩子变得阳光、开朗，这些都是平常一点一滴的教育。当初的我没有教育的概念，心中只有一个信念：我小时候不可以做的事、不敢做的事，现在我要让孩子跟着我去尝试一遍，既满足自己的一个愿望，又让孩子活得更充实、更活泼，何乐而不为！

礼貌是通向社会的金钥匙。当孩子喊一声“爷爷”“奶奶”，老人会高兴得合不拢嘴；当孩子追着一个小女孩喊一声“姐姐”，孩子之间就多了一份友谊，也多了一份照顾与关怀；当孩子喊一声“阿姨”，会得到路人的一个拥抱和微笑，孩子的生活会更加充满阳光和色彩；当孩子喊一声“老师”，能拥有更好的师生情谊……当孩子拥有许多美好的思想，她的人生不会缺少激情和上进心，她会因此更加自信和自豪。

女儿牙牙学语的时候就很喜欢跟别人打招呼，看到谁都会喊，这是一种习惯，它已经融入孩子的个性，对她而言是一份最好的财富。女儿不允许别人抱她，不习惯别人带，对谁都没有安全感，那不是胆小，也不是懦弱，而是她从小都是我一个人带大的缘故。只要我对孩子引导有方，她完全可以做到大方、豪迈、充满斗志。

女儿两岁多一点的时候跟我回浙江，我的妈妈带着她出去玩，不知道发生了什么事情，老人家生气就骂了孩子，女儿对着外婆说：“外婆，你不可以骂我的，只有妈妈可以骂我……”在女儿的心里，我才有资格教训她，这是她对我的信任和感恩。我不允许旁人管教孩子，教育孩子需要的是智慧和方法，没有原则的教育，效果会适得其反。

妈妈把孩子说的话告诉我，我对女儿说：“丫头，外婆骂你会不会害怕，会不会难受？”女儿摇摇头说：“不会……”我又对女儿说：“外婆会骂你，是想要你变得更好，你是个有礼貌的孩子，不管外婆怎么做，你不可以跟外婆生气，要甜甜地多喊几声‘外婆’，这样外婆以后不会骂你的……”女儿似懂非懂地点点头。我又问：“丫头，你喜欢外婆吗？”女儿说：“喜欢……”我笑了，女儿自然会懂得下一次该怎么做。看着幼小的孩子，回想自己的人生，无论女儿做什么、说什么，我都不会用打骂的方式去教训女儿，而是会耐心地跟女儿做一番交流和沟通，让一切都变得自然。

我的一番话，不但可以培养孩子的大度，让她更好地理解上一代人的心情，又能让孩子减轻压力，变得开心快乐。父母一定要学会教育孩子的方式、方法，注重树立孩子的自信心，让孩子学会讲礼貌，尊重别人，爱惜自己。正确的家庭教育,可以让一个孩子发挥自己的长处,学会批评和自我批评,这是教育的真谛。父母要教育和熏陶孩子,让他们学会宽容和理解,学会尊重和反思,用善良和智慧赢得人心。

培养一个优秀的孩子,并不是光追求学习成绩,更重要的是要培养孩子拥有上进心及良好的心态。乐观开朗、健康活泼的孩子才能拥有豁达的心性,父母不要把生活复杂化,而是要努力为孩子创造一个明朗的成长环境。

# 回家的欲望

女儿一百天了,我想家了,想我的父母兄弟,骨肉亲情即使打断骨头还连着筋。弟弟来信说他回了浙江,他下岗了,想回老家找事情做,邀请我一起回家聚一聚。我在湖南的日子,老太太总是跟我吵架,我心里好烦,回家散散心也不错。于是,我们一家三口回到浙江老家,我的家人还是第一次见到我男人,大家心里都不是很喜欢他,我也不在意,木已成舟已经无法反悔。

男人真的是差劲,连不会做事的妈妈都嫌弃男人没用,我让他帮妈妈去打扫卫生,被妈妈制止了,妈妈说:“让他做,还不如我自己做。”男人做事的能力,家人看在眼里,心里有一种说不出的难受,毕竟血浓于水,谁都希望自己的亲人拥有一份幸福与快乐。妈妈说:“被人同情,不如让人嫉妒,能够让人嫉妒至少说明你是有能力的那种。”可想而知,那一刻的我,是被人同情的感觉。由于彼此间的隔阂,男人在我家很没有地位,于是他一个人提前回了湖南。

父母终究是父母,不论怎样依然会心疼我。看到我带着女儿,一脸的憔悴,父母心里很难过,特意给我炖了一只鸡,告诉我不可以让弟弟夫妇知道。由于当时家里穷,炖一只鸡已经算奢侈,父母让我把鸡肉藏起来,自己留着慢慢吃。不习惯吃独食的我,听父母的话把鸡肉单独放了起来,没有告诉弟弟夫妇。后来,弟媳妇看到了,心里直冒火,大家心里多了一层隔阂。

很多矛盾都是因小事而起的,一只鸡值不了什么钱,大家在乎的是那一种感觉。贫穷的日子里,父母都会有一点小小的心愿,看哪一个弱一点,就会想对哪一个好一点,于情于理都是他们的一份心意。人和人之间的感情，非常微妙，非常脆弱，谁都希望被人珍惜和尊重。父母不懂得如何处理儿女的问题，有些事情躲躲藏藏，效果适得其反，还不如大家说明白，彼此体谅，相互关照，这样反而能更好、更融洽。

一百天以后，女儿开始喝汤，西红柿蛋汤是女儿的最爱。我没有能力支付奶粉钱，有一天没一天地在娘家过，心想回湖南去，又有些不甘心，因为那里到处都是战争。没过多久，妹妹回来了，在父母跟前，妹妹始终觉得自己很了不起，有父母撑腰，做什么都理直气壮，甚至有点目中无人。有一天，我们姐弟三人一起在哥哥家，还没有等我们回来，弟弟夫妇就把门给锁了。妹妹大发雷霆，人小脾气大，还一个劲地哭，又返回父母的家中去了(哥哥家和父母家相隔十里路)。

妹妹走了以后，弟弟夫妇把门打开。晚上我给女儿洗澡，弟弟把总闸给拉了，我黑灯瞎火地给女儿洗了一个澡，心里有说不出的痛楚。我跟弟弟之间的矛盾很少，但一天之内连续两次矛盾，让大家心里都不好过。那天晚上，我带着女儿去了朋友家，彼此间情同姐妹，亲如一家，一待就是两个月。拥有这份朋友的情谊，我很自豪。

男人有男人的优点，不管他多么无能，彼此间多么冷漠，依然不会抛下我们不管。不久，男人又从湖南来到浙江，接我们母女回去。正如常人说的一句话："别人的龙床不及自己的狗窝。"男人再差，有他在才是我的家。要想改变一个家庭，必须改变自己的思想，如果不会经营家庭，不但自己的生活过不好，就连子孙后代都不会安宁。

生活让我明白一个道理，一家人不应该躲躲藏藏，有事情大家一起分担、相互照应、彼此尊重，父母是爱每一个孩子的，但方式用得不当会变成一杯毒酒，让一家人四分五裂。后来，我教育子女的时候，改变了父辈厚此薄彼的习惯，不管家里有多么贫穷、多么难熬，哪怕只是一个饼，我都要全家人分着吃，谁也不吃亏，让每一个人都习惯珍惜和谦让。

# 独立的人格

男人抱女儿出去玩，每一次都搞得水火不容，两个人好像是一对不共戴天的仇人。我们家在五楼，父女俩还没开始上楼，我就听到男人怒骂孩子的声音，女儿哭得上气不接下气，听得让人心寒。女儿才几个月大，不论做错什么事情都不为过，男人不应该如此生气。男人逗女儿玩，给她一串钥匙，女儿把钥匙弄掉了，男人硬是骂女儿不听话，我劝也没用，真是秀才遇到兵，有理说不清。

男人不心疼女儿，反倒心疼已经弄丢的钥匙。一串钥匙能值多少钱，他为了钥匙，回家的路上一直骂孩子，存在孩子心里的恐慌是一辈子的事情。看着啼哭不止的女儿，我好心疼，必须想办法改变这样的局面。看着孩子气急败坏的样子，我笑着对女儿说："爸爸会骂你，你哭有什么用呀，下次爸爸再骂你，你跟他一样骂回去。"我故意装作一副轻松的样子，让孩子觉得一切都很正常，让她懂得如何应对这样的状况，学会保护自己，维护自己的一份权益。

别小看不会说话的婴儿，下一次她爸爸再骂，她真的不哭了，用小手指着她爸爸，嘴巴里呀呀呀地说个不停，这是内心世界最好的表白。女儿在无形中学会了表达，使自己的力量更强大，努力做出一个婴儿最大的反抗。我用自己的方法教育孩子要胆大，男人感到自己很没面子，更加暴跳如雷，摆出一副不整死女儿不罢休的蛮劲，真是无理取闹。

我有一个朋友也是这样，有一次看见两岁的女儿喊我名字，她在边上说："你怎么可以让女儿喊你的名字，不怕女儿长大以后没大没小啊？"我笑着说："巴不得女儿跟我一样大，那样的话我又多了一个姐妹，同时又是我的女儿，那该有多好呀！"朋友斜我一眼，认为我不可理喻。

很多父母教育孩子,讲究面子,爱虚荣,多半是从自己的感受出发,不懂儿女的喜怒哀乐,不会去体会孩子的心理,摆出一副居高临下的姿态,让孩子变得胆小、无助、拘谨,甚至没有发言权。这样一旦成为习惯,孩子认为父母对自己不公平的时候,就敢怒而不敢言,导致性格的扭曲,活得不真实、不轻松。

当年,我因为害怕亲人的责骂而不敢吃饭,跟自己较劲。一次次欺骗自己,认为长大以后可以怎么样。结果呢!长大以后才发现,小时候养成的那些坏习惯、坏个性,自己都无法改变。看似强悍,其实内心脆弱的我,有饭不敢吃,有话不敢说,最普通的人际交往都有障碍。步入青春的时候,发现生活并不是自己预期的那样,憋在心里的痛苦一发而不可收。没有人喜欢吵架,但如果一个人不懂得交流与沟通,不会说心里话,什么事都说不清、道不明,这更让人难受。

有人说:"某某父母能力不强,但儿女都很优秀,让人费解……"大多数的父母,自己的能力不够,却常常教训孩子,责备孩子这样那样的不是。孩子跟着父母学会了斤斤计较,嗤之以鼻。很多时候,父母责备儿女的时候,儿女心里会想:你也不过如此。所以,这种情况下教训孩子非但没有用处,还会让孩子跟着父母学会说三道四,变得一无是处。倒不如做一个弱者,让孩子看到父母身上的不足,从而让孩子学会更加坚强和努力,珍惜他们的将来。

为人父母要懂得做一个弱者,给孩子成长的空间和自由,让孩子学会保护自己,保护家人。不是父母越强大,就可以让孩子变得越厉害,更何况,很多时候父母的所谓强大,都只是他们以大欺小,在孩子面前耀武扬威而已。相反,如果父母能够活得更真实一些,懂得示弱,可以让儿女更加懂得孝顺,肩负起更多的责任。孩子会明白,父母不是无所不能的,自己需要付出更多的努力,去更好地成长。大智若愚不仅仅是能力,也是一种教育方式,会让儿女懂得谦卑,知道忍让,领悟平凡。

# 控制欲

满足孩子的需求，是父母爱孩子的表现。当孩子提出不合理的要求时，父母如果拒绝，孩子就会大声地哭喊，不断地吵闹。看着孩子哭和闹，多数父母会跟孩子说好话、讲道理，但如果孩子不依不饶，父母没有办法，最后不是妥协了，就是打和骂，这些都不是教育的真谛。

不满周岁的孩子，看到别人吃什么都新鲜，别人吃果冻就闹着要买果冻，不管是不是好吃，跟着闹腾是孩子的天性。我不会阻止女儿哭闹的权利，任她怎么哭，我也不会作声，也不会跟她说道理，一个小猫点大的孩子，你跟她说道理能懂得多少。跟孩子说好话，迎合他们，就等于是父母承认自己理亏，这样孩子会更加嚣张，得理不饶人，还以为自己有多大的能耐。

孩子折腾完了，自然会靠近父母，这时是我合适的说话机会，我会很惊讶地问："宝贝，你怎么就不哭了，不是要吃果冻的吗？"小孩子不会说话，两只眼睛死死盯着我，等待我的下文，我继续逗女儿："哦，宝贝是要吃果冻了，妈妈也好想吃的哦！"表情跟她一模一样，一样的委屈和无助。这时候的婴儿会更加认真，听父母说话，无形之间可以培养孩子的专注力。我继续对孩子说："宝贝，不是妈妈不给你果冻。你知道吗，吃了果冻会肚子痛，还要去医院打针，那样会很痛的哦！"一边说，一边捂着肚子，表现出很疼的样子，让孩子感觉到吃果冻的危害有多大，孩子听到肚子疼会打针，更加不敢吃果冻了。这样做不但可以让孩子学会忍耐，无形中也培养了孩子的自控能力。

孩子会感觉到，原来妈妈也想吃果冻，是怕肚子痛所以没有吃。人类有个天性，看到别人有一样的感觉时，自己就不会觉得太委屈了。孩子就会学着跟我一样，忍住不吃果冻，并且认为自己是坚强与伟大的。孩子的模仿能力是很强的，幼年也是人的记忆力最好的时期，父母说过一回，孩子就会记得清清楚楚，下次我再让她吃果冻，她死活摇头不干，把我乐坏了。

父母不同意孩子做什么的时候，不要总想着给孩子讲道理，话说多了就不管用，如果表达能力不够，反而让孩子感到委屈，非得跟父母讨价还价才觉得自己有面子。孩子不依不饶的结果一般有两种：父母妥协，孩子变本加厉，变得更强悍、更不讲道理；或者父母震慑住孩子，让孩子变得胆小，以为自己说什么，父母都不会答应。

父母的教育讲究方法，孩子的心情就会变得更加轻松、自然，同时也会更加尊重父母的想法。父母懂得表扬、认同孩子，会让孩子变得自信、充满活力。父母对孩子说话要温柔，也要讲求诚信，让孩子感觉到温暖，辨别是非后，孩子都会顺从，彼此间拥有信赖和默契。

# 女儿第一次流泪

那天，女儿睡着了，看她熟睡的样子，一时半会也不会醒来，我就下楼摘几根葱。我忙完后上楼时，看到女儿的眼泪留在耳朵边上，那是我第一次看到女儿流泪。平常女儿哭泣都是雷声大雨点小，哇哇哇地哭，但没有眼泪，真正看到女儿流泪的瞬间，我好心疼，连忙抱歉地对女儿说："哦哦哦，对不起哦！妈妈不知道你会醒，想着下楼去摘葱很快回来的，谁知道你醒了，都是妈妈的不对，以后妈妈出去了，都会告诉你，行不行？"我就这样跟女儿聊着，征求女儿的意见，女儿傻傻地看着我，眼里没有忧伤。

两个月的孩子，那么点大，但心里都明白，她没有能力去表达，需要父母用心去感受孩子心里的点点滴滴。女儿在婴儿时期过得很平静，我们之间可以用眼神和表情交流。不管是婴儿，还是成长过程中的孩子，都需要父母的尊重和理解。女儿从生下来那天开始，我心里就不觉得她只是个婴儿，我们是母女，是知音，是无话不谈的朋友。

从那以后，每一次女儿睡觉的时候，如果我要出门，我都会跟她打招呼，轻声细语地对女儿说："宝贝，妈妈有事要出去了，你是在家睡觉呢，还是跟妈妈一起走？"我一边自言自语，一边看女儿的表情，小家伙连忙睁开眼睛，看起来是想跟我一起出门。一路上，女儿又继续睡觉。这份童年的记忆，给女儿养成了一个良好的习惯，不管以后她睡得有多沉，只要说有事，会马上跟着我起床，走路是健步如飞、精神抖擞，从来不用我操心。很多人怕孩子睡懒觉不肯起床，上学会迟到，我女儿一次都不会有。我把这样的习惯融入孩子的个性里，让她不觉得累、不觉得委屈，按时睡觉、起床是她持之以恒的习惯。

婴儿时期的孩子，内心是没有安全感的，没有独立思考的能力，会死死抓住我不放。我不会让孩子感觉到恐慌，做任何事情我都会给孩子一个交代，让女儿明白自己的身份和地位跟父母都是平等的。父母不可以任意妄为，不顾及孩子的心情，只有民主的思想、民主的教育，才能让儿女心里更有安全感，做事情也会变得更踏实。

年幼的时候养成的习惯，会深刻影响儿女日后的生活。一个良好的习惯，能够让孩子的生活变得更加美好，懂得礼貌，学会待人接物，逐步养成好心态，这些都源于不可忽视的家庭教育，并将影响儿女一生。

很多父母，习惯把孩子送进学校，希望孩子学到最好的文化。但是，人类真正的学问在家里，无意间的一个动作、一件小事，可以引导孩子，走向不一样的未来。很多孩子从小学习成绩非常好，也非常努力，但如果没有接受良好的家庭教育，一样是外强中干。

生活需要简单化、自然化，教育也同样不需要刻意。生活中学，游戏中教，给孩子轻松自然的环境，有助于孩子的身心健康。小故事，大道理，看父母如何应用，不同的引导方式，培养孩子的效果大不相同。家庭教育是一门高深的学问，不容忽视。

# 你想看就看一眼

女儿七八个月大的时候，男人的二嫂生孩子了，又是一场暴风雨。二嫂和我不一样，我是要求剖腹产，母女平安。二嫂死活不肯剖腹，想要顺产，她说女人留下刀口很难看。二嫂的外盆骨是够宽了，但内盆骨太窄，小孩子经过一天一夜的挣扎，依然没有走出娘胎的海洋，医生打了催产针，可形势依然不容乐观。医生告诉二嫂顺产的可能性很小，再不剖，孩子会有生命危险，二嫂这才勉强同意。

进手术室后打了一针麻药，医生一刀下去，二嫂整个人弹了起来。听二嫂自己说，是割肉一样的疼，麻药不起作用，真够折腾。从手术室出来后，二嫂一直叫喊个不停，指天骂地，把该骂的人都骂遍了。老太太对二嫂心疼得很，逢人便讲，婆媳真的是情深义重。

老太太不但自己心疼，还怪我没有去照顾二嫂。女儿还很小，我带着她经常去医院也不方便，再说我带女儿去过医院很多次了，老太太依然不满意。碍于情面，我把女儿丢在家里给老太太带，自己去医院照顾二嫂了。从医院回来后，我在一楼就听到老太太的骂声，女儿哭得上气不接下气，我三步并作两步，直奔家中。

进屋一看，女儿哭得稀里哗啦的，连话都说不出来，老太太依旧骂个不停，我心疼极了。女儿跟着我的日子里，哪遭过这么大的罪。我连忙把女儿从老太太手中接过来，孩子鼻涕眼泪一起流。老太太骂人，全都是因为对我不满，她把心中的怨气一股脑儿全撒在孩子的身上。

我对老太太说："孩子你愿意多看几眼，我没意见；你不愿意看，我也没意见。你想抱孩子，我也是同意的，就是不要骂她，也不可以打她。孩子不听话，我自己会教，你只要疼爱孙女就足够了。"老太太这一次没有跟我吵，有可能是自己觉得理亏。

老太太是个性情中人，由于没有文化，所以也说不出一个道理，又不会治家，只知道埋头苦干，说一句难听的话，跟过去的我一样，都是只会犁田的牛。老太太不是没有能力，而是不懂得放手，她的溺爱使得儿子们都变得懒惰，没有进取心。老太太有一份退休金，平时还去打扫菜市场，晚上又出去捡垃圾，赚的钱加起来还是不够家用，日子过得非常拮据。

吃不穷，穿不穷，不会计划一世穷。跟老太太住在一起的日子，我们经常为一些鸡毛蒜皮的事情吵架，我带着女儿躲躲藏藏。老太太要是不管她的儿子，儿子们也不会饿死，反而会变得更强大、更独立。老太太不断地付出，孩子却不懂得感恩、不知道珍惜，耗费了彼此本应更加美好的年华。事实上，每个人都有自己独立的能力，只要父母懂得放手，给儿女成长的空间，生活会变得更加灿烂。

我对老太太说的一番话，让她明白儿孙自有儿孙福，不要她操心太多。对于老人，能够抱养孙辈，是一种娱乐和享受。教育孙辈的责任，留给自己的儿女就够了，每一个父母都有自己的使命，承担教育子女的责任。从那以后，每一次女儿犯错误，老太太会对孩子说："看你妈妈来了，妈妈会来打你的……"她再也没有过恶劣的行为。老太太虽然嘴上强硬，但心里对我也还算服气，不管老太太的钱会给谁，我都不会有意见，我明白每个人都有权利享受自己的劳动成果，保护自己的一份权益。

历史的错误不可以重演，一次次的经历让我明白一个道理：人生中谁也不是谁的唯一，谁也不是谁的依靠，不是付出必须有回报，不是骨肉亲情就可以变得理所当然。即使是夫妻，如果各自不懂得独立，也有被淘汰的可能。过去的我不懂得放手，是我的无知和愚昧造就自己一生的悲剧。

# 拒绝也是一种美

男人的哥哥很可悲，会赚钱却不懂得理财，常常月光，让自己变得穷困潦倒，很多时候会向我借钱。我没有向人借钱的习惯，不到万不得已，不会麻烦亲戚朋友。那些肝胆相照的朋友，在我想借钱的时候不会拒绝我，因为我做事情值得朋友信赖。

二哥夫妇为人不错，非常热情，但花钱如流水，常常入不敷出，家里宾客盈门，但自己吃饭是上顿不接下顿。有一次，二嫂对我说："今天晚上都没米下锅了。"我心软，没有钱吃饭，总不能见死不救，随手给二嫂十五元钱，钱是不多，也是我的一份心意。第二天，二嫂告诉我："昨天晚上，来了几个朋友，二十元钱吃得很舒服，大家都非常开心。"二嫂就是这样的人，有什么说什么，不会想很多。说者无意，听者有心，二嫂的一句话，让我想到自己给的钱，是那样多余，又是那样不值。既然二嫂有钱请客，那就无须我的救济和同情，我再也不想给一分钱。

之前有一次，二嫂向我借了一百元钱没还，后来又跟我借，我对二嫂说："那天，你向我借了一百元没还，我是不会再借给你。"不说还好，一说二嫂急了，二嫂说："那天，你家男人回浙江接你们母女回家，从二哥手上拿了二百元……"聪明人一听就明白，我们家还欠二嫂一百元，我紧跟着对二嫂说："既然是这样，以前的钱一笔勾销，我现在再给你二百元，从今往后要是我男人再向你们借钱，跟我无关，你们从我手上借的钱要还给我，亲兄弟明算账。"二嫂是个明事理的人，很爽快地答应了。

其实，男人不是个会乱花钱的人，每天除了一支烟、一杯酒，其余的钱多一个子也不会花，零食都不吃的，接我们母女回家欠的账，也是情有可原。没下岗以前，男人的工资很丰厚，两位哥哥打牌输了就会向兄弟借，陈年往事是一笔糊涂账。我不想跟他们一起吃大锅饭,有福同享、有难同当的日子,我是过不来的,我喜欢八仙过海各显神通,每个人管好自己的家就足够了。

大哥和二哥是文化人,还会开车,每个月挣的钱也不少,相当于男人半年的工资。他们一个个过得寒酸,又无可奈何,这些坏习惯的养成都是受童年时期的家庭教育的影响。大哥跟我说:“过年在你家过了,等以后有钱了我们会把伙食费补上。”大哥又没钱了,我也不想跟他计较,对大哥说:“没事,难得过年,大家聚在一起,你过来好了,不要你的钱。”与其让别人欠一笔账,倒不如送一个顺水人情,大过年的,人家欠账也不好意思,紧跟着,老太太又跟我说:“要不要我带孙女,你不是过年忙吗?”我一听就明白了,老太太要是有钱,大哥也不会找我,老太太是个非常骄傲的人,没钱也不会跟我借的。我对老太太说:“你想带孙女,那就带吧!”我给老太太一个台阶下,让她有面子跟我一起吃饭,老太太不是一个自私的人,赚的钱也都是贴补给儿孙的。

一家人不说两家话,能够帮忙的还是要帮,但不是长期的义务奉献。我买菜,老太太负责煮饭,一家人相安无事地过了一个年。那天,大哥没有回家吃饭,老太太把一个好菜藏起来,没有端出来。我买的菜,自己心里有数,我非常生气,凭什么我买的菜,自己不能吃好的。不管老太太怎么想,我跑到厨房,端出那盘菜,夹起就吃。老太太生气了,又不敢吱声,毕竟是我花的钱,她一个人赌气到阳台上吃饭去了。

大哥在外面吃了饭回来,我对大哥说:“哥,从今天起你回家吃饭吧!我也不想花自己的钱,跟你妈怄气。”跟大哥说明事情的原委后,大哥没有多说什么。一个人不懂得感恩,即使旁人付出再大的努力,也只会让自己得到更多的伤害。老太太脑袋里想的是儿子,而不仅仅是一盘菜,这是一种态度,也是一个深不见底的无底洞。我没有义务和责任承担这一切,除了对老人和孩子不会计较,对其他人,我寸步不让。

又是一个过年,大哥没有钱打牌,又跟我借钱。大哥曾经向我借了一百元没还,第二次跟我借钱,我对大哥说:“哥,某某日子,你向我借了一百元,没有还给我……”话没说完,大哥立马对我说:“好的,一起还给你。”我笑着回答:“那一次的钱,不要你还了,这一次的钱你必须还给我,如果在你说的时间还不上,你要跟我说一声,要不然我会跟你要。”大哥连声说:“好的好的，要是我忘记了，你就跟我要。”从那以后，大哥每一次还不上钱，会先跟我说一声。先小人后君子，是我在那个家庭中历练出来的。

拒绝也是一种美，有些事情藏在心里会纠结，说出来让大家明白，也不是件坏事。亲兄弟明算账，关系会变得更清晰，也更密切。我在教育儿女的时候，培养他们从小学会理财，懂得留存财富。动不动就向别人借钱、解决自己温饱都困难的人，没有经济头脑，缺乏经营财富的能力。

# 我的人生我做主

老太太跟我吵架很有规律，她发工资的那段日子，一定会盛气凌人地跟我干一架。以为有钱了，不必再看我的脸色过日子，这是一种扭曲的自尊在心里作怪。大哥的儿子一直是老太太带着，大哥没给老太太生活费，祖孙俩相依为命，日子过得非常清苦。我和老太太各自开伙，井水不犯河水，一个屋檐下过着两种生活。

有时候，老太太看到我提着东西打算送人，心里不舒服，就数落我一顿。她的意思是，兄弟吃饭都成问题，而我既然有能力出出进进，就应该多帮助兄弟。话是不错，但这不是我力所能及的事情，男人的哥哥们不是简单的帮助就可以解决问题的，根源是要改变一家人的思想、习惯，让他们拥有独立的能力，承担彼此的责任和义务。

老太太经常骂我："他们兄弟吃饭的钱都没有，你经常给别人家送东西，都不照顾自家兄弟。"要是以前，我肯定会跟老太太理论，甚至可能会因此吵架。如今我不会那样做，有些话对有些人说一千遍一万遍都是白搭，还不如一句话都不说。老太太的话不是没有道理，问题是两个哥哥不会计划，一年四季都缺钱，有上顿没下顿，这不是我有能力改变的。我只能睁一只眼，闭一只眼，老太太想说什么，是她的权利，我也无权干涉；我想做什么，也是我的生活，不是老太太可以管辖的范围。

不管老太太是不是开心，我该做什么还是做什么。每当我的朋友来家里，老太太会站在房门口，看似待客，却好像在监视我。换作以前，我会像做贼一样防着他们一家，怕自己会出错，被人说闲话。如今的我不会，我想对谁好是我自己的事情，别说是老太太，就算是自己的男人也无权干涉，我自己努力得来的成果，要给谁都不为过，我的人生我做主。

老太太看着一切，会不停地骂，恨不得打架。不管她如何对我，我还是我，不会受老太太的影响而改变。老太太不断救济两个哥哥，我没意见，那是老太太自己努力的成果，有权安排她自己的财富，我无权干涉。人和人之间需要相互尊重，谁也不用嫉妒，也不必埋怨，老人家对谁好是她的自由。我想对谁好是我的自由，学会做一个生活的主人，做自己的主人。

当初，妈妈经常说我："你总是习惯帮别人家做事，不知道帮助自己的兄弟姐妹……"其实，每个人都有自己的人情来往，父母兄弟应该有自己独立的人生。家人有困难，那当然需要相互帮衬，齐心协力去解决问题，但平常的日子应该是独立的，每个人都应该有责任去努力创造财富，谁也不是谁的负累，谁都没有义务去承担别人的生活。当一切变得理所当然，人就会不知感恩，无论是亲情、友情还是爱情都不会被珍惜。礼尚往来是一种美德，也是人和人交往的基本方式与方法。

很多年前，妈妈对我说："一家人之间东西换来换去，有什么意思？"妈妈说的是家人间的礼物就应该无偿赠送，不应该有礼尚往来的念想，要是在过去，听了妈妈的话我会觉得是自己太计较，甚至会觉得是自己不懂得团结兄弟姐妹。但在那一刻，我对妈妈说："你说换来换去没意思，假如你种的青菜太多了，给我们一点，我们不用花钱去买；现在肉价很贵，你们舍不得吃，我们给你买，这样是不是大家都节约一笔开支，彼此变得更富有，同时又不缺失人情来往，难道这样做不好吗？"妈妈无语，再也不说那样的话了。

几十年前，我一直以为自己很能干，哥哥和妹妹很麻烦，都不会独立过生活，压得我喘不过气，我想放弃一切，又怕别人说闲话，最终毁掉了自己。几十年以后的今天，我意外地发现，哥哥和妹妹离开我后并没有过得不好，反而变得更强大，更有独立性，他们现在的生活都不错，都比我过得好。学会放手是一种智慧，放手让对方做自己该做的事情，谁都会变得独立自信，又充满活力。

如今我对儿女的教育，也是一样，兄妹俩心甘情愿地付出，我会让他们记得对方的好，懂得感恩，在自己有能力的时候要记得回报。如果自己的钱不够花，这跟另一方没关系，要想过得更好，需要靠自己去努力和奋斗。即便身为母亲，在他们缺钱的时候，如果我不给钱，那也不是无情，而是放手，放手让儿女成长，这比什么都重要。

爱不仅仅是奉献和付出，也是鼓励，是放手，更需要鞭策对方，激发对方无限的潜力，成就他们的人生。无条件地奉献和付出，会埋没一个人的才华，让人失去斗志，没有奋力上进的心，纵然有最好的才华，也会一事无成。

别说是年轻人，连年老的婆婆最后也变得独立，把孙子还给老大，学会了自己挣的钱自己享受，一家人都变得有主见，彼此理解，生活才变得阳光灿烂，又充满色彩。

# 女儿会走路了

那些年，女儿没有人带，我又要干活，维持一个家庭的生计，孩子一个人坐在摇窝里玩，小床铺四边有护栏，方便女儿抓扶。那时候，女儿差不多六个月大，我们一群大人坐在边上聊天，孩子一个人咯咯咯地笑，一会儿在摇窝里面站了起来，许多人都感到惊讶，大呼一声，纷纷表扬女儿能干，夸她厉害。孩子充满欢笑，又是那样得意，一遍又一遍从摇窝里站起来，一口气站了六次，一脸骄傲的神情。人生的第一次成就，让孩子感觉到自豪，拥有了自信。教育，不是父母刻意地强调，给孩子增加负担和压力，一切都要顺其自然。

从那以后，女儿会抓着床铺的扶手，沿着床沿走路，挨着墙壁玩耍，对她而言，那是多么愉快的一件事情，让她拥有更多的空间和自由。一会儿的工夫，从这一边走到那一边，又从那一边晃到这一边，感觉自己那么能干、那么开心。不管女儿是不是会摔倒，我都随她去，让她自己学会走路，学会跌倒后站起来。小孩子很有分寸，每一步走得很沉稳，不需要太多的担忧和照顾。成长的过程中，我不断地让孩子自己去感悟，一次又一次找到平衡感。

有一次，我在路边上接生意，老太太带着女儿，女儿睡着了。楼下单车棚的空间很小，里面摆了一张书桌。老太太图个方便，把女儿放在写字台上睡，自己出去忙活其他事。只听“哇”的一声，单车棚里传来女儿凄厉的哭声，我们都吓了一跳，冲过去一看，女儿站在书桌边上，脸上肿了大包。一看就明白了，女儿从书桌上滚了下来，靠她自己的毅力又站在那里。女儿一边的眼睛肿得看不见东西，只剩下一条缝。

我没有责怪老太太，但从此自己长了个心眼，事情已经发生，责备和抱怨都无济于事,重要的是下一次不要再犯同样的错误。老太太帮忙带女儿,我心里是感激的,家不是一个讲理的地方,需要彼此尊重、相互理解。老太太看到女儿摔成这样,自己心里也很难过。无心之过谁都会有,不能安抚小家,何来大家,老太太不是有心要欺负孩子,我心怀感激,不抱怨,不追究责任。

过年了,我们家买了一只鸡,关在笼子里,放在阳台的门口,女儿挨着墙壁去看鸡,自己慢慢地走过了门槛,尽管只是几步路,却不知不觉学会走路了。女儿周岁学会走路、吃饭,做自己喜欢的事情。多数的日子,女儿自己会做的事情,我不会帮忙去做,也不会叽叽喳喳说个不停,我允许孩子有自己的思想和空间,鼓励她学会独立。我也会帮助女儿去完成她自己该做的事情,偶然的相助让孩子懂得感恩、学会珍惜。

养孩子,不是养宠物。孩子不是因为小就可以只顾享受,不是因为可爱就可以不用做事,饭来张口、衣来伸手,毁掉的不仅仅是孩子,还有父母自己的未来。从小不培养孩子良好的习惯,父母以后再怎么努力教育,都是徒劳无功,倒不如静下心来,看着孩子做事,放手让孩子成长。

女儿学会走路了,但她又想偷懒,常常不想走要我抱,我是绝对不允许的。偶尔的放纵有利于孩子的身心健康,但长时间的溺爱,后果将不堪设想。孩子将来想要有所成就,从幼年时就要开始学会自立,做自己力所能及的事情。女儿要求我抱着她出门,我会置之不理,一边表现出不打算出门的样子,一边念叨:"你要是想我抱着你走,就别指望我会出门哦。"女儿在一边急,想出去玩,我说什么都可以答应,这个时候父母对孩子有什么要求,就可以提出来跟孩子讨价还价。女儿会对我承诺:"妈妈,你出去嘛!我自己会走路的。"我故意装作不信,反问孩子:"真的啊?你自己会走路?……"孩子想出门,所以坚定了自己的决心,不会出尔反尔,她拼命点头,表明自己的诚意,确认她不会反悔后,我方才带着她出门。

我故作轻松地说:"走啰,出去散步啰!"每一次出去散步,女儿都特别开心。别看孩子小,但比大人守信用,一路上还真不要我抱,一个人蹬蹬蹬地走路,东张西望,笑呵呵的,别提有多开心。这时候,孩子会觉得自己很能干,无形中培养了孩子的一份自信。一次散步,一件小事,运用合适的方法,可以让孩子感觉到无比的骄傲和兴奋。

多数父母带着孩子出门时,会嫌孩子走得慢,又心疼孩子小,于是又抱着孩子走路，让孩子之前的承诺变成一页废纸，效果就适得其反了。孩子会感觉到，父母说一套做一套，无诚信可言。下一次，孩子再做出什么承诺的时候，会在心里想：反正，先答应父母没关系，最终他们还是会抱我出去。父母对孩子的心疼，就这样变成孩子心目中的言而无信。这样习以为常之后，孩子在今后的人生中，说话做事会经常不经过大脑，失去思考和判断的能力。父母无偿的付出，会埋没孩子的才华，使孩子失去独立的能力，进而也会失去自信心、创造力。

习惯是从小养成的，是平常点点滴滴的积累，如果父母不注重细节，家庭教育就会败在平常的小事上，会让孩子不懂得辨别是非，没有诚信，失去刚毅果断的个性，不会有自己的担当与责任。如果父母的教育没有原则，儿女的人生就会迷失方向。

# 吃饭也是一门学问

我们家吃饭，全家人坐在一起，谁也不走动。不像我小时候，家里每个人捧着一碗饭，东家走西家，坐没坐相，站没站相，很随意，尽管也没什么错的，但没有规矩不成方圆。未来的人生要面对很多事情，做一个有品位、有思想的人，要注意形象，懂得分寸，对自己有所要求。

女儿周岁以后，几乎没有再让我喂过饭，都是她自己用筷子吃饭，我不断提醒孩子："小心哦，不要让筷子戳到你的脸，那样会很丑的哦！"我一边说一边注视孩子，孩子会默默地努力保护自己，不让一些危险的事情发生。我不干扰孩子吃饭，怎么吃都是孩子的自由，让她感觉到吃饭的快乐。

我叮嘱孩子，尽量不要把饭掉在地上，如果掉了米饭，那是一种浪费。小孩子没法马上懂，我会哭丧着脸说："你怎么又把饭掉地上了，妈妈要花多少钱，才能买来粮食，我好心痛哦！"女儿会咯咯咯地笑，但依然会把饭掉在地上，那是能力的问题，孩子还太小，没有办法熟练地做一些事，而不是她故意浪费。小孩子学会自己吃饭有一个过程，刚开始的时候总是天上一半、地下一半，这个时候父母不要太心疼粮食，但要注意培养孩子的心态，让她掌握规律，懂得节约，知道珍惜。

每一顿饭，我都让女儿自己吃，又和她比赛，看谁吃得更干净。孩子潜意识里希望自己比别人能干，每一个孩子都是有上进心、进取心的，关键看父母如何引导、发掘孩子的潜力，启动孩子的智慧。如果我吃得更干净，孩子就会没劲吃饭，被竞争对手打败，失去了拼搏的动力，所以我总是等女儿吃完了以后，自己再吃最后一口饭，吃饭过程中我会一边等她，一边督促："快点吃哦！要不然妈妈吃完了，你就不是第一名啦。"简单的一句话，可以培养孩子的上进心，让她奋发向上，孩子一旦感觉到赢的滋味，心里就会拥有一份荣誉感。

女儿喜欢吃肉食，每天可以不吃饭，不吃素菜，专吃肉，我不会顺着她的意愿去做。不是孩子想吃什么，父母就给什么，导致儿女偏食是父母的错。小时候的我，偏食很厉害，不喜欢的东西打死都不吃，造成自己严重贫血，身体一直不好。我坚决不会让女儿走我的老路。

吃饭时，女儿会把自己喜欢的那盘菜放在她自己坐的一边，这是目中无人的行为，没有礼貌，缺少修养。我用筷子按住女儿的手，笑嘻嘻地问："这盘肉大家都喜欢吃，你说怎么办吧?"女儿傻傻地看着我，一个劲地笑。我也笑笑，对她说："嘿！你还别笑，今天你不吃素菜，别指望可以吃肉。"我一边说，一边把素菜夹到女儿的碗里，不跟她商量，也不问好不好、要不要，探问的结果肯定是不同意，直接夹到女儿的碗里，同时不给她吃肉，笑嘻嘻地看着她。

女儿心里想吃肉，于是一口气把饭和素菜全都吃完了，达到我的要求后，我不再限制女儿吃她喜欢的肉，这时她会顺便给我们各夹一块。我们也不客气，乖乖地听从安排，一家人继续开开心心地吃饭。父母要培养孩子不挑食的习惯，让孩子懂得一家人需要相互照顾，任何时候都不可以只顾及自己的感受，而忽略他人，这属于自私的行为。

每天早上临出门前，我会对女儿吆喝："走啰，吃馄饨了，你要是走得太慢，就没得吃了。"我边说边观察女儿的表现。走得太慢就没有馄饨吃，孩子一听这话，马上认真起来，这样既可以提高孩子的食欲，又可以提高孩子做事的效率。儿女小时候容易跟着父母的感觉走，父母的气势和态度可以感染孩子。父母吃得津津有味，孩子也会觉得香。父母营造开心快乐的气氛，孩子心里感觉得到。父母如果吃饭时问东问西，孩子会抗拒，会不开心，甚至觉得吃什么都没有味道。

每一天的生活，吃什么并不是最重要的，重要的是心情，心情好了做什么都行，吃什么都愿意。多少孩子大清早逛超市，买垃圾食品，不管有没有营养，父母都满足孩子的需求，还振振有词地说："没办法，小家伙就是爱吃那个。"如果在孩子小的时候，父母都没有能力管好，那孩子长大后就更加无可奈何。孩子任意妄为，做事没有原则，会失去做人的情操、生活的方向，没有规矩不成方圆。

教育是一门学问，孩子所接受的家庭教育的好坏，直接导致孩子不同的未来。对孩子的要求一味迎合，那么将来变得更猖狂的是孩子，更无助的是父母。

# 消费是一门很大的学问

女儿长大了，学会了走路，不管做什么，都有她自己的主见。有一次，我的一个朋友为了逗我女儿开心，试图用一元钱和她换一块旺旺雪饼，朋友一个劲地逗她："喏！你用这块旺旺雪饼跟我换一元钱，拿着它可以去那边小摊上买你喜欢吃的酸奶，想吃什么，就可以买什么……"诱惑无限，女儿看着那一元钱发呆，迟疑了很久。不管她有什么想法，我都不作声，旁边围观的人一个劲地逗她。

女儿思考许久后，决定用她的那块旺旺雪饼换阿姨手上的一元钱，换到钱后，她快步奔向路边小摊，买了一瓶酸奶，特别开心。酸奶的味道和旺旺雪饼的确不一样，一个勇于尝试的决定，让她吃到了不同味道的东西。思想的创新和改变，对人生有深刻的影响。

平常的小事，父母不要横加阻拦，也不必刻意强加给孩子一些思想，应该让孩子通过自身实践去学会思考、学会选择、了解生活常识。生活中的琐事，父母大可以顺其自然，平常多注意观察孩子的表情，体会他们的思想变化，孩子经过独立思考，会迈出他们人生中大胆的第一步。很多父母会阻挡孩子的一些行为，比如不允许孩子拿别人的东西。其实，就像做生意是商品和钱等价交换一样，孩子接受他人的东西有何不可以，一个愿打、一个愿挨是最好的交易。

父母不能盲目判断孩子的行为，凡事往远处看，锻炼孩子的机会源于平常的点点滴滴。女儿第一次消费，成功吃到了酸奶又不费力，知道了金钱的重要性，拥有金钱可以换来她需要的东西。一个孩子学会花钱，不是件坏事，教育孩子如何运用和消费，不乱花钱，才是要紧的。每一次去超市，女儿想买零食，我不会反对，但有几个条件：每次只能买一样，多了不准买,以前买过并且存在浪费情况的东西不准买,不喜欢的不准买,买不起的东西更不能买。跟孩子讲条件不能太死板,我会问她:“丫头,你看你只有一张嘴巴、一双手,每一次只能吃一样东西,是不是?吃完了才能够吃第二样东西,对不对?”小孩子似懂非懂,跟着我点头。教育孩子的时候,学会反问比说教更有效,一方面可以更好地跟孩子互动,另一方面能让孩子感到父母所说的话很重要。

女儿买东西,我都让她自己去选。她一个人穿梭在超市的货柜间,拿了这个又看看那个,看到一个喜欢的就拿来给我看,我认为不可以吃的东西,就对女儿说:“丫头,这个东西我们家买不起……”就算父母有钱,也不要在孩子面前摆阔,要让孩子明白金钱的重要性和来之不易,这有利于孩子的心灵成长,帮助他们懂得经营财富是人生必须掌握的学问。

我很少给女儿买玩具,尽量买一些有益于开发智力的东西给女儿探索。有些孩子从小就知道玩玩具,玩具就像是他们的命根子,从来不买书,整个人变得很懒散。女儿小的时候,我常给她买水彩笔、图画本,让她随意地在本子上涂来涂去,不要求她必须画什么,并且我会适当表扬她,这可以开发孩子的想象力和创造性思维。一不小心,孩子画了一个像样的东西,我会大声地肯定她:“丫头,你这么厉害,你看你画的这一条是不是鱼啊?”小家伙连连点头,美滋滋的,感觉自己很有创意。父母的一个动作、一种表情、一句鼓励,能培养孩子积极向上的心态,提高孩子的进取心,让孩子拥有激情和动力。

有一次,我带女儿去买水彩笔,女儿看中了一支钢笔,死活要买,我在她耳边说了一句话后,女儿拿起水彩笔就往外走,把我逗得直乐。我悄悄跟女儿说:“丫头,那支笔很贵哦!我们家买不起。”我一边说,一边用眼睛看着她,用眼神征求孩子的意见。女儿明白我的意思,心里有一些失落,但又马上做出了自己的决定:放弃钢笔,买水彩笔。在我的心里,女儿是最懂事的,我把自己该说的话跟她说了,最后的决定权交给孩子,我不会跟她说不买,也不会说买,我会让她明白一个现实,学会适应环境,以后自己努力去争取想要的东西。

多年以后,我们家开文具店。很多小孩子在我家店里看中一些书,想要买,父母会说:“唉唉唉,你太小了,还看不懂,给你买吃的,不要买书了……”看着那些父母,我有些心痛,有些遗憾,又不敢说什么,如果我抗议那些父母的行为，不理解的人会以为我是想推销自己的生意。其实，正因为不懂才需要学，孩子有学习的兴趣、想要探索新事物，这是值得被肯定的，却被父母无形之间抹杀了。父母一旦让孩子养成好吃懒做的习惯，等到孩子需要读书的时候，他们大多已经没有主动学习的习惯。

还有一部分家长，不管孩子买什么学习用品，都要刺激孩子的心灵："你又不会读书，买这么多笔干吗？是不是一种浪费？"就这样把孩子教训一顿，弄得孩子气急败坏，什么也不想买，也不会认真读书。我有一个朋友更好笑，平常给女儿零花钱的时候大手大脚，可一旦碰到学校的一些事情，就不舍得给孩子花钱，说是担心孩子会乱花钱，不懂得读书。

我反思自己的童年，读书的时候，看到别人拥有的东西，心里会非常羡慕，自己无法拥有的话会觉得自卑。有时候，给儿女充足的学习用品，也能培养孩子的一种自信，孩子会有面子，感觉到自豪，心里没有负面情绪，也会更好地读书。多数的父母花钱给孩子补课，读最好的学校，却舍不得给孩子买一些好的文具和书，孩子心里其实有很大的压力和挫败感。

消费是一门学问，懂得应用金钱，才能够赚更多的钱。花钱体现的是一种品位，可以让儿女拥有更多的自信心。我在平常的日子会教育孩子学会节约，但大庭广众之下我会给足孩子面子，让他们拥有自己的思想，学会交际，跟同学处在平等的位置，感觉到自己人生的价值。

# 人生何处不是学问

从女儿的婴儿时期开始，我就着手培养她学习做人的道理，以及面对生活的勇气。我每一次带女儿去买菜，不管她是不是会懂，我都会告诉她什么样的菜是嫩的，什么样的菜最新鲜。我一边带着女儿看，一边比画着菜的模样，孩子会懂得什么是黄叶子，什么是虫最喜欢吃的菜。

别看买菜这一个小动作，它可以带领孩子走进大人的世界，充实她们幼小的心灵，这是父母必修的功课。孩子通过体验生活，能够更好地了解生活、懂得家庭常识。每一次我煮饭的时候，小家伙闹个不停，害怕寂寞，需要有人陪她玩，看到我在煮饭，她没有什么事情可以做，她的心里会变得空虚、无聊，又不知道该如何是好。这时候，我会拿一些菜给女儿摆弄，告诉女儿择菜要把黄叶子去掉，一根根摆好。七八个月大的孩子，其实可以懂得很多知识了，父母要给孩子这种机会，培养孩子学习的习惯，锻炼孩子做事的能力。

小孩子没有很强的意志力，一般随意摆弄几根菜，当成游戏玩耍，多数父母听之任之，我就不干了。我一边把菜收起来，一边对女儿说："宝贝，这些菜是不能玩的哦！你把它们都玩坏了，那我们吃什么呀？要是把菜玩坏了，你就把钱都浪费了，那就没有钱买酸奶了。"女儿会咯咯咯地笑个不停，尽管她一时间不会理解其中的含义。我把那些菜拿开，给女儿一瓶酸奶，顺便又给她一些玩具，小家伙开心得合不拢嘴，她感受到择菜的快乐、食物的美好、玩具的有趣，于是很久不会来烦我。生活是多姿多彩的，不要局限于某一种教育、某一种娱乐，父母可以给孩子无数的建议，可以让儿女体验得更多，又不觉得辛苦。

最有趣的要数买水果。女儿看到橘子就忙个不停，摸摸这个，看看那个，那模样儿不比大人差。这时候，我会笑着告诉孩子，哪个橘子皮薄，哪个橘子会比较甜。小家伙听了我的话，于是一本正经地去看橘子，仿佛自己能看懂一切，那样子活像个小大人。挑了橘子后，给我看看这个，又看看那个，特别认真。看见女儿挑到一个很好的橘子，我连忙表扬她说："嗯，不错嘛！你选的橘子比妈妈选的还要好，丫头，你真的好棒哦！"说完，亲她两口，逗得小家伙直乐。

放手让孩子自己去选择，可以培养孩子的思维能力、观察力、想象力和判断力。要想开发孩子的潜力，并不是只能依赖学校的教育，父母才是孩子最好的老师。带孩子不要怕烦，不要怕累，人生的学问体现在生活的点点滴滴中。得到父母的肯定和鼓励，哪怕只是一个眼神，都可以培养儿女的自信心和创造力。

女儿可开心了，选橘子的劲也更大了。这个时候，我对女儿说："丫头，没付钱的橘子不能拿的哦！如果拿了，你就不能回家啰……"小家伙挺懂事的，看到我没有付钱，就把橘子原封不动地放了回去。卖橘子的小贩看了直乐，觉得女儿很可爱，非要送给她一个橘子。我示意他不要把橘子送给女儿，他说："没关系的，我们自家种的橘子，不值钱的。"我不依了，谢绝对方的好意："不能让孩子养成这种不劳而获的习惯，不然是害了她。"小贩懂我的意思了，表示肯定。

多年来，生活的经历告诉我，一个小小的习惯会影响孩子的一生。要小聪明的孩子，长大后也成不了大气候，贪小便宜的也不会有大出息。只有通过自己的努力，才能真正让孩子拥有成就感，追求的过程就是一种美好的享受。

孩子学会做事之后就会偷懒，这是人之天性，无可厚非，父母不必指责和教训孩子。女儿一周岁以后，我再让她择菜，她会变得三心二意，我对孩子说："丫头，你不想做的事情，可以不做，但你不可以胡乱摆弄，做事不认真，长大以后会变成傻瓜的噢，到那时候，妈妈也不认识你了，你就完蛋了。"我会做一些无奈的表情，让孩子感觉到不好好做事的后果。

小不点不能完全理解我的意思，但她会知道变成一个傻瓜是多么可怕的事情，立马会用心去做，经常问我："妈妈，我这样做，对不对？""妈妈，我那样做，行不行？"孩子幼小的心灵开始慢慢明白，做什么事情都要认真去做，也懂得征求我的同意。父母和儿女之间学会互动，既可以增进感情，又能让孩子懂得团体精神。如果父母的教育随心所欲，孩子就会变得麻木，没有方向，不知道什么该做，什么又不该做，一头雾水。

生活中的每一件小事，又何尝不是一个故事，平凡的生活体现着人生价值。生活中有很多事情，不是孩子学会做就一定能让父母满意的，要想让孩子做好做对，需要父母不断地引导，用无限的耐心去教育孩子做一个最正确的自己，走一条自己满意的阳光大道。

# 妈妈抱抱我

女儿周岁不到的时候，我在大马路上摆摊，帮别人缝缝补补，贴补家用。做窗帘、床罩都是我拿手的活儿，但女儿出生以后，我很少接那样的业务。因为做窗帘和床罩这些生意会特别忙，我怕没有时间管孩子，当初的我把孩子放在第一位，赚钱是第二位。男人没有养家糊口的能力，整个家就靠我一份手艺维持，我不赚多余的钱，一家人维持生计就足够了，其余的日子都是带孩子，陪女儿一起玩，日子过得清闲。

一天好几个小时，女儿都跟着我在马路上度过。中午时，女儿会休息几个小时，她一个人午睡，其余的时候都是"马路天使"。所谓的马路，其实是小区边上的一个通道，倒是也比较宽敞。女儿还不会走路的日子，我把女儿放在推车里，给她买一元钱的瓜子，让她自己在一旁啃，好多人替我担忧，怕孩子不小心卡喉咙。我一边做事，一边不断提醒孩子，一定要把壳吐出来。小孩子很聪明的，把瓜子咬烂、嚼碎了，吐出一堆的瓜子壳，多少路人惊叹不已。女儿四个月大的时候，就跟着我一起吃馒头，孩子拿一小半，我拿一大半，女儿就这样慢慢学会自己吃东西。

女儿八九个月大的时候，会跟着我吃瓜子，跟着我一起上瘾，有其母必有其女。十个月光景，孩子可以自己吃瓜子，吐瓜子壳，自己一手带大的孩子，做什么事情都很放心，彼此间很有默契。

女儿会走路了以后，我帮别人换一下拉链、补一补衣服，偶尔接一些电视机罩、空调罩、热水器罩等的生意。孩子一个人在马路边的花园里玩，过一会儿就跑过来问我："妈妈，你有空了吗？"要是我说没有，她就又蹬蹬蹬走进花园，从小就学会了独立。

一个下午，女儿就这样来回跑好几趟，不是问我有没有空，就是模仿别人问我："妈妈，这个拉练换一下要多少钱？"逗得我直乐。我很认真地告诉孩子，换拉链要两元钱，如果她问别的一些东西，我也都会认真回答，仿佛女儿真的是顾客。有时候，路人走过，我跟别人闲聊一番，女儿看见了，就噔噔地跑过来，伸开双臂说了一句："妈妈，抱抱……"

这时候，无论我有多忙都会把孩子抱起来，让她感觉到轻松、自然与温馨。抱了一会儿，我会让孩子下地继续玩，对她说："丫头，妈妈有一点事情没做好，做好了再抱你，行吗？"说完，我一脸期待地看着孩子，征求她的意见。大多数时候，孩子会爽快地答应，玩累了或者是生病了的时候，会比较娇气一点，要求多抱她一下，我都会照做，一切以孩子的快乐为前提。

不一样的时刻，孩子会有不一样的心情，父母的不理解会伤及儿女的自尊心，事情会变得很糟糕。小时候的孩子都是讲道理的，非常坚强，偶尔会撒娇。孩子撒娇的时候，如果父母不理解，甚至误解孩子的行为和举动，那么孩子就不再是撒娇，而是可能发蛮，跟父母对着干。父母不理解孩子，常常靠自己的威严去震慑孩子，容易造成孩子性格的懦弱，或者让孩子变得冷漠。父母的不理解、不认同，孩子心里会失去安全感，失去对父母的信赖，无形中变得蛮横不讲理，失去自己独立的能力。

在女儿不同意的情况下，我不会强迫她一个人去玩，我会跟女儿聊心情，一边抱着女儿，一边说道："妈妈知道，咱家丫头是玩累了，想在妈妈这里歇歇脚，过一会儿丫头有力气了，自然会下地自己去玩，对不对？"孩子会很开心，过一会儿，自己就出去玩了。儿女心里也跟大人一样，会追求面子。不要说孩子小，什么也不懂，那只是孩子不懂得表达，其实他们心里的感觉跟大人是一样的，需要被呵护与关心，一份理解胜过任何玩具和食物。

每个人都爱听好话，小孩子尤其如此。父母的态度不好，会让孩子的心情变得急躁，缺乏自信心和独立性。多少年来，我和女儿相依为命，相互扶持，彼此珍惜，谁也不会给谁造成负担和压力。父母要用通俗的语言跟孩子交流和沟通，让孩子懂得生活的常识，懂得体谅父母的辛苦，不要给孩子讲太多的道理，复杂又难懂，孩子会变得恐慌，没有方向。

在我年轻时的某一天，我想妈妈了，看到别人家母女都很亲热，我也渴望妈妈会陪我一小会，于是随口对妈妈说了一句："妈妈，你陪我一起做事吧！"忘记了妈妈那天原打算去干什么，只记得她当时讨厌地回了我一句："这么大一个人了，还要人陪着做事，像不像话！"言语间，很冷漠，不耐烦，我渴望的心情一下子降到了冰点。从那以后，我再也没有跟妈妈亲近过，彼此间没有多少沟通与交流。

童年时期，有好多事情是父母的态度改变了我们的初衷，使得原本想做的事情不了了之，心里跟父母较劲，故意对着干，看到父母不开心，便觉得赢来了内心一种平衡。多少原本可以更优秀的孩子因此变得跟父母一样烦躁，不可理喻。父母不让孩子开心，孩子也不让父母称心如意。童年时养成的这些习惯会延续，等到以后结婚了，夫妻之间也会针锋相对，不断争输赢，失去家庭的祥和与宁静，一切都是成长的心态造就的。

满足孩子心灵的需求，在她想拥抱的时候，不要置之不理，这样会导致孩子情感的缺失，失去亲情的温暖，也是父母的一大损失。如果孩子在童年时期失去内心的平衡，长大以后也不会有安全感，未来的婚姻也会变得不踏实、不自信。

# 家庭是孩子最好的舞台

女儿两周岁了，会背唐诗、唱儿歌，这是平常教育的结果。每一次让女儿背唐诗，我会大声嚷嚷："丫头，快来哦！要背唐诗啰，你再不来，妈妈就干活去，不跟你聊天咯。"小家伙噔噔噔往我这边跑，我有时间跟她说话，是她最开心的事情。

父母可以引导孩子，培养他们的求知欲和兴趣。我通常会对女儿说："听好了，妈妈读一遍，你要跟着读的哦！要是记不住，下次就不教你了哦。"这么简单的一句话，可以激起孩子更多的兴趣和欲望。要让孩子明白，父母的教育不是廉价的。女儿会瞪大双眼看着我，生怕漏过一个字，说错一句话，有模有样地跟着我学，这样可以培养孩子认真听讲的能力。

孩子会背第一首唐诗以后，我恨不得全世界的人都知道，女儿是那样能干、那样厉害。那时候，我做窗帘、床上用品等，穿梭在各家各户量尺寸，我抑制不住内心的兴奋，会对客户讲："我们家丫头会背唐诗了。"客户很热情地鼓掌，鼓励孩子给大家背一首，女儿怯怯地站在我身后，不敢表达。我看着孩子，暗自觉得好笑，这是一个孩子的本性，不是生来就胆大，也不是生来就胆小和懦弱，第一次面对完全陌生的场合，大人也同样会不知所措。

这种时候，有的父母会对别人说："我们家孩子生来胆小，不敢跟陌生人讲话……"父母错误的诱导局限了孩子的思维，孩子会误以为自己的个性真的是内向的。我不会解释孩子的状况，我会笑着问孩子："丫头，你不是很厉害的吗？背一首唐诗给伯父伯母听，好不好？"多少期待的目光围绕着女儿，但她依然不会开口，我连忙打圆场，不让孩子觉得尴尬，我会对客户说："哦，今天我们家丫头没准备好，下次肯定背给你们听。"说完又对女儿做一个俏皮的鬼脸，女儿表现出默认我的观点。

路上，我一边跟女儿谈笑风生，一边又问孩子："丫头，今天怎么不给伯父伯母背一首唐诗啊？"我故作惊讶地看着女儿。女儿难为情地笑了笑，有些羞涩。我继续问孩子："你是不是怕自己背不出来呀？"我用激将法，让孩子变得不服气，果然，女儿马上开始给自己辩白："不是的，我会背的。"不服输是孩子的天性，怕父母会说她没用。父母需要不断引导孩子说心里话，表达自己的内心需要勇气，如果孩子没有跟别人分享的经验，这就需要父母耐心引导。

女儿理直气壮地告诉我，她是会背唐诗的，我依然故作惊讶地问："啊！你会背的啊，那刚刚为什么没有背呀？你知道伯父伯母有多么喜欢你背那首唐诗吗？他们会说我们家丫头最棒的哦！"女儿有些失落地看着我，后悔刚才没有展现自己。这时候的我，会趁机继续激励孩子的斗志，对女儿说："其实，我们家丫头是最优秀的，对不对？"女儿连忙点点头，渴望下次能有这样的机会，让她弥补这一次的缺憾。

我会继续鼓励孩子："其实，妈妈知道，你是怕难为情，不是不会背……"一句话，道出孩子的心声，孩子如释重负，开心地点了点头。接着，我又对女儿说："妈妈小时候，不敢在别人面前背唐诗，别人都以为妈妈很傻，其实妈妈也不傻的呢！"一边说，一边又委屈地注视着女儿，孩子跟着我一起惋惜，接下来她会更加珍惜自己眼前的机会。

这时候，我会为女儿主动迎接下一次挑战做铺垫，轻松地对女儿说："下次再去伯父家，你一定要背唐诗的哦！"说完，再一次用期待的目光看着她，女儿很爽快地答应了。平时的一些拉家常也是教育的一种，对待一个孩子，父母要有耐心和智慧，洞察孩子的心理状况，帮助孩子说出心里话，这样有助于跟孩子的沟通与交流。

没过多久，我做好了客户的东西后准备送货上门，出门前我会对女儿说："丫头，快来哦！今天要去伯父家，你要表演背唐诗的哦！"女儿比我的劲头更足，等了好几天，准备了很久，渴望得到这种机会继续降临在她的头上。听到我要去客户家，她连忙帮我提东西，匆匆忙忙出门了，恨不得一步踏进客户的家里，快乐得像一只小鸟。

平常给别人做电器罩、床上用品等，我都会在上面绣上漂亮的图案，所有样式都是我自己设计的，一切的成就与自己童年时喜欢画画密切相关。到了客户家，我向客户展示货物，比画着长短，试试是否合身，考量花纹是不是好看，与客户谈论不休，女儿在一旁急得直跺脚，渴望马上展示自己的才华。我看着直乐，笑嘻嘻地给女儿做一个鬼脸，示意她不要急，一切都在我的安排之中。父母跟孩子说话，要学会用眼睛交流。平时我的一个眼神、一种手势，或者是一个微笑，孩子会明白我想做什么，以及让她干什么，她会不慌不忙地等待我的提示。培养孩子的能力不仅仅是指学习。孩子的眼睛里有活，生活里有戏，这样的孩子走到哪里，都会得到别人的赞美。

跟客户谈完生意，收了钱，临别时我对客户说："伯父伯母，我们家丫头今天想要给你们背唐诗哦！"我用自然、顺畅的言语帮助女儿表达意愿，一切都在情理之中。

女儿落落大方地上前背了一首唐诗，赢得了客户的喝彩，这给她增添了许多的自信。女儿后来上幼儿园时表演节目，由于年龄小，只是啦啦队的一员，她坐在边上观看节目，跃跃欲试，我看见后主动找园长沟通："园长，让我家孩子上台背一首唐诗，可以吗？"园长很爽快地答应了。女儿一点也不怯场，独自一个人大大方方地走到台上，站得毕恭毕敬，一字不落地背完了一首唐诗，接着给台下的观众鞠了一个躬，然后走下了台。女儿的表现赢得了许多家长惊讶和赞许的目光，这一切都是平时在家中演练的结果。家中的一张床铺，是女儿最好的舞台，她常常站在床中央表演，想象着前方围绕着许多观众，而我总是给她赞美和鼓励，成为她最忠实的粉丝。

父母要想培养一个孩子的胆量，平时在家中就可以多加引导，端正孩子的心态，让孩子感到一切都是自然而然的。父母要做有心人，不要强求儿女刻意装扮自己，要着重引导孩子表现最真实的内心。家人的赞美可以让孩子变得更加自信。对一个孩子来说，想要努力做到父母期望的那样，又感觉到力不从心，其实是缺乏一种勇气，害怕自己会出错，父母要懂得孩子的心理，帮助孩子达成自己的心愿。每一个孩子都喜欢展示自己，父母应该不断鼓励、肯定孩子。无论什么时候，父母不要把孩子的学习成绩放在第一位来衡量，孩子的心态才是最重要的。

# 女儿上幼儿园了

那一年，女儿两周岁多一点，我带着孩子回到家乡，想在父母身边度过一个暑假。不想好好经营生意，只求自己把女儿带好。随着岁月变迁，我也在成长，逐渐明白，亲情远胜过金钱。每一次回家乡，我兜里没钱，妈妈会偷偷塞给我一点钱，要求我拿去孝敬爸爸，缓和父女的关系，我却死活不干，不喜欢作假，想尽可能活得真实。

那一次，我在家里住了十三天，爸爸天天骂我。看着我像个流浪汉一样，爸爸是心里有气，又不知道说什么好，于是见什么骂什么，对我来说那段时间又是度日如年，思前想后，还是觉得回湖南比较妥当。湖南再不好，但至少不会像在老家这么难受，我能理解婆婆的苦衷，却不能接受父母对我的挑剔，不是我计较太多，而是又触景伤情。陈年往事，有形无形之间会变成一种伤。

我觉得吵架没意思，于是上楼跟父母告别，看到爸爸在独自流泪。有生以来，我第一次看到爸爸的眼泪，心软了，不想再回湖南。当时我决心留在家乡创一份事业，于是跟妹妹一起到了市区，租了一间房子。我把两周岁多的女儿送进幼儿园，那是在市中心的一个私人幼儿园，规模不大，大小孩子都挤在一个班。女儿回家跟我说："妈妈，别的小朋友都有本子，唯独我没有，我不想上幼儿园了。"女儿从小喜欢摸本子、画图画，尽管不会写字，但酷爱学习，我从她婴儿时期开始就一直努力地把对学习的兴趣注入她的心里，使之变成她的一种习性。

老师不给她本子，女儿心里有失落，有羡慕，我笑着地对女儿说："哦，那是老师不对，妈妈明天跟老师讲一声，让她给你一个本子，好不好？"女儿点点头默许了。第二天，我跟老师说："孩子说不给她本子，不来上幼儿园了，本子是不是要自己出钱买，多少钱我都给你，每次都给我们家孩子一个本子。”老师回答说：“不用的，幼儿园本来就有，看她小不用写字才没有发给她。”我笑了，其实，每一个孩子成长的经历不同，父母给孩子培养的兴趣也不一样，我的女儿从小一直跟本子打交道，所以她喜欢这些东西。我又一次对老师说：“以后，大孩子需要的东西，给我家孩子留一份，多少钱我都会给你。”老师答应了，女儿非常开心。

女儿从幼儿园回来的第一天，我发现她学会自己一个人上厕所了，又一次学会了独立，学会用自己的思想解决问题。不同的环境，给孩子创造不同的价值，我非常支持女儿上幼儿园，见识更多的事物，结交更多的朋友。

女儿在幼儿园认识了一个小男孩，每天回家跟我说和那个小男孩有关的事情，说得津津有味。我带女儿去厂里上班，她会跟我的工友聊天，聊她幼儿园的事情，得意扬扬地告诉人家，自己认识一个小男孩。工友们逗她：“小男孩喜欢你吗？”女儿得意地回答：“肯定是喜欢的呀！”言语中有着满满的自信。工友们又问：“那你喜欢小男孩吗？”女儿更加肯定地回答：“当然喜欢他了。”讲了一大堆关于她和小男孩的故事，大家笑得前仰后合。

过了两个月，我当初带来进货的钱挥霍一空，没有跟厂里算一份工钱，带着女儿再一次返回湖南。回到湖南，继续送女儿上幼儿园，那次去的也是一个私人幼儿园。再次去幼儿园，孩子没有第一次那么听话，死活不愿意去。面对新的环境，孩子会有一种孤独和陌生的感觉，成长的过程会出现这样那样的心情，说明孩子拥有自己的思想了。一个孩子会哭并不一定是胆小，而是面对陌生的环境时一种本能的反应。

教育孩子，永远不要觉得孩子还太小，长大以后的能力都是小时候培养的。不管孩子是否能够接受，合理的教育是必需的。开发智力、培养个性，这都是童年时必不可少的学问。成长的过程中，父母要懂得理解孩子，帮助孩子面对新的环境，适应不同的场面，接受不同的训练和培养。父母不必三番五次地告诉孩子要大胆地去上幼儿园，这跟孩子的个性没关系，父母一味强调要胆大，反而会让孩子没有自信心和安全感，以为自己是胆小的人，又不知道如何变得胆大，孩子的心里会产生更多的恐惧。不如换一种方式，告诉孩子上幼儿园的种种好处，以增加孩子的知识面。

孩子的成长离不开父母的不断引导，在这个过程中父母也应该不断改进自己的方式，帮助孩子拥有良好的心态。不是环境越优越，孩子就越幸福，只有孩子的思想里没有恐惧和悲伤，才能让他们勇往直前。

# 妈妈不用做事了

每一个幼儿园，都有自己不同的文化、不同的教育模式，女儿所在的幼儿园有个规定，孩子做得优秀，就会在墙壁上给孩子贴一朵大红花，便于父母对孩子的了解，也给孩子更大的鼓励和肯定。我喜欢这样的方式，很方便地就能看到孩子的表现。

有一次，我去接女儿放学，墙壁上居然没有孩子的大红花，代表女儿今天做错了事情。我立马问老师："老师，我们家孩子今天犯什么错误了吗？"老师怕伤及孩子的自尊，回家让孩子自己告诉我。我是个急性子，很想当场弄清事情的原委，我对老师说："三周岁左右的孩子，能说清楚自己的事情吗？还是你告诉我算了。"

老师说："今天午睡醒来后，孩子拿了一个小朋友的饼干，自己拿了还不够，还分给其他小朋友，被老师批评了。"我听了后含笑不语，谢过老师，抱着女儿走出幼儿园门口。我笑嘻嘻地对女儿说："不错，知道拿小朋友东西吃，从今往后，妈妈不用赚钱了。"女儿一脸茫然地看着我。我继续说道："反正以后你想吃东西，可以在别人那里拿，妈妈是不用赚钱了。"我再次肯定自己的说法。别看孩子小，但是她懂，非常明白我的意思，连声说："妈妈，我以后再也不拿别人东西了。"女儿心里充满内疚和惶恐。

不管什么时候，我对着女儿的时候都是面带微笑，不会有生气的表情。我笑眯眯地看着孩子，淡定地问："你真的很想吃饼干吗？"女儿点点头说："是。"从她的脸上，我看到了渴望。孩子心里的挫败感，需要一样东西来填补。于是，我连忙在超市买了一筒饼干给女儿，她一口气全部吃完了。孩子心里憋了一份委屈，一筒饼干安慰了她受伤的心灵。

第二天下午，我去接孩子放学，没有等我开口，女儿把手举得老高，开心地喊："妈妈，今天我没拿别人的东西。"这就是一个孩子，知道错误存在，我的一番话让她懂得如何纠正自己的错误，不再拿别人的东西，这对她来说就是一种成就感，无形中培养了孩子的自制力、控制欲，孩子纯真的心灵需要父母的宽容和理解。

我满脸笑容地看着女儿："嗯！不错，是妈妈心目中最好的女儿。以后记住了，任何时候不许拿别人的东西，想吃什么跟妈妈讲，妈妈会给你买。"父母平常的一些话，会成为孩子一生的记忆，同样的错误再也不会犯，发自内心地改正。教育不是让孩子恐惧，父母在引导儿女改正错误的同时，必须学会放松孩子的心情，而不是加重孩子心里的惶恐。父母的责备，不会让孩子心服口服，用权威使孩子屈服，孩子并不会因此变得自律，有的只是更多的惶恐与不安。

多少父母，面对孩子的错误，如临大敌，感觉到自己没面子，想好好教育孩子。在孩子的心里，拿一块饼干不算大事情。只有错了，才明白什么是对；只有懂了，才知道怎么样去改。孩子做错了，心里会恐慌，等待父母的教训又不敢面对。父母理解儿女，是对孩子最大的安慰，孩子会充满感激。人生就是不断犯错、不断进取的过程，父母要一步步完善孩子的个性，成就儿女的一生。

小孩子去做一件事，并不知道会犯错，是一种自然的反应。老师的批评让孩子无地自容，认识到自己的错误，羞愧难当。孩子分不清幼儿园跟家里不一样，老师的批评会让孩子手足无措，无所适从。如果父母不懂得引导，继续责备孩子，会给儿女心里留下阴影，变成孩子成长的污点。父母不要把孩子的错误扩大化，要用平常的态度来教育孩子、引导孩子；不要大惊小怪，用极端的态度处理问题；不可以贬低孩子的人格和自尊。父母要学会从容地处理问题，让孩子有勇气面对错误、改正错误。再次犯错误的时候，孩子会变得淡定、从容，正确处理自己的问题，拥有独立的能力。

童年的记忆最难忘，在这个时期，用合适的方式引导孩子改掉自己的缺点，把一切消失在萌芽状态，是非常有效果的。作为一个母亲，我非常了解自己的孩子，也坚信自己的教育可以成就儿女更好的未来。

# 女儿的野蛮和不足

小时候的女儿很可爱，又讨人喜欢，都说她像个洋娃娃。一天到晚笑个不停，一些老人更是乐不可支，喜欢逗女儿开心。女儿会跟老爷爷吵架，老爷爷一直逗她，跟女儿"斗嘴"，孩子毫不示弱。我对女儿说："丫头，你喊爷爷呀！爷爷就不会跟你吵了。"女儿听了，连忙喊一声"爷爷"，喊得老人直乐。这样做既可以避免女儿跟老人"争吵"，又让她学会懂得尊重老人、爱惜自己。

小家伙不错，看着爷爷厉害，就连忙喊"爷爷"，其实是求饶了，但对待年老的奶奶时可厉害了，表现出一股无理野蛮的劲。一般做奶奶的比较厚道，不管女儿怎么样做都不会生气，不会跟她吵架，无论怎样都会让着孩子。老人都一样，不管孩子如何不讲道理，都不会跟孩子计较。但是，如果父母不懂得引导，孩子就会分不清东西南北，不懂得尊老，孝心必须在幼年就开始教育。

女儿对那些好心的奶奶不懂得尊重，不友好。我看在眼里，笑在心里，笑她敢胡作非为，但那是她能力的一部分，说明她懂得占上风，懂得谁比较好欺负，谁不能得罪。无论孩子做什么，我都不会用责备的语气，我会友善地看着女儿，问："丫头，你干吗对奶奶这么凶？是不是觉得奶奶对你好，你就不怕了？"女儿似懂非懂地点了点头，乐呵呵地笑个不停。我又继续说："丫头，你看奶奶她们对你好，你会欺负她们，不给她们让座，有一天奶奶会伤心的，再也不会喜欢我们家小丫头了，等到那时就不会有人跟你玩了哦！"一边说，一边装出很伤心的样子。

我的一番话，让女儿懂得老人的心态，她害怕奶奶伤心后真的不跟她玩，她开始舍不得了，收敛自己的行为，尊重奶奶对她的那份好，每一次看到老奶奶,会马上去搬凳子,招待她心目中最可爱的奶奶。懂得尊重别人,才能获得更多人的尊重。

有一个老爷爷生得彪悍,看着凶巴巴的,别说是女儿,我看了都有几分汗颜。女儿每次看到他,拔腿就跑。看到女儿飞奔而来,我会大声喊:“土匪来了,土匪来了……”女儿就跑得更快。看着女儿惊慌失措的样子,我低头问孩子:“丫头,干吗怕他呀? 你看,爷爷对你不是挺好的吗?”我注视着女儿的表情,她一脸惶恐的样子,摇摇头对我说:“妈妈,我不知道……”我又继续问女儿:“你看,爷爷并不可怕,每个人都长得不一样,爷爷的样子长得有点吓人,让你感觉到害怕,对不对?”女儿似懂非懂地点了点头,具体该怎么做,还是不知道。我笑着对女儿说:“你看,以前的爷爷都喜欢跟你‘吵架’,每次你跟他们打招呼就没有人跟你‘吵架’了,对不对?”女儿点点头,表示默许,于是,我又对女儿说:“下次,再看到那个爷爷,你喊他一声,爷爷肯定会喜欢你的。”女儿多次听我的教诲,慢慢放松了自己的心情。后来见到那个爷爷的时候,尝试着喊了一声“爷爷”,逗得爷爷直乐,笑成一朵花,我在边上提醒女儿:“你看,爷爷笑起来是不是很好看?”女儿开心地点了点头。

有一位老奶奶,带着孙子在幼儿园玩,幼儿园门口有一个小熊模样的垃圾桶,张开大嘴迎接不同的垃圾,非常可爱。小孩子出于一份好奇、一种探索,整个脑袋伸了进去,吓得奶奶直吆喝,对着孩子一顿骂,孩子吓得直哭,感觉自己犯了滔天大罪,瞬间惊慌失措。原本只是图个新鲜,但奶奶的一顿责备无形中给孩子一种压力,变得畏畏缩缩。

倘若是我,我不会那样做,我会让孩子看个够。孩子看完以后,我会问他啥感觉,是不是很臭,再告诉孩子那是装垃圾用的,不可以把头伸进去,否则自己会弄得很脏,也很不舒服。孩子小,很多事情要给他们时间去慢慢领悟其中的道理,这样他们就不会有害怕的感觉。教育应该是轻松的,不管孩子做错什么,父母都要用平和的心态跟孩子沟通,这样可以增加孩子的胆量和勇气。

# 转园的女儿多了一份哭泣

女儿转园了，从私人的幼儿园转向公立幼儿园，公立幼儿园规模大多了，上下几层楼，曾经认识的小朋友、熟悉的老师，一转眼都不见了。改变熟悉的环境，这是一个大人都不愿意接受的事情，更何况是一个孩子。看到女儿的无助，我好几次后悔过，问自己是不是做错了，但又欺骗自己说，不可能让孩子总是待在一个地方。女儿一共转了三次幼儿园，的确够她受的。

到了新的幼儿园后，女儿的哭声惊动了整个楼，多数老师都因此认识了她。我送女儿去幼儿园，教室在二楼，我刚下楼，女儿就直往楼下跑，害得老师紧追不舍。没办法，老师每天抱着她。很多家长可能会觉得孩子受老师的重视，是一件很开心的事情。我不以为然，不认为这样做对女儿有益处，我对老师说："下次我女儿再哭，就把她丢在一边好了，看她能哭多久，不用理睬她。"老师同意了。

老师重视的孩子，不见得会优秀，没有雨伞却在雨中奔跑的人，才会变得更优秀。孩子学会承受不同的挫折，会变得坚强。女儿的哭我是领教过的，她可以一个人哭了不够，倒一杯水在地上继续哭，让自己受冻引起我的注意，偏偏我比她更犟。想要制服孩子的个性，不是靠打和骂，有时候无言的沉默可以让一个孩子学会反思，懂得珍惜自己、爱护自己。父母的心疼固然可以让儿女变得乖巧，但是适当的冷漠有助于孩子学会认知。面对孩子无理的哭闹时，父母可以不用理会，不必心疼，但也不要觉得烦，那是孩子的专利，父母无权干涉，孩子哭累了，自然会消停，不会有第二次的哭闹，何乐而不为。要让孩子从小就知道，如果父母不同意的事情，再怎么哭也没用。

慈母多败儿，明知道孩子的做法是错误，依然百依百顺，这会让孩子不知道真理，不懂得反思，没有自己的想法，甚至变得蛮不讲理，错到不可收拾的局面，带给孩子一生的悲哀。多少成年人，长大以后才明白，自己当年的做法是多么的幼稚，又是那样的无知，结果耗费多少年华，失去自己最宝贵的人生。

女儿哭起来还真是厉害，老师带他们出去玩，路上碰到熟人，女儿死活要人家带她回家，老师费了好大的劲，才把她哄好。面对老师，我有些难为情，充满歉意地说："我女儿真是太会哭了，让老师受累了。"老师居然安慰我说："没关系的，幼儿园最会哭的孩子，长大了特别有出息。"老师说话很有水平，让彼此都不尴尬。

看到女儿哭的那个劲，我不会觉得烦，反而觉得很好笑。成长的过程需要不断地磨炼，我郑重其事地对女儿说："丫头，你过来，妈妈有件事要告诉你……"女儿噔噔噔往我这边跑，别提有多开心。父母对儿女说话要注意方式方法，要让孩子明白是非，懂得自己错在哪里，又该如何面对自己的错误、改正错误。如果孩子一边在玩，父母一边在说，谁也不理谁，结果父母感觉自己教育了孩子，但其实孩子没有领悟，这样的教育也就没有实质的意义。

每一次跟孩子说话，我都要跟她面对面坐下，眼睛对着眼睛，彼此平等，没有隔阂，好好地交流与沟通。我会营造一种快乐轻松的气氛，维护孩子的自尊。我的目光对着孩子，温柔地说："丫头，明天你去幼儿园可不能再哭了，不然妈妈多不划算呀！"我一边说，一边假装心疼的样子，孩子会傻傻地看着我，等待我的下文，不会有恐惧，也不必害怕我批评她。看着女儿天真的样子，我继续扮演自己的角色，装作似乎要哭的样子，一本正经地对女儿说："你知道吗？上幼儿园妈妈是交了钱的呀！"孩子将信将疑地看着我。

我扳起手指头，有条不紊地对女儿说："喏，你上厕所要钱，吃饭要钱，坐的小板凳都是妈妈付了钱的，你要是不好好上幼儿园，这些钱都给学校拿走了！"我利用孩子不愿吃亏的本性，让她感受到不上幼儿园的后果。女儿听了我的话，真的没有再哭，感觉上幼儿园是帮我赚钱，帮父母做事情，是幼年时期的孩子美好的心愿，孩子喜欢父母说她能干，可以帮父母分担压力，这些都是孩子最大的快乐。发掘孩子的潜能，做孩子的伯乐，每一个孩子都会变成千里马。幼儿园时期的女儿是出类拔萃的，吃饭第一名，干活一把手，班上的垃圾都归她和另一个同学倒，孩子乐此不疲，父母不需要心疼，要懂得劳动最光荣。

从那以后，女儿每天上幼儿园都非常开心和活泼。遇上周末，女儿会一个人在家里扮小丑，一边拍打着两个小腿，一边假情假意地演戏，哭天抢地地说："哎呀喂，今天不上幼儿园，不能赚钱啦！"还越哭越来劲，没有一滴眼泪，却感觉自己很有创意，一边假假地哭，一边吆喝，看得我直笑。教育不需要太多的理论，让孩子感觉到轻松、自然、开心就好。女儿其实很多时候也知道我在骗她，但她也愿意被我骗，感觉特好玩，自己跟着起哄，就这样，我无意间培养了一个风趣幽默的孩子。老师也觉得女儿很可爱，常常有很多的笑话，能把老师逗乐。

有一天下午，我去接女儿回家，一个男孩子追着我喊："阿姨，阿姨，你们家丫头咬了我一口。"说完，他翻开嘴唇让我看，没等我反应过来，女儿在一边说："谁让你亲我的！"我一下子明白怎么回事了，笑着对那个男孩子说："哦，下次不亲了，那我家丫头就不咬你了，好不好？"小男孩作罢。

孩子的成长过程中，笑话不断，问题不断，父母保持一颗童心，走进孩子的心里，会有很多不一样的收获。自然的状态下，拥有一颗平常心，让一切事情都会变得简单、快乐。

# 女儿的擦鞋热

大街上，车来人往，多的是小贩，擦鞋的、卖烧烤的、吹气球的，还有很多小孩子的玩意儿，琳琅满目。大多数孩子喜欢逛街，既可以饱眼福，又可以饱口福。

女儿最喜欢逛街，问东问西，看到什么都觉得新鲜，充满好奇。我会一一给她解释，让女儿增长见识，接受不同的文化。开发孩子的潜力，需要父母不断地引导和分析，要了解社会的动态和生活中必不可少的常识。女儿会认真地听我讲，明白各种营生的不容易，从而会更加珍惜自己所拥有的，也更加努力地去创造未来。

每天遇到的不同状况，都有着不一样的学问，在实践中体验人生，是一种享受，也是一种感悟。尽管孩子不会懂得那么多，但父母不断地引导孩子进行尝试，孩子会变得更加聪明。如果父母不允许孩子做这做那，就会埋没孩子的天性。

小孩子热衷某种事情，就地取材，是最平常不过的事情。女儿看到别人擦鞋，觉得很好玩，回家后一看到皮鞋，灵机一动，就开始模仿街市上的那一幕，提议帮我们擦鞋。我也不阻拦，告诉女儿擦鞋时不可以弄脏自己的衣服，要不然的话就不允许她擦鞋。先把丑话说在前面，孩子会明白后果，如果等到事情发生后再去责备孩子，而孩子并不知情，无端的责备会伤害孩子幼小的心灵，使其失去对父母的信任和理解。

小孩子懂得诚信，跟父母讨价还价，最终达成一致意见后，孩子一般不会反悔。我提醒女儿擦鞋要小心，不能弄脏衣服，要抱着认真的态度，做不到的话就不能擦鞋。孩子想要擦鞋，所以就会更加懂得珍惜，真的很小心地擦鞋。这可以培养孩子认真、用心做事的态度，尽管有时候孩子最终还是做得不好，但只要他们努力了，父母就不要指责孩子，许多时候其实不是孩子不听话，而是孩子太小，能力有限，做不到尽善尽美，这就需要父母懂得体谅。

偶尔，我在一旁指点一下，如果女儿开始兴奋，我就会借机提醒孩子一些注意事项，这个时候她特别听得进去。孩子认真完成一件事情，需要他自己用心，更需要旁人的赞美和鼓励。女儿真的很棒，把家里的每一双鞋都擦了一遍，即使最后还是弄脏了衣服，但我也没有骂她，因为我知道女儿已经拥有认真的态度、兢兢业业的精神，这就非常值得肯定，她正在逐步养成良好的习惯。孩子喜欢擦鞋，我也不担忧她这个爱好会让她将来变成一个擦鞋匠，有些无聊的事情，父母不要提，孩子也不会去想，过去也就过去了，关键在于锻炼孩子做事的能力，充实孩子的心灵。

那天下午，我去接女儿放学，老师告诉我，女儿在学校里得意地跟老师炫耀——昨天在家中帮爸爸妈妈擦皮鞋了，言语中还透露出满满的自豪。老师开玩笑地问她："那你帮我也把鞋擦一擦，好不好？"女儿一本正经地回答："可以，但这个星期没空，下个星期再擦，可以吗？"老师被逗得直乐呵，感到女儿很可爱，继续问道："那你擦鞋要钱吗？"女儿天真地回答："不要的，我帮爸爸妈妈擦鞋，都不要钱。"

女儿是幼儿园的开心果，什么都喜欢问，什么都告诉老师，包括我们夫妻之间的事情。师生之间像朋友一样自然，母女一样亲密，没有隔阂，不觉得自己比老师弱小。孩子在家里扮演什么角色，在学校里也就是什么样的人物，我想是我的教育让女儿变得自然、大方、没有畏惧感。我经常对孩子说："丫头，当你开心的时候，妈妈是你最好的听众，分享你的快乐；当你难过的时候，妈妈是你最好的姐妹，分担你的痛苦。但是你做错事情的时候，妈妈就是妈妈，帮助你分析问题，引导你走向正确的方向，做一个最优秀的孩子，你不需要害怕。"女儿是快乐的，她的人生非常简单，过得很轻松，不用害怕做错什么事情，我是她心中最好的港湾。

我了解自己的成长过程，明白一个道理：贫穷不可怕，可怕的是存在我心里的那份自卑和悲观情绪。失去心灵的自由和空间，不能做自己想做的事情，不可以说自己想说的话，这是心灵的不完善、人格的不健全，一旦变成习惯就成了性格，也就酿成了人生的悲剧。

没有过经历，哪来的感悟；没有过辛苦，又怎么可能体会父母的辛劳。女儿是幸福的，也是快乐的，做她想做的事情，说她想说的话，不会有压抑，不需要恐惧，这是我能给她的最好的爱。

# 不要跟陌生人讲话

没有经历过婚姻的不幸，就不能体会其中的苦涩；没有经历过贫穷，就不能体会生活的艰难；没有对另外一半的深入了解，就不懂得一个人的无知和愚昧是多么的可怕。如果只是单方付出，对方不会珍惜，那也不是幸福。夫妻间的种种，像一把钢刀一样插在我心里，所有的回忆都犹如在水深火热之中。

比如男人没有养家糊口的能力，最简单的事情都做不好。对付哥哥，我只有改变以往的状态，不再事事亲力亲为，嫌弃哥哥做事不得力，不让他做。即使叨叨个不停，也没有一点的效力，一味图个嘴巴痛快，是人性最无能的表现。长此以往，哥哥心生厌烦，不会帮助我做什么，兄妹之间战火不断，相互得不到尊重和理解。愚昧和无知的一家人处在水深火热之间，一个个外表坚强，内心脆弱。不能用智慧解决问题的人生，吵了和，和了吵，周而复始，变成一种恶性循环。

其实男人有根软肋——害怕离婚。我怕的是有朝一日离开这个家，又怕男人纠缠不清，不让我带女儿走。即使我自己苦死、累死，都不会抛下女儿不管。如果我没有母亲的胸怀，不懂得教育和引导，就会让女儿变成第二个我。在我的婚姻里，没用的男人，不懂得人情世故的婆婆，导致经常吵架，打架，闹得不可开交。平常的日子，我带着女儿到处避难，一次次逃避，又一次次回来面对。可爱的侄子不止一次问我："姑姑，你要是离婚，会带着妹妹一起走，对吗？"言语里充满羡慕，又有无限悲凉，我仿佛看到小侄子心里的悲苦。我舍不得把女儿留在那样的家庭里，弃她于不顾，这不是一个有责任和担当的母亲的行为。

男人对自己很不错，一根烟，一杯茶，打发自己美好的一天。不管家里的温饱，说一通泄气的话、发一次牢骚，是他生活最好的调剂品。我就不一样，心疼女儿，我不可能让一个家庭无米下锅、没钱吃饭，所以只有白天黑夜地忙碌，不知疲倦，不怕辛苦，看到女儿健康快乐地成长，我很心满意足。到了晚上，趁女儿睡觉的时间赚一点钱，以保证一家人的温饱不成问题。多数的日子，我都陪伴孩子，不让她受一点委屈，不让她觉得孤单，我要让孩子活在阳光底下，内心充满希望。男人照旧还是一根烟，一杯茶，坐在那里等我就寝，端一盆洗脚水，洗完睡觉，又是我灾难的开始。

一个女人，白天带孩子，晚上继续干活，养家糊口，早已疲惫不堪，好不容易躺到床上休息一会。夫妻间的房事紧跟而来，防不胜防，我厌倦至极，恨不得一脚把男人踢到床铺下。没用的男人，有一种能力比女人有力气，他会用武力解决他的需要，令我更加厌烦，我用尽全部的力气，维护自己的尊严。一个晚上，别说是休息，平静一下都很困难，随便动一下，男人的手就伸过来，吵架到天亮是常有的事情。一手牵着女儿，不让她受到惊吓，一边跟男人无休无止地吵架。

不要说女人无情，谁都需要呵护和理解，不是我没有这个需要，是我的心力和精力疲惫到没有这种心情。男人的无能，让我对他没有任何感觉，要想夫妻恩爱，不管是男人还是女人，都要学会自立自强、自力更生。打和骂可以发泄一时的怨愤，不能够填平生活的无奈，最终的结果是分道扬镳，爱与不爱原不相配。

有一次，两个人连续吵了三个晚上。吵架声惊动了邻居，邻居不能按时就寝，忍无可忍跑上楼骂我们，我说："你看我成天干活，他是一点活都不干，想着那点事情让我就范，我又不是畜生，想怎么样就怎么样，我也想睡觉呢！是他不让……"言语中的我，充满伤感和无助，邻居了解我的状况，责备男人一顿，悻悻下楼，也是百般无奈，清官难断家务事。

无奈的房事，心如死灰的心情，被男人折磨得死去活来。他白天不干活，晚上瞎折腾。我到了晚上就像上法场，比死更难受。两次流产，吃了不少的苦。第一次宫外孕，差点丧命，幸好果断处理，没有造成后顾之忧，生了女儿之后，无意间又怀孕，一边带着女儿，一边流产，没有人照顾我。生活像一场没有硝烟的战争，苦难无休无止。

这样的生活，我累了，看到男人更烦，真的很想离婚，男人威胁我说："你想离婚可以，不可以带走孩子。"看到年幼的女儿，一点办法都没有，只好忍气吞声。无知和愚昧的选择毁掉了我的一生。但是女儿的人生还没有开始，绝不能让她重复我走过的路，即使自己承受再多的痛苦，也要把孩子抚养长大。一个不懂教育的人，相处起来的确很麻烦。女儿要看电视，父女俩为了一台电视机，不断吵架，水火不容。要是没有我，不知道女儿的人生，是不是会比我更凄惨、更无助。

不管我有多忙，人生有多么不幸，心里只有一个信念："不给女儿痛苦的童年，不让孩子受一丝的委屈，不让她像我一样的无知。"年轻时候的我，心情非常沉重，就像寒冬的冰霜，没有年轻的朝气，没有青春的活力，内心里一潭死水，甚至未老先衰，这又何尝不是亲人给我的压力和负担造成的？爱笑而不能笑，想哭又哭不出来，不知承受了多少压力和煎熬，这就是我童年最好的写照。

如今为人母，我没有能力改变自己的命运，必须有能力改变女儿的一生，要教育孩子，拥有阳光般的心态。每天，我带着女儿去买菜，陪她一起看电视，告诉孩子故事的情节、好人与坏人的区别。我要让孩子从小就明白，如何分别是非，如何尊重别人，如何保护自己。尽管女儿小，不懂得太多道理，但在她心里会有模糊的概念，有生活的常识。不像我，直到步入青春的一天，依然不懂得情为何物，不知道如何跟别人相处，只会傻瓜一样的做事，盲目赚钱，谁跟我借钱都不敢拒绝，害怕得罪别人。看到谁都怕，怕别人说我势利眼，怕别人说我无情无义，把自己弄得狼狈不堪。我悲苦的命运又何尝不是我的心态造成的？我的心态又何尝不是童年的家庭教育造成的？

那段时间，正在上映一部电视剧《不要和陌生人说话》。故事的情节曲折离奇，剧中，两兄弟相依为命，由于成长中的一些特殊经历，哥哥非常懂事，又是那样优秀，最后成为医院里一名出色的医生，他有能力养活一个家庭，却没能力给自己一份安全感。哥哥成家立业后，害怕妻子跟别人暧昧，害怕失去又不敢面对，总是患得患失。在哥哥成长的过程中，那些留在心里的阴影，让哥哥的婚姻不能善始善终。

身为医生的哥哥，是一个事业优秀的人，但不懂得如何维持一段感情，不懂得如何经营自己的家庭，总有一份不自信，一种不踏实。他总是先把自己的老婆打一顿，骂一回，接着又是赔礼道歉，鞠躬作揖，他无法改变自己的习性，走不出心里的阴影，生活就如此地恶性循环。

女儿跟着我看那个电视剧，我给女儿分析剧情，我给女儿讲述剧中人物的每一份心情，分析哥哥为什么会变成那样。这些都源于童年的家庭教育，父母心理不健全，这种家庭氛围中孩子的心里也不会有安全感和踏实感。哥哥生性多疑，不敢面对真实的人生，皆是源于童年的经历。现实生活中，不知有多少家庭处于这样的境遇！一个人事业优秀不代表内心健全，很多人无法用理性经营自己的一个家。

一天下午，接女儿放学回家，老师又跟我讲一段有趣的事情，女儿对老师说："老师，我在电视里看到《不要和陌生人说话》，那个男的总是打老婆，爸爸也经常打我的妈妈。"老师问："爸爸妈妈打架，你害怕吗？"女儿理直气壮地回答："不怕，爸爸欺负妈妈，我帮妈妈的。"在女儿的心目中，她就是我的保护神，我经常对女儿说："丫头，爸爸妈妈吵架，你不用害怕，妈妈从来都不会输，都是赢的……"在女儿的心里，吵架就是一种游戏，是平常生活的一部分。

每次吵架时，我总是一手牵着女儿，一边对着女儿轻轻地说："别怕，妈妈吵架从来都不会输，你只管玩自己的就行了，妈妈吵赢了，再跟你一起玩。"女儿很听话地去做她该做的事情，心里面没有一丝的恐惧，认为生活就像小孩子扮家家一样的简单。每一次都问我："妈妈，你吵赢了没有？"看着女儿可爱的表情，我心里流着泪，眼里含着笑，故作轻松地对女儿说："妈妈吵架怎么会输？"我用微笑面对女儿，让她的心里没有一丝灰暗，不会有害怕。我的存在，给女儿安全感，她心中有了依靠，就不会心存疑虑和恐惧。

每当女儿放学，我经常对她说："丫头，妈妈今天又跟爸爸吵架了。"女儿会问："妈妈，吵赢没有？"我一脸的微笑，连忙回答："吵赢了呀！妈妈怎么可能会输。"女儿松了一口气，一本正经地对我说："妈妈，下次我不在家，你可不能吵架，没有人帮你，你会很伤心的，对不对？"女儿的一番话，逗得我直笑，看到孩子，就忘记了一切的烦恼。

女儿对我说："妈妈，我是你的开心果，对不对？"听到这句话我更开心，乐呵呵地看着孩子说："是啊！你是妈妈的开心果，看到你，妈妈什么烦恼都没有了，你要努力读书哦！去幼儿园要听老师的话，妈妈会更开心的。"面对女儿时说话的语气永远是那样的轻松，又是那样的自在。孩子感觉不到人生的疾苦，不会有压力和负担。哪怕是不痛快的事情，也会成为母女之间最有趣的谈话，让一切变得简单、轻松和自然。

现实是我们无法逃避的，要让孩子学会面对，因为逃避不是解决问题的根本办法，直接面对问题可以让心灵变得更强大。女儿从小就懂得，无论遇上什么事情，都可以一笑置之，无须深究，不必难过。喜怒哀乐就像吃饭一样的简单，任何时候，无须紧张，要学会不计较、不在乎，不让外界影响自己的心情，活得自在，走得坦然。

女儿是勇敢的、诚实的，她的生命里没有眼泪，没有恐惧，有的是自信、自强与自爱，这是我教育的结果。我的一份微笑，可以撑起孩子蓝蓝的一片天。

# 幼儿园老师的家访

我的童年,不会跟老师有近距离的接触,不是我胆小,也不是不懂礼貌,而是我的那份自卑,让我对老师敬而远之。

我们家很穷,穷到温饱都成问题,大冬天裹着妈妈的一件灯芯绒衣服,度过很多年。如果做一件新棉袄,不记得要穿多少年。学校里的同学,多数会嘲笑我,甚至欺负我,只有少数人跟我做朋友。那份拘谨,那种自卑,让我对很多人敬而远之,对老师更是不敢有半点不尊。哪怕站在老师的办公室门口往里看一眼,都会吓得半死,感觉自己格格不入。

爱美之心人皆有之,一份穿戴,一种人生,小时候,我心里非常渴望和别人一样,穿一身合适的衣衫,做一个本分的好孩子。但是童年的我,穿着妈妈的衣服,肥大而臃肿,跟同学一起出去照相,别人家都拿了自己的照片,我没有钱取。直到如今,都是一种遗憾,生活的窘迫带给我内心的是深深的自卑。

女儿上幼儿园了,我绝不让她重复我当年的路。我给女儿买衣服,是弥补我童年的缺憾。女儿需要的东西,我毫不吝啬。一切都是我心甘情愿的付出,仿佛一切都是我的童年。一次,幼儿园的老师来家访,才知道我们家并不富有,比较寒酸,老师非常佩服我的做法,无限感慨地说:“没进你们家门前,以为你家很富有,女儿穿的、用的不比别人差,还报了几个特长班,幼儿园有什么活动、花多少钱,你都不会皱眉,不会跟老师较劲。许多有钱的家长都做不到这样,总觉得孩子小,花的是冤枉钱,你真的很不错。”我笑而不答。

老师的一番言论,让我倍感欣慰,同时心底也生出无限凄凉。我本不该落到这种地步,就算凭我的能力也不会过这种生活。男人所在的工厂,全厂只有几个人是特困户，我们家被确定为特困。男人为此沾沾自喜，在意工厂的生活补助：过年三百元钱、两袋大米，工厂一年的救济粮相当于我当年一天不到的生意钱。自己被忽视的潜力，埋没的天分，让我感觉到童年的教育的确很重要。女儿在成长过程中，我让她学跳舞，又让她去学画画，尽我一切的力量，教给女儿做人的思想、生活的文化、爱人的心态。我不求她出人头地，只求孩子拥有一份美好的心境，能够幸福快乐地成长。

那一天，我和幼儿园的老师聊了很久，说了许多话，也因此变成了好朋友。我在老师的家中看到她的丈夫——一个非常有涵养的老师。我们聚在一起，谈人生，聊理想，说教育，谈孩子，就像是多年不见的老朋友。我对老师说："若干年后的一天，我要为自己，为天下孩子，为许许多多的家庭，写一本家庭教育的书。"我的想法得到他们最高的评价和支持，我又叹息道："可惜，我是初中文化，没有太高的学历，没有多少文化，我怕我的书没人看。"

老师的回答很让我吃惊。老师说："没有文化的人，写出来的书才实在，适合大众看，普通人都可以看懂的一本书，一定是最好的……"老师鼓励我的一番话，让我无比振奋。第一次得到别人的赞美，并且可以说出自己的心里话。一直以来，老师在我心目中是一个神，不敢高攀，我不敢正视老师的一双眼睛，老师高高在上，我们之间有无法逾越的鸿沟，此刻，我感觉到老师在平凡之中的无限伟大。老师又对我说："没和你说话的时候，不觉得你怎么样，跟你说话觉得你真的谈吐不凡。"我轻轻地笑一下，风趣地问："是不是真人不露相……"老师连忙回答："那是，以后有空要多来我们家做客，我们都非常喜欢你。"

难得有一次机会诉说衷肠，我又对老师说出自己的疑虑、心中的惆怅，我说："一直以来，很想离婚，又怕影响自己的孩子……"老师的话，打消我的疑虑，老师对我说："是金子到哪里都会闪光，茅屋里飞出金凤凰，你们家孩子到哪里都会是最优秀的，更何况还有你这样的好妈妈。"老师的一番话给了我无数的自信和肯定。难得有人会如此欣赏我、鼓励我，这是我人生中得到的第一份信心，我也第一次感觉到老师没有那么可怕。

一直以来，农村出身的我，打扮非常朴实，我就是一个乡下妇女，是一个老实巴交的农民，经老师那么一说，我感觉自己的人生特有价值。人和人确实是不一样的。难怪别人说，和什么样的人交往很重要。没有文化的老太太，不可能说我有涵养、有气质，她不止一次地说："你会嫁给我儿子，是看中我们家房子。"不一样的人，不一样的评价，我逐渐了解人与人之间的不同。原本敬而远之的老师，才是我最真正的伯乐！

是啊！我是一颗跌落在红尘中的繁星，是被人间遗落的明珠。坚信自己总有一天能返回故里，家乡一直是我梦中的摇篮，心心念念渴望的归宿。当年，我会流落异乡，是不得已而为之。其实我喜欢自己的家乡，渴望见到家乡的每一个朋友，还有家乡的田间小路，都是我梦中的期盼。树高千丈，落叶归根。我是一个念旧的人，重情重义，尽管对父母有一些偏见，让父母感觉到我的不孝，但心里还是有一份牵挂，一种期盼。大千世界，茫茫人海，亲情最珍贵。倘若父母懂得珍惜，知道真爱，尊重孩子，理解孩子，就可以让每个孩子都获得幸福与快乐。

现实中，有多少孩子离家出走，有多少成长积郁无数的烦愁？父母的不理解，不尊重，带给儿女无尽的悲伤，是一辈子的不幸福，不快乐。做好家庭教育，势在必行，孩子的成长比赚钱更重要，因为孩子是父母的未来。

# 不想上幼儿园了

每一次,我去幼儿园接女儿,都会问她心里的状况,幼儿园有哪些让她开心的事情,有哪些跟她熟悉的人,白天都会做些什么。孩子学会分享,可以开发孩子的潜力;孩子学会表达,可以懂得更好地沟通与交流。父母一次次地关心和引导,会使孩子更加成熟和胆大,所谓的成熟,就是面对自己该做的事,无畏无惧。面对孩子心里的恐慌,父母要对症下药。上幼儿园的前几天,女儿一脸的沮丧,又说不出心里的不开心,这是一种自然的感觉,孩子不懂得表达,很正常。

有些事情,需要父母去领悟,化解孩子心里的恐慌。我在安慰女儿的同时,又常常勉励自己,接受新的挑战。小孩子的适应能力通常比大人强,很多事情我还没缓过神来的时候,孩子早已进入状态。

女儿会不断告诉我,她身边的一些人和事,比如她会跟我说:“妈妈,某某不愿意跟我玩。”我会笑着安慰她:“没关系,人家还不认识你,时间久了,大家都会喜欢你的,你看我们家女儿多可爱,是不是?”孩子的欢笑,离不开父母的肯定和认同,要相信孩子永远是最棒的。父母有信心,孩子的心里才觉得踏实。

有一天早上,女儿对我说:“妈妈,我今天不想上幼儿园了。”我好奇地问:“为什么?”女儿支支吾吾不敢回答,我微笑地看着她,温柔地问:“为什么不想上幼儿园,可以告诉妈妈吗?”孩子看到我和蔼可亲的样子,有胆量说出心里话了。女儿对我说:“妈妈,幼儿园某某不跟我好了,还欺负我……”遇上不开心的事情想逃避,这是人普遍的心理。我又笑着问:“人家欺负你,你就不想上幼儿园了?”女儿点点头,表示默许。

多数父母会说教,说服孩子去上幼儿园,弄得孩子大呼小叫,大人又无可奈何,不知如何是好,有的连哄带骗,目的是把孩子送进幼儿园。一件事情的发生,不是解决表面的问题就达到目的了,我喜欢借这样的机会让孩子懂得一些道理,学会处理问题。我笑着问:"妈妈陪你去幼儿园跟老师说一声,让同学不再欺负你,好吗?"女儿点点头表示同意。于是,我们两个人一起去了幼儿园,我向老师说明原委:"孩子今天不想上幼儿园了,说某某同学欺负她了。"老师乐呵呵地笑了,对我说:"某某同学是她最好的朋友,两个人午睡都要睡一张床,没关系,这件事情我会处理的。"听到老师的话,我也很开心,问女儿有没有问题,女儿说没有了。

一个孩子不想去幼儿园,会有她的理由,父母无须紧张,只要弄清楚事情的真相,解除孩子心里的疑惑,让孩子感觉到处理问题的轻松和自在,自然不会闹情绪。多数父母,看到孩子出现问题,不是恐吓,就是诱骗,孩子不懂得释放自己的心情,甚至会产生极度的恐惧。孩子处在迷茫困惑的状态,一件小事积压在心里,会渐渐想要逃避,甚至成为一辈子的阴影。

经过这次事件,女儿学会自己处理问题。后来又一次被别人欺负,我立马问女儿:"要不要妈妈帮助你,明天再去问一问老师?"女儿说不用。我继续问:"那你可以处理这样的问题吗?"女儿有些胆怯地点了点头。我继续做孩子的后盾,给她一颗定心丸:"你要是不敢,妈妈会帮你的。"这时候的女儿会肯定自己的情绪,理直气壮告诉我:"不用了,妈妈,我可以处理。"我很惊讶地问:"你真的好厉害哦,妈妈都不知道呢。"小孩子会更加开心,感觉到自己非常有能力,借此可以培养孩子更多的自信。

凡是在幼儿园发生的事情,不会是大事情,即使发生了,老师也会处理,父母不必小题大做,造成孩子不必要的恐慌。教育孩子,要学会大事化小,小事化了。通常父母教育孩子要学会大方、理解别人等等,而偏偏父母自己又做不到这些,因此会令孩子迷茫困惑。孩子小的时候,很多事情只是彼此间的娱乐,父母不需要刻意去强调什么,孩子喜欢跟谁玩就跟谁玩,这是孩子心里的一种需求和感觉,父母尽量不要说教,以自然的心态自然处理就好。

一个孩子遇上问题,懂得自己处理,变得从容、不计较、不耿耿于怀,这是一种大气,为人处世的淡定与从容需要从小打基础。刻意讨好别人,是一件很痛苦的事情,就像分东西吃的时候,有些人嫌多,有些人嫌少,做不到公平,又会变成另一种伤害。孩子学会大方,是一种礼貌,不存在刻意的做作,友好的感情是在不知不觉中产生的。

女儿在新的幼儿园再一次获得荣誉,无论是跳舞还是画画,都在班里名列前茅。我不要求孩子一定要取得什么成绩,但我希望她在每一个阶段都活得开心、自然。

# 带女儿散步

每一次带女儿散步，彼此间有说不完的话，我给孩子说一些生活的常识、自然的规律、未来的人生，还有比如父母会老，她会长大，等等。我经常对女儿说："丫头，你现在要学本事，长大了要有本事，现在妈妈养你，以后是你养妈妈的哦！"孩子会傻乎乎地看着我，似懂非懂，我不要求女儿懂得多少，只想给她一些简单的教育，让孩子懂得感恩，明白一切要靠自己去努力。

我又继续对女儿说："等有一天，你会长得比妈妈高，那时候就得你养妈妈了。"这下女儿是听懂了，之后每一次出门都要跟我比高低，噔噔噔走到我面前，一边踮起脚尖比画着我们的身高，一边对我说："妈妈，是不是我长得比你高，就是要我养你了？"言语中透露几分稚气，但又想得到一种肯定，模样儿像一个小大人。

每一次女儿这样问，我都会很开心地回答："是啊！那时候妈妈老了，做不动了，而你长大了，自然可以养妈妈了。"女儿很肯定地点了点头，神态中有几分骄傲，又充满期待，仿佛能够养我是她最开心的一件事。母女俩在一起，总是有说不完的话，我常借此培养孩子的表达能力、思维能力。

平常的一些交流，可以让孩子懂得生活，了解自己的担当与责任，如果等到孩子长大了，父母才想起来教育孩子，要求孩子学会孝顺，那样会太晚。有些孩子把父母的付出认为是理所当然，非但不孝敬父母，反而责备父母给自己的太少、给别人的更多，这些不好的心态都是小时候养成的，会导致父母和儿女之间无法有效沟通。

小家伙也有威胁我的时候，有时候我说她两句，她要是不顺心，就会对我说："妈妈，你再说我，长大以后我就不养你了。"还真行，小小年纪就知道恐吓我。这种时候，我会更欣赏孩子，笑着对孩子说："行啊，你怎么不早说长大了不养我，那现在我就不用养你了呀。反正把你养大了，你也不养我。"女儿马上警觉到自己说错了话，连忙改口道："妈妈，我是跟你开玩笑，你怎么就当真了呢？"一边说一边还抱着我。

女儿抱着我，我佯装生气的样子，把女儿轻轻推开，一边推一边说："去去去，你都说长大不养我，还抱着我干吗？"女儿对着我撒娇，耍赖地说："不是嘛！就是要抱着妈妈。"我想把希望的种子在孩子幼年的时候就融入她的心田。我对女儿说："丫头，你现在要努力读书，不能像奶奶一样捡破烂，那样妈妈也得跟你捡破烂了。"说完，我会做一些无奈的动作。女儿最怕捡破烂，看到奶奶早出晚归，家里堆放很多垃圾，会觉得很脏，但是又很无奈。

小家伙还是很厉害的，每一次跟着奶奶出去，赖在超市门口就不走，要奶奶给她买东西。朋友告诉我这一切，我假装不知道，不会因此责备孩子。女儿跟奶奶之间的秘密，我是不会去戳穿的，遇上恰当的时机，我给孩子多一些引导，会对女儿说："你看，奶奶有三个儿子，有大伯、二伯，还有你爸爸，但是奶奶还是过得很辛苦，是不是？"女儿赞同地点点头，我又对女儿说："你可不能跟奶奶要钱，不可以让奶奶给你买东西，奶奶赚钱是很辛苦的。"女儿会认同我的观点。我又继续对孩子说："奶奶没有把他的儿子教育好，小时候没有学好本事，长大了不会赚钱，奶奶变得这么辛苦。你可不一样，现在要努力学习，长大就不会缺钱，记得孝敬爸爸妈妈，还有奶奶，知道没有？"我跟女儿聊家常，让她知道上一代人的不幸，是小时候不努力造成的。小家伙会听我的话，基本上不再跟她奶奶要钱。经过我的一番调教，就算奶奶给她钱她也不会要了，我要求女儿体谅奶奶的辛苦，这也是父母的职责。

教育至关重要，晚年的幸福跟自己的教育有关，孩子有出息，懂得孝顺，父母也能多一些快乐。孩子懂得孝顺，理解父母的辛劳，学会自强自立，这便是父母最大的安慰。

# 上幼儿园挣大钱

不管怎么样心疼女儿，我都不会让她的生活得到太多的满足，也不会答应她每一个要求。女儿最喜欢吃龙虾，每当龙虾上市的季节，我会跟女儿说："丫头，龙虾太贵了，咱家买不起，等到龙虾便宜的日子，咱们再去买，行吗？"多数的日子，女儿很爽快地答应了。但是，我知道，孩子心里很想吃，有很多的期盼。

没过多久，我会买一些龙虾给女儿吃，女儿很开心地问："妈妈，今天的龙虾是不是便宜了？"看着女儿可爱的样子，我做出无奈状，对女儿说："没有啦，妈妈看你太喜欢吃龙虾，破例买一些，让你解解馋。"女儿非常感动，一个劲地说："妈妈，你真是太好了，你是最好的妈妈。"一顿龙虾，女儿学会了感恩。倘若父母每一次都无底线地满足孩子的需求，孩子就不会收获这样的心情，也无法让孩子体会到金钱的不易、亲情的无价。父母无条件地付出，孩子就会有牛吃草的味道，感觉不到生活的乐趣。孩子衣食无忧，便会东挑西选，很难满足，父母的付出就显得毫无价值。

物以稀为贵，现在的孩子太幸福了，不知道什么东西值得珍惜，父母把自己的劳动成果毫无保留地留给孩子，孩子会没有追求的目标和奋斗的方向。我有事没事会跟孩子拉家常："丫头，妈妈对你讲，你在幼儿园好好听老师的话，才可以把书读得很好，长大了才会有本事过得更好。"可爱又单纯的女儿看着我，问："妈妈，你说得是真的吗？"我很肯定地点点头。女儿很开心，对自己非常有信心，骄傲地说："妈妈，我去上幼儿园，听老师的话，等以后赚钱了养你……"我非常支持女儿的说法，欣喜若狂地说："妈妈知道，我们家丫头最厉害了。"孩子对未来充满信心和希望。

有一天，女儿跟着她二伯的女儿出去玩，看到妹妹还没有上幼儿园，女儿很惋惜地对妹妹说:“妹妹,你怎么不上幼儿园? 上幼儿园可以赚大钱了。”她回头看我一眼,补充道:“妈妈,我说得是真的哦?”我笑了笑,肯定地回答:“嗯,就是你说的那样。”女儿很得意地看着她妹妹,仿佛自己很有学问,感觉上了幼儿园就是最了不起的人物了。

女儿读初中后对我说:“妈妈,你现在花钱比我还大方,我都有点舍不得呢!”女儿小时候,我给她买衣服都会有一种规律:九月份上学一套新衣服,过年又是一套新衣服,平常需要的情况下才给她买衣服。不会女儿想要就给她买,造成孩子的错觉,以为人生就是这样,不需要自己的努力,不用自己努力追求,都可以得到想要的生活,那是不现实的。

步入青春期的女儿不一样,一身美丽的装扮可以给她更多的自信,这是一种青春的向往。父母要学会满足青春期的孩子,使他们活得漂亮、洒脱。如果心灵有残缺,青春期的孩子会想入非非,导致他们学习退步,生活不如意,或者是早恋。倘若一个孩子,童年时就不懂得珍惜父母的付出,青春期就更会跟别人攀比。

读高中的女儿经常对我说:“妈妈,等我赚到第一桶金,我要给你买一套首饰,你喜欢哪一种类型的?”我很开心地回答:“哪一种类型都可以,只要女儿送的东西,妈妈都喜欢。”孩子懂得感恩,我很知足。

童年时的某些缺憾,会使孩子更加懂得珍惜,懂得感恩和知足。人生处处皆学问,父母追求事业的同时,也不要忘了教育的根本。金钱和物质堆不出一个优秀的孩子,正确的引导和耐心的教育才是真正的财富,可以让孩子懂得独立,学会经营自己美好的未来。

# 父女情仇

每一次吃饭，男人会叽里呱啦地说个不停，感觉是在逗女儿，但又让孩子特别不开心，他是一个不会说话的人，明明是想讨好孩子，说出来的话却让人不舒服。女儿把碗筷一摆，不吃饭了，跟他爸爸赌气。看着女儿，我想起自己童年时也经常赌气不吃饭，所以女儿此刻心里的滋味，我可想而知。没办法，大的不能说，小的不能骂，这对彼此都是伤害，于是，我对着女儿的耳朵，说了几句悄悄话："丫头，你怎么不吃饭了，爸爸这样说你，是巴不得你不吃饭，那样他可以把这些菜全部吃掉。我们也可以不让他吃很多菜，我们用最快的速度把他的那一份一起吃掉，好不好?"孩子听了我的话将信将疑，我给她做了一个鬼脸，孩子如释重负，一口气吃完了一碗饭。

很多人说，小孩子如果不吃饭，饿上几顿就不怕他不吃。我的父辈基本上用这种教育方法，自认为很有效。有一次，我跟哥哥吵架，妈妈也是这样想的，就这样，倔强固执的我两天两夜没有进食，不是我不想，只是感觉自己没面子，下不来台。实在饿急了又会不顾一切地吃，糟蹋身体不说，自己的心灵也备受煎熬，认为没有一个人会心疼我。经过那次教训后，我依然没有改变自己，还是我行我素，经常怄气不吃饭，搞坏了自己的身体。

多数的日子，我为了女儿跟男人吵架，男人不断制造矛盾，我不断化解矛盾，一个家庭永无宁日。我眼中的女儿是优秀的，而男人不断寻找女儿的缺点，以显示他作为父亲的能力。方式不同，就会给孩子带来不一样的心情。女儿还真是胆大，公然跟男人吵架，有一次气坏了，就顺手拿起一个比她脑袋还大的碗，砸在地上。

我很惊讶女儿会做出如此反常的举动。看着眼前的一幕幕，我仿佛看到自己的童年，那个外婆眼中的小媳妇。那时候，我每一次跟哥哥吵架，也是得理不饶人的主，可以拿命去拼，连天皇老子都不怕。唇枪舌剑，拳脚相加，哥哥扔过来一个碗，我还击哥哥一个碗，碗摔碎了，外婆心疼极了。这样的行为伤害了每一个人，让大家都不得安宁，我不能让女儿陷入这样的状况，看似吵架厉害，最终吃亏、受伤最深的还是自己。

见男人跟女儿吵架不依不饶，我用眼睛直视男人，轻描淡写地说："你还想怎么样，继续吵吗？"男人看我脸色不对，也就作罢。望着余怒未消、惊慌失措的孩子，我心里很平淡，轻轻地对孩子说："这一次，妈妈也不帮你，爸爸是不对，惹你生气，但是碗没有得罪你，砸坏东西是一种损失，又要花钱去买，你说划算吗？"吵架的事情，一码归一码，不可以殃及无辜。我要让女儿知道，我是帮理不帮亲，做对事情我是会帮孩子，但绝不是女儿耍横我也护着，无原则的袒护会让孩子看不到自己的缺点，脾气变得更暴躁。女儿看着我，听了我的话，心里的惊恐与不安自然消除了一大半，过了一会儿又恢复原来的状态。

那天，女儿在小黑板上画她喜欢的画，我像往常一样去炒菜。不一会儿工夫，外面的吵架声惊天动地，老太太和男人犀利的叫喊声，声声入耳，女儿凄苦的叫骂声毫不示弱。我奔到客厅一看，真的是一个比一个凶。听到老太太骂的话我才明白其中的原委，老太太指着女儿的鼻子，大声呵斥道："嘿！你真厉害，居然敢用嘴咬你爸爸，看你真的是没家教。"女儿满腹委屈，辩解道："谁让他把我黑板上的字擦掉……"不用问，我已知道得八九不离十了。

愚昧无知的母子俩，对付一个四五岁大的小孩子，竟然两个大人联手，又不是打群架，这哪里是教育孩子，分明是在撒泼。虽然我知道他们不会无情到肢体上伤害女儿，但是样子那么凶，女儿除了害怕，更不会服输，心里只会多一些怨恨，于是女儿就会咆哮。这样的教育完全没有作用，或者说，这根本不是教育，而只是大人的一种发泄。跟父母以牙还牙的孩子，多半脾气会变得越来越暴躁，看似强悍，不通人情。

我看母子俩气势汹汹的样子，要想息事宁人，不是件容易的事情。对付无赖有无赖的办法，不需要原则，不必讲道理，只有在气势上压倒他们才行。我附在女儿的耳边上，说了一句悄悄话："丫头，一会儿妈妈说的话都不是真的，你可别害怕，妈妈只是想吓唬吓唬他们。"任何时候，作为长辈，首先要顾及孩子的感受，意见不合很正常，但是孩子心灵受到伤害，是我不愿意看到的事情。

对待他们母子俩这种招式，我不可能和他们一样暴力，否则只会火上浇油，那样事情只会变得更糟糕。倘若真的打架，我们母女俩不是他们的对手。我用平和但锐利的目光盯着对面的母子俩，坚决又肯定地说："既然你们母子俩如此讨厌她，那把她打死算了，拿一把菜刀，砍死也行，反正是你们家的种，我也不心疼……"我表现得一脸的不在乎，但气势不会比母子俩弱，目露凶光却又那样坚决，把母子俩吓得连忙散开了。

多少年来，女儿都非常信赖我，知道我一定会保护她，不会伤害她。我会拼尽所有，给女儿足够的安全感，这是一个母亲本能的爱。之后，每当发生什么难事，我跟女儿都会默契地配合，像演戏一样，用智慧去战胜一切。看到我坚定的目光，女儿也会勇往直前。我和女儿的这份勇敢，让我们度过一次又一次的家庭危机。

遇到挫折的时候，我心里想的都是孩子，自己受点委屈不算什么，但是我不能让女儿受到伤害。童年的环境会影响孩子的一生，呵护孩子的心灵至关重要。当年，我原本可以过更好的生活，但因为自己心灵的残缺，我失去自信，心里面的悲伤和绝望，使我看不到未来。所以，多年后的我，为人母，终于明白许多道理。我不想跟父母为敌，也不再跟亲人对立，不想毁掉自己，更不想葬送儿女的前程，真的不值得。

过去的阴影，一直困扰我，可见家庭教育的重要性。面对生活，我的心理是不健全的，拥有很多问题。爱可以温暖人心，可以滋润感情，我用爱培养女儿的自信心、创造力，无论如何都要保护好她的心，使她不再受到伤害，这是我的信念。

# 孩子不能吃独食

那一年，我带女儿回到浙江，跟父母团聚。长久以来家境的贫困，让我吃什么都先想到女儿。妈妈很生气，瞪我一眼说："还怕孩子长大了没得吃，你自己月子没坐好，脸色蜡黄，平常又舍不得吃，等孩子长大了，你又能吃什么？"我第一次感到妈妈的话很温暖，她是关心我的，不知道是我长大了、懂事了，还是妈妈的思想有所改变，以前我吃什么，家人都说我自私，那时候我就算有钱都不敢自己享受，觉得对自己好都是一种罪过，心理极度扭曲。

当初，妈妈心疼妹妹，宁可自己不吃都要留给妹妹，为此我还吃了不少醋，至今想起来都不是很开心，妈妈的偏心使得我对妹妹一直没有好感。时过境迁，存在我心里的疙瘩，随着时间的推移，已经没有多少意义，但妈妈的一句话，令我深思，感觉到意味深长。

我用心感悟妈妈说的话，发现自己那样做确实不是很正确，我没有良好的身体，女儿又怎么可能健康地长大。我自己舍不得吃，养成孩子吃独食的习惯，会让孩子变得自私。多少故事演绎儿女不孝、父母老来无靠，不都是因为孩子在童年时养成的习惯么？很多时候，人在乎的不是得到多少，而是会很在意心里的一种感觉，比如父母养育子女，不是为了有什么回报，但是多少都有一些期待，期待孩子对自己的爱和关怀。

女儿上幼儿园的时候，把自己喜欢吃的零食留在家里，放学回家的第一件事就是找她的零食、吃她的零食。有一天，我闲得无聊，就把女儿留在家里的零食吃了个精光，女儿回来找不到零食便勃然大怒，几乎是指着我的鼻子骂："妈妈，你不是个好妈妈！"看到女儿生气的样子，我心里好酸，不觉得内疚，而是想起妈妈当初的提醒。我对着女儿淡淡地问："你吃的那些东西,谁给你买的?”女儿有些迟疑地回答:“是妈妈……”我又继续问:“吃完了,妈妈会不会给你买?”女儿肯定地回答:“会。”我伤心地对女儿说:“妈妈也有一张嘴巴,会吃东西,平时是心疼你,所以自己舍不得吃,假如妈妈赚的钱自己都不可以吃,妈妈这么辛苦又是为了什么?”女儿听懂我的意思,有几分内疚,无奈又无助地对我说:“妈妈,对不起。”不管我的心情如何糟糕,但是对女儿说话我会尽量保持轻声细语。我不会抱怨、痛骂孩子,我会用反问的方式,让孩子懂得反思,以此架构彼此沟通的桥梁。

从那以后,孩子不管吃什么都会给我留一份,即使没有多少零食,也会把最好的一份留给我。我也更加疼惜孩子,珍惜母女之间的情分。女儿不但会孝敬我、安慰我,又给我带来很多的幸福与快乐。女儿每一次去幼儿园前都会跟我说:“妈妈,我吃的那些东西,只管拿去吃,我再也不会生气了。”孩子学会了感恩,十几年如一日。

如今,女儿长大成人,我对女儿说:“丫头,你要是想给妈妈送东西,要记得,自己不要的东西不可以送给妈妈,妈妈也不要,一定要送妈妈喜欢的东西。你看,妈妈给你的东西,都是你最喜欢的,所以,你不要的东西给妈妈,是对妈妈的不孝敬、不尊重。”未来社会,父母不会缺什么,儿女的这份心意却弥足珍贵。每一次教育,女儿会懂得很多,亲人之间要懂得忍让,知道珍惜,懂得沟通与交流,才能相处更加融洽。

多少孩子不是不孝敬父母,而是父母说话做事的态度,让孩子失去动力,失去感恩的心。多年以后,我终于理解当初父母的心意,只是他们能力有限,没有办法正确地引导我,是我误解了生活,误解了父母的一份爱。

# 百善孝为先

老太太没有什么文化，又是性情中人，对自己的所作所为不会有多少感觉，哪天不舒服了就会骂人，心里不平衡了就会找个出气筒，一切都很随性。她不明白，与人相处以和为贵。不管老太太出于什么样的目的，怎么样对我，我都不允许孩子跟奶奶较劲，一个孩子如果没有孝心，品德不端正，就会失去做人之本。所谓的孝心，也不是对长辈言听计从，而是要有自己的主见和原则。

老太太是刀子嘴豆腐心，常跟我吵架，但吵完后又很热情，我知道她内心是善良的，只是不会控制自己的情绪。冲动是魔鬼，平静下来以后心里会内疚和不安，想要弥补自己的一份亏欠。脾气暴躁的人，通常不能控制自己的情绪，时不时地会暴露一次，吵上一回。骂人吵架是过瘾，但回头一想，骨肉亲人之间不应该相互折磨，于是慢慢地缓和，平静一段日子。

老太太是这样的人，心情好的时候，为你做什么都可以，心情不好的话，祖宗八代骂个够。她总是心甘情愿地为子女付出，但是她的付出和得到不能成正比的时候就不由自主开始抱怨。其实，我认为倒不如学会爱惜自己，放手让儿女做自己的事情，让孩子学会独立，没有必要无休止地付出，让自己闹心。父母无条件地付出，局限了孩子独立的能力，同时也给自己增加了很多压力和负担。

老太太不生气的时候会对我们很好，只不过因为她性格的原因，我们对她敬而远之，没有亲切感、凝聚力，受伤最深的也是她自己。吵过架以后，老太太心里会有一些内疚，想得到我们的原谅。她会故意到房门口东张西望，傻傻地看着女儿，但又不敢作声，就像是小媳妇一样，跟吵架时判若两人。要是没有人理解自己这样的性格，就活活遭罪了，我当初也是这种个性，所以能够理解老太太心里的无奈。我看到老太太那副模样，会示意孩子："丫头，去给奶奶拿个苹果。"小孩子不会记仇的，而且眼前的麻烦跟她没关系，于是噔噔噔就去拿了一个苹果递给奶奶，把老太太乐开了花，彼此可以好上一阵子了。习惯就是习惯，没过多久，我们之间的战争又继续爆发。有的人不会控制情绪，就会让家里永无宁日。

那一年，女儿五六岁，我实在熬不下去了，决定要离婚。为此，母子俩把我往死里打，不讲一点情面。听说要离婚，以为不是一家人了，他们想用武力征服我，好在二哥夫妇出面阻止，我才幸免于难。之后我带着女儿住在他二哥家，男人不依不饶，又是砸窗户，又是指天骂地，我望着受惊吓的女儿，心里别提有多难受。不过，我还是强忍着心酸，微笑着问女儿："丫头，你害怕吗？"女儿惶恐地点了点头。我忍住伤痛，对孩子说："丫头，不用害怕的，妈妈和爸爸、奶奶吵架跟你没有关系，不是爸爸和奶奶对妈妈不好，这是他们的性格，他们没有文化，不懂得沟通与交流，只能用武力解决一切。你可不一样，一定要认真读书，做一个有知识、懂文明的好孩子。"女儿默许地点了点头。

无论何时何地，我都不会忘记对女儿的教育，我希望孩子明白文化的重要性，学会注重自身的修养和素质。我继续对女儿说："你看，平常爸爸和奶奶，是不是对你很好？"女儿似懂非懂地看着我，怯怯地说了一句："妈妈，爸爸和奶奶对我很好的，可是对你不好。"我忍住眼泪，对女儿说："不是这样的，爸爸和奶奶也想对妈妈好，可是他们不懂得如何付出，不知道尊重别人、爱惜自己，所以造成这样的后果。"我没有让女儿知道，我的心里有多痛苦，有多难受。我希望多给孩子一份微笑，让她感觉到人生充满希望，不让孩子受到惊吓，不对未来产生恐惧。

母爱是伟大的，面对孩子的时候，母亲都会表现出常人所没有的毅力，学会忍耐，学会煎熬，只为给孩子最好的爱。老太太在平常的日子里，其实是一个很慈祥的老人，她会生气是因为心里郁闷的时候不懂得交流和沟通，不知道如何倾诉自己心中的凄凉和痛苦。六十多岁的老太太，眼看着儿子一个个离婚，看着他们一个个不幸福，又是怎样的心情，只能发牢骚，跟自己怄气，结果伤害别人也伤害了自己。

老人已老，风烛残年，很多东西都是无法再改变的，但孩子还小，像春天的嫩芽，未来还有很多希望。为人母的我，不希望孩子背负沉重的枷锁，于是决定让所有恩怨，在我这里都结束，不要影响下一代的健康成长。我希望孩子的心里充满阳光，爱老人，爱父母，爱生活，爱社会，也爱她自己，只有懂得爱，才能够懂得珍惜。

我对孩子说的那些话，不是为了让孩子感觉到奶奶的可怕、爸爸的无情，而是要让孩子学会尊重，要理解上一代人的无奈和不足，吸取教训，自己努力创造未来的幸福人生。在儿女幼小的心灵上，埋下希望的种子，让他们知道珍惜，学会不计较、不生气。多数的日子里，我对女儿说："奶奶已经老了，你还没有长大，不可以效仿奶奶的行为，奶奶也想改，但是已经成为习惯，没有办法再改了。你却不同，你的人生还没有开始，不要让自己养成太多的坏习惯。"一代又一代的悲剧，让我懂得一个道理：当我们无法改变别人的时候，要学会改变自己。

百善孝为先，父母要培养孩子学会孝顺，知道宽容，理解他人的疾苦与无奈，对孩子来说，这是一笔巨大的财富。孩子拥有一颗豁达的心，才能过得更加幸福。

# 为人之道

玉不琢不成器，每一个孩子来到人世间，都是一张白纸，经过父母的“雕刻”、岁月的磨炼，渐渐变成各式各样的人。要想孩子变得优秀，就得看父母“雕刻”的技术是不是很过关，如果父母滥竽充数，那孩子往往难成大器。雕刻一件艺术品，需要花很多年的时间去学习，用心去感悟，没有爱的艺术品是没有生命的，更何况是人。面对孩子，如果父母只管温饱，而不管孩子的人品，那么孩子就会缺少气质和涵养，变得平庸。

花木需要园丁的精心培养，才能够更好地绽放。如果得不到良好的护理，即便修建一个最高贵的花园，也会杂草丛生，蛀虫成群，长不出美丽的花朵。人生同样也需要精心雕刻，才能够收获灿烂。多数父母为了事业艰苦奋斗，给孩子创造了优越的物质条件，却没有重视孩子自身的发展，即使拥有华丽的宫殿，孩子内心依然感觉不到幸福与快乐。

有一天，我家里来了几位朋友，他们孩子的年龄和我女儿相仿，孩子们在一起玩了很久。大嫂带着侄女过来，想让她家的小女孩跟其他小朋友一起玩。小女孩年龄稍小，喜欢摸摸这个，看看那个，无意间看到一双女儿的鞋，于是就把鞋穿在自己的脚上。女儿原本和其他小朋友玩得很开心，看见妹妹穿了她的鞋，连忙跑过来，死活不给穿，而小的也不肯放手，两个孩子就这样吵了起来，无论大人怎么劝都没用，谁都不甘示弱。我对女儿说：“丫头，妹妹喜欢穿，你就让她穿一下吧，反正这鞋子你也已经穿不进了……”女儿死活不答应，直到大嫂把侄女抱走了才平息。

客人走了以后，女儿不依了，狠命地跟我吵架，又是不停地打我骂我。一个小小的孩子，居然对着我骂：“你不是个好妈妈，再也不要你了。”看她一直骂，这股歇斯底里的劲儿竟然有一些她奶奶的影子了，我随手挥了她一嘴巴，是真的很轻的，但是女儿嘴角却有了一点血丝，她放声大哭，别提有多委屈，而当时我也懒得理她，哭久了自然就会睡了。通常女儿蛮横不讲理的时候，我选择不理会她。第二天醒来，女儿对我说："妈妈，我嘴巴被你打破了。"我笑了笑说："嗯，下次你要是再打妈妈，那就不是打破嘴巴的事了，甚至连你的牙齿都会打掉的哦。"女儿吐了吐舌头，不吱声了。小孩子都很聪明，知道没人理睬就自然没戏，也就没有了无理取闹的机会。

每一次女儿犯错误，我必须让孩子了解我心里的感受，所以我不会不了了之。我低头看着女儿的眼睛说："丫头，你是不是看到妈妈帮助别人，觉得妈妈不心疼你了，要跟妈妈打架？"女儿点了点头。一个孩子无缘由地跟人吵架，就是她的一种心理反应，自己说不出理由，但就是感觉不舒服，想发泄她心中的不满，父母要学会帮孩子说出心里话，帮助孩子打开心结，这样孩子才会懂得如何调节自己的情绪，力求以后做得更好。

我继续对女儿道："你傻呀！妈妈怎么可能帮助别人而不心疼你，你想想看，小朋友到我们家来玩，妈妈不好好招待他们的话，以后他们就不会来我们家了，这样的话就没有人跟你玩了呀。妈妈要对他们好一点，你才会拥有很多好朋友，以后你也对他们好一点，这样就会拥有更多的好朋友。他们又不会拿你的东西，只是玩玩而已，你不给他们玩，他们玩得没劲，就不会跟你做朋友啦。"教育孩子，不用怕啰唆，孩子心里渴望父母的呵护，多陪孩子说说话，效果很好。

简短的一番话，使女儿明白了怎样交朋友，怎样做一个小主人。父母要告诉孩子一些做人的道理，让孩子学会理解长辈的心情。孩子其实也希望得到更多人的表扬，把快乐跟别人分享，他们心里知道自己需要什么，以后再遇上这种事情，会比父母更大方，更放得开。

好多年后的某一天，侄女到我家来，那时候她已经上初中了。好长时间没见面，我和侄女聊得不亦乐乎，这时女儿在一边叽里咕噜哼个不停，我没有搭理她，自顾自地和侄女聊天。这时孩子不依了，闹得更凶。侄女说完自己的事情，起身告辞。女儿自觉没趣，我又一次面对面地跟女儿交流："丫头，刚刚姐姐来了，是不是觉得妈妈和姐姐聊天，没理你，你生气了？"女儿连忙点点头，又觉得很委屈。看着女儿不开心的样子，我又继续说道："丫头，你想想看，姐姐很难得来我们家，妈妈又是她的姑姑，要是不跟她说话，姐姐是不是会很伤心？"女儿似懂非懂地点点头。每一次跟女儿说话，我都会尽力帮助孩子解开心结，不良的情绪存在孩子心里对孩子没有好处。

父母有责任教育孩子拥有待人接物应有的礼貌，我再一次语重心长地对女儿说："你要是喜欢姐姐，可以跟姐姐说话，姐姐也会很喜欢你的，但你不可以随便生气，否则别人会说我们没有礼貌，会说妈妈很失败。我们家丫头，平常是个听话的孩子，但是有人来了，就表现不好，让人以为，丫头是个不懂礼貌的孩子。再说，你跟朋友说话的时候，妈妈也没有生气，所以你也不可以跟妈妈生气的哦！"我一边说话，一边做些难过的表情，让女儿感觉到我的失望。然后，我又很开心地对女儿说："其实丫头是最大方的，姐姐跟妈妈说几句话，你又不会失去妈妈，反而姐姐会更加喜欢你，是不是？"女儿开心地点了点头。在以后的日子里，不管是谁来我们家，女儿会自觉地去玩，忙她想忙的事情。很多时候，人家走了，还会追到门口，补充一句："下次再到我们家来玩哦！"逗得别人直乐。

一个小孩子会生气，源于对父母的在乎，这是孩子自然的心态，父母如果不懂得孩子的内心，无缘无故数落孩子、教训孩子，就会给孩子带来负面的情绪，这样非但不能教育孩子，反而会使孩子无辜的心灵多一道伤痕，多一种委屈。

父母不需要给孩子说一些高深的道理和不着边际的话，孩子不会明白什么是"豁达"，什么是"热情"，什么是"待客之道"。父母需要用通俗的语言跟孩子交流，那样孩子才容易接受，又能够懂得父母的心情，了解自己该如何应对一些场面。与人方便，自己方便，从小灌输给孩子这样的理念，孩子会更加珍惜人与人之间的这份感情。懂得为人处世的道理后，孩子的心里会充满欢笑、充满希望，也有利于孩子更加全面地发展。

# 都是你的缘故

女儿有一个堂妹，是她二伯的女儿，比她小七个多月，平常都在一起玩，关系比较亲近。尽管我的婚姻不是很幸福，但妯娌之间的关系，还是比较融洽，没有多少隔阂，平常在一起谈笑风生，亲如姐妹。

那一天，女儿跟堂妹两个人在客厅玩，玩着玩着，两个人突然吵了起来。我在厨房忙着，不知道究竟，连忙奔到客厅，看到两个人闹得不可开交，我对女儿说："丫头，你让着妹妹一点嘛！妹妹到我们家做客，你好好招待一下，行吗？"话是不错，也似乎很有道理，但女儿转身对她堂妹大声呵斥："都是因为你到我们家来，害得我被妈妈骂了，我妈妈从来不骂我的……"女儿对着妹妹目露凶光，仿佛一切都是妹妹惹的祸，我惊呆了，一下子明白自己说错了。

看到眼前的场景，联想到当初我妈妈对我和我妹妹的状况，几乎是如出一辙。很多时候，父母习惯按"常理"来教育孩子，讲究面子礼节，没有顾及小孩子自身的心情。小孩子有个习性，身边没有别人的时候，不管父母怎么说，都不会太计较，会认真听父母把话说完，但如果边上有人，即使父母说的话没有错，但孩子会感觉到自己没面子，有一种挫败感和失落感，自尊心受到伤害。小孩子有维护自己的本能，感觉到妈妈对别人好，对自己不好，就会感到焦虑，把苗头对准比自己弱小的群体，也不管小朋友之间的情谊了，一心想维护自己的那份自尊，以此发泄内心的不满。这是一种本能的反应，是正常的心态，并不是孩子心胸狭隘、不可理喻。成年人懂得控制情绪，但是小孩子不会顾及别人的心情。孩子年幼时，思想并不成熟，需要父母不断地引导，但同时父母也要懂得放手。

女儿的一番话，让我联想到我自己的人生，于是我放任女儿跟堂妹争吵，自己默默地走开，再也没有吭声。小孩子之间的矛盾，不需要大人帮忙，他们一下子好成一团，一下子又争吵不休，这是一种性格的磨合，是自然的现象。父母不掺和，孩子便不会产生更多的反感，孩子们吵了和，和了又吵，没有多大的关系。从那之后，再看到姐妹俩吵架，我就躲在一旁静观其变，看他们谁对谁错，最后如何收场。

事实上，小孩子吵架有他们自己的规律，往往没有大人的掺和，就不会无休止地闹腾，会有一方提出妥协，有一方懂得忍让。看他们自己的需求，谁要是在乎，谁就会想出办法，达到他们自己的目的，这也是一种潜力的开发。这样一来，孩子会更了解对方、珍惜对方，就像夫妻之间吵架，没有别人的掺和，反倒会不了了之。孩子一会儿哭，一会儿笑，是常有的事情，人生正因为拥有喜怒哀乐才变得更加灿烂。

有一天，二嫂一家来我们家吃饭，饭后我在洗碗，姐妹俩又一次吵架了，二嫂在一旁直吆喝，女儿气得直冒火，恨不得上去拼命。看那阵势，我赶紧跑过去对二嫂说："小孩子吵架，原本没事情，大人掺和什么呀?"二嫂马上不说话了，小孩子感觉到理亏，自然不了了之。我和二嫂之间关系不错，说话、做事都不会过分。

我在教育孩子的同时，自己也在成长，学着顾及孩子的心情，发现自己身上的问题。当初我的父母不懂得引导，使我对生活产生误解，让我成长的过程偏离现实、偏离人心，变得倔强、固执、愚昧、不讲理。拿对孩子的那份爱，来融化自己心中的那块冰，我渐渐理解上一代人的悲剧，他们也同样爱孩子，但多数不懂如何教育孩子。我面对自己的过去，了解其中的弊端，想改变下一代的命运。我相信，父母的态度决定儿女的高度。

生活就是这样，循环往复，需要用智慧去解决不同的问题，不计较，不抱怨。父母要学会认识自己的错误，放手让儿女成长，让他们的人生变得更加美好，变得无忧。

# 小偷的行为

孩子在成长的过程中，问题层出不穷。当孩子出现问题的时候，父母要考虑如何帮助孩子走出困境，解决心理负担，减轻孩子的压力，让他们更好地成长。

有一次，女儿犯下一个不可饶恕的错误。那个时候，硬币还不太多见，六岁的女儿信誓旦旦地跟我说："妈妈，你的那些硬币，我帮你存起来吧！"听了女儿一番话，我连忙答应了。我只要一有硬币，就塞进女儿的"保险库"，一来二去，差不多存了三十多元在女儿那里，在当时也算是个不小的数目。

一天，我在家里打扫卫生，无意间看到女儿的"保险库"里面一分钱也没有。我把女儿喊到跟前，没有笑意，言语里透露着几分严肃，问女儿："丫头，盒子里的钱呢？"女儿言语非常倔强，理直气壮地对我说："我把钱藏在更好的地方，就是不让你找到。"我一下懵了，孩子学会说谎了。

我很生气，不是心疼女儿花掉的钱，而是女儿的态度让我心寒，孩子会瞒着我花钱，还那样霸道，不知悔改。一直以来，我都觉得自己是个温和的妈妈，不会让女儿产生恐惧，不让她的人生觉得孤单。那段时间，我常外出打工，白天没有时间陪女儿，她觉得无聊很正常，即使花掉那笔钱，我也不会说什么。但是，看到女儿说谎的样子，我心里隐隐作痛。

小孩子做错事情很正常，痛心的是她傲慢的态度及说谎的本领。我厉声呵斥："今天不管你把钱藏在哪里，都必须给我拿出来。"女儿据理力争，依然强硬道："我就是不拿出来给你……"言语激烈，好大的阵势。这是一个孩子犯错误的表征，做错事情不知道悔改，会用强硬的态度试图隐瞒事实的真相。多数犯罪的根源，是想要用一个错误去掩盖另一个错误，结果就像滚雪球一样越滚越大，导致更大的错误。我必须要把一切消失在萌芽状态,制服眼前不想认错的女儿,因为幼年时候养成的习惯会影响孩子一辈子的个性。

我调整了语气,眼神尽量柔和,问女儿:"这钱你花掉了是吧?"女儿还真是厉害,依然强硬地说:"没有,我就是不拿出来给你。"我又一次感到特别生气。这个时候,很多父母会认为孩子好话不听,非得实行家法不可。其实,当时我的心里也是怒火中烧,我厉声道:"跪下,今天你不说出钱的下落,看妈妈怎样打你!"女儿跪下了,声音也弱下去不少,我在女儿屁股上轻轻打了几下,就像后来女儿自己说的那样,我打她远不如逗她的时候打得重。说真的,我不会用打来驯服孩子,我只是希望通过肢体语言告诉孩子,我的确生气了。

女儿还是一声不吭,我真佩服她的硬脾气,无奈再一次放软自己的声音,打算以柔克刚,以理服人。我恢复以往的柔和,轻声对女儿说:"你知道妈妈为什么会打你吗?妈妈不心疼你花掉的钱,只要你想买,花再多的钱妈妈都会给你,问题是你学会说谎,妈妈觉得很心疼,你知道吗?"当时,我的心里的确好心酸,但是想到教育孩子不可以用武力,于是强压怒火,看着默不作声的女儿,继续说道:"当你拿着钱去买东西的时候,不觉得自己像个小偷一样,必须吃了所有的零食,才能够上楼,这样你不觉得难受吗?"

这时候的女儿算是开窍了,我的话正好说到点子上,符合孩子的心情,女儿点点头说"是",肯定了我的说法。我又继续对她说:"你知道一个人说谎的后果吗?一次说谎,以后你说什么,妈妈都不会相信你,妈妈都不会听你的,你会感觉怎么样?"这时候,倔强的女儿开始说话了,流着眼泪对我说:"妈妈,我错了,以后再也不会这样做了。"我点头表扬女儿:"对,这样做才是个好孩子,要知道生活中每个人都会犯错误,妈妈也会犯错,知错能改才是好孩子。要记住,同样的错误不可以再犯第二次,如果你下次再犯,妈妈会狠狠地打你,这一次妈妈不会再怪你。"说完,我弯腰抱起孩子,给女儿讲更多的道理。教育不是为了让孩子怕你,而是要让他们服你,明白事情的后果,引导孩子走向正确的方向。教育不可以太强硬,吓着孩子是不划算的,一次的过错不是大问题,关键看父母如何面对,处理事情时一定要维护孩子的自尊。我紧接着跟女儿拉家常,语气跟往常一样,不让孩子心里有任何恐惧,我对女儿说:"你知道吗?世上有两种人最可耻,第一种人是说谎,说谎的人会被别人瞧不起,没有人会喜欢你,长大了不会有出息;第二种人是小偷，小偷从小偷家里的，长大偷别人的，要知道家里的钱不是你的，如果要吃东西就跟妈妈要，妈妈会给你买，你想自己拥有更多的钱，那就好好读书，长大了你想要什么就会有什么。”

我说着说着，自己流泪了。女儿紧紧地抱着我，连声说抱歉：“妈妈，对不起，我再也不做让你伤心的事了，一定会好好听你的话，长大了赚钱养你。”看着女儿，我心里充满柔情，继续对她说：“妈妈知道，你是个好孩子。以后想做什么事情要跟妈妈说一声，妈妈会答应你、帮助你，不会让你再犯错误。”女儿点点头，表示默许。

接着，我告诉女儿：“要学会做一个诚实的孩子，别人才会相信你，妈妈不会冤枉你。假如你不是个诚实的孩子，以后家里少了什么，就算不是你拿的，妈妈也会认为是你拿的，那你是不是很冤枉？”孩子明白了更严重的后果，懂得了一些生活的常识，也渐渐明白一些做人的道理。孩子犯了错的时候，是教育最管用的时候，平常父母说什么，孩子都不会听的，似乎跟他没多大关系，但只有犯错的孩子，需要父母的安慰，非常容易接受父母的教诲，是父母的宽容和理解，跟孩子产生共鸣。教育是让儿女懂得更多的道理，了解更多的人生，从容面对自己的错误，做一个敢做敢当的人。

孩子犯错的时候，父母要学会理解，不要采取极端的方式，给孩子造成心里的恐惧，不要跟孩子赌气，或者是惩罚孩子，否则会让孩子变得极端、无助，又充满犯罪感，失去教育的意义。父母要跟孩子说清楚道理，让孩子明白父母生气的原因，表明即使孩子犯再大的错误，父母也会跟着一起扛的态度，让孩子有胆量面对自己的错误，这样孩子才会有勇气纠止自己的行为，努力争取更好的未来。

从那以后，女儿哪怕是花她自己的钱时也会跟我说一声，父母的通情达理，让孩子心里觉得踏实。孩子愿意把很多事情告诉父母，是对父母的尊重和信赖，父母要理解孩子的选择，认同孩子的观念，这样彼此间会更融洽、更亲近。

每一个孩子生下来时都像一页白纸，父母用自己的能力，给儿女的人生填上不同的色彩。教育孩子不要信口开河，父母自己做不到的事情不要随意承诺。父母要用心对待孩子，种下快乐，收获希望，不要认为自己是父母，就可以为所欲为。尊重孩子，从父母做起，所有的家庭都会因此变得幸福祥和、相亲相爱。

# 落水的凤凰不如鸡

不久，我带着女儿回到家乡，在家待了五个多月，第一次和爸爸长时间地近距离接触。过去，爸爸骂人，我会逃之夭夭，这次父女俩难得相处。由于我对爸爸的了解几乎是零，原先心里对爸爸有一些成见，甚至有一些排斥，彼此间没有共同语言，也就没什么交流。

过去的日子，我不相信爸爸的为人，总觉得爸爸说话出尔反尔，没有一次可以相信。比如，我跟爸爸聊一件事，他会马上答应我，但过不了一个小时或者是一个晚上，他就会改变主意，说出一大堆理由，阻止我要做的事情。由于家庭教育的缘故，我不太相信别人说的话，爸爸的行为给我带来极大的困扰，失去对别人的信赖。哥哥也是一样，曾经无数次的承诺，没有一次是真的，造成我对异性存有极度的偏见。

在爸爸眼中，我应该是家中最有出息的一个，没有让他操过心。但是，在一起相处了三天后，爸爸的叫骂声便没有中断过，我内心有种挫败感，失去内心的平衡。爸爸骂道："别人都说你很赚钱，你的钱呢？"我听了不以为然，没有一丝的内疚与不安，心里面嘀咕："我是寒酸，可那又怎样，大不了我不住你家里。"过去的日子里，我都会住在朋友家，很少和父母相聚在一起。这次心里想着离婚，就想跟父母聚在一起，但是不知道父母为什么会这样对我。以前我对别人好，父母会说我贱，如今我对女儿好，依然看我不顺眼，爸爸对着我骂："水流是从上而下，不是从下而上的……"意思是告诉我，要先孝敬父母，再对女儿好。爸爸在吃醋，看到我对女儿无微不至的关怀，他内心有一些不平衡，我第一次开始理解爸爸的情怀。

当年的我，究竟错在哪里？走得如此艰难，寻找成长的足迹，心里面有无数的困惑和迷茫。在爸爸的眼中，钱比天大，看上去他又似乎不在乎钱，爸爸之前对我寄予了无限期盼，而今天变成了绝望。像当年外婆对哥哥一样，心里疼爱哥哥，但又经常打哥哥。外婆对我有些冷漠但不打我，一顿痛骂就吓得我胆战心惊，我看到哥哥挨打的场面，不敢轻举妄动。寡言少语的我，让外婆感觉到无力又无援，会跟我较劲，不吃饭，不理我，用冷漠面对我的沉默。从爸爸眼里，我看到无奈与伤感，爸爸会骂我，也会想要打我，我第一次感受到爸爸心里有一种深深的失望。多数父母拥有这种心态，对谁的期望越高，失望就越多，心里的那种落差，他们自己无法接受。爸爸心里对孩子有很多期盼，嘴巴却又偏要说得不在乎，造就了我心中无数的困扰。后来我才明白，爸爸是爱我的。

爸爸骂人的招数，跟爷爷一模一样，那不是遗传，是平时的耳濡目染，使得爸爸在有形无形中模仿了爷爷的一些做法。父母怎么样对待孩子，孩子身上就会表露出父辈的影子，也许是对当年父母的态度的一种记忆。我的小姑在家伺候爷爷奶奶，按理说是最孝顺的孩子了，但是被骂得最多，爷爷的性格就是这样。爸爸也一样，骂人可难听了，常对我骂道："把你们喂狗一样地喂大，一个个都没良心，兄弟姐妹中数你最不孝顺……"多少难听的话，从爸爸嘴里说出来。当年，爷爷骂姑姑也是一样，谁要是上门提亲，爷爷就把人家骂得狗血淋头，小姑年近六十，至今没有出嫁。

父母如果自私，会毁掉许多优秀的儿女，很多人都只看得到自己的悲伤，却看不到儿女心中的悲凉，只顾发泄自己的情绪，不顾儿女身心受到的折磨。爸爸的话，要多难听就有多难听，用尽他全部的口才，把我骂得一文不值，把我贬得猪狗不如。父母一生气，就如此践踏儿女的人格与尊严，对孩子来说是一种灾难。多少孩子会因为父母的不肯定、不尊重而自卑，失去快乐。

回家好几天了，我没有做过家务，不想做也不敢做，不管做什么爸爸都不会满意。爸爸也因此跟别人说过我的不孝，说我回家后连一顿饭都没有给他煮。记得有一次，我擀手工面想讨好爸爸，知道爸爸最喜欢吃炒面，为此起得很早，想给爸爸露一手。结果那天，爸爸大清早就出去了，没有看到我和面。回来后，他看到我在擀面，淡淡地说："唉，你不是腰疼吗？不用擀面了，让你妈妈来擀吧！"听了爸爸的话，我心里觉得好感动，但我没有抬头看爸爸的表情，不解其中含义，嘴上连忙说道："不用，我马上就擀好了。"擀面是我的强项，我可以把面切得很细很均匀，软硬适中。我已经开始切面了，爸爸又对我说道：“唉，你别切了，让你妈来吧！”我依然没有听出爸爸的话外之音，很诚恳地说：“不用了，马上要切好了。”此刻，爸爸不客气了，很生气地对我说：“让你妈来切面吧，免得你把头发掉在里面，等一下吃面，半根头发在嘴上，半根头发咽在喉咙里多难受。”我一下懵了，才明白爸爸不是心疼我，而是找我的茬，看我不顺眼，瞬间眼泪夺眶而出。

那天早上，我气得又没吃早餐。在家的那段日子里，我几乎经常饿肚子，原以为自己变得坚强了，不会再被他人的情绪所左右，但是面对父母的挑剔，我依然气得吃不下饭，泣不成声却无可奈何。父母对儿女太挑剔，教育儿女就不会有原则，不管是错和对，不懂得什么是爱，什么是尊重，看着孩子伤心难过也无动于衷。看似教育，其实是父母一种自我情感的发泄，而未曾考虑孩子的感受。父母是那样权威，又是那样霸道，儿女不服从的结果就是背负不孝的恶名，这样的教育是很可悲的。

爸爸曾经说他的口才一流，骂得我眼泪直流。爸爸的话像一把钢刀一样插在我的胸口，我心中不服，没有一丝悔改。眼泪在眼眶里打转，如果可以，我真想跟爸爸干一仗，根本不会听从爸爸的教诲，也不尊重爸爸，不愿向他低头。如果说弱者的眼泪是水做的，那么强者的眼泪是用血凝固而成的。父母的教育，让我几十年不敢面对自己的爱，内心备受煎熬，感觉不到自己被在乎。我可以教育孩子，却没有能力教育我自己，从不肯向父母认错。即使在最落魄和无助的日子里，我依然没有依靠父母，大多靠朋友和贵人想助，走到哪里都不会饿肚子。

有一次，妹妹买了一只猪脚，还没有开始烧，爸爸就宣布，包括父母自己，谁都不能吃那只猪脚，理由很简单，那是妹妹花钱买的，谁也没有资格吃。听了爸爸的话，我惊呆了。多少年前，我成长的过程中，妈妈总是对我说：“哥哥就是那样的人，你让他一把，哥哥要是问你借钱，你有的话就给一点，也不要指望哥哥会还给你；对妹妹多帮衬一点，妹妹能力差，没办法，都自家姐妹……”也就是这样，为了帮扶兄弟姐妹，我一直都放不开自己，不敢去寻找自己美好的人生，怕别人会说我自私、不近人情。如今，妹妹买了一个猪脚都可以耀武扬威，其他人连吃的份都没有。这样的家庭教育，令人心寒。

无论爸爸怎样骂我，我再也不像当年一样东躲西藏，我想知道自己一无所有的日子，究竟可以有什么样的待遇。当年，哥哥没有钱，却可以理直气壮地骂我，不会感觉到羞耻；妹妹一无所有，却可以不劳而获又无动于衷，他们不懂得感恩与内疚。如今，我没有钱了，爸爸这样对我，于是我忍不住又跟爸爸吵了一架。第一次看到爸爸举着手要打我，第一次面对爸爸无畏无惧，我对爸爸说："生是你生，养是你养，打死我没意见，除了打，你又还能做什么？"对爸爸表现出一脸的轻视。养儿不教父母过，一个家庭变成今天这样，又何尝不是教育的失败。

最终，爸爸举着的手没有落下来，他喃喃道："我才懒得打你这东西，怕脏了自己的手。"我仿佛看到了爸爸心中无声的泪在流淌，那样折磨人心。第二天，我带着女儿返回湖南，我不想再离婚，想带女儿好好过日子，给女儿一个完整的家。可是屋漏偏逢连夜雨，男人对女儿的态度，再一次让我心灰意冷。一无所有的我，想到了改嫁，想给女儿重新找一个安全的家。

现在的我更愿意做一个弱者，做一个有血有肉有感情的人。心中带着无数的疑问，抚慰内心深处的那些伤痛，探索究竟是错在哪里。一路走来，我仿佛生活在水深火热之间，不管做什么都要挨骂，不管如何努力都看不到希望。如今我明白了，父母对孩子的影响太大了，如果父母不能学会控制自己的情绪，就会局限孩子的思维，留给孩子无数的阴影。没有原则的教育，不会让儿女心服口服。

心底无私天地宽，父母的无私可以带给儿女更加辽阔的天空。不是父母心情不好，就可以让儿女承受无情的责骂；也不是看到儿女不听话，父母就可以暴跳如雷，发泄自己的情绪。很多父母把自己看得太重了，却没有用心体会孩子的感受。幸福的家庭是需要相互尊重、彼此忍让的，家是儿女最温馨的港湾。

# 女儿上学前班

几度漂泊，历经无数坎坷，最终感觉湖南才是我的归宿，不想再折腾，不想女儿跟着我颠沛流离，我希望自己学会淡定、学会面对。心灵残缺的人，是不懂得如何经营一个家庭的，一次次受到重创，我不知道该如何改进。不管心有多痛，唯独对女儿，我能充满微笑，尽管带着她四处逃难，但尽我所能地不让孩子感觉到生活的悲哀、命运的无助。

面对生活，为了让女儿的心灵不受到伤害，我一次次学会忍耐，我不希望女儿学我的样子去记恨谁、轻视谁，我希望她学会尊重长辈、爱护自己。尽管我和父母常发生冲突，但我要求女儿时时刻刻保持对亲人的尊重，我也尽可能保护孩子的童真。我带女儿回到湖南后，女儿开始上学前班，从幼儿园转向小学，是人生的另一个转折点。

小学有一个好处，老师跟着学生上课下课，不像幼儿园那样自由散漫。一开始，我不知道学校的规章制度，面对老师，我有拘束感，不到万不得已不会去麻烦老师。过了半个学期，我一直以为女儿在学校表现很好。有一天，二嫂问她的女儿在班级得了几朵大红花，我方才知道有这么回事，并且得知女儿在校的半个学期，没有得过一次大红花，可见女儿在学校的学习效率有多差。很多父母遇到类似情况，或许都会很生气，担忧孩子的学习情况，我当然也不例外。但我没有表现出很生气的样子，每一次女儿犯错误，我都会检讨自己的行为，对女儿有哪些疏忽，哪些地方做得还不够。

我第一次去学校询问了女儿的相关情况，老师说："孩子上课总是跟别的同学说话，隔着老远的地方，跟同学交头接耳……"那个同学是女儿在幼儿园时的好朋友，两个人上幼儿园时是一个班，上了学前班还是一个班，都是很有个性的孩子。两个人不断讲话，不听老师的安排，仿佛觉得自己是班上的老大，还以为像在幼儿园那样，自由散漫，不懂纪律。

了解情况后，我对女儿说："丫头，以后咱们家不用装电话了。"女儿顿时傻眼了，不解其中含义。我又继续说："老师说你和某某同学，上课隔着老远的地方都能说话，是不是很好玩？"此刻，女儿听出了我的话外之音。跟女儿长期交流的结果，就是我不用说正题，孩子就可以明白我的下文。女儿跟我说："妈妈，对不起，我以后上课时间不跟同学说话了。"小孩子就是这样，很多时候，如果没有父母的提醒就感觉不到自己错在哪里。

我又继续说："你都说妹妹不读幼儿园，将来不能赚大钱，现在妹妹可以得到很多大红花，你却没有。你知道怎么样做，可以让自己得到大红花吗？"女儿连忙点头，立马回答："妈妈，我知道上课不说话，可以得到大红花。"多聪明的孩子，一点就通。于是，我又对女儿说："既然知道，就要好好努力，要不然对不起自己，你在幼儿园时是最优秀的小朋友，现在上了学前班，不能比别人差呀。"说完，我一脸期待地看着女儿，女儿信心百倍地对我说："妈妈，我一定会得到很多大红花。"我点头表示赞同，肯定地对女儿说："嗯，妈妈相信你一定可以做到。"我从来都相信孩子说的话，哪怕她会做错事情。我也会检讨自己教育过程中的缺陷，比如对孩子督导不够、疏于管教。

从那以后，女儿说到做到，每天得到大红花，几乎一次不落。所以，我认为，父母注意说话方式，对于孩子的进步有很大的作用。经过这件事情后，我经常观察女儿的动向，看她在学校的表现，一个人没有纪律、不端正态度，是不可能拥有好成绩的。当然，学习成绩好并不是最终的目标，行为习惯的培养比成绩更重要。很多事情之间都是有关联的，没有良好的作息习惯，上课的时候就不会认真听讲，自然会造成学习成绩差，容易偏课，思想不健全。

小学时期的孩子，成绩都不会很差，肯用脑袋，很多问题都不是难题。端正孩子学习的态度，要从幼年开始，没有良好的学习态度，最终就会败给自己的习惯。毕竟天才少之又少，大多数人都需要靠后天的努力，这就需要平常一点一滴的积累。细节决定成败，多数聪明的孩子会偏课，就是因为没有端正学习态度，做事情以自我为中心，喜欢读的那门课读得很好，不喜欢读的那门课就放任自流。

父母需要特别注重孩子心灵的培养，引导孩子学会用心做事，坚信孩子是优秀的。就像我自己，倘若心中愿意，不管做什么，都可以做到更好，但是我对父母的不满、对世俗的偏见，让我一直逃避学习、逃避现实，最终落落寡合。父母如果希望孩子变得更加优秀，就要做孩子心中的伯乐，学会欣赏孩子、认同孩子，看到孩子身上的优点，发掘孩子的潜力，其实每一个孩子都可以是千里马。

# 女儿上小学了

培养孩子要有规划,有目标,有方向,而不是盲目地付出。父母在孩子面前不能太情绪化,要学会从孩子的角度看问题。

上学的前一天,我把女儿叫到跟前,想要交代她一些在学校的注意事项。每一次跟女儿交流,我都跟她保持平等,用最温柔的语气跟孩子说话,直视她的眼睛,让女儿从小习惯大大方方地抬头看人,学会用眼神说话。我小的时候,看到谁都低着头,内心缺乏与人交流的勇气,我不希望女儿像我那样。

任何人都要学会尊重他人。要去上学了,我对女儿说:"丫头,从明天开始,你不再是学前班的小朋友了,你将正式成为学校里的一名学生,要记住哦,听老师的话才能够把书读好。"我看着女儿似懂非懂的样子,反问道:"丫头,你看妈妈带你是不是很辛苦?"女儿肯定地回答:"辛苦。"我又继续对女儿说:"那你说,老师带你们是不是也很辛苦?"女儿又点点头。我又继续对孩子说:"你看,妈妈带你一个人都这么辛苦,而老师要带那么多的同学,是不是比妈妈更辛苦?"女儿连忙表示赞同。

教育孩子,不要怕啰唆,小孩子不像成年人那样一点就通,不是父母轻描淡写的一句话,就可以让孩子认真读书的。有的父母经常说"记得好好读书,听老师的话",但具体怎么读,又该怎么听,孩子心里没底,不可能体会到读书的价值。很多时候,孩子傻坐在那里,看似听话,其实没有实质的行动,不明白自己的需求。

读书需要有方向,需要充满活力,我告诉女儿:"以后,你必须听老师的话,要好好读书,看见老师就像看到妈妈一样,老师会很喜欢你,你要帮助老师管好其他同学,这样老师就不会那么辛苦了,知道了吗?"女儿点点头说:“是。”我的一番话,让孩子对老师有一种特别的感觉,知道自己可以为老师做一些事,帮老师分忧,做一个好孩子,帮老师管其他的同学。不像许多父母一样,要求儿女当班干部,就直截了当地说:“你以后要认真读书,要当班干部……”话是不错,但这样一来孩子感觉不到学习的要点,会误以为当班干部就是有出息。

我习惯于用生活的常识引导孩子,让她对学习没有抵触情绪。每天放学回家,我会问一问孩子学校里的情况、跟老师之间的互动,孩子感觉到轻松、自然,没有学习的紧张和压力。我希望女儿在学校,跟老师之间的关系是朋友,是师生,拥有母女一样的情感,如果孩子感觉到读书和生活一样简单,各项表现就自然不会差。说真的,女儿在学校非常大方,跟老师有说不完的话,并且会努力帮老师做更多的事情,我想自己平时对她的教育是有作用的。

女儿在学校的确很能干,班上集体喝豆奶时,女儿把豆奶分发给同学,喝完后,她拿着偌大的桶去洗,冬天里都没有洗湿过袖子。女儿内心非常开心,又充满自豪,回来跟我说:“妈妈,我每一次给同学分豆奶,都是一个不多,一个不少,不过有时候分到我自己时没有了。”我笑了笑说:“嗯,我的女儿真棒,是妈妈心目中最好的孩子。”我不会纠结那一杯豆奶女儿有没有吃到,孩子心里有自己的原则,拥有为人处世的想法。

给孩子一份自主权,孩子自然会有主见。如果父母不断要求孩子做这做那,孩子会失去自己的思想和主见,所以,学会聆听孩子的心声非常重要。人生路上有太多的事情要做,有更多的事情不懂,父母不能要求孩子停留在某个角落,而是应该鼓励孩子不断去努力,不断去创新,多多表现自己、展示自己,接受不一样的人生,熟悉不一样的人,适应不同的环境,这样孩子的未来会拥有更多成就。

我一个朋友的女儿在学校被分配到负责保管开门的钥匙,每天为同学开门,我那朋友感觉这样会影响孩子的学习,要求孩子把钥匙还给了老师。结果,那之后,孩子起床速度慢,上学经常迟到。假如孩子手中有那把钥匙,他就会拥有一份责任感,自然不会迟到。即使迟到,老师也会帮忙监管,不用父母自己操心,何乐而不为。父母无条件的心疼,扼杀了孩子的积极性,埋没了孩子向上的动力。有时候太注重眼前的利益,反而会忘记做人最真正的意义。孩子无论做什么都不重要,重要的是让孩子学会独立,学会担当和面对。

其实,无论做什么事情都是有学问的,每一种尝试都可以推进孩子心灵的成长,每一种生活是有其不一样的意义。孩子愿意做的事情,父母要懂得放手,哪怕扫厕所也要支持,动员孩子把每一件事做得更好。职业不分贵贱,努力的结果是最好的成就。父母要懂得给孩子表现的机会、成长的机会,孩子拥有积极的心态,才能够拥有更美好的人生。

家庭教育不容忽视,从父母做起,让孩子学会热爱生活、尊重老师、团结同学、爱惜自己,拥有高尚的品格。

# 奖罚分明

很多父母对孩子的奖励很丰厚，为了鼓励孩子好好学习，取得好成绩，不惜重金引诱孩子，让他们感觉到金钱是至高无上的，没有金钱就失去动力。

读小学一年级时，女儿得到双百分，我会给她一元钱的奖金，很多父母会觉得奇怪，嫌钱太少。我认为，最小的奖励是最好的爱，孩子会因此感觉到赚钱的不容易，会更加珍惜。孩子得到奖励会很开心，毕竟是她自己努力的结果。

有一天，女儿放学回家，对我说："妈妈，我们班某某同学有很多钱。"我笑了，反问她一句："你是不是很羡慕？"女儿点点头。我不以为然地对女儿说："那有什么可羡慕的，即使拥有再多的钱，还不是他父母的钱吗？咱家丫头不一样了，你手上的一元钱，是你自己努力得来的，这才是你真正的财富，你是不是比她更厉害？"我对女儿表达了欣赏和肯定，女儿幸福地点点头，一脸自豪。

后来，随着年级的提升，考双百分的难度也加大了，所以只要考一个一百分，我就奖她一元钱；再后来，考一次第一名，奖她一元钱。奖励孩子重在鼓励，不要对孩子有过分的要求，在孩子力所能及的范围内给予奖励，一定要让孩子可以达到目的，给孩子一个希望。好高骛远的事情不要做，如果父母的要求是孩子拼尽全力都不可能实现的，那么给孩子的是压力，不是动力。女儿每一次拿到奖金如获至宝，平常哪怕给她二十元钱，都没有感到特别开心。在她心里，靠自己努力而得来的这一元钱的分量抵过千金万两，她内心有一种成就感、满足感。女儿读四年级的时候，随着时代的变化，我也觉得一元钱确实少了一点，就另外多奖她两元钱，也就是得了第一名可以获得奖励三元。

到了初一，考试越来越多，女儿得的第一名也越来越多，有时候一次性奖励会拿到几十元。初中的时候，女儿也常得到学校的奖金。有一次，学校奖励了她一千元，于是她再也不在乎我那几元钱的小奖励，再也没向我要过奖金。初中三年，女儿共得到学校两千六百元的奖励，但那时候她已经不在乎这些钱本身，而是在意那份努力后获得回报的喜悦。即便女儿拿到的奖金都被我用掉了，她也不会感觉到难过，不会觉得吃亏，反倒认为能为父母分忧解难是她心中最大的快乐。

我经常对女儿说："你把书读好了，以后赚钱就不会像妈妈一样辛苦，小时候学本事，长大才有能力去赚钱，要不然的话，你会像多少人一样做苦力，是不是很辛苦?"教育孩子，要懂得反问，学会互动，让孩子体会到实现自己的价值需要付出努力。女儿会点头，听懂我的一些话。我会在孩子心情愉快的情况下，跟孩子拉家常，我认为，教育要实现生活化，让孩子在平常的交流中体会人生，不需要父母刻意地说教。

每一次考试考得不好，女儿会自己惩罚自己。这种时候，通常来说，我会反问女儿："丫头，这次成绩考不好，你说怎么办吧?"女儿立马回答："妈妈，这一次考试成绩不理想，我接下来不看电视了。"我将信将疑地反问："你说的是真的?"女儿又会点点头。我故意把女儿说的话重复反问，得到她的再一次确认。我又对女儿说："那可是你自己说的哦！做不到是对你自己的不负责。"这个时候，女儿会非常认同，而我则继续补充："那你自己说过的话，不能反悔，不可以偷偷地看电视哦。"孩子会满口答应，兑现她自己的承诺。

更多的日子里，我会拿实物奖励孩子，比方说女儿成绩不错的时候，我会带她去超市购物一次，对她说："丫头，你好划算哦，读书成绩好是对你自己好，但同时你却可以大采购，以此割妈妈一刀，割得妈妈好心痛哦！下次你考差一点算了。"欲擒故纵，是教育孩子的一个很好的技巧，可以不断提高孩子学习的乐趣，也同时拥有更多生活的情趣。每当这时候，女儿会哈哈大笑，得意地对我说："妈妈，不行的，我一定要取得好成绩，下次再割你一刀……"女儿说得非常自信，会因此而乐于接受新的挑战，拥有更多的动力和积极性。

墨守成规的教育，孩子会变得古板，缺乏一种生活的情趣。教育孩子要注重方式、方法，幽默风趣地让孩子明白一些道理，能放松孩子的心情，同时增加孩子的自信。通常女儿成绩不好的时候，我还是会给她买东西。女儿很奇怪地问："妈妈，我今天考试成绩不好，你怎么也给我买东西？"我又笑呵呵地说："鼓励奖，鼓励你下一次考得更好。"说完，又故意表现出一副恍然大悟的样子，对女儿说："耶，是的哦！你这次没考好，我怎么还给你买东西了？"说完，母女俩哈哈大笑，继续买我们的零食。女儿很开心地对我说："妈妈，你真好，下次我一定会更努力的。"父母把平常本来就要为孩子做的事换一种方式表达，可以让孩子懂得感恩，审视自己的行为，更加努力学习。帮助孩子拥有轻松的心情，走出成绩不好的阴影，是父母应该有的心态。只有这样，孩子在以后的日子里才可以更轻松、更自然地应对一些困难，快乐地学习，快乐地生活。

女儿又会对我说："妈妈，无论我考试好与不好，你都会奖励我，为什么呀？"我轻松地回答："妈妈希望你快乐，只有心情好才能够读书好。心情不好的时候，你是不是会感觉到读书很累？"女儿点点头，表示默认。我继续对女儿说："以后，要学会每大都开开心心的，不要计较别人对你说什么、做什么，重要的是你自己一定要快乐。"无形中，孩子学会调节自己的心情。活在当下，不是随便说说的，平常的教育中，疏导孩子的心情，是父母不容忽视的一件事。一个小孩子，跟她谈理想、谈未来是没用的，孩子听不懂，感悟不到父母的心情。相反，跟他们说一些实在的东西，更有利于教育，父母不必太过着急，如果孩子状态不好，不用心读书，父母再急也没用。我经常对女儿说："读书写字，每一门课都很重要，就好像我们的左右手、身体的每个部位，缺一不可。倘若你学好数学，不攻读语文，就相当于有手无脚。做学问要用心体会，才是真本事。"我从来不会以一种居高临下的姿态跟女儿说话，都是拉家常、说故事的方式。

女儿长大了以后，每当我问她读书是不是很辛苦，她都会说："妈妈，读书不辛苦的，我怕没读好，让你难过和伤心。"我会笑着回答："不管你成绩怎么样，妈妈都不会难过，关键是你要快乐，你快乐了，妈妈就高兴了。"女儿会跟我讲："妈妈，我每天都很开心的，不会觉得读书是负担，那是一种享受、一种追求。"

读书和做人是一样的道理，用心去做，感受到读书是一种享受、一种荣誉，又是一种成就。父母不要强加一些自己的想法给孩子，让孩子感觉到读书写字是以赚钱为目的，这样孩子会失去自然的心态。人生是一个享受的过程，把读书当做一种娱乐、一种享受，用心读书，可以让孩子获得快乐、感到幸福。

教育不能太死板，很多时候，孩子达不到父母心里的要求是很正常的，不要因此贬低孩子的人格，伤害他们幼小的心灵。如果父母太在意结果，对孩子过分苛求，那么孩子会没有勇气说心里话，甚至不敢对父母说真话，害怕自己的失败，害怕被嘲笑和责骂。大部分时候，孩子内心也是想做好事情的，只是能力有限，即使付出再大的努力，或许也达不到父母的要求。这是情有可原的，父母不能太过斤斤计较，要知道，父母的话并不是圣旨，不能强制要求孩子做什么。学会放手，给孩子成长的空间和自由，允许他们慢慢长大，勇敢面对自己的脆弱，无论错和对，要让孩子敢于承认、勇于面对。

有的时候，父母不断要求、不断期盼，给孩子增加了许多负担和压力。父母倘若真的爱孩子，就应该让他们懂得生活、珍惜自己，热爱学校和老师，学会尊重他人，拥有同学之间的友谊。孩子内心快乐了，才能轻松应对一切问题。

# 家庭作业

辅导孩子做家庭作业也是一门学问。有人说，孩子一到做作业的时间，就要上厕所、吃东西，乱七八糟的事情一大堆，做作业跟没魂一样。如果父母把家庭作业看得太重，采取没有章法的辅导方式，会使孩子对作业产生厌烦情绪，想要逃避。

每一次，女儿一边吃东西，一边做作业，我就会把她的作业收掉。做作业要认真，不可以三心二意，要用心去领悟，才能完成一次高质量的家庭作业。倘若一边吃东西，一边做作业，那就是走马观花，不会有真正的意义，不如不做。

没有规矩不成方圆。我会让女儿先吃饱东西再做作业，做作业期间就不可以再吃东西，该干什么的时候就干什么，不能心存杂念。用心完成的作业，才会有它的价值和意义。做作业是为了巩固一天的学业，检测自己一天的学习质量，了解自己还有多少地方不懂，以便第二天向老师请教。能够做好每一天，才有能力接受新的东西，完成第二天的学业，脚踏实地，勇往直前。做作业，看起来只是一天下来学习情况的总结，但却能反映好多问题。孩子可以在这个过程中学会思考，养成好习惯，认真对待自己的每一天，以后会做得更好。

孩子做作业时，有的父母喜欢在一边指指点点，显得自己很有学问；看到孩子对一些知识点不懂，就表现出急躁的样子，恨不得自己去做，又是检查又是吆喝。这样一来，孩子很容易有抵触情绪，甚至跟父母较劲，简单的家庭作业就此变成无休止的战争。做一次作业，就像经历一次二万五千里长征，父母在一边念叨，孩子胆战心惊，甚至一边哭一边做，承受父母种种的指责，父母本想辅导孩子做作业，结果却无形中给孩子增加了无穷的压力。事实上，如果父母管得太多，孩子听到父母叽叽喳喳的声音，反而不能用心学习。

要给孩子营造一个安静的学习氛围，让他们有机会用心去感悟，才能使做作业达到理想的效果。做作业的方式没有什么对和错之分，但孩子做作业的态度、用心的程度，关系到孩子在学校上课能不能一心一意、专心致志，平常点滴的积累使孩子形成习惯。孩子的事情，只有让他自己去明白、去感悟，养成自律的习惯，才是儿女一生的财富。很多时候，孩子不愿意认真做作业，是因为父母想要帮助孩子，却没有恰当的引导方式，使得孩子幼小的心灵一次次受到重创，导致没有心情好好做作业。

每一次陪女儿做作业，我在一旁不作声，看到女儿东张西望的时候，我会咳嗽两声，或者对女儿说一句话："做作业哦！不可以三心二意，用心做作业，才会有效果。"女儿连忙端正自己的姿势，培养做作业的习惯和态度。我平常经常跟女儿说："丫头，做作业要用心去做，感悟其中的道理，总结自己一天下来的学习情况，看看自己是不是能够巩固知识。倘若有很多不懂的地方，说明你白天不够努力，第二天要加把劲。"女儿很乐意接受我的建议，不断审视自己，反思自己一天的状态，端正学习的态度。

女儿遇到不懂的题目时，经常过一会儿就站起来问我。我对女儿说："丫头，你把所有会做的题目先做掉，像考试一样，当妈妈不在，剩下不懂的题目再重新看一看，如果还不懂，再来问妈妈不迟。"女儿照做，即使我坐在一边，也当我不存在，投入忘我的学习状态。慢慢地，女儿养成了静心学习的习惯，即便白天在学校时，总有几个学生会喧哗，得不到完全安静的环境，但她可以做到不受影响。女儿问我一些题目时，我即便懂，也不会告诉她该怎么做，我会说："丫头，这些题目妈妈也看不懂，你明天去请教老师，回来后记得告诉妈妈怎么答题，好吗？"孩子很爽快地答应帮助我去解决问题，心里不会觉得自己无能。

有时候，父母示弱，能激励孩子更认真地去学习，挖掘他们的潜力，让他们明白担当与责任。小孩子有个天性，希望自己比别人能干，要是比父母都强大，他们会感觉到无比自豪和自信。有的父母自作聪明，总是拿别人的优秀来贬低自己孩子的不足，这样孩子会无所适从，感到自卑，失去学习的兴趣。父母的攀比心理会伤害孩子，影响孩子的心态。

倘若父母的引导方式恰当，孩子的感觉就不一样了，他们会感觉到轻松、自然，没有压抑感。比如，父母示弱，跟孩子站在同一条线上，孩子会觉得原来不是我一个人笨，爸爸妈妈比我还笨，帮助父母去问老师，孩子心里有一种成就感、满足感。这样一来，孩子自然有勇气面对自己的不足，问老师，问同学，养成不懂就问的习惯。孩子有勇气面对自己的脆弱，解决心中的难题，将来会变得更强大。

教育孩子，不需要父母什么事都亲力亲为，但培养孩子积极进取的心态，是父母应尽的责任。有时候，我会对女儿说："你去问老师问题，老师没有时间回答你，或者对你态度不够好，你都不要紧张，妈妈告诉你一个办法，你写一张条子给老师，告诉老师一句话：老师，你今天心情不好，我向你请教问题都没理我，现在你心情好些了吗？这样做，老师就会理你了。"我会提前告诉孩子一些可能遇到的问题，让孩子学会理解老师的处境和心情，懂得理解与宽容，理解老师不是万能的，也会有他心情不好的时候，有时候态度不好也是情有可原。当然，大多数老师很有礼貌，并且爱惜自己的学生。孩子从中学会不计较、不在意，拥有豁达的心境。我始终认为，学校里学习知识的事情可以交给老师，但教育孩子学做人则是父母必须参与的事情。我经常会对女儿说："你去上学，认真是一天，不认真也要坐一天，倒不如认真读书，回家自然可以玩；要是你不好好读书，学校还是要去，回家又忙着补习，这就不划算了。"孩子会明白学校是读书的地方，回家才是休闲的场所，会珍惜每一天上学的机会，用功读书，不浪费自己的时间。

多少年来，女儿在家很少做作业，几乎都在学校完成，做到有条不紊。关于完成家庭作业，如果父母感觉到辛苦，孩子感觉到害怕，那必定是方法不对。为人处世需要学问和智慧，盲目教育，会害苦一代又一代的孩子。

# 写　字

女儿上幼儿园时，我跟多数的家长一样，希望孩子多学点东西，多写几个字，不想孩子输在起跑线上。幼儿园的老师对我说："孩子还太小，不可以写字，否则会导致他们手变形，什么样的年龄学习什么样的知识，最恰当不过。"听了老师的话后，我明白，不是孩子学得多就是有出息，适合孩子的需求才是最好的教育。当初我还想让女儿早点学英语，免得像我自己一样，什么都不懂。老师又对我说："如果遇到教英语的老师不太专业，这么小的孩子一旦学会之后再纠正会非常困难，反而害了孩子。"我想想也有道理，就没有勉强孩子。

女儿上学前班，我陪着她做作业，女儿会把字写得很大，超出格子的范围。我在一边直乐，风趣幽默地说："丫头，等会你一只脚踏进家门，一只脚去了别人家。"说完哈哈大笑。孩子听懂我的意思，自动纠正了写字的方式。我不会强求她重写，这样会加重孩子的心理负担，觉得为难、压抑，效果会适得其反；如果孩子自己愿意重写，心里就不会觉得累。孩子乐意的事情，不会感觉到辛苦和委屈，用心写字效果才好。

女儿写完一版字，会让我检查，不管孩子怎么写，我都会欣赏她，表扬她说："嗯，写得不错嘛！咱家丫头最厉害，作业这么快就做完了，过来看看，你写的字哪一个最漂亮。"孩子会用心去看，去找一个漂亮的字，找出自己的闪光点，无意中培养了孩子检测学业和复查的能力，又不会让她觉得辛苦。孩子用自己的思维能力，观察自己写的字，找一找自己的感觉，自然也会有是非之分。发现有的字没有写好，孩子自己心里会不好意思，这个时候，父母要鼓励孩子下一次努力更进一步。

女儿找到一个最漂亮的字给我看，我当即用夸张的语言，笑着对女儿说:“哇,你真的很不错耶,都可以写出这么漂亮的字,妈妈都没有看到,你把它找到了,这么漂亮的字,你明天写五个,好不好?”我一边说,一边伸出五个手指头。孩子听了非常开心,感到自己很了不起,连忙答应:“好,我明天肯定写五个漂亮的字。”这样的沟通方式,不但对孩子是一种鼓励,又是拉家常的感觉,孩子心里不会反感,没有丝毫的压力和负担。

第二天,女儿更加用心地写字,写出了更多好看的字,绝对不止五个,我又继续夸奖女儿:“哇,丫头,你好厉害哦,妈妈让你写五个字,你竟然可以写出这么多,妈妈好佩服你哦,丫头真棒!”孩子听了后更加得意,自信心再一次升华,拥有更多的激情和动力,也更加有上进心了。孩子会不断地进取,更加努力,自然会读好书、写好字,不会有痛苦与不情愿,心里满是骄傲与快乐,愉悦读书,幸福成长。

女儿读高中以后,老师常常表扬她字写得非常清晰工整,女儿既骄傲又怀疑地对我说:“妈妈,很多同学写的字都比我的漂亮,老师都没有表扬他们,独独表扬我,为什么呀?”言语中有些不自信,但又有些得意。我笑着对女儿说:“他们是经过长期专业的训练,写得那么好看是理所应当,而你的字没有经过专业的书法训练都可以写得这么好,老师自然对你刮目相看了,说明你是用心写字,当然要表扬你了。”女儿似信非信地认同了。

我的一个朋友,她的孩子跟我女儿年龄相仿,两个孩子经常在一起写字。我发现,孩子写字的时候,她常在边上叽里呱啦念叨个不停,说孩子没把字写好,逼着孩子重写,弄得孩子一边哭一边写,写完一次作业,就像是经历一次严酷的战争,孩子备受煎熬又无可奈何。孩子的字写好了,性格却变得拘谨,不够自然大方,多少有些内向,不敢有自己的主见和思想,同样是优秀的孩子,但性格、态度截然不同。

父母的气场直接影响孩子的一生,父母有自信,孩子就不会自卑。孩子的心情好能产生正能量,使孩子拥有更多的信心与骄傲。其实,生活中的很多事不一定十全十美,但是用心做的事情,就会让人感觉到舒畅、自然、温馨。如果每个人都用心做事,生活就不会有太多的遗憾,心里面多一份快乐与轻松,自然会过得幸福。

人的一生,生得漂亮是资本,活得漂亮才是本事。父母培养孩子轻松、快乐的心态,能帮助孩子多一些阳光和色彩,拥有成长的空间和自由,过一个精彩的人生。

# 睡　觉

小时候的我，喜欢看戏、看电影，晚自习结束后，我会跑十里路去看戏，到深夜一两点才回家，于是第二天上课就打瞌睡。物理、化学等课程其实也不难，但当时的我不感兴趣，不会去攻读。由于作息时间不规律，上课打瞌睡是常有的事情，老师说什么，经常迷迷糊糊听不清楚。我的数学成绩特别好，这方面我是有天赋的，但由于平时生活习惯不好、心态不佳，其他几门课成绩很差，所以我没有机会读高中，这是我今生最大的遗憾。

为人母以后，我特别注重孩子心灵的成长，包括孩子的自尊心、自信心，都是神圣不可侵犯的，即使别人伤害她，我也要极力挽回。我不断引导孩子，让她明白，别人的思想不能控制她的人生，自己感觉到快乐的事情就勇敢去面对，我不断给予她支持。女儿迷茫的时候，我用母爱毫无保留地温暖她，让她有勇气走出迷茫与困惑。

女儿上幼儿园了，在我心里已经算是正式上学了，我开始培养孩子端正的学习态度和良好的习惯，包括吃饭睡觉和为人处世的道理。假如孩子第二天要上幼儿园，那么我要求她前一天晚上必须在七点半前睡觉，夏令营时必须八点半前睡觉，这个习惯一直维持到女儿小学毕业，即便在我最忙的日子，我也照样监督她准时就寝。有时候，女儿睡不着，但我要求她时间一到必须熄灯，躺在床上不能说话，没有人陪她玩，也就自然睡觉了。女儿睡下后，我有时会自己去看电视，我对孩子说："丫头，你第二天要上学，所以必须准时睡觉。妈妈不用读书，不能不看电视的，要不然亏大了。你呢，现在把书读好，长大以后想做什么，就可以做什么。"女儿答应了，没有能力反抗。日久天长，这也就成为她的习惯。

父母不要为了培养孩子读书而盲目制造氛围，要学会就事论事，不能为了陪孩子而牺牲自己应有的娱乐，要让孩子明白，成年人的世界跟她的不一样，各自有不同的使命。我负责赚钱，让一家人过上好日子，这是我的责任与担当；而孩子眼下的任务是好好学习，天天向上。我对女儿说："丫头，不是妈妈非得让你七点半睡觉，而是为了你明天更好地读书，你要是睡眠不足，第二天就会精神不好，注意力很难集中，记不住老师说的话，你就亏大了。"女儿似懂非懂地点头，跟着我的思路，适应她的人生。

习惯一旦养成就会变成自然，经过先前多年的训练，女儿读小学一年级的时候，就算我不在，她也会自己准时睡觉。一种习惯，一份平常的生活，让孩子感觉到一切都是那样的自然，又非常温馨。孩子小的时候，心里没有杂念，父母说什么就是什么，慢慢形成一种习惯，成为性格的一部分。

经济快速发展的年代，多数家长忙着赚钱，没有时间管孩子，把孩子丢给老人带，觉得孩子小的时候谁带都没关系，等稍大一些开始读书的时候，再接回身边自己带。殊不知，孩子的习惯和个性主要是在幼年时形成，之后父母想要改变会比较困难。很多父母没有耐心，总是抱怨和不满，埋怨老人不会带孩子，却不懂得寻找自身的原因，孩子和老人同时受到伤害，又无所适从。

老人会尽自己最大的能力带孩子，但他们能力有限，局限于自己那一代人的思想，孩子跟着老人自然会适应那种风格。父母从老人手里把孩子接回之后，忽然说孩子之前接受的一切都是错的，孩子心里无法承受，又不知道如何改进。这个时候，父母需要耐心等待，孩子思想的转变需要一个过程，更需要父母不断地引导。父母的责备和叹息，会带给孩子挫败感、失落感，会使孩子对父母失去信任，甚至变得自暴自弃。

我是六十年代末的留守儿童，从小跟着外婆一起长大，看不惯父母的做派，习惯外婆的那种教育，跟父母形成对立的局面。在妈妈眼里，我是最厉害的一个，不服管教，不听从父母的教育。很多年以后，我问妈妈："妈，为什么我当年那样努力，你都不说我好，我真的很差吗？"妈妈的回答很简单，她对我说："我怕你会骄傲自满，所以没有表扬你。"妈妈一次次的不认同、不满足，把我的能力透支到极点，物极必反，我一次次地努力后，发现一次次被否定，最后我放弃了自己，认为自己的确是个弱者。

妈妈不会懂得，是她的不肯定、不赞同，使我对生活丧失了信心，那时候我感觉不到跟父母在一起的温暖，反而更加怀念跟外婆在一起的日子。

我对父母的感觉，是不服气、不认输，却最终输给了自己的心态。父母的不认同，亲人的不理解，让我看不到人生的希望，常常感到怨恨、悲伤。

教育孩子必须从幼年开始，把好的思想注入孩子的心灵。老人带的孩子，多数的习惯会跟随老人的风格，父母要懂得尊重，慢慢改善孩子的一些习性。经过这么多年风吹雨打，我知道一个孩子最需要的是什么，所以我再忙都不会抛下孩子，那才是我生命的全部。

# 预　习

小时候，我的拼音不好，于是给女儿买了一张学拼音的碟片，让她跟着碟片学习。我也不懂声母、韵母，女儿自己跟着碟片上的内容念得有模有样，提前感受了一年级的课文，让她成长的过程拥有一个预习的习惯。很多父母会说，自己不会教没办法，其实我认为，预习课文最重要的不是要让孩子懂，恰恰是孩子感觉到自己不懂，才会更加努力，探索知识和学问从不懂开始。孩子心里有欲望、有不解，才会懂得思考。

孩子预习过之后，似懂非懂就会更加有求知欲，上课的时候就不会盲目地坐在那里，无所事事，听老师讲完一节课，既没有动力也没有活力。就像我当初完全不会打麻将的时候，当周围所有的人都在说麻将，我会无动于衷，没有感觉。后来，我学着打麻将，但不是很精通的时候，就会有一种追求欲，会认真听别人说，想要把它彻底学会。预习课文，不需要太懂，不用花太多力气寻找答案，孩子心里留下很多问号，想要解答心中的疑问，听老师上课的时候才会有一种激情和恍然大悟的感觉，会更有成就感。

有一天，女儿放学回家对我说："妈妈，你让我暑假里看的题目，学校都有呢，我本来是不懂，老师那么一说，我就懂了。"女儿说话的时候精神非常振奋，又是那样自豪，让她对学习产生了浓厚的兴趣，而这一切都是因为藏在她心里的那些问题有了答案。很多父母让孩子预习，以为一定要弄懂课本的含义，但我认教学是学校的事情，家庭教育中只需让孩子学会带些问题去学校即可，培养孩子的求知欲。

不知道很多父母有没有想过，当你接受一个新的问题时，会茫然无知、束手无策，一旦知道答案，就会有一种如梦初醒的感觉，心里想：哦，原来是这样做的。你对某件事情产生兴趣时，能让你有成就感的不是别人怎么说你就怎么做，而是你不懂的问题忽然有了答案，才会有一种幸福感。小孩子也是一样的，首先让他熟悉业务，不是要懂，是要会想，探索心里的“为什么”。解答问题的任务交给学校，老师会帮助孩子解答难题，这样一来，孩子会对学校产生浓厚的兴趣，对老师拥有一种依赖，有依赖才会有期待。

每一次女儿不听我的话时，我会对孩子说：“反正你也不听我的话，那你不用读书了，早点去工作赚钱吧，妈妈不养你了……”女儿会急得直跳脚，连忙对我说：“妈妈，不可以不上学，我听你的话还不行吗？”欲擒故纵是另外一种教育方式，父母都希望孩子好好学习，但如果一味强调学习的重要性，说多了孩子会产生逆反心理，感觉到压力很大。

所谓的预习，就是让孩子心里拥有一点概念，探索知识，渐渐养成习惯。我会要求孩子每天看一点点第二天要学的知识，试着去做相关的作业，看完后把不懂的地方做个记号，会做的题目提前做掉，但我从来不会告诉孩子正确的答案。孩子心里拥有无数个为什么，有一种破茧而出、变成飞蛾的快感，这才是真正的舒畅。

每一年，我都会给孩子买下一年要用的书，孩子不会觉得空闲，学问无止境，珍惜今天、期待明天，孩子心里会有追求。盲目的教育就会让孩子失去感觉，老师说什么就是什么，没人说就不会去做，孩子的生活变得被动，未来的人生不会有自己的创造力。不是成绩好的孩子一定会有前途，但拥有自己的思想的孩子前程一定不会差。

女儿读高中了，每当我问她读书累不累、感觉好不好，她都很开心。读书方面，她没有别人那么辛苦，暑假里做作业，不懂的问题也不觉得有负担和压力，我经常会对女儿说：“记得哦，在家里不会做的问题，到学校要问老师，不要不懂装懂哦！”女儿会很爽快地答应。孩子学会用自己的方法去解决一个又一个的问题，这对于她处理今后人生中会遇到的其他问题有很大帮助。每一次女儿成绩不好，开始找理由时，我会马上制止她这样的想法，举起一只手，对女儿说：“嘿嘿，聪明人找方法，傻瓜才找理由……”女儿马上住口。看似简单的一句话，可以让孩子学会承担，学会思考，检测自己学习的方式，懂得解决自己的问题。

生活的问题问妈妈，学习的问题问老师，分工明确，干活不累。女儿在家里可以得到最好的享受，我也不会说她懒，给她足够的空间和自由。很多父母不让孩子玩电脑，而我从来不管她；有的父母不让孩子看电视，而我从来都是任她看；还有的父母不允许孩子结交不三不四的同学，而我鼓励她随意结识朋友，要求女儿尊重身边的每一个同学。我对女儿说："每个人都有他闪光的地方，学习别人的长处，取长补短，别人不好的一面，自己要学会对照，让自己做得更好。"女儿的成长过程是幸福的，充满了自由和轻松。

# 讲故事

很多父母都会给孩子讲故事，但讲故事也是有学问的。具体怎么样应用故事，多数父母会感到迷茫；孩子会听故事，却不见得会表达。

我的童年里，父辈限制了我太多的自由，让我找不到自己心中的避风港，蜷缩着躲进了贝壳里。很多人都不会明白我心里想的是什么，追求的又是什么，不过也难怪父母会不懂我，因为我连表达的意愿都没有。我喜欢看电影、看大戏，看着剧情里的每一个人物，我的心中有一种幻想、一个期盼，幻想自己的人生会像剧中的主人公一样，经历无数的苦难，最终登上人生的巅峰。

童年时，我活在自己的梦中，不会表达，不想流露心声。我喜欢讲故事，让自己活在童话的世界里，掺进自己的一份感情、一种向往，把剧情描绘得有声有色，那是我心中最好的精神寄托。听故事的人也会觉得津津有味，用心讲出来的故事才会有活力，拥有不同的色彩，很多人都喜欢听我讲故事。

最有趣的是给女儿讲故事，彼此之间经常互动，给孩子思索的空间和自由，而不是我盲目地说。有一次，我给女儿讲“狼来了”的故事：“从前啦，有个小朋友上山去放羊，一个人好无聊哦！你知道他想干什么吗？”女儿抬头看着我，等待下文。“这时候，他看到山下有一群人在干活，想骗他们，你知道他想骗什么？”我又停顿了一会儿，两眼看着女儿不吱声，女儿又会睁大眼睛看着我。我又接着往下讲：“小朋友就喊‘狼来了，狼来了……’山下的人群听到小朋友这么喊，赶紧上山去打狼，结果小朋友笑得前仰后合。”讲到这里，我又看着女儿说：“小朋友这么做，人家是不是会很生气呀？”女儿连忙回答：“嗯……”我又接着说：“你看，没有狼，害得人家白跑了一趟，你说这个小孩子是不是很无聊?”女儿表示认同,我顺着女儿的反应替山下的人群打抱不平,对女儿说:“你看人家都要干活,跑来跑去多辛苦呀!那些人摇摇头下山了。过了一会儿,小朋友还是觉得无聊,又想骗人,你说还要不要骗?”女儿连忙摇头,跟着我的思路,继续往下听:“结果小朋友又喊‘狼来了,狼来了……’大家又往山上跑,小朋友笑得更开心了。”我又看着女儿问:“你说这个小朋友是不是很缺德,骗了别人还这么开心?”女儿又跟着我点点头。

母女两个一问一答,体会故事的情节,讲的人有声有色,听的人如痴如醉。我接着往下讲:“这时候,一只真正的狼来了,你说小朋友怕不怕?”女儿惊慌地点了点头。我问:“那你说山下这群人会来救小朋友吗?”女儿一脸茫然地看着我。我摇摇头,说:“小朋友拼命地喊‘狼来了,狼来了……’结果谁也没理他,都以为他在骗人呢!于是,大灰狼就把小朋友给吃掉了。”

故事的情节不是很深奥,却意味悠长,给孩子的启发不小。每一次女儿骗人,我就跟她讲这个故事,希望她明白做人以诚信为本,要不然会被大灰狼吃掉。小孩子偶尔会说谎,不够诚实,我会咳嗽一声,对女儿说:“嘿嘿,大灰狼来了。”女儿知道说错了话,一边笑着说:“妈妈,我知道了,做人要诚实,骗人会被大灰狼吃掉的。”我也笑着回答:“你好聪明哦!居然还记得大灰狼。”女儿会很得意,然后哈哈大笑,通过平常生活的点滴,加深她对故事的理解,明白其中的道理。

女儿上一年级时,读的兴趣班是讲故事,每一次上台讲故事的人几乎都是她。女儿讲故事有声有色,感情饱满,可以讲得头头是道,跟同学之间互动很强。这一点,其他的家长很佩服,经常对我说:“要是我们家孩子能有你们家孩子的一半,我们就满足了。”我笑而不语,家庭教育是一门学问,三言两语说不清楚,需要父母不断追求和感悟。人生不仅仅只有事业,教育孩子至关重要,孩子的未来是父母的骄傲。

当女儿面对不同的状况,我会给她讲不同的故事,帮助她体会不一样的人生,感悟其中的道理。每一次讲故事,我都会跟女儿互动,加强故事的说服力,让女儿有能力说出下一段故事,学会表达,学会交流与沟通。许多人满腹经纶,才高八斗,却像是茶壶里煮饺子,有货倒不出,学到文化但不能应用文化的人,同样没有多大用处。

很久以前，曾经有一个硕士生，读了十几年的书，学成归来去教书，没有多少学生喜欢听他的课，倒不如普通的教师，能把一堂课说得有声有色，学生欢笑，家长满意。硕士生非常懊恼，不知道自己错在哪里，自己读了那么多书，却不及一个普通教师，说起来多么令人伤感。一成不变的教学，就像是一潭死水，失去活力，没有生机，讲的人古板，听的人乏味。教育孩子要懂得策略，不要盲目施教，否则孩子的反应除了逃避还是逃避。父母要懂得改善自己的教育方式，孩子会变得活泼，充满活力。

教育孩子要懂得生活化、情趣化，古板严肃、死气沉沉的方式不适合未来的生活。现在的孩子追求精神文明，追求快乐人生，父母要做孩子心中的伯乐、永远的明灯，教育孩子如何做人，让孩子懂得珍惜每一个今天，就是最好的明天。

# 女儿当班长

女儿没有辜负我的期望，在她的成长史里，得到了别人很高的评价，顺着我指引的方向，一步一步往上爬，脚踏实地。任何时候，父母都不要拿自己的孩子跟别人比，可以让孩子学会自我比较，每天成长一点点，未来的前途会无可限量。

每一天下午，我放下手上的工作，提前半个小时或者一个小时去学校接女儿，隔着窗户，观察女儿在课堂上的表现，看到女儿举手畏畏缩缩，似乎有些胆小。放学回家的路上，我淡淡地问女儿："丫头，今天早上没吃饱吗？"女儿肯定地回答："吃饱了呀！"我再一次问："那肯定是中午没吃饱。"女儿又是摇摇头："吃饱了呀！"接着，我非常吃惊地问女儿："既然早上也吃饱了，中饭又没饿肚子，那为什么妈妈看你举手的样子，就像是没吃饱饭呀？"说完，我模仿女儿举手的动作给她看，女儿不吱声了。

看到女儿不开心的样子，我心里觉得好笑，继续问："你是不是害怕举手以后，回答问题错了没有面子？"女儿连忙点点头，肯定我的说法。我又继续对女儿说："其实没关系的，只要你举手回答问题，老师会很开心的，即使回答错了，也没关系的呀！老师不仅不会说你，还会帮助你纠正错误。"女儿听懂了，说以后会把手举得老高的。

小孩子就是小孩子，或许是我表达有误，女儿理解错了。读三年级那会儿，校长教他们数学，有一天校长对我说："你们家孩子举手很积极，题目都没有看清楚就马上举手……"我笑而不语，通常听老师说话，我都会虚心接受。回家后，我跟女儿聊："丫头，校长说你上课举手回答问题，题目都没有看清楚，你怎么回答呢？"女儿有些不好意思。我又继续说道："妈妈知道你很勇敢，但是再勇敢也不能不知道答案就举手，难道是要求老师帮你做题目?”女儿更加害羞了。

我又继续对女儿说:“以后举手回答问题,要先把题目看清楚,知道答案后才举手回答问题,如果不会做就看别人如何回答,通过别人的回答也可以使你增长知识。”面对一个孩子,你让她举手回答问题,她照着做了,但是没有质量,父母也不用心急,不要暴躁,要慢慢开导孩子。孩子成长的过程中,要让她不断修复自己的个性,完善自己的人格,争取做一个最优秀的好孩子。

女儿在班上的表现,又是以是否被贴大红花来体现。有了学前班的经验,我又一次问女儿:“丫头,在班上得到一朵大红花,难不难?”女儿摇头说:“妈妈,不难的。”我又问:“那你知道怎么样可以得到一朵大红花吗?”女儿回答:“知道的。”我笑了,充满信心地对女儿说:“那你就得很多大红花,同学会对你刮目相看。”就这样,女儿的大红花远远超出其他同学。慢慢地,女儿拥有了更多的进取心。

我的身体一直不好,导致女儿小时候体质也弱,上小学期间经常发烧打吊针,差不多一个月一次,但她依然坚持上学,为班级争取荣誉,得到老师的好评。不过,她上幼儿园那会儿,起初身体稍有不适就不想去,会对我说:“妈妈,我今天不想上幼儿园了。”我好奇地问:“为什么?”女儿懒洋洋地回答:“今天有点不舒服。”我一听,孩子学会找借口了,找一个让自己不上幼儿园的理由。从那以后,不管女儿是不是生病,我都会送女儿上幼儿园。哪怕是打完吊针也会把女儿送去幼儿园,不让孩子有借口,以为生病就可以不上幼儿园,甚至连简单的请假都是不允许的。我自己不轻易出门,以免影响孩子上幼儿园,从小培养她遵守纪律,要知道上学是需要认真对待的事。我让孩子懂得珍惜,知道坚持,不能让她变得自由散漫,导致内心的松懈,学会逃避和偷懒。

有一天,女儿放学回家对我说:“妈妈,是班长大还是副班长大?”我笑着回答:“傻瓜,当然是班长大。”孩子继续说道:“妈妈,老师喊我当班长,喊某某同学当副班长。”我笑了,是我有生以来最灿烂的笑容。当班长曾经也是我童年的一个梦,而如今女儿当上班长,是一件值得庆贺的事情,我自豪地对女儿说:“不错,妈妈知道你是最优秀的。”女儿非常开心。

童年的我多想当一次班干部,结果却连组长都选不上,慢慢地成绩好了,老师却从来没有发过一次奖状给我,有些同学的成绩并不比我好,却可以被评为学习积极分子，而我什么也没有，这也是我当年不想读书的一个理由。每一个孩子都会有荣誉感、进取心，无形之间却被学校或者家庭埋没了这份天性。父母不知情，经常指责、讽刺，会使孩子丧失学习的积极性。

很多学生逃避学习，放弃读书，很大程度上父母的不理解、不宽容导致的，使得孩子有了深深的挫败感。我问过很多父母亲："你们家孩子读书怎么样?"多数的父母回答："还好了……"言语间只是淡淡一笑，没有喜悦的心情。还有的父母更糟糕，直接说："不好的，我们家孩子笨死了，不会读书，还经常买笔，又不懂得珍惜。"父母不会检讨自己的行为，却把埋怨孩子当成一种习惯。

父母缺少跟孩子的沟通与交流，长此以往，孩子会变得麻木，看不到读书带来的希望，看不到自己的未来，骨肉之间也会渐渐变得没有共同语言。为人父母，要经常跟孩子交流学习的经验，不要让孩子把读书变成一种负担，不要贬低孩子的人格，学会尊重他们的每一次选择，让孩子做力所能及的事情，轻松愉悦地读书。

对待孩子获得的成就高低，父母要学会不卑不亢，不刻意夸大，也不刻意贬低，就事论事，这样孩子会慢慢学会拥有一颗平常心，荣辱不惊。

# 怎么样读好书

父母教育孩子的方法不同，成就儿女的人生各不相同。很多父母习惯把事情夸大化、严重化，给孩子的心灵增加无数的压力和负担。很多父母会说："现在的孩子读书太辛苦了，竞争力又强，哪里吃得消……"说者无意，听者有心，父母这样的言论无形中会给孩子施加压力，让他们以为读书真的那么费力。父母对学习的要求不同，给孩子的感觉就不一样，同样每节课四十五分钟，如果父母不会强烈要求孩子达到什么成效，一切就变得自然、正常化。现在有很多父母很喜欢比较，巴不得自己的孩子飞上枝头当凤凰，使出浑身解数跟别人家的孩子一比高低，却没想过孩子的心情，不了解孩子的感受。

原本读书是一件很平常的事情，是每个孩子必须经历的成长过程，却被父母弄得很紧张又复杂，使孩子的心里蒙上一层阴影。我经常对女儿说："人生只有一天。昨天已经过去，不需要追究；明天还没有开始，不知道会发生什么；只有今天才是你的人生，今天的事情没有做好，又怎么可能拥有美好的明天呢？"读书做人其实都很简单，不需要把学习夸大化，把人心说得很复杂，我们需要把这一切融入孩子的日常生活，让孩子发自内心接受。

我不要求女儿跟别人比，别人怎么读书，孩子不知道，父母也不知道，何必说得那么玄乎。自己的每一天怎么过的，自己最清楚，努力做到今天比昨天好，明天比今天好，进行自我比较就会进步。我对女儿说："丫头，你每天去读书，不要管别人怎么想、怎么做，别人读书好不好跟你没关系，你要跟自己比，每天自己进步一点点，那你就是最优秀的。"告诉孩子跟自己比，这样孩子就没有压力和负担，又能够学会独立、自强。能够每天战胜自己的人,自然是强者。

我不允许孩子在学校说三道四,说别人的坏话,道别人的长短,一天的时间那么短,浪费自己的时间做一些无聊的事情实在太可惜。我对女儿说:“在学校不要说同学的坏话,不管同学做什么,都跟你没有关系,你要管好自己,把书读好,这才是你该做的事情,别的同学不好,有他的父母会管,老师会督导,若不是来骚扰你,就不要去掺和。”很多孩子在学校很八卦,乱七八糟的事情都要管,甚至因此荒废自己的学业。

教育孩子,就像是种一棵树,为了不让它生出旁枝阻碍它的生长,园丁会时常修剪,让一棵小树长成参天大树。面对孩子,父母要学会清除孩子心里的杂念,不要跟着起哄,让孩子分不清主次,失去上学的动力。学校里的一点点小事情,父母不要大动干戈,要让孩子学会自己处理问题,搞好同学关系,尊重老师,学会大度。

我见过这样一个孩子,父母亲都说他不会读书,很好动坐不住,不管在哪里,整个人都会打转转。我受人之托,如约见到这个孩子,小男孩长得眉清目秀,非常有礼貌,但是坐在那里一刻都不消停,能够坐得住五分钟算是不错了,今年上二年级,成绩还算可以,但在家长眼里是远远不够的。

不管家长把孩子说成什么样,我始终认为孩子都是最优秀的,不优秀的是家长,不懂得做伯乐,又怎么可能拥有千里马。我低头问男孩子:“你愿意把你的书读得更好吗?”男孩子肯定地回答:“愿意。”这说明孩子有上进心,是父母不懂得发掘。我又问小男孩:“那你知道怎么样可以把书读好吗?”男孩子一脸茫然地摇了摇头。我继续问道:“那你可以给我写个名字吗?”小男孩连忙点了点头说:“可以。”于是,他在纸上一笔一画地写着,一声不吭。看到小男孩整个人趴在桌子上,歪歪扭扭地写字,不知道的人都以为他想睡觉呢。

我不会说他的字不好看,也不会说他的字好看,我低声问小男孩:“你写的名字好看吗?”小男孩难为情地摇了摇头,对我说:“不好看。”我又问道:“那你知道为什么会不好看吗?”男孩子再一次茫然地摇了摇头。我笑了笑,轻声地说:“你看,你刚刚写字的姿势是不是这样的?”说完,我模仿了他刚才的动作给他看,孩子感觉到自己的坐姿的确很难看。我又柔声细语地问:“你说写字是不是要坐得端正?”男孩很爽快地点点头。我又继续说道："你知道吗？写字的时候，要距离桌子一个拳头远。"男孩子一边含蓄地笑了笑，一边跟他父母做鬼脸。

面对一个孩子，说话的态度和语气都要注意方式，学会跟孩子做朋友，不要去挖苦嘲笑孩子。教育就是拉家常，跟孩子学会沟通与交流，态度要温和。说话方式不同，孩子接受的程度也会不一样，不要大声吆喝。我再继续问："那我们现在用这种方法，再写一个名字好不好？"男孩子点了点头，按我说的那样又写了一个名字。我坐在一边还是没吭声，孩子写完了以后，我又问："你看，这两个名字，哪一个写得更好？"小男孩立马指出第二个名字写得更好。我问："你知道为什么你现在写的名字，会比第一次更好？"男孩子立马点点头，只有自己做过的事情，才能更好地领悟。

我又给男孩子找了一个缺点，对他说道："你看，你刚刚写字的时候，把纸摆歪了，你的人也跟着歪了，写字的时候是不是很累？"男孩子认同我的观点，又点点头。我再一次问道："那我们把纸放平再写个名字可以吗？"我用期待的目光看着孩子，小男孩微笑地点了点头，似乎充满了自信，这一次写字更认真了，明显比第二次写得更好。写完以后，我又问小男孩："那你现在知道该怎么样读好书了吗？"男孩子肯定地点了点头，回答我说："知道了。"我又重复跟他说一遍："知道吗？读书就是这样的，你一遍读不好，读第二遍，第二遍读不好，读第三遍，第三遍读不好，读第四遍，你肯用心去读，一定会读得更好，相信你一定会考第一名。"小男孩肯定地点点头，我用十二分欣赏的眼光看着孩子，给予他无穷的力量。

临别，我让他再写第四个名字，写得比前三次都好，我对他说："你看，这四个名字都是你写的，却明显不同，那是因为你的心情不同，写出来的字就不一样。"小男孩再一次腼腆地笑了。

对待孩子，父母要学会尊重，懂得征求孩子的意见。教育孩子，并不需要深奥地谈理想，告诉孩子一些实际的情况，让孩子明白，不管做什么事情，只要用心去做，都可以做到更好。多数父母常常会要求孩子怎么样去读书，怎么样去写字，这不仅给孩子更多的压力，还会让孩子的自尊心受到伤害，父母一次次自以为是的提示，让孩子心里充满敌意，感觉自己是那样无能。父母对孩子进行正确的引导，可以让孩子受益匪浅，拥有更多的自信。父母对孩子的态度不同，孩子做同一件事情的效果也会不同。

之后我再也没有见过那个男孩子，也许是人家父母看到我的教育太简单，不以为是，认为我是个滥竽充数的人。文化教育我是不在行，但是教育孩子的心态，我认为我是一个好的母亲，我可以让儿女的心灵充满阳光和快乐。

# 痛苦的决定

那一天,男人去接女儿放学,然而他却独自一人回了家,把女儿的书包往我前面一摔,恶狠狠地叫着:“你女儿这个样子,我是管不了了,以后死了都跟我无关。”我听了一愣,气得说不出话,连忙探头去看外面,结果没看到孩子。我以为女儿害怕男人骂,躲在后面不敢出来。谁知道女儿根本没回家,不知道男人把孩子丢弃在哪里了。

我不在乎男人会用什么态度跟我说话,但我心疼女儿的去向,担忧她的安全,在乎女儿有没有受到惊吓,于是顾不得跟男人较劲,连忙问:“女儿呢?没跟你一起回家吗?”谁知男人恶狠狠地回答:“不知道。”这下我急了:“那你把女儿丢在哪里了?你不知道路上车很多吗?万一孩子出车祸怎么办?”男人吼道:“撞死活该。”我赶紧飞奔下楼,没有闲工夫跟他扯淡,心里急死了。追到半路,看到女儿一个人慢悠悠地走来,悬着的心终于落地了。我赶紧用温和的眼光看着女儿,希望给她一些安慰,让她心里少一些恐惧,然而女儿似乎习惯了男人的态度,并没有表现出很害怕。

一路上,我强忍怒火不让自己发作,一直对自己说:“男人就是这种人,不可以跟他计较,女儿现在长大了,懂事了,如果我跟男人吵架会把她吓着的。”一路上,我问女儿发生什么事,孩子没有说什么,也许是不懂得表达,不知道如何诉说事情的原委,但是她把她的试卷交给了我,告诉了我考试的成绩,又是一个最棒的成绩。然而,就是我心目中如此优秀的女儿,在男人面前却一文不值。

我很傻,以为这件事不追究就可以过去了,没想到一进家门,男人对着女儿吼叫:“你还敢回家,我要不打死你,我不是人养的。”这下我不依了,对男人吼起来:“是什么原因让你生这么大的气?”女儿吓得躲在我背后不敢吱声。我一只手紧紧抓住女儿，不让她害怕，另一边怒目对着男人，绝不退缩。男人一边骂一边叫："我喊她给我看看试卷，她死活不给，还不理我，眼里还有没有我这个爸爸？"我听了后觉得好笑，女儿的试卷有权自己做处理。我漫不经心地说："不就是这么一件小事，值得你大动肝火，还要把她打死吗？"男人继续骂道："我是她爸，凭什么不给我看？"这下我知道了，又是男人那份可悲的自尊在作怪。

尊重孩子，是每一个父母必须履行的职责，倘若父母对孩子不尊重，就不要责备孩子对父母不理解。我厉声呵斥男人："凭什么给你看？那是她的试卷，她要是不想给看，谁都没权利干涉，包括我，不信你去问问别人，这么一点小事把女儿吓成这样，你也配做她的爸爸？你再叫，我就和你拼命。"男人不吱声了。我的心中思潮起伏，在这样的家庭，要想孩子身心健全地成长太艰难了，女儿跟着我备受煎熬，不值得。

那一晚，我想了很多很多，想到自己的童年，以及经历过的点点滴滴，凭我的能力竟走到这步田地，是我的心态有问题，那份可怕的自卑感，让我没有尊严，没有自信心，失去面对现实的勇气。倘若当年，我的心中没有那份恐惧，又怎么可能错失心爱的男孩？要是能够勇敢地面对心中的一切，又怎么可能步入这不幸的婚姻？一切的一切，都源于失败的家庭教育。

忽然间，我开始有些明白，人生不应该是这样的，我不能活得如此悲哀。多少年来，我带着女儿四处流浪，无依无靠，不管去哪里，都要面对不必要的摩擦，这一切都不是我愿意的。为了女儿，我也改变了很多，知足了很多，对任何人都不恨，只恨自己的无知和愚昧。一个人会赚钱并不是什么能耐，能够拥有幸福的家庭，才是一个女人最完美的成就。

经过生活的洗礼，我已不再像从前那样只知道自己蛮干，开始懂得变通，却依然不懂得经营婚姻，这就注定我一生的悲剧。纵然拥有金钱千万，也不可能填补我内心的空虚。我不想赚钱，不想做一个事业的强者，只想带着女儿过一份平平安安的日子，让她的人生无忧无虑，这才是我今生最大的心愿。

结婚不一定是喜剧，离婚也不一定是悲剧，当一个女人真的做出了决定，是不可能回头的。尽管多少次想离婚，却辗转几度，又返回湖南，考虑到不想让女儿失去一个完整的家，因此忍辱负重，可即便这样，依然争吵不休。这次我心灰意冷，下定决心离开那个家。

# 我可以再嫁吗？

十年了，我没有联系家乡的朋友，无颜面对最好的姐妹。那一刻，我想起她们，心里有无限的慷慨，也有莫大的安慰。多少年来，朋友是我心中最好的依靠。

我的朋友不多，两三个知己，比亲人更让我感到温暖，无论何时何地，都真心相待。当年的我，并不大方，畏畏缩缩，不敢说话，和乡里乡亲除了打招呼，不会多说一句话，只知道埋头干活。这一次真的要回家乡了，却不知道该何去何从，父母那边，我不敢再依靠。

要是自己一个人，我便无牵无挂，不在乎去哪里，但是身边有一个女儿，她要吃饭，要读书，需要一个温暖的家。一切都是那样无助，又是那样不安，真的面临选择时，我还是举棋不定，要考虑的问题太多了，主要还是顾及孩子的感受。当年做事犹犹豫豫，是因为想到父母对我的那种态度，心里害怕，不敢有半点作为；如今想的是女儿，怕女儿受伤害，做事依然会提不起放不下，做人真的好难，要想做一个好母亲，是难上加难。

我在湖南待了十四年，依然没有家的感觉，经历一次次地狱般的历练，我尽可能地学会了忍耐。没有能力的人通常习惯抱怨、推卸责任，把一切的罪过强加给别人，以此发泄自己心中的不满。我不喜欢这样的生活，却不懂得如何改变自己的命运，只能一次次地忍受煎熬，可即便这样，却依然不能息事宁人。

经历了多般水深火热的生活，如今，女儿都已经八岁了，这些年没有和姐姐他们联系，我好想他们，好想倾诉当年自己犯的错误，以及这些年来吃的苦果。我想去面对存在我心里多年的心结，面对以后的结果，这需要很大的勇气。

我终于提笔，写信给姐姐和姐夫，言语尽是忧伤，又感激涕零，但还是羞于面对自己当年犯下的错误，迟疑许久，不敢写自己的地址，渴望得到姐姐和姐夫的谅解。说真的，我连“抱歉”二字都没勇气说，我一路成长的经历都很小心，一般不得罪人，父母不允许我说话，所以我根本不懂得如何解释，不懂得如何沟通与交流，放弃了不该放弃的，坚持了不该坚持的，除了逃避还是逃避。

写了一封信后，紧跟着写了第二封信，这一次我留下了家中的电话号码。电话响了，一阵浓浓的乡音在我耳边响起，那是多么令人振奋的一刻，乡音是我在异乡最渴望听到的声音。那一刻，我真的好感动，热泪眼眶。独在异乡，最想听的是乡音，最想念的是家乡的朋友，我相信他们其实一直在我身边，这份信念伴随我度过多少个艰难的岁月。

电话那头，响起姐姐真诚的问候：“唉！收到你的第一封信，我都急死了，你也不写地址，害得我们又到处打听你的下落。”听到这种迫切的声音，我心里百感交集，无法形容当时的感觉。虽然跟姐姐、姐夫十多年没联系了，但这份友情还是那样真、那样纯，在我最迷茫的时候，给了我最珍贵的关怀。

我想姐姐和姐夫诉说了这些年发生的一些事，告诉他们我曾经爱上一个小伙子，但由于自己心灵的残缺而错失了太多，甚至跟父母作对，心里承载太多不必要的负荷，葬送了自己的青春。我鼓足勇气说出心中满腹的愁绪，不再觉得爱一个人是件丢人的事。事情过去多年，留在我心里的痛，依旧不减当年。

姐姐和姐夫听了我的忏悔，深感惋惜。姐夫骂我，当年为什么不跟他说明一切，要是我有说话的勇气、辨别是非的能力，就不会有这种悲剧发生，但事已至此，无力挽回。面对从前犯下的错误，如今我终于有能力说清楚心中的点点滴滴，不再是当年不会说话的哑巴了，可当初说不出心里的一切，成了我一生的悲伤。

在姐姐和姐夫的劝慰下，我终于想明白了许多事，非常感谢他们给我的心理援助，解开了我心中的许多心结。十多年寒冬，我熬过来了，如今我不愿再把一切的委屈埋在心中，我决定改变自己的命运。终于，我决定结束在湖南的婚姻。一份错误的家庭教育，使得我前半生都活在自我封闭的意识里，从来不知道正常的生活应该是什么样。我并不是无情的人，也不是不孝，只是我不懂得如何释放自己的情怀，一味退让、沉默，让自己的人生越来越局促。

就这样，我和家乡的朋友再一次有了联系，在通话中增进了友谊，让他们了解了我在湖南的处境。我又一次鼓起勇气问姐夫："男人找错了，可以重新再找吗？"姐夫爽快地回答："当然可以，现在都什么年代了，结婚、离婚都是很正常的事情。"人生路上，真的很感谢朋友的支持和鼓励，帮助我挣脱心中的牢笼。

这一次，我自己要求姐姐帮我做媒，这是我第一次不知羞耻地想给自己找一个家，让女儿有个安身之处，顺利回归家乡。我跟姐夫说不要找家附近的人，因为我没勇气面对熟人。面对自己尴尬的处境，是面子和尊严在作怪。经历了这么多，我却依然不懂得怎么去爱一个人，只想给女儿找一个家，一个完整的家。事实上，今后会嫁给谁，跟谁过日子，跟别人一点关系都没有，又何必在乎那么多，但是我心里存在恐惧和胆怯，要不是女儿的勇敢支持，我依然困在心墙里。

# 姐姐再一次做媒

面对婚姻，我心里的概念依然是模糊的，没有自己的主见，逃离一个家，又奔向另一个家，不知道为什么，心里非常害怕孤立无援。

从小我就在孤独中长大，又在无数的争斗中度过，或许是习惯了那样的压力，反倒过不惯轻松的日子，不习惯被人照顾的生活，但我不想带女儿出去打工，过寄人篱下的生活。我并不害怕贫穷，不怕负担和压力，只是希望一家人和睦相处，好好过日子。

家乡来的电话又响了，这是我在异乡最大的期盼，拿起话筒，那头传来姐姐爽朗的笑声，姐姐说："我给你找一个朋友，好不好？"不用说，肯定是一个异性朋友，我连忙笑着回答："当然可以，哪里人？"说真的，我已经没有年轻时羞羞答答的心态，当年的恐惧荡然无存，心里只有一个信念，带着女儿回归家乡，让女儿拥有一个完整的家。

姐姐告诉我说："是本地的，跟我们家相隔不远，很多年前死了老婆的，还有一个儿子，今年读高一，要不我还是让他自己和你说话吧！"我随口回答："好呀！"不一会儿，电话那边传来一个男中音："喂，你好啊！"我连忙回答："好，我很好啊！"我们就这样你一句我一句地聊开了。有生以来，第一次能够和一个男的奔着成家的目的，用最平静的心态去交流。以前的我在跟异性说话时，不是心慌就是不安，一切都像做贼一样，不知道是岁月磨光了我的棱角，还是我的确长大了，现在已经可以从容面对另一段婚姻。

第一次婚姻，也是别人做媒的，当初我是不同意见面，但人家已经把人带来了，赖在我那里不走，说出一大堆赖皮的话，对生活没有什么认识的我，一心只想做个母亲，半推半就跟了人家，结果怀孕了，想流产又不舍得，稀里糊涂地走过了十年的婚姻。女儿出生不久，两个人就开始分了居，为了房事吵了多少个日夜，为了生活背负多少骂名。

多少年来，在异乡难得听到乡音，此刻听着熟悉的乡音，心中觉得好舒服。多少个日日夜夜，我在梦中惊醒，想到浙江和湖南相隔十万八千里，心里直打寒战。面对感情，我依然是脆弱的，像我哥哥说的，我没什么要求，只要是个男的就行。我的确不会选择婚姻，感觉认识了别人就必须要嫁给他似的，害怕别人说闲话，又不敢拒绝。

过了好几天，我似乎忘记了这件事，正巧来自家乡的电话又响了，传来那个男人的声音："喂，怎么几天都没见你打电话给我？"他没有像前几天那样老实，却多了几分幽默。事实上，在我心中没有包袱的时候，我也可以是一个轻松愉快、幽默风趣的人。听到他的问候，我不失风趣地回答："嘿！我正要打给你，你就打来了。"言语中告诉他，我并没有忘记他的存在。

男的也不赖，回了我一句："真的啊，看样子我们是心有灵犀一点通。"我调皮地回答："那是，我们之间谁跟谁呀！"男的又说："记得要随时保持联系。"我再一次挑逗："行，电话费归谁出？"男的接着回答："当然是我出。"我也不含糊地说："那行！下回接到我的电话，你就挂断后再打过来，话费你出。"我第一次实施作为女人该享受的娇嗔的权利。

一来二去，两个人变成了好朋友，我问到他的年龄，一下子怔住了；居然大我 11 岁，这是我无法接受的现实，但又不想轻易拒绝。我跟女儿说："丫头，妈妈给你换个爸爸，好不好？"女儿一听到要换个爸爸，乐得合不拢嘴，一边嘀咕道："哦，可以换爸爸啦！"高兴地整个人都跳了起来，还追着问我："妈妈，换二伯做爸爸，好不好？"在女儿的心里，二伯对她最好了。

男人的二哥，是一个非常善良的人，我在湖南的日子，得到他二哥、二嫂不少的照顾，更多的日子都是在他们家避难，包括男人很多的朋友，都支持我离婚，帮助我离开那个家。吵架多了，经常麻烦别人，不是到别人家躲难，就是让别人来劝架，别人也烦。

说真的，我对离婚没有任何要求，只要能够带走女儿，所有的财产、抚养费我都不要，过一份平淡的生活，是我今生最大的愿望。如果没有争吵，该是多么开心的生活。可是，人生哪有一帆风顺的事情，是我把未来想得太天真，一次次的幻想，让我没有勇气面对生活的不幸。

一个人的童年不幸福，会造成今后许多不良的习性，甚至几十年都走不出自己心里的阴影。人到中年，我的心还是不能淡定，童年的记忆、存在心里的恐惧，让我每每想起就痛哭流涕，没有安全感。

未来的人生，我不会阻止孩子结交异性朋友，只有接触得多了，孩子对未来的生活才不会迷茫、不会困惑，只有不缺失感情地交流和沟通，才能够更好地面对人生。

# 未来的儿子

过年到了，这是我们母女俩最孤单的日子，男人上班去了，留下我和女儿在家。别的朋友都是回娘家，串门走亲戚，我们家最多去表舅家拜个年，吃一顿团圆饭，其余的日子都是我和女儿自己在家打发时间。

来自家乡的电话又响起了，传来他的声音："喂，你们吃过晚饭了吗？"我一阵惊喜，他的一个电话，就像沙漠里的一滴水，我紧接着回答："没有，你们吃过了吗？"最普通的问候，在当时却仿佛是世间最真诚的情谊。男的说："今天我们父子俩在朋友家吃饭。"我笑着反问道："是吗，你儿子也在身边？"男人诡异地笑："是啊！咱儿子就在我身边，你跟他打电话吧！"面对年轻的一代，我是特别开怀，心里没有芥蒂，非常平静。我紧跟着说道："那就让儿子接电话。"言语中，我似乎把对方看成是自己的儿子。儿子果然接过了电话，告诉我他叫什么名字，非常有礼貌，言语间没有排斥我的意思，让我心中拥有深深的好感。我会跟现在的老公在一起，多半是儿子在中间起了很大的作用，也许是上辈子的缘分，一问一答把我们的心都连在一起，彼此都不见外。

没过多久，又一个电话，居然是儿子在学校打来的，亲切地喊我："阿姨！爸爸让我跟你说件事情，爸爸在妈妈死后又娶了一个女的，两个人关系不好，没过多久又离了，我们家还欠了好几万元的账。"听到儿子诚恳的倾诉，我感觉到父子俩的诚实。儿子一边述说，一边变得沉默，接着又对我说："阿姨，以前爸爸娶的那个女人，对我很坏，有一次让爸爸打我，幸亏我跑到外婆家里，要不然会被打死，就是为了五毛钱……"儿子说着说着，泣不成声了，又是一个可怜的娃。

听到儿子的一番哭诉，我更同情这对父子俩的遭遇，却不懂得爱情不等于同情和可怜，没有感情基础和相互了解，又一次败给了现实。如今，我依然感到模糊，当初让我下决心离婚改嫁的，不知道是因为儿子还是女儿。在那一刻，我对儿子有一份深深的怜惜，感觉到他的不幸，似乎觉得自己有责任和义务让他们都获得幸福。在多次联系中，我逐渐了解儿子的生母在他幼年时染上严重的气管炎，自儿子懂事的一天起，就经常去药店给妈妈抓药、煎药，我想儿子的童年不会比我好到哪里去。

或许是缘分，是同样不幸的命运，让我们有一种同病相怜、惺惺相惜的感觉。儿子的爸爸不会写信，都是儿子代笔，写给我的每一句话，字里行间透露出一份真诚、一种相惜，让我百感交集。后来，我让女儿和儿子通了电话，他们彼此就像兄妹，似乎是分离很久的一家人。

那时，我还没有离婚，对离婚心存恐惧，想到之前提出离婚被男人母子俩打得死去活来的场景，害怕极了，不敢贸然行事。有一天，电话铃又响了，传来儿子急迫又真诚的呼唤："阿姨，回家吧！我和爸爸都在盼望你和妹妹早一天回家。暂时不能离婚的话，先带着妹妹回家，等我们赚了钱，有能力的时候，再回去离婚好吗？"听到儿子一声声的呼唤，仿佛是我亲生的孩子一样，让我归心似箭，那是亲人的呼唤，是我十几年来魂牵梦萦的家乡的呼唤。

我在心里承认他就是我的儿子，暗自发誓："我一定要对儿子很好，我要把他扶上骏马。"儿子的爸爸，多次提及孩子不听话、不孝顺，喜欢骗人、乱花钱，喜欢上网吧、贪小便宜。不良少年的习性，儿子占多数，我在心里想：儿子有那么多的缺点，都是父母不会教育的结果，从小没有妈妈的孩子，能要求他有多听话呢？我一直相信自己可以教育好儿子，让他成为优秀的人，我有一种预感，我们会成为最好的母子俩。

单亲和再婚家庭的孩子，多数都不幸福，存在心里的阴影或大或小。多少孩子的血泪史，又让多少父母离婚后不敢再婚，单亲的不敢再娶，都怕孩子受到伤害。教育的本身需要有目标，必须对自己有信心，相信自己的能力可以培养优秀的儿女。父母的不放弃、不嫌弃，不对孩子产生排斥心理，可以带给孩子温暖。身为后母，面对一个十七岁的男孩子，我用自己对他的一种信任、一份欣赏，让他变成一个优秀的孩子。

我始终认为，没有教不好的孩子，只有不会教的父母。回顾自己的人生，我绝对不会相信命运是天生的。我妈妈经常说："一娘生九种，九九不一样。"但我相信，自己有能力改变儿子，改变他一生的命运。

# 跟着妈妈就幸福

那一天,我和他相互交换了意见,说好彼此看一下照片,给彼此一个更加直观的印象。收到照片的一刻,我整个人都傻了,坐在沙发上久久不能平静。面对婚姻,我依然是草率的,也是盲目的,彼此间谈得那么好,但看到照片的一刻,我再一次犹豫了,男的长得不高,很黑,面相不是很亲切。

我是个说一不二的人,凡事讲究诚信,但是那一刻,面对孩子,我不知道可以说什么,想到两个孩子的殷切期盼,我心有不忍。我问女儿:"丫头,万一妈妈带你去浙江老家,不可能每天吃荤菜,甚至很难吃到肉,只能吃汤饭,你怎么办?"女儿向来喜欢吃荤菜,不爱素菜,万一婚姻再次不对,我们面临的困境是无法估量的,毕竟我身无分文,以致女儿上小学一年级后,关于读书和生活都会处于两难。女儿听了以后,没有半点的不愉快,离开湖南,是她最开心的事情。

可爱的女儿,用她一贯的口吻对我说:"妈妈,只要跟你在一起,吃汤饭都会感觉到幸福,我可以不吃肉的。"女儿是吃了秤砣铁了心,执意离开那个家。男人的态度让女儿心里产生恐惧,不寒而栗。女儿的决心,促使我再一次做出了选择,离婚改嫁,尽管这是一个草率的决定,是一次悲凉的逃离。

失败的家庭教育,培养了我埋头苦干的能力,却从没有教会我面对生活的勇气,我的人生一直在逃避,但心里又感到不踏实、不甘心,不想听天由命。一次次被现实砸伤,一次次落荒而逃,是我不懂得经营自己的人生。一个女人再能干,不能打理好自己的婚姻和家庭还是等于零;一个女人再温柔,得不到自己男人的心,也一样是很悲哀。我不想要女儿太能干,我希望她学会理解别人,懂得宽容,知道忍让,做一个德才兼备的好女人,这会是她一生的财富。

既然决定了要离婚，我必须想出离婚的办法，让男人心甘情愿地把女儿交给我。当一个人决心要做一件事情，自然会有办法和智慧。我跟男人说："我去法院问过了，女儿答应跟谁，法院就会判给谁，到那时候，你还要给我抚养费，家中一半的财产要分给我，倘若你跟我协议离婚，把女儿给我，我可以什么都不要，带一套换洗衣服，跟女儿回归家乡。"男人将信将疑，不敢断定。男人对我说："我对你打也打了，骂也骂了，结果你还是想离婚，我也没办法，既然你下决心要走，那写一张离婚协议，我看通过了，就答应你……"在离婚协议书上，我表明既不要财产，也不要抚养费，买房子欠的账还剩几千元，让男人去偿还，其余的条件一概没有。

没用的男人，以为打人骂人可以降服一颗心、留下一个人，却不知道最伤害人心的就是这无休止地折磨。其实我对婚姻并没有过分的要求，我只是想要一个安稳的家，让我心甘情愿地为之付出一生。不知道是别人没福气，还是我命该如此，我走过几十年的人生，却不能如愿以偿。是我对男人的无知、对生活的不了解，导致了一次次错误的婚姻。

为人父母，最大的失败是不能让孩子感受到自己的爱。有多少孩子因为感觉不多家庭的温暖幸福而想要离开自己的家，一个人到外面去创业，不知道天多高地多厚；又有多少孩子，经过酸甜苦辣才理解父母的一番苦心，却用同样的错误养育自己的下一代，期待他们像自己一样，长大以后理解父母的一番苦心。很多时候，父母的无知和愚昧毁掉了孩子原本应该更加美好的前程。

如今，女儿长大成人了，依然会怀念自己的生父，想要尽自己的一份孝心。我倾尽一生，就是希望摆脱自己过去的阴影，培养女儿走更美好的道路，而今女儿面对曾经伤害过她的人，明白血浓于水，骨肉亲情是不可能分割的，对父亲依然心存感恩，每思及此，我都感到很欣慰。

经历过太多的悲伤以后，我在教育孩子的时候，会有跟别人不一样的见解，存在我心里的概念，是不让女儿受到一丝的伤害，不让重蹈我的覆辙，我努力改变孩子的命运，同时也改变着我自己的命运。

# 三 不是骨肉胜似亲

重组家庭对于孩子的成长来说未必只有悲剧，如果处理问题的方式、方法得当，在新的家庭里，彼此依然可以成为相亲相爱的一家人。

# 没有血缘的一家人

我的人生充满戏剧性，是我自己的个性，造就这样的命运。

面对婚姻，可以说我很草率，又或者说我是没办法，我不能适应恋爱的过程，心里拥有各种不同的情绪，患得患失，不自信，不肯定。回首过去，存在我心里的阴影，依然是那样清晰、那样惶恐。不同的场景，不同的悲剧，有形无形地出现在我面前，一会儿喜一会儿悲，我没有能力驾驭自己的人生、掌控自己的命运。

十多年来，我尤其注重女儿的心灵成长，看到让她开心的事情就支持、鼓励她去做，女儿成长的过程中不会有阴影，不会有恐惧，让她拥有足够的安全感。谁也不会想到，我在星期四离婚，星期五给女儿办转学证，星期六从湖南出发，星期天到了浙江，星期一女儿就正式上学，没有给女儿造成一点的损失、拖一天的课程。

一直以来，我都看不到希望，感觉到自己的一生早已经毁掉了，所有的一切都是为了孩子，为了给女儿一个完整的家，这是我唯一的心愿。我又一次经历没有婚礼的婚姻，没有喜庆的味道，有的是酸楚和无奈，但最大的安慰是我终于返回故里，有一个地方可以落脚。为人母，我心里想的是女儿，不想荒废她的人生，自己已经无所谓，只要看到女儿幸福，就是我今生最大的安慰。女儿很优秀，原先学校的老师都非常喜欢她，不舍得她走，临别赠送给她本子，兴趣班的钱也退还给我一半。看我们母女俩身无分文，朋友给我送礼物，七拼八凑给了我一千多元钱，是我再嫁的资本。

妈妈知道后一直替我惋惜，不断地指责："全世界数你最傻，帮别人养闺女，不要一分钱，帮别人家赚钱，不要财产和抚养费。"家乡有很多人笑话我，说我去湖南十多年赚了一个女儿，难道浙江的男人不会生育，言语里多少嘲讽。我的生活的确充满讽刺，心里很痛苦，但我告诉自己要学会忍耐。我的心里还是有不服输、不甘心，但我相信自己，总有一天我会让家乡的人刮目相看。

那一天，老公和儿子来义乌火车站接我们母女俩，第一次相逢就成为一家人，闪婚在我眼里不足为奇，过日子到哪里都是过，现在只是换个地方而已。我当初还是愚蠢地认为，结婚没有幸福可言，跟谁过都一样。不同的是，我终于回家了，回到了我的故乡，不再漂泊异乡。谁也不能体会我的心情，从小没有父母的疼爱，我是一个拥有父母的"孤儿"，几十年的人生心无归宿。

那一天，儿子戴着一顶帽子，满面笑容，是我想象中的模样。每一次跟他打电话，我们之间都充满欢乐，我经常开玩笑对儿子说："我到你家，你可不能欺负我，你要是欺负我，我会哭的。"儿子回答我说："你也不可以欺负我，要是欺负我，我会离家出走。"我们四个人尽管是第一次见面，但彼此间没有陌生的感觉，女儿很大方，一见面就喊了一声"爸爸"，并且紧跟她哥哥一起走，寸步不离，以便制造机会让我跟老公一起走。孩子的纯真，以及适应能力，大人都无法估计，说明离婚再嫁带给孩子的不一定只有伤害，很多时候是因为父母不懂得方式方法而造成孩子心理的恐慌。

我们一家去了商城，给我和女儿买衣服，我偷偷给了儿子一百元钱，算是见面礼，从湖南带回来的特产，我也让儿子带去学校。从商城出来，儿子没有跟我们一起回家，直接去了学校上课，高中生的学业比较紧张。女儿还真是活泼开朗，一点都不怕生，到了家门口，看到家前有条沟，就独自一个人出去玩了。没多久，女儿带了两个新朋友回来，跟她一样读一年级，几个小朋友一起有说有笑，开心得不得了。

走进家门一看，环境还不错，前门对着马路，后门对着菜市场，或许是天意，是缘分，我住的地方总是临近街市，适合做生意。家里除了一个黑白电视机、父子俩一人一张床铺，其余的没什么了，别的电器与设备一样都没有。老公说："我已经结过两次婚，都办过酒席，人家也送礼了，这一次如果再办，怕别人说闲话。"事实上，这对我来说求之不得，我正好担心遇见熟人，不知道心里该如何去面对。于是，我就这么简单地嫁了，甚至从后门溜进去，不敢走前门。平时见到老乡，我都避而远之，生怕他们知道我们母女俩的底细，害怕让更多的人看不起。

人生就是这样，自己都不敢面对自己的日子，别人会更加看不起，不管是亲戚，还是朋友，都会绕道而行。唯独过去的知己，最好的朋友，知道我回家的消息都非常开心，情义无价。面对现在的家庭，我心中有很大的负担，儿子读高中，公公婆婆都七八十岁了，需要供养，之前欠下的账又是好几万，这一切我都要一起承担。

人挪活，树挪死，新的家庭没有带给我新的希望，却再一次丰富了我的阅历，使我更好地成长，当我们不能改变别人的时候，就只能改变自己。人类一切的苦难，其实源于心灵的那份凄苦，生活在家乡的土地上，我不允许自己那么脆弱，我决心要东山再起，更上一层楼。

# 转学的孩子

当今社会，很多孩子面临转学的困境，有些是因为父母工作的调动，有些则像我一样因为离婚，但不管什么原因，转学或多或少都会给孩子造成阴影。

女儿读幼儿园经历过转园的痛苦，一开始很不适应，长大的孩子不一样了，即使她会不适应，也不会大哭大叫，她会把一切埋在心里，成为负担和压力。对环境的不适应，对老师的不认同，对同学的不信任，许多因素都可能导致孩子性格上的变化。

别说是孩子，即便是父母面临一个新的环境，也会有很多的不适应。如果父母不懂得引导孩子，不知道交流和沟通，会造成孩子心里的压力很难释怀，一旦变成一种不良的心态，就会后患无穷。如果父母只关心孩子的学习成绩，却不注重对孩子进行心理辅导，那么孩子很难走出自己心灵的困境。去新学校报到那天，女儿直接走到校长面前，鞠了一个躬，说了一声："校长好！"这一举动的确让校长刮目相看。女儿在湖南上学时是班长，是领队，深得老师喜爱。校长给女儿安排了入校考试，其中有两道题目女儿之前没有学过，所以不会做，其余的都答对了，顺利通过了考试。班主任牵着她的手，快步走进教室，因此没有落下一天的课程。

孩子面临新的环境，没有抱怨什么，看起来还是那样开心快乐，因此我也不知道她在学校的具体状况。有一天，女儿的同学跟我说："阿姨，你们家丫头一个人偷偷在学校哭。"我马上体会到女儿那一刻的心情，孤独、落寞、无助，有多少牵挂和眷恋，孩子无言的恸哭，是情理之中的事情。其实孩子心里是有苦的，如果心结不打开，不管是她的学习还是心情都会一落千丈，我决定要跟孩子好好聊一次。

那一天，女儿放学回家，我跟女儿面对面坐着，一如往常，面带微笑，无限温柔地看着孩子，轻轻地问："丫头，你今天在学校流泪了？"女儿连忙摇头，说："妈妈，我没有。"尽管她嘴上不承认，但依然无法掩饰她内心的伤感。我又继续问："丫头，你是不是想湖南的亲人了？"女儿摇摇头说："没有……"我知道女儿在试着隐藏自己的情绪，毕竟在湖南生活了那么多年，对那里的人和物都已经太熟悉，不能说没有感情。

我又继续说："丫头，你会想湖南的亲人，是很正常的，妈妈也会想……"我要让孩子卸下心理负担，离婚不是孩子的过错，上一代的恩怨跟孩子一点关系都没有。我要让孩子理解生父，支持她惦念这份骨肉情，夫妻会离婚，代表彼此生活不融洽，但不能将对方视作仇敌，甚至把所谓的仇恨延续到下一代，若因此而让孩子排斥亲情，将会是孩子心里最痛苦的煎熬。尽管我离婚了，但那边的亲人依然是亲人，不能让孩子心里有阴影和恐惧。

这时，女儿开口说话了，一边说，一边流泪，释放她心中的压力。女儿对我说："妈妈，我想学校的同学了。"刹那间，我明白了女儿的心境，她是触景伤情了。在湖南上学时的同学是跟她从幼儿园开始一起长大的，相处融洽，还有从前在孩子堆里树立的骄傲，此刻面对新环境，一切都变样了，她感到沮丧、落寞，甚至有一种深深的挫败感。到了新的学校，接触新的人，这需要一个过程，父母要特别细心地关注和呵护孩子的心理，让他们的心有一个依靠。我再一次充满柔情地说："丫头，你想同学是很正常的事情，人都是有感情的，妈妈也会想他们，想很多的人和事。这边的同学你不认识，认识新朋友也是需要过程的，以后你会拥有很多的同学和朋友。"女儿点点头。我又继续问女儿："丫头，学校有同学欺负你吗？"女儿点点头，回答说："有些男生会打我几下。"我继续问孩子："他们打得重吗？"女儿回答说："不重，但是很无聊，我觉得很烦。"我心里面很难过，但装作不在乎的样子，我想帮助孩子释放心情，让她感觉到很多事情都是正常的，心里不要有压力，学会从容、淡定，理解别人的种种。

每一次面对女儿遭遇的挫折，我都会充满微笑，大事化小，小事化无，给孩子树立榜样，让她学会大度，学会不在意。我又对女儿说："有些孩子，父母没有教育好他们，不懂得尊重女孩子，你要同情他们、理解他们，说明别的父母没有把他们教育好，长大以后会吃大亏的。你就不一样了，妈妈培养你做最优秀的孩子，不跟他们一般见识，要是他们打重了，你就告诉老师，如果实在没有办法，就回来告诉妈妈，妈妈会帮你处理的。”女儿又一次点点头。

有些问题，放在心里是问题，说出来就不会是问题了。孩子需要面对各种不同的环境，慢慢长大，这是一个很自然的过程，父母不要过分在意，以免让一件简单的事情扩大化。能够在逆境中成长的孩子，今后应对各种问题能够得心应手。

女儿在我的呵护和指引下，走过了那些小挫折、小磨难，快乐地成长，处理人际关系不怯场，面对同学和老师都很从容，做一个优秀、懂礼貌的好孩子。

# 让儿子喊我一声“妈”

从小失去妈妈的儿子，存在一些不良习性，不能够达到长辈的要求是情有可原的。儿子读高一，正值最好的青春年华，也是父母觉得最难控制的年龄。这个时期其实就是大家所谓的“叛逆期”，孩子拥有自己鲜明的个性和主张，别说是后妈，就算亲妈也很难管好。做了儿子的后妈，我明白自己需要有一份耐心、一种情感，方能走进儿子孤独的内心世界。

没见面之前，我们有过电话联系，彼此不算很陌生，儿子言行都还算得体，但偶尔也有些孩子气。第一个星期从学校回来，儿子给我和女儿一人买了一个汉堡，以示他对我们的敬意，让我倍感亲切，我觉得他很懂事，拥有一份孝心。其实，我认为多数的孩子都是听话的，基本上都会孝顺，只是父母对儿女的态度不对，会让孩子变得叛逆。

我好喜欢儿子，喜欢他的那份率真，他有很多话跟我聊，打开他的抽屉，让我看他满满一抽屉的信，那是儿子的私人空间，但是他允许我没事的时候可以拿来看看。他言语间透着几分傲气，认为他自己的交际能力是多么了不起，拥有许多朋友。刹那间，我爱上了眼前这个苦命的孩子，他与我有着同病相怜的命运，需要有人聆听、分享他的快乐。童年缺爱的孩子，内心世界都会变得孤独，如果父母不加以耐心引导，孩子会走进心的迷宫，无法挣脱那种束缚。很多父母只知道管教孩子、吩咐孩子，却不懂得如何做一个听众和读者，走进孩子的心灵，让孩子无法释放自己的心情，感觉到与上一代的鸿沟，甚至误解了亲情。

青春期的孩子，多半拥有自己的思想，不是父母的几句话可以轻易改变的，倒不如学会分享孩子的快乐，以此解开孩子的心结。儿子上学期间，我偶尔看了他的几封信，其中有一封信是他跟一个姐姐的对话，信上说：

“家里马上要多一位阿姨了，还有一个妹妹，我不知道该如何面对阿姨，要不要叫妈妈，还有那没有血缘关系的妹妹……”那位姐姐劝导儿子说：“你不想喊妈妈的时候，不要勉强自己，那对你和那位阿姨都不公平，你想喊的时候自然会喊，还有那个妹妹，咿呀咿呀的，够你受的了。”我看了后，心里有一种酸酸的味道，但又感觉到很欣慰，儿子心里还是接受我们的，但他心里的那些纠结是多数再婚家庭的孩子都会经历的。

第一个星期，儿子回家后，我的确没听到他喊我，但我还是很开心，不会计较一个称呼，不会跟孩子较劲。为人父母，要学会心胸宽大，懂得忍让，不可以跟孩子一般较真，孩子心里的自尊，比大人更强烈，更需要维护。稍不留神，孩子心里有抵触情绪，再去补救会出现裂痕，所以不要把不良的情绪注入孩子心里，给孩子压力，这些都是教育的失误。

不管对哪一个孩子，都要和蔼可亲，拥有长者的风范。不管儿子说什么，我都喜欢听，听他讲学校的事情，聊自己的笑话，诉说同学之间的关系，跟孩子有说不完的话题，我们就这样拉近了彼此的距离。交流和沟通是建立感情的桥梁，彼此间的信任是基础。老公心疼电话费，我一跟儿子打电话就直叨叨，但我不管那么多，对待孩子不可以太抠门。我们虽然家境不好，但不该省的不能省，孩子愿意跟父母说话，这不算是浪费，没有心与心的贴近，父母就算给予孩子再多，也是徒劳。

孩子需要父母，愿意把一切说给父母听，是父母最大的幸福，只要儿子高兴，我都会听得津津有味，那是孩子捧着自己的一颗心，父母要懂得珍惜。有一次，儿子在电话里聊得正带劲，我中间插了一句话，一脸笑容地问儿子：“嘿嘿，你上个星期回家，好像没喊我，是不是啊？”儿子讲得起劲，忽然听我问这句话，反应非常敏捷，说：“没有啊！一进门我就喊你了，是你自己没听到。”

难得糊涂，儿子这么说，我装作不知道，当他喊过了，用同样的语气回应着儿子：“真的，妈妈老了没听到，下次进门，你喊大声一点，免得妈妈耳朵背又听不到，那就可惜了。”儿子在电话的那头连声说：“嗯嗯！”一边又难为情地说：“阿伊阿伊……”我佯装不知，连忙问道：“不是说好的叫妈妈，怎么还是阿姨阿姨的叫呀？”儿子那边可急坏了：“啊哟，不是啦，我是阿伊阿伊啦！”我再一次纠正儿子：“要叫妈妈，怎么还是阿姨阿姨的叫啊？”急得儿子在那边直剁脚。

生活中有很多事情，我们不需要太明白，难得糊涂。一本正经的教育，反而无趣。比如说孩子不会读书，父母叹息孩子不够努力，孩子会感觉到委屈；父母说孩子笨，孩子会失去自信，甚至失去学习的动力和斗志。诸如此类，种种原因可以导致儿女不听话、不认真、不愿意，要想走进孩子的心里，需要父母懂得说话的技巧。

有一回，儿子半个月回家一次，进门的那一刻，他喊了我一声"妈"，乐得我半天合不拢嘴，多少年都看不够儿子，不管他是对还是错，我都相信他是最优秀的。很多父母习惯去评判孩子的是非，却看不到孩子的优点，我认为，不能够成为孩子的伯乐，是父母无能。没有伯乐的赏识，千里马又怎么可能驰骋千里？父母的相信与认同，可以激励孩子奋发向上，努力做得更好。

在金钱和物质方面，我给孩子的并不多，可以说是寥寥无几、屈指可数。我认为，教育不是给儿女钓很多的鱼，而是想方设法给孩子一根钓鱼竿，让孩子享受钓鱼的过程，欣赏沿途的风景，成为生活真正的主人。

# 跟着老公做苦力

老公是做苦力的，我不知道他的专长是什么，说他什么都不会吧，又似乎什么都会一点，是个半吊子，有点小聪明，但做什么都不像，不会干正事、做实事，做什么都不会用心，不会有大出息，多半都只是完成任务，对谁都不会负责任。他把孩子带得像他，父子俩都爱贪便宜、耍小聪明，和别人出去时最好自己不掏钱，被人看不起是常有的事情。

我带着一千多元钱回到浙江，老公的口袋里也只有一千多元，两个人的财产加起来都不到三千元。老公每个月的工资是八百多元，过去欠了账，每个月要扣去四百元，儿子上学住校开支要三百元，家里只剩一百多元的生活费。我刚从湖南回浙江，人生地不熟，靠的是那一百多元钱艰难度日。

平常，老公帮人家去打井，会喊别人一起帮忙，现在我们夫妻俩自己做。后来，我们承包了一块水泥地返工，原本好好的地都去掉，重新铺一层水泥。我跟着老公做苦力，拖着翻斗车，一车一车地往外拉。由于多年不干力气活，我已经没多大力气，一个不小心就会翻车，那时候，日子是苦了点，却不感到寂寞，没有多少悲哀。生活的苦与乐，平常的日子最能够体现，一个人的品质和修养、学识和追求都慢慢地流露，我也渐渐发现，老公没有多大追求，脾气比较暴躁，有些小气。

多少年背井离乡的生活，让我对眼前回归家乡后的日子倍感珍惜，干活非常卖力，真的是不怕辛苦，做什么都无怨无悔，恨不得顷刻间让一家人都过上好日子。我刚来没多久时，老公对我还是不错的。我严重贫血又得不到给养，但是我还是愿意跟着老公做苦力，有时候大热天会胸闷头晕，常常中暑。那时候，日子过得非常清苦，我躲着家乡的熟人，不敢说话，跟着老公默默无闻地干活。穷人出生的我，经得住风雨，只要一家人和睦开心，我就不感觉到苦，不会说一声累。

我的身体不行，老是觉得头晕，的确不适合干苦力。没过多久，我去服装厂上班了。习惯自己做事的我，做不来厂里的马虎活，厂里讲究的是毛、快，差不多就可以过关，不用做得那么精致；做惯了细致活的我，讲究的是质量、美观大方。于是，我起早贪黑，赚的钱还没有别人的一半，每天累得气喘吁吁，半年下来却没有多少工资，想自己做生意又苦于没资本。

家里不是缺钱少米，就是有人上门来要账，日子过得非常艰难。以前，别人看到老公一个人过日子，不敢来要账，大家都知道他的脾气，空口说白话不会有效果，所以都忍着不作声。看到我出现后，大家找到了出口，一个个都上门来要账，仿佛都是我的债主。敢于担当的我，就这样承担起了莫名其妙的压力，心里觉得非常难过，又不想让大家为难，于是更加努力地干活。老公不是那种勤快的人，做什么都是懒懒散散，这一点，我很失望。

多数男人都是这样，说话头头是道，真的要他做点什么，又有千万种理由，说他不聪明吧，的确不笨，说他聪明吧，又什么都不会做。这对老公自己来说是福气，有一种好心态，饭来张口，衣来伸手，遇上一点事情就说一些唠叨的话，叹叹气，不了了之。我很讨厌这样的男人，没有骨气，不会有恒心，即使有人帮助，也不会用心去做事，永远认为自己命不好。

不会经营婚姻的人，换多少个家庭也没用，我就是那样的人，不懂得珍惜自己的人生，不会选择合适的伴侣，躲躲藏藏，不知道何日是个头。我的心里有责任与担当，不缺乏斗志，我再一次与命运抗衡。不管是怎么样的婚姻，生活依然要继续，我庆幸自己有一对儿女，可以给我情感的寄托，几十年的努力拥有一定的成果。

看到自己一次次的不幸，我明白儿女的教育相当重要，父母不会教育的结果，会让儿女的路走得更苦。看着自己的男人一个个都是不学习、不长进，只知道抱怨而不会提升自我价值，推卸自己的责任与担当，我很心痛。我不允许孩子重复上一代的命运，我要改变儿女的心态，完善他们的个性，要求他们做独立自主、有见识、有担当的孩子。

# 逛街不带钱的老公

我的第二次婚姻比第一次婚姻日子过得更拮据，第一次婚姻时还能靠自己过去的事业赚钱，这一次身无分文，还欠那么多的债。我害怕别人的眼光，感觉到无地自容，觉得自己就像是一只井底之蛙，孤陋寡闻。没有赚钱的本事，就不会有经济来源，日常生活除了节约还是节约。

儿子有个外婆，将近九十岁了，是一个端庄的老太太，说话明事理。相遇的第一天，我喊她一声娘，以示对老人的尊重。老人表扬了我一番，夸奖我不怕辛苦，大热天跟着老公做苦力，是个不错的好女人，夸得我心里美滋滋的。老人对我说："你老公有一点不好，借了钱不还，还跟别人家说，娘舅的钱不还没关系。"我不了解内情，不知道真相。没来之前，老公跟我说欠账的事情，不是不想还，是能力不够还不起，真是不会计划一世穷。

我是个直性子，说话不会拐弯，我对老人说："妈，好像不是这样的，他跟我说过，欠了你们家多少钱，要求我跟他一起还……"老人继续说："我们家的钱晚一点还没关系，欠表兄弟的钱要早一点还，人家做生意亏了，等着用钱呢！"我立马对老人说："那行，九月份交流会去还钱。"我是个言而有信的人，答应别人的事情一定会做到，欠债还钱，天经地义。

我们家是门面房，九月份可以拿到一笔租金，数目不大，但也有几千元，刚好抵掉那笔债款，剩余一点钱留给儿子交学费不够。我跟他结婚，替他还债不觉得委屈，但是他为人处世的方式的确让我很生气。债主纷纷上门，有多少账却自己不知道，还是老人家告诉我才明白。屋漏偏逢连夜雨，原本不富有的家庭，要承担多少债务，心里没数，生活没底，真的很不安。

我做事向来明明白白，如果当初他说清楚欠了哪些账，谁家欠多少钱，一目了然，我也好有个计划，每一笔钱该怎么还，在哪个月份还，好有个回话，让对方有个数，也不至于让人紧追不舍。多数要账的人，不是怕你还得太慢，而是怕这笔钱打水漂，有去无回，谁也不是救世主。有一些账，数目不大，老公居然说忘记了，这让我一下子对老公的人品都有些质疑。

我打算上街买双鞋，老公说不用带钱，反正都是熟人，可以赊账，听得我更加生气，买不起鞋可以不买，可以付清楚的账，又何必欠人家一个人情，弄得自己像个叫花子一样。老公说懒得上楼去拿钱，既然钱都不想拿，又何必要买鞋。有些人就是这样，亏欠别人不会觉得内疚，面对别人一次次要账也不觉得理亏，一次次让人失望也无动于衷，失去诚信。

一个人穷到借钱吃饭，那就少吃一点，要懂得节约。当年外婆密密麻麻写在门板上的账，是我心中最大的屈辱。那个年代是大家普遍都穷，不像现在，钱也好赚，凡是勤劳的人都不用担心温饱。现在的人自力更生，勤劳致富，不会缺钱少米，大家的日子都过得红红火火。我瞬间明白穷人与富人的差距，这不是命运的问题，是思想和心态的问题。一个人老想着别人的碗，不懂得自己去努力，就不会有出息。我从心底里看不起老公，不是他的能力有问题，而是他的习惯、为人处世的风格，让我不寒而栗。

习惯决定未来，一点小钱都无法承当的人，又怎么可能赚大钱。我又听说，儿子每个月的零花钱需要外婆救济，这不是一个好习惯。为人父母，养不起孩子，就失去了对儿女的担当与责任。儿子的阿姨说："我们给老太太的钱，基本上救济你儿子了。"听了这句话，我好心酸，人是可以接受别人的援助，但不需要别人的同情，这是懦弱无能的表现。

有其父必有其子，父母是孩子的一面镜子，父母做什么，儿女就会像什么，不良风气得不到根除，将会是儿子未来的不幸。靠别人救济是不可能有出息的，要想有出息，就得靠自己去努力。不管儿子是不是我亲生的，现在既然叫我一声妈妈，那么教育他就是我义不容辞的责任和义务。即使孩子眼前不能理解我，我也不能让他重复他爸爸的命运。想着不劳而获的是懦夫，是家庭和社会的寄生虫。

我对儿子说："儿子，你已经长大了，换做在古代，你都可以娶妻生子、养儿育女了。"儿子连声说："是是是。"他一副油腔滑调的样子，一个劲地认同我。我又继续说道："外婆八十多岁高龄了，你还拿她的钱，不觉得羞耻吗？"儿子频频点头，这是他一贯的作风。人前一套，背后一套，不讲信誉，这一点是得到他爸爸的真传，父子俩一个德行。我不厌其烦地对儿子说：

“以前的事，我就不管了，一切都已经过去，那时候你是没有妈妈，别人不会说你。今天你有妈妈了，家里没钱，你要用钱，都归妈妈管，做人不可以没有志气，这样会毁掉自己的一生。”我的一番话，儿子非常认同，仿佛看到人生的希望。儿子又问我：“妈妈，那我可以拿外婆家的零食吗？”每一次上学，外婆给儿子不少的营养品，这是老人对他的一份爱，人情往来是正常的，我允许他拿，但是要求他必须记住外婆的这份恩情。

很多父母看不惯孩子的时候，会吼：“我们辛辛苦苦把你养大，给你吃，给你穿，你还不懂得报恩，不知道努力读书，知不知道父母有多失望？”类似这样，看似一份教育，其实是在抱怨孩子的不懂事、不听话。父母自己不懂得教育，就不要责备儿女不孝，有些事情孩子其实也是左右为难，长辈说话没有原则，孩子听得稀里糊涂，该花的钱不能花，该用的钱要不到，心里的委屈无从谈起。面对儿女，重要的是交流与沟通，不可以辱骂，不需要指责，亲人之间没有仇怨，何必让彼此不痛快、不开心？既然是教育，就该让儿女心悦诚服。多数孩子喜欢骗，得不到自己想要的那部分，又怕父母喋喋不休，于是为了达到目的而不择手段，这又何尝不是父母教育的过失？

很多年以后，儿子考上大专，舅妈给他一千元钱，儿子连续发两个短信，问我可不可以接。许多年来，我们情同亲生母子，相互尊重，有聊不完的话题。儿子看到我对他的真诚，明白自己不需要用欺骗来换得我的感情，所以我们相互信任，相处很轻松。舅妈要给儿子一笔钱作为奖励，这是可以接受的。我告诉儿子要懂得感恩，记得这份人情。我对儿子说：“舅妈的一份心意，完全可以接受，等你有钱的时候，记得孝敬舅妈，礼尚往来。”经过我的允许，儿子接受了舅妈的奖励。治家有方是教育的根基，对待孩子不能没有原则，没有规矩不成方圆。

儿子的外婆曾经对我说：“孩子要是有出息，他舅舅这边的亲戚都会帮他的，要是走下坡路，亲戚也就没办法了。”老人说的话很有道理，教育孩子，必须让他们学会独立，不能有任何依赖心理，兄弟姐妹有钱不等于自己有钱。老人又说：“假如孩子考上大学，舅舅会出钱让他去上。”我对老人说：“妈，我们家没钱，可以借钱给我们，出钱给儿子上大学就不必了，儿子有自己的父母，会来承担这一切。”老人深表欣慰。

人争一口气，佛受一炷香，要想让儿女活得有尊严，必须让他们学会独立、自强。父母有志气，儿女也会有方向，懂得如何珍惜，敢于追求。为了儿女更好地生活，好几个冬天，我只穿儿子不要的棉衣，毫无怨言。穿自家人的旧衣服不丢人，拥有自己的底线，有自己的主见，才能够立于不败之地。

多少年以后的今天，儿子对我说：“妈，我看到别人家很有钱，一点都不羡慕。”我笑着回答：“因为你知道，总有一天，你会比他们家更有钱。”儿子脸上乐开花，一脸的自信和骄傲，仿佛那一刻他已经很有钱，连连点头说：“妈，就是你说的这句话。”自信，相信自己能够做到更好，这是一个孩子永远的财富。

教育孩子用的是心，动的是情，父母以身作则，能够让儿女看到希望、看到未来，只有自己努力的结果，才是人生最好的成就。

# 儿子洗衣服

儿子很独立，会自己煮饭、自己洗衣服，看到我们出去干活，他会把饭煮好，等着我们回家，真是一个非常听话的孩子。

不管别人怎么议论儿子，在我心里儿子都是非常优秀。儿子的舅妈说："你们家儿子，有一点不好，当着你的面，说什么都是好，很听话的样子，转过身会不一样……"老公说儿子最会骗钱了，不是饭卡掉了，就是有其他一些理由，为了能够拿到钱，什么办法都可以想出来。

不管别人说什么，我都不会相信，除非自己亲眼看到、亲耳听到。如果父母不相信自己的孩子，孩子心里就会失去依赖，没有安全感。有些事情捕风捉影，没有事实的根据，父母凭自己的感觉，随意说孩子的不是，没有从孩子的角度看问题，这会对孩子的心灵造成伤害。用别人的话来判断儿女的是非，是最不明智的选择，也是对孩子最大的不公平。

如果拥有一个温暖的家，拥有父母的理解与疼爱，那么多数孩子会比现在更优秀。父母的胡乱猜忌，无形中给孩子的压力是无法估量的。不管孩子如何行动，父母用自己的感觉来判定孩子的对与错、是与非，不给孩子申诉的机会，使孩子心里既委屈又无助，没有人可以懂得孩子心灵的孤独，以至于很多孩子迷恋网络或者玄幻小说，以此充实他们空虚的心灵。

儿子九岁时没了母亲，年幼时看到多病多灾的妈妈，心里觉得酸痛和凄凉，老公为人处世不当，对孩子而言是雪上加霜。儿子的婶婶说，孩子生母临走的一刻，最担忧的是儿子，怕老公不知轻重的教训会让孩子心里没有归属感。得知儿子的经历，我知道存在他身上的问题并不是他的错。

老公经常说，有一次在网吧找到儿子，一路上拳打脚踢地把儿子撵回家；又有一次，儿子把一碗饭倒在垃圾桶里，硬逼着儿子把饭从垃圾桶里捡起来吃掉，从此后儿子再也不敢了。这样的行为看似教育了孩子，但留在孩子心里的创伤，又有谁可以看清楚。老公还说，他自己的父母就是这样教育他的，幼年的日子被父亲打落一颗门牙，错误的家庭教育代代相传，是一种悲哀。也有一些父母，不懂得沟通和交流，对孩子打和骂之后又说一堆好话，孩子却也不爱听，要跟父母犟。教育孩子是有技巧的，不是说好话就是好的教育。

我第一次跟儿子在家里见面，是一个周末，看到儿子带了几件脏衣服回来，我马上帮他洗掉了。到了暑假，我们夫妻俩每天干体力活，非常辛苦，儿子去奶奶家玩，玩完回家，就把一堆脏衣服放在厕所门口。我看了不爽，对老公说："看儿子带这么多脏衣服回家，摆明了想让我洗，我不辛苦啊？我又不是你们家的保姆。"老公听到我的唠叨，立马对儿子开炮："你出去玩，一点事情都不做，还把这些衣服拿回来给你妈洗……"后面的话越骂越难听，见形势不妙，我一溜烟来到厕所，开始帮儿子洗衣服，儿子紧跟在我后面，笑嘻嘻地对我说："妈，我是特意带回家给你洗的。"我笑着点点头，表示认同，儿子非常得意，庆幸自己找了一个老妈子。

看着儿子那种表情，我笑着对儿子说："儿子，这是妈妈最后一次帮你洗衣服，以后都不会再洗。"我眼睛里充满温柔，满脸微笑，我深知"举手不打笑脸人"的道理。多少年来，习惯吵架的我，不会对老人与孩子发火，教育儿女的过程学会和蔼可亲，努力做到有效地沟通与交流。教育不是要骂骂咧咧，而是要跟孩子好好分析事情，孩子明白道理后，自然会懂得孝顺。儿子听到我那么一说，傻住了，听我继续往下讲。

我又对儿子说："你看，爸爸妈妈每天很辛苦地干活，但是即使我们再辛苦，也没有让你帮忙洗衣服。你也这么大了，别的事没有叫你做，但自己的事情不可以再麻烦父母吧？再说，父母要出去赚钱，干活辛苦，要花很多力气，回家来也是需要休息一下的，你不应该给父母增加更多的负担。如果每个人都懂得独立，学会分担，那么我们家是不是会更富有、更强大？"儿子听了我的一番话后没有反驳，但这是他平常的习惯，亲戚们都发应说他当面一套，背后一套。

没过几天，我们的脏衣服放在厕所门口，儿子非常聪明，把自己的脏衣服也放在厕所门口，跟我们的放在一起。老公洗衣服的时候顺便把儿子的衣服一起洗了，等于我说的话不管用，换汤不换药。孩子觉得自己很聪明，学会偷懒。这种情况下,很多父母会听之任之,或者干脆再骂孩子一顿,其实这两种做法都不算是真正好的教育,不会让孩子认识到自己的错误。

第二次,儿子照旧又把脏衣服跟我们的放在一起,面对他的这点小聪明,这一次我不依了,一边洗衣服,一边喊儿子过来说话。儿子很听话,乖乖地过来了,他的听话是多年来害怕老公的权威而养成的一种习惯。我对儿子说:"儿子,你很聪明,知道把脏衣服跟我们的放在一起,这样就不用自己洗了。"儿子听了,又是乐呵呵地笑,仿佛很有成就感。我继续对儿子说:"今天真的是妈妈最后一次帮你洗衣服,以后你再把衣服放进来,我会把你的衣服拿出来,不要说妈妈不给你面子。"儿子露出尴尬的表情,听我继续往下讲。我对他说:"本来三两件衣服,自己洗洗也就是几分钟的事情,但如果你想让我们洗,不仅要看我们的脸色,还要时时刻刻注意我们的东西怎么放,像做贼一样。既浪费时间,又让你自己过得很累,值得吗?"儿子好像有些明白,却又不完全懂。

我继续说:"一个人只有靠自己努力,才能够坦坦荡荡。妈妈给你洗一次衣服,那也只是一次,还要看妈妈有没有空,看爸爸是不是心情好,要不然又挨一顿骂,你自己洗衣服就不一样了,你把自己的事情做完后可以踏踏实实地玩,不用提心吊胆,是不是活得很自在、很舒坦?"这一回,儿子是真的听明白了,从那以后,再也没有让我们洗过衣服。

每一个父母都希望孩子独立,但往往又是父母包办了一切,没有实质行动,说的话也没有可信度。于是,孩子学会了逃避不说,还以为他们自己很聪明,日后走上社会也会保持这样的习惯,会被别人看不起,那就得不偿失了。一旦孩子对父母失去信赖,那么他们在父母跟前说话不算数也会习以为常,经常偷懒、逃避。

教育不可以拥有谎言,父母要懂得诚信,要以身作则,必须让儿女去执行,让他们心服口服,一次不够两次,两次不够三次,直到他们听明白为止。但我不会生气,不会发牢骚,就事论事,给孩子一次次的机会,允许孩子慢慢长大。儿子大学毕业那一年,总是打电话跟我聊天,我跟他开玩笑说:"你现在这么听话,总是记得给妈妈打电话了。"儿子回答说:"好久没有被妈妈教训了,心里憋得慌。"我听了哈哈大笑,对儿子说:"难不成你还喜欢我骂你?"儿子连忙回答:"嗯嗯,跟妈妈说两句,心里舒坦多了。"我其实已经明白,故作疑问:"为什么?"儿子说:"妈,你每一次训我,都是对事不对人，你有一种凝聚力、亲和力，让我感觉到舒服，学会去改变，我能有今天全靠你。”儿子长大了，懂得了感恩和知足。

曾经多少次，我和儿子吵得不可开交，但我没有给儿子赢的机会，最终他心悦诚服地接受我的建议，多少年来如一日，即便我只是一个后母，但是教育孩子时，该怎么说还是怎么说，一字不落。教育孩子，不是要给儿女多少物质和金钱，而是要让他们明白做人的根本，要改变孩子的心态，让他们成为新时代的好儿女。

# 又一次流产

女人的命运总是比较波折的，结婚生子，十月怀胎，要承受许多痛苦，意外怀孕而选择流产更是对女人莫大的伤害，然而，若是再得不到男人的呵护，则更是女人的悲哀。

几十年的人生，我没有享受过娇嗔做女人的滋味，我只是在履行自己作为妻子的职责，夫妻之间没有什么温情可言。我的生活中，要想家庭和睦，仿佛必须学会奉献自己，麻木自己的感情，然而最终也得不到我想要的那份安宁。两次婚姻，我心如死灰，感觉不到人生的幸福与快乐，心中只有一个信念，好好对儿女，让他们拥有更好的生活。我忍辱负重，息事宁人，想要尽力带给儿女一份安全感、一种稳定的生活。

回浙江的第三个月，我怀孕了，没想到老公一个人坐在楼梯上哭，一边流眼泪，一边嘀咕道："我怎么会这么倒霉，命就那么苦……"哭的人心酸，听的人心寒。怀孕跟倒霉有什么关系，完全是无知造成的后果。即使事情发生了，那就想想该如何处理，要有担当，而不是怨天尤人，让彼此痛苦。老公哭得稀里哗啦，我的心在滴血。我叹息的不是怀孕，而是老公的态度。

第二年，我去上环，医生嘱咐我半个月不能同房，可老公不会顾及我的身体，想的是一己私利，于是我再一次怀孕，心里绝望透顶，夫妻争吵不断。贫苦的家庭，不和睦的夫妻感情，常常吵架、打架，老公骂我是个疯子，我也觉得自己是个疯子，心里有气无处发泄。但是，为了孩子，我不能不坚强，心里徒留煎熬与痛苦，想到儿女的未来，我一次次学会微笑。

一个女人对男人的绝望，是源于一次次的失望和心痛，多少人找不到来时的路。两次婚姻，尽管都不是因为爱情，但我想让一家人过上好日子，只是结果非我所愿，没有齐心协力、共同努力，有的是孤单，力不从心。想不到自己的人生，过得如此悲凉，又不能跟别人讲，只有跟儿女相依为命，让他们学会坚强，学会独立，学会经营人生、创造未来。要想经营好一个家庭，需要有爱心，懂得彼此忍让和体贴，还需要共同进步，三者缺一不可。

教育孩子掌握能力的同时，我让孩子了解生活，懂得生活，学会担当。不是孩子会读书，他的未来肯定会幸福；也不是一个人拥有很多金钱，心里就肯定会快乐。更多的日子，要懂得人心，呵护人心，懂得照顾对方，体谅别人的一份难处。儿子长大后，我对他说："要懂得做一个男人，学会对女人温柔和体贴，学会忍让，不要像爸爸一样，自己能力不够，还那么强势，又非常自私，非但不会照顾我，还要跟我吵架，那样的日子，夫妻不可能共白头。"同时，我也教育女儿要学会温柔、学会体贴，不要活得太强势，懂得照顾自己、珍惜自己。我不希望孩子们变成金钱的奴隶，不会拼命强调孩子要提高读书成绩，给孩子太多压力，我希望他们学会努力进取，好好顾家，这才是幸福的源泉。成绩不代表什么，学问是无止境的，生活的学问、婚姻的知识、理财的概念、人际的处理，都是需要一直学习和实践的，我要求孩子全面化发展。

经过两次婚姻，我逐渐了解，人与人之间的相处，有时候非常无奈和无助，需要双方共同进步、相互扶持，没有共同的努力，生活会变得一片狼藉。心与心的距离若太远，则成为永远无法跨越的鸿沟。没有最好的人，只有最合适的人。

# 跟儿子第一次吵架

儿子长大了，喜欢把自己的衣服和发型弄得很漂亮，几乎是每天洗头，这是青春的典型表现，爱美之心人皆有之，我可以理解。放暑假后，儿子每天待在家里，不做任何事情，一堆的果壳果皮，吃在哪里扔在哪里，不讲究公共卫生，不注重个人素养。老公看不惯，不断骂儿子，贬低孩子的人格与自尊，看不惯什么就骂什么，不管孩子心里的想法。

老公骂人的样子很凶，可见他童年的日子不好过，只有经常挨骂的孩子，才会用同样的方式对待自己的儿女。没有正确的引导方式，无端骂人，会让孩子产生恐惧，这是父母肉眼看不到的伤痛，可惜很少有人会审视自己的过去，不懂得去改变父辈不好的教育方式。老公每一次骂人，儿子的眼泪哗一下就来了，多少无助和委屈，又不能反抗，只能逆来顺受。时间久了，孩子会因此变得懦弱，性格扭曲，敢怒而不敢言，而父母感觉自己很有权威。

换做以前，我会害怕老公的凶劲，可能会带着女儿东奔西逃过日子，非常艰难。经过一次错误的婚姻，我感觉男人没有那么可怕，一个个都是纸老虎，嘴硬心软。那天，我们夫妻俩去朋友家摘了一些葡萄，回来后，我看到儿子在房间看电视，就把洗好的葡萄端给他，也算是自己一片爱心。儿子非但不领情，还给我摆脸色，老公怎么对儿子，儿子就怎么样对我："以后吃的东西，不要拿到房间里来……"压抑在儿子心中的委屈，一股脑儿全发泄在我身上，我一声不吭地退出房间，转身就跟老公抱怨。

我责备老公："你教育儿孩子没有方法，现在儿子对我有成见……"我叽里呱啦说了一大堆，不管老公怎么想，教育孩子是老公的责任，我跟儿子目前又不太熟，不知道该说什么。那时我刚做完流产，身体很差，老公叫我去挂盐水，我对着老公一顿吼："不去，死了算了。"于是老公又对着儿子吼："还不跟妈妈赔礼道歉，我好不容易娶个老婆，你不给我好好珍惜，你对妈妈这种态度，妈妈挂盐水都不想去了。"人都是这样，大虫吃小虫，小虫吃虾米，老公骂儿子，儿子骂我，我又骂老公，恶性循环。

过了一天，老公让儿子去干活，儿子不愿意，老公又是一顿骂，儿子对着老公说："你是帮妈妈报仇。"老公回来对我说："儿子说我帮你报仇。"我明白是怎么回事了，其实父子俩的恩怨跟我没有太大关系，是他们彼此长期以来的争吵，使得儿子心里积满了委屈，不能释怀。没等老公说话，我起身回家见儿子了。多数父母总是习惯让孩子向自己认错，不管孩子心里是不是愿意，孩子道歉了，父母心理就换来了平衡，但是留给孩子的伤害却很深。

那时候，我加入这个家庭才几个月，加上儿子上学住校，回家次数也不多，我们俩虽以母子相称，但实际上亲密相处的机会并不多，彼此存在的隔阂，不是三言两语可以说清楚。我噔噔噔地上楼，对儿子说："儿子，你说爸爸骂你，是为了给妈妈报仇。"儿子眼泪哗地流下来，满面泪痕。十七岁的儿子，铁铮铮的男子汉，却常常哭鼻子，对于这一点，我还真是看不惯。我问儿子："妈妈没有来的日子，爸爸没有骂过你吗？"儿子沉默了，我又继续说道："你跟妈妈能有什么仇恨？无非是平时拌嘴，妈妈离婚再嫁，跟你爸爸在一起，如果不是想把日子过得更好，又何必多此一举要离婚呢？"儿子觉得有些理亏，但依然不语。

我又继续道："你是一个堂堂男子汉，不要父母说一句话就马上流眼泪，都说男儿有泪不轻弹，你要是在别人面前流泪，别人就会感觉你好欺负，不会有人同情你，有的是不削和看不起，即使很难过都要忍住眼泪，男子汉大丈夫要学会勇敢、坚强和担当。"儿子如释重负地点点头。我继续跟儿子交流："你会流泪不是你的错，是因为没有人告诉你，怎么样做才是一个真正的男儿，你看爸爸，听到妈妈怀孕了就知道哭，妈妈很伤心，心里不会有安全感。你可不同，不可以像爸爸一样，否则以后你的婚姻也会不幸福，你不可以重复爸爸走过的路。"儿子更加认同我的观点，从此再也没有流泪。

不同的是，下一次老公再骂儿子，儿子会对着老公吼："你骂呀！干脆打死我算了。"我知道自己又错了，儿子看到我会帮他撑腰，就不再害怕爸爸的批评，学会跟爸爸对着干。我看着父子俩吵架，不管谁对谁错，第一要务是制止他们：“你们两个吃饱饭撑了，有能耐跟别人去打架，在家逞什么英雄？”父子俩戛然而止，谁也不说话了。

面对孩子，父母的引导方式不同，表现出来的效果就不一样，我一方面让儿子变得强大，另一方面又让孩子学会尊重。我继续教育儿子：“爸爸永远是爸爸，即使没有能力，你也要懂得孝顺，爸爸说错什么，你可以不做，但不可以对爸爸不尊重、不孝敬。”儿子似有所悟，我又继续说：“爸爸会骂人是因为能力有限，爷爷奶奶的那一代不懂得教育，爸爸从小就挨打挨骂，现在爸爸又这样对你，你如果跟爸爸对着干，那么成年以后的你会跟爸爸一样，你想变成爸爸一样以后常常骂你自己的孩子吗？”儿子尴尬地笑了。

几十年以后的今天，我的妈妈对我说：“你妹妹也真是的，每次对她的孩子拳打脚踢。”我笑着对妈妈说：“小时候你对她的教育不就是如此吗？偏袒妹妹，但欺负我……”妈妈听出我的话外之音，对我说：“那时候没办法，总以为别人欺负她，自家兄妹要对她好一点。”时隔多年，我早已经理解父辈的教育没有恶意，只是缺失方法和技巧。我不恨妈妈了，我对她说：“当初你对她保护太多了，妹妹变得无能又得理不饶人，模仿你们那一代的教育，不知道想更好的方式方法。”妈妈无语了。其实，妈妈的心是好的，出发点也没有错，只是教育方式错了，孩子心里不会有正确的方向，不懂得相互交流。

几十年前，我要是有现在这种能力，一定可以把吵架的事处理得很妥当，我的人生也就不会有如此多的悲剧。一个家庭难免会吵架，牙齿和舌头关系最好，也会不小心咬住对方，虽然疼痛难忍，但依然不离不弃。多数孩子在受到父母的欺压与教训后，想着离家出走，一次次逃避，又一次次原谅，彼此都很辛苦，却重复同样的错误，变成恶性循环。

是我的醒悟，给了儿女更好的成长。纵然错失了自己的一生，但终能有所领悟，还是值得的。多少父母依然执迷不悟，用自己错误的教育方式，让下一代的人延续自己的悲剧。为人父母，不要把自己的无知当作一种教育，从而埋没儿女的天分，否则一辈子都无法弥补对孩子的亏欠。学习家庭教育，是每个父母应尽的义务和责任，不要让儿女重复上一代走过的路。

# 坐牢有份

一天，老公去参加儿子的家长会，我舍不得多花钱就没去。老公打电话跟我说："去学校看到儿子，儿子拼命往后看，以为你会去，儿子想你去开家长会。"我听了好开心，又有些内疚，早知道是这样的话我一定会去。没想到在儿子心里，我是那么重要，凭这一份情谊我都应该去，被儿子需要是父母的荣耀。

老公回家后，一副很生气的样子，嘴里嘟哝道："儿子以后坐牢有份。"言语里透着杀气，一脸的不满，继续骂骂咧咧："等儿子长大了，要是没有我这点本事，还不听话，我把房子卖了也不会留给他。"他说的是气话，但听起来真是绝情，一个人自顾自地骂，没有一点素质和修养，若是孩子听到了，不知道该如何应对，更别说改正错误了。

生活中，多少父母都是这样，孩子发生一点点小事情，就夸大其词，说得很难听，甚至不断在别人面前数落自己的孩子，抱怨孩子有多不听话。如果孩子犯了错误，父母不应该多加抱怨，贬低孩子的人格和尊严，到处宣扬孩子的不是，这样会伤害儿女的自尊心，并且自己脸上也无光。老公发了一堆牢骚后才说到正题，对我说："儿子在同学那里借了四百元钱，今天开家长会，别的家长跟我要钱，你说这畜生，是不是太不像话了？"这么一点小事，被他说得跟天要塌下来一样。

我轻描淡写地说："这很正常啊！平常孩子钱不够用，你总是让儿子自己先借钱，等哪天回家来再给他钱。他又没做错，这次只是多借了一点而已，不都是你平常教育的结果吗？自己没有原则，孩子也就不懂得分寸。"老公不服气了，说："平常是他生活费不够，那暂时先向别人借一点，没想到一次借怎么多，我是不会给他还钱的，让他自己去承担。"我笑了笑，没有跟老公再啰唆，怎么处理随他，我保留自己的意见。

周末儿子回家了，当着我的面，老公没有说什么。第二天，等我下班回家，儿子已经去上学了，我随口问老公："儿子去上学了，你把钱给儿子没有?"老公气哄哄地说："没有，儿子跟我要钱，我连他的生活费一起都不给了，把他骂了一顿，他就走了。"我心急了，说："你怎么这样，不给他生活费，那儿子在学校怎么办?"老公是个很犟的人，自己做出来的事情绝不改口，恶狠狠地说："我可不管他，要死要活跟我没关系。"我没有再作声，我知道自己跟他是完全说不清楚的。

星期一早上，寒风刺骨，我没有去上班，给儿子送钱去了。到了学校，我首先找到老师，跟老师说明情况后，儿子出来了。课间休息时间很短，没有说上几句话，上课铃就响了，我对儿子说："你先回去上课吧！中午吃饭的时候，我们再聊。"儿子很听话地上课去了。我站在操场上，等着儿子下课，刺骨的寒风冻得我直哆嗦。那时候，我们家里穷，没有钱买衣服，平时我穿儿子的旧衣服，一件薄棉袄抵不住寒冷。尽管儿子不是我亲生的，但他喊我一声娘，我有责任和义务把他教好。

中午，我跟儿子一起在学校食堂吃饭，儿子买单。我看到儿子跟一个同学吃得狼吞虎咽、津津有味，我是一口也吃不下去，看到别人菜里都有肉，立马问儿子："别人那一块肉需要多少钱？平常给你的伙食费，买得起那块肉吗?"儿子很随意地回答："买得起，是我没有买。"我惊讶地问："为什么?"儿子悄悄告诉我："我想把钱做别的用度。"当着同学的面，我不好说什么。走出食堂后，儿子告诉我："同学的饭卡掉了，没钱吃饭，现在跟我共用饭卡。"儿子说话比较诚实，什么事情都会告诉我："同学的父母说，他自己弄丢的饭卡，要他自己承当责任。"我心疼儿子，感受到他的善良和正义，又对儿子说："你自己本来就没有多少钱，这样的话岂不是会吃得更差了?"儿子说："也不是经常发生，我没有钱的日子吃他们的。"我点头默许。

看着儿子，我既心疼又无奈，孩子的质朴、善良、正直，让我非常感动，尽管方式方法不是最佳的，但这并不能掩盖孩子心灵的美。我和儿子沿着操场走到没有人的地方，我语重心长地对儿子说："父母给你的钱是给你吃饭用的，如果你想多一些享受，那现在要努力学本事，长大了你靠自己的努力想怎么样都可以。现在情况不同，父母没有义务让你享受，法律也没有这一条规定，父母管你的温饱，培养你读书，已经尽了职责，如果你不珍惜这样的机会，会是你一辈子的遗憾。”儿子很听话，不会跟我反驳，但他有些不安地对我说：“妈妈，借钱这种事情，你怎么可以告诉老师？”听了儿子的话，我明白他心中的不安。我反问儿子：“你是不是觉得很没面子？”儿子连忙点点头。我又对儿子说：“借钱这件事，不能完全怪你，爸爸有很大的责任，平常你没钱，要求你跟同学借，养成了你的坏习惯。如今想要改变，不是件容易的事情。妈妈跟老师说，老师监督你，帮你一起改，这样你会进步更快。”儿子似有所悟地点头。

我又继续说：“在学校读书是学本事，做错事了不用觉得尴尬，父母年纪这么大了，还是一样会做错事情，问题是做错了后怎么去改，明白怎么样可以让自己做得更好，才是人生的关键。”我心平气和地跟孩子聊天，教育是拉家常，通俗的语言，孩子比较容易接受，不会有抵触情绪。我继续跟儿子聊：“以前，你没有妈妈，没有人理解你，会犯错误很正常，你想达到目的才学会骗，即使犯下再多的错误，我也不怪你，这些不应该算是你一个人的错误，爸爸的教育方式不太好，有很大的责任。今天，你有妈妈了，以后你所有的事情都归妈妈管，正当该用的钱妈妈都会给你，就算家里没钱也不需要你去借，没钱妈妈会去借，父母有义务抚养你，所以，从今以后你不可以再向别人借钱，心里只有读书一条路。”儿子站在那里，听我长篇大论。

我又继续对儿子说：“一个人做错事情不可怕，可怕的是你不改，一错再错，最终你会无路可走。现在你还只是个孩子，不管做错什么，暂时都不会是什么大事，别人也不会说什么，一旦你成年以后走上社会，必须有端正的人品，要为自己的行为负责，如果别人知道你没有诚信，那么你人生的路会越走越难。如今，你就像是轨道上的列车，不小心出轨了，父母要做的就是把你扶上正轨，帮助你驶向更远的前方。”儿子笑了，叽里呱啦地跟我讲学校里的很多事情，眉开眼笑。看到儿子舒展的眉头，我的心里别提有多开心。

我又问儿子一共欠了多少账，儿子笑嘻嘻地对我说：“妈妈，我已经还了一部分，剩下不多了。”我笑了笑说：“剩下那部分，归妈妈还，以后你不可以再借钱，想要什么跟妈妈说，正当该用的钱，如果爸爸不给你，妈妈会给，不过你自己要懂得规划，理财是人生的一门学问。出门在外，兜里没钱会被别人看不起，习惯是现在培养的结果，只有现在开始就端正态度，等你步入社会，才不会造成更大的错误和遗憾。妈妈相信你会变得更好，能改掉所有的缺点。”儿子心悦诚服地接受了。

从那以后，每一次儿子回家，我都会偷偷地问：“这一次在学校，有没有借钱?”儿子笑嘻嘻地跟我说：“借了五十元。”我又悄悄地跟儿子说：“这一次，妈妈帮你还了，下次不可以再借了。学会规划是一门很深的学问，假如你走上社会以后没有钱，你就会很局促。现在的钱都很好花，有多少都不够用，以后你看到自己手上没钱，有些不必要的浪费，就知道要学会控制了……”不管儿子是不是会听，我还是跟他讲一番道理，孩子会慢慢懂得规划，懂得人生。

又有一次，我问儿子：“这一次你借了多少钱?”儿子又悄悄地对我说：“二十元。”我很欣赏儿子，笑着表扬他说：“不错嘛！还是有进步的，下一次可以不用借钱了。”儿子连连点头，感觉的确有进步，越来越喜欢跟我说话，跟我聊天。无论走到哪里都跟着我，跟我一起叠被子，一起做家务，孩子的人生慢慢变得充实有方向，心中有目标，感觉才不会空虚。

一个孩子的缺点已经存在，要想让他改变得有一个过程，不是父母说什么，孩子一定会做什么，他们有自己的思想和习惯，不可能说变就变。人类最难控制的不是别人，而是自己，要战胜自己的心魔，需要外界的力量，比如父母的理解和宽容，可以给儿女无穷的力量，孩子心里拥有足够的安全感、使命感，就会慢慢改变他的人生。

世上无难事，只怕有心人。不要说孩子，就算成年人发现自己身上的缺点，又有多少人可以凭自己的毅力去改变。超越自我，不但需要勇气，更需要有自己的目标和前进的方向。

# 打架不能赚钱

有一年，我带女儿去四川，住在弟弟家。弟弟有个女儿，比我女儿小两岁，一个四岁，一个两岁，都是不懂事的年龄。每一次妹妹打姐姐，姐姐会站在那里不敢动，原因很简单，看着弟弟夫妻俩在场，小孩子不敢轻举妄动。弟弟会对我女儿说："你这么笨，站在那里让你妹妹打，不会跑开点啊？"话是不错，但谁知道那一刻我女儿心里在想什么。

我不认为弟弟讲得有道理，有点不服气地对弟弟说："你怎么知道她笨，她怕的不是妹妹，而是你们夫妇俩在场，要是没有你们在，她还是会还手的。"弟弟立马对我女儿说："你打妹妹好了，小舅不会说你。"我生气了，冲着弟弟说："你这是什么教育，让她们姐妹俩打架？难道不应该教会她们学会相互尊重和爱惜吗？打架算什么好汉！"弟弟说："小孩子懂什么？！"但是，我的想法不一样。

父母的教育普遍会是这样的，认为孩子小不懂事，随他们去，但小事不管会变成大事。没有一个人愿意自己吃亏，我女儿站在那里不动，只是在看大人的反应，等待时机。第二天，弟弟夫妇去上班，我女儿看到小舅不在，举起手就打她的妹妹。一般小孩子打架，我会装作看不到，不像我弟弟那样，去帮助谁、纵容谁。那一刻，如果我去管女儿，女儿会觉得委屈，感觉到我不如她小舅；要是帮妹妹，又会让小的更加肆无忌惮。小的也聪明，看到父母不在，姐姐打她两下，不还手也不哭泣，当作没事人一样，姐姐自然也不会再打，心里的怨气烟消云散。事情过去一会儿，我问女儿："刚刚为什么打妹妹？是不是看到小舅他们都不在？"女儿努力地点点头。弟弟的教育方式，让孩子积怨在心里，伺机报复。

我又对女儿说："小舅那样的教育不对，你打妹妹也不对，那是你的妹妹，应该学会保护她、疼爱她。妹妹是小舅没有教育好，不要跟她计较，下次妹妹再打你，你就跑，不用站在那里任妹妹打，不用害怕，有妈妈在你身边。”女儿点点头表示同意。从那以后，我没有看到女儿打妹妹。父母正确的教育可以帮助孩子把错误消失在萌芽状态，孩子心里不存在委屈，培养孩子的一颗平常心，让他们懂得尊重、懂得知足。

我又对外甥女说：“刚刚姐姐是不是打你了？”小丫头根本没有反应，在她心里姐姐会打她也是很正常，她打姐姐是狐假虎威，这样的个性长大后容易变成“纸老虎”，在别人面前胆小，在家里充老大，一旦父母失势，将一事无成。我继续对外甥女说：“姐姐不是打不过你，姐姐是爱你，舍不得打你，你也不可以打姐姐哦！”小家伙这才有反应，跟女儿一样地点点头，再也不跟她姐姐打架了，经过很长一段时间的培训，两姐妹终于相亲相爱。

那一年，我离婚再嫁，女儿受了很多委屈，左邻右舍不看重我们，别说是孩子，我跟别人打招呼，多数人都是爱理不理。有一天晚上，女儿出去玩，没过多久，哇哇大哭地回家了，我不知道发生了什么事情，一心安慰女儿，对女儿说：“丫头，我们刚来这儿，别人会欺负你很正常，如果没有人跟你玩，你就回家跟妈妈玩，妈妈陪你，你可以跟妈妈一起做事，不要让自己伤心难过。”女儿也不说什么，点点头不哭了。

没过多久，告状的来了，女儿同学的妈妈带着哇哇大哭的小女孩，家长很心疼，厉声指责我女儿：“你们家孩子，把我家孩子弄成这样，还用石头砸孩子，我家孩子从来不打架，这还是第一次跟别人闹得不可开交，你家孩子怎么是这个样子的……”把我女儿好好数落了一顿，我是不会认输的，淡淡地说了一句：“一个巴掌拍不响，打架不可能是一个人的错……”老公不停地说好话，人家才罢休。

女儿第一次跟别人打架，不可以在别人面前数落孩子，孩子的尊严需要父母去维护，即使孩子做错了，也不用大呼小叫，没有什么事情是说不清楚的。更何况小孩子打架不记仇，大人的掺和会把事情弄得复杂化。我不欣赏这样的教育方式，小孩子哭什么、说什么，都是情理之中的事情。成长的过程中，孩子之间发生这样那样的小事情，父母不应该想着如何去报复、找人说理，而是应该教育自己的孩子如何保护自己、怎样协调朋友关系，这才是最重要的。

等那家人走后，我和女儿上楼了，我用欣赏的目光看着孩子，轻轻地问道：“为什么要打架？”女儿回答说：“她骂我……”女儿说话有些惶恐，又有些不服气，我看着女儿，依然轻声地问孩子："别人骂你，你身上少一块肉没有？"女儿说："没有。"我又问："那你打架赢了没有？"女儿点点头，表示赢了，我在心里佩服孩子的胆量，跟我当年一样，不甘心服输，这也是人的本性。我继续问："你打架赢了，人家请你吃饭吗？"女儿摇摇头说："没有。"我再一次问道："那你赢了，人家给钱吗？"女儿还是摇摇头说："没有。"这一下，我开始语重心长地说："既然打架赢了，人家不给你钱，又不请你吃饭，你赢她干吗？听别人说话不舒服，那你可以回家写字。妈妈还告诉你，你把字写好了，以后人家会给你钱，还会请你吃饭。再说，妈妈养你这么大，不是让你学会吵架，而是要求你学习文化长本事，你没有本事，就算打赢所有人，一样不会有好日子过，你说值当吗？"女儿无语了。

我又继续跟女儿说："以后如果有人再骂你，你就回家写字，跟妈妈一起做事，别人骂什么浪费的是别人的力气，我们管不着，管好你自己就足够了。"女儿点点头，表示答应。第二天，女儿放学回家，进门第一件事，就告诉我："妈妈，我跟同学和好了，我说对不起，她说没关系。"我连忙夸奖女儿："嗯，还是你做得对，妈妈好喜欢你。"说完抱了抱女儿，从那以后，女儿再也不吵架，更加努力读书。

几十年前的往事历历在目，我是吵架的高手，可是吵赢了又怎么样，养成得理不饶人的个性，让别人不舒服，自己也难受，失去应有的修养和大度。我不堪回首的历史不可以重演，所以我要求孩子学会忍耐、懂得宽容，不希望女儿变成市井一泼妇。很多人以为，吵架赢了是强者，其实大错特错，浪费自己的时间不说，还让自己心里不痛快，吵架最终的结果是两败俱伤，赢了别人，却输掉自己的素质和修养。

很多悲剧都源于一个人童年时所受的教育，存在心里的错误概念，让人们对人生产生误解。吵架同样是对自己的不负责，那份伤心、那种难过都是心灵的煎熬。要用正确的方式杜绝孩子跟别人吵架，以免孩子形成不良的心理状态，造成一辈子的痛苦。被人骂两句、说两下，都是正常的事情，如果孩子静下心来，好好努力，拥有自己的主见和能力，谁又会看不起他？培养良好的心态，可以帮助孩子拥有更多的幸福与快乐，吃亏是福。

孩子变成一个有思想、有见解的人，才是最好的成就。不要让孩子被环境左右，不要活在别人的阴影里，不必在乎别人说什么，要想得到别人的尊重，首先学会尊重别人，与人方便，自己方便；送人玫瑰，留有余香。

# 同学的妈妈不让女儿进门

离婚改嫁本身不是一件多么光彩的事，加上别人的不理解、父母的不认同，我再一次陷入僵局，自己的人生雪上加霜。老公的为人，没有多大的威望，除了要账的，看不起我们的人比比皆是，亲戚看到我会躲一边，邻里漠不关心。我偶尔跟别人打招呼，大家也不一定回应我，城门失火，殃及池鱼，女儿的处境可想而知。

那一天，女儿出去玩，没过多久就回家了，一脸的凄苦和忧伤，我笑着问孩子："丫头，你怎么了？"不管我的命运有多么不幸，面对女儿的时候，我始终微笑着，哪怕我的心在滴血，还是要赋予孩子正能量，让她感觉到人生无限美好，生命充满希望。人心最大的恐惧，是看不到未来，看不到自己的希望，女儿是我心中最好的未来。我不能让别人看不起她，那就要自己先看得起自己，不让别人伤害她，必须让孩子学会大度，学会不在乎、不伤心。

每一次，女儿看到我的微笑，心里会觉得踏实，我引导孩子把心里话说出来，不让她心里存在一丝一毫的忧伤，给予孩子心灵的援助，是父母最好的爱。女儿对我说："妈妈，我去同学家玩，同学的妈妈不让我进屋。"我听了，觉得好心酸，又不敢流露。我神色淡定，笑着对女儿说："丫头，同学的妈妈不让你进屋很正常啊！要是妈妈也不会让你进屋的。"女儿一下子愣了。面对女儿，我微微一笑，轻声细语地说："你看，我们刚来这里不久，人家又不知道你是好孩子还是坏孩子，万一你是坏孩子，怕你带坏他们的女儿，这样就很不划算啦，所以当然不会让你进屋。要是以后，没人陪你玩，你就回家写字，把字写好了，自己会变得更优秀，人家知道你是个好孩子，就都会请你去他们家玩。"女儿有些不信地问我："妈妈，真的吗？"我笑了笑说："是的，妈妈什么时候骗过你呀？"在女儿心里，我是她最信赖的人，不会欺骗她、伤害她。

从那以后，孩子一般不会出去，遇到任何事情都会跟我说，我也抽出更多的时间陪伴孩子、照顾孩子，一会儿带她去看外婆，一会儿带她去看奶奶，自己的亲人之间没有隔阂，孩子不会感觉到寂寞，以此充实孩子的心灵。必要的日子，父母要懂得牺牲自己，如果父母一味忙着赚钱，从而忽视孩子的心灵，这就得不偿失。如果孩子不能健康快乐地成长，父母赚再多的钱又有何用？

皇天不负有心人，女儿读初中的时候当上班长，用她的智慧和才干赢来别人的喝彩。那位当初不让女儿进门的同学的妈妈，对女儿说："你读书这么厉害，以后帮帮我们家女儿呀。"我在心里笑了。多少年前，同样是这一位母亲，把我的孩子拒之门外，孩子伤心和难过的一幕，依然停留在我心里。虽然女儿自己早已经忘记，这一位妈妈也不会想起，但是我的心里明白这一切，我庆幸自己了解人心的真实想法，庆幸自己的教育让孩子奋力向上，不给孩子的心理留下阴影。人心不可怕，可怕的是自己的自卑，自卑的人生会变得灰暗、无助，又无可奈何。

父辈的教育，跟我恰恰相反，拼命强调别人对我的不尊重、不友好，让我的心里存在怨恨，看不惯世态炎凉，走进心灵的死胡同。当孩子面临任何困难，我想到的不是眼前，而是未来，儿女的前程比别人的欺负更重要。被人看不起算什么，多少人误解又何妨。重要的是自己的心不要被别人的无情打败，从而摧残自己的人格与尊严，这样很不值得，要懂得珍惜自己，把控自己的命运，做一个生活真正的主人。

人生的希望活在自己心里，要学会不卑不亢。父母是孩子的第一任老师，要指引孩子前进的道路，让孩子拥有阳光的心态，珍惜自己美好的年华，鼓励孩子看到自己的优点，发挥无限的潜力，照亮孩子一生的路。

# 儿子心目中的硕士

那天，我在厂里上班，非常忙碌，突然看到儿子出现在我厂里，大吃一惊，惊讶地问："你今天怎么不用上学？"儿子笑嘻嘻地跟我说："老师叫我不用去学校了，叫爸爸去。"老公紧跟其后，对我说："你说怎么办，儿子在学校打群架，老师叫他不用去上学了，叫我去一趟学校。"父子俩还真是，老师说儿子不用去学校，真就不去了，儿子沮丧的表情中仿佛还透露着一些得意。

我心里急了，连忙说："怎么可能，老师说不用上学，就真的不去了？"老公做出无奈状："那还能怎么办？"我连忙放下手中的活，对父子俩说："走，我们家四个人都去学校。"那会儿我刚带着女儿回浙江不久，女儿对一切也都还不熟悉，我不想把她一个人丢在家里，所以一家人风尘仆仆一起往学校赶，路上幸运地搭了一辆顺风车。

四个人坐在车里聊开了，儿子说："昨天英语课，我是课代表，我比较喜欢那个老师，老师叫我管学生的纪律。有一个同学，老师让他写作业，他死活不写，我想帮老师分忧，硬逼着他写。下课以后，那个同学喊了一帮人跟我打架，我也找了一帮人跟他打架……"我听明白了大概，感觉到事情的严重性。

我语重心长地说："那是你不对，想帮老师分忧没有错，但是不该打架……"我的话还没有说完，儿子接茬："这种人不打不服的，爸爸，你说是吧？"儿子一边说，一边搬出他爸爸的旗号，还真是有其父必有其子。跟老公结婚以来，老公跟我说得最多的是自己的"光荣史"，如何抓小偷，怎样帮别人打架，又如何教训儿子，种种事迹都透露出"打架有功"的思想。儿子感觉到打架是一件多么光荣的事，现在被老师轰回家了，还意识不到自己的错。

很多父母都是这样，只要自家孩子不吃亏，做什么都行，忘记了生活的主题不是学习打架，而是强大自身的能力。孩子去学校要以上学为主，尊重老师，爱护同学，是一个孩子必须要做到的。在业敬业，在校爱校，做不到事事如意，也要尽力而为。一个人拥有这样的心态，无论在哪里都会闪闪发光，会打架的不是好学生，要做一个有修养、懂学问的人，拥有自己的素质和大气。

看到儿子满脸的不服气，我不依不饶地对儿子说："你在学校打架，那就是错了，不管你有多少的理由，都不会是对。你帮老师负责管好同学，本来是一件好事，老师因为信任你才让你当课代表，你却把事情搞砸了，万一打伤了人家，老师又该如何跟家长交代？那样的话，家里还要为了你赔钱，你难道感觉不到事情的严重性吗？"儿子依然不服，只不过语气没有刚刚那样强硬。

我又继续对儿子说："你去想想看，暂且不管老师怎么想，就看我们家里，你跟别人打的是群架，难免会伤人，一旦伤到的是别人，家里就要赔钱；如果伤到的是你自己，耽误学习不说，你自己也会很痛苦，就算别人会赔钱，那还需要父母去伺候你、照顾你，弄得家里鸡犬不宁，于人于己都没有好处。"儿子不说话了，我也不再说什么。

到了学校，班主任接待了我们，既严肃又惋惜，班主任对着儿子说："你帮老师负责催作业，这没有错，老师知道你是好意，但打架是不对的，把好事变成了坏事，不但自己打架，还让高年级的人帮你打。你是想以此显示你交际能力不错，还是咋的？要不是老师阻止，后果不堪设想……"儿子在一边一声不吭，耷拉个脑袋。

紧接着，老师问我们打算怎么办，思虑再三，我很诚恳地对老师说："儿子打群架的确不对，需要教育，对我们父母来说，只有一个要求，让儿子继续读书，父母花钱为了什么，不就是为了孩子多学文化吗？至于孩子的问题，学校认为需要怎么处理？"老师看着我说："嗯，有你们这样的父母，一定可以教育好孩子，他的问题比较严重，会记一次大过处理。"天真无邪的儿子马上回答："没关系啊，那就记一次大过。"老师语重心长地说："记一次大过处分，以后的档案要带去社会的，跟着进大学。"

老师的一番话，我感觉到事情的严重性，又一次恳请老师："老师，有没有其他的处理办法呢？毕竟孩子小不懂事，父母养大孩子都不容易。如果因为这种事情让他的人生有个污点，我们也真的很难过。"班主任老师帮儿子考虑，又看我们父母通情达理，对儿子说："你到班里面去，每一个同学帮你签字，要是他们都没有意见，这件事就当过去了。"我非常感谢老师这样的处理，让儿子继续留在学校，我们三个人匆匆忙忙回家了，差一点赶不上末班车。

第二天，儿子打电话来说："妈妈，没事了，我上了个厕所的时间，同学把字都签了。"言语里透露几分得意，感觉他自己人缘不错。这就是儿子，步入青春期依旧像个孩子，不懂得人情世故，由于老公的教育不当，孩子误入歧途，而今终于知道错在哪里。在老公的心里，会打架就是很了不起的人物，如果没有我的存在，儿子在学校犯了错误，不知道如何悔改，依然觉得打人没有错，用武力制服人心，这是绝对的愚昧和无知。

未来社会，讲究文明和礼仪，要想儿女长大有出息，必须培养孩子德智体全面发展。即使拥有最好的学问，不懂得文明礼仪，不会尊重别人，依然会被世俗淘汰。自古以来，武者安邦，文者治天下，打打杀杀成不了大气候，教育孩子用的是心，不战而屈人之兵，不要以为征服孩子用的是武力。拥有智慧和才干，孩子才能够立足于天地之间。

不久以后，儿子回家跟我聊天，经过这件事，我跟儿子的感情又一次升华，我经常对儿子说："别看妈妈初中毕业，你就是大学毕业，这辈子都不可能超越妈妈。"儿子急了，直接问我："为什么?"我笑着回答："妈妈是社会大学毕业的，你的阅历不可能超过妈妈，你看，你当儿子我就是妈妈，你当爸爸的一天，我就是奶奶了。"我跟儿子谈笑风生，风趣幽默，融合一个家庭的亲情，孩子会感觉到家庭的温暖。

儿子看到我得意的样子，有些不服气地说："你是拿辈分来压我。"我笑了，反问儿子："妈妈说的难道没有道理吗? 我经历过的人生，你还没有开始；我知道的事情，你不知道的呀!"儿子笑了，对我说："妈，你就是硕士，老师硕士毕业，说的话跟你一模一样，你就是硕士生了。"说完，我们母子俩哈哈大笑。面对孩子，不需要太多奉承，也不需要付出太多的物质和金钱，财富的事情就留给儿女自己去努力，父母要做的就是愉悦孩子的心情，提高他们的素质和修养，这是父母给儿女最好的爱。

父母要懂得教育，即使孩子暂时犯错误，也会是走向成功的经验教训；父母如果不懂得教育，即使孩子暂时没有犯错，也不见得会是成功的楷模。没有错哪来的对，生活的阅历告诉我们，人只有经过无数次的错误才能感悟正确的方向，失败乃成功之母。

# 在妈妈心里你是永远的班长

新的学期开学了，女儿满怀希望地去上学，结果没有她预期的效果，让她变得更加失落，无颜面对。孩子的自尊心一旦受到了伤害，会增加孩子心中的压力，这时如果没有父母的开导和劝说，孩子会变得没有信心。

那一天，女儿放学回家，脸色阴沉，怯怯地跟我说："妈妈，对不起，我没有当选班长，只当了一个宣传委员。"女儿说话的语气是多么沮丧，一脸的挫败感，我看在眼里都觉得心疼，不免一阵酸楚。是我的错，我没有给女儿一个安定的家，她跟着我东奔西跑，且不说孩子心里会怎么想，我的心里也难以承受，多少年的漂泊，两次婚姻都没有幸福和快乐。

我心里流着泪，眼睛里充满温柔，微笑着对女儿说："不错嘛！才到这里就当了班干部，比妈妈强多了。"我装作一脸的不在乎，可是女儿依然没有释怀，看到孩子不开心，我心如刀割。女儿心里不服输、不心甘，嘴上嘟哝道："可是，我没有当上班长。"在女儿心里，她当班长是顺理成章的事情。小孩子不懂得，换一个环境，接触的人不同，收到的效益自然会不一样。

看到孩子一脸的茫然，我笑着对女儿说："不当班长有什么关系？在爸爸妈妈心目中，你就是永远的班长，是最优秀的孩子。"说完，我用欣赏的目光看着女儿的眼睛，我看到了女儿眼中的失落，她依然不开心。我希望孩子开心快乐地生活，我要想办法打开孩子的心结，于是继续对女儿说："丫头，能不能当班长都不是最重要的，重要的是你开不开心，快不快乐，只有你把书读好，你就会有更美好的前程。你不能因为这件事影响自己的学习，那你就吃亏了。再说，读书不是为了当班长，而是为了提高你的学问，让你拥有更强大的能力，长大了才会有真本事。如果有一天你把书读好了，自然会有人欣赏你、喜欢你，到时候，还不是一样的好，你说对不对呀？”女儿似懂非懂地点点头，眉宇间多了一些开心，少了一点伤感。

那段时间，我会特别关注女儿的心情，问她学校的事情，有没有认真读书，告诉她读书的重要性，也常常带她出去玩，让孩子的心灵不觉得孤单，不会感觉到父母的冷漠。聪明的孩子都比较敏感，父母细微的举动，他们都会看在眼里、想在心里。此刻如果父母不关注孩子，孩子很容易多思多想，走进一条死胡同。孩子开心的日子，父母大可放心，怎么样折腾都行；孩子苦恼的日子，父母要多长个心眼，否则孩子容易偏离自己的思想，偏离生活的轨道。

小学六年的时间，女儿的学习成绩不是班上最好的，起起落落没个定数，不管孩子的成绩是好是坏，我都保持一颗平常心，坦然面对，给女儿信心。无论是非成败，我都会笑脸相迎，这样孩子心里便没有负担和压力，不会有任何遗憾，做一个最好的自己。孩子失落的时候，如果父母不懂得好好开导，孩子心里会很受伤，甚至留下阴影，或者是不想读书，失去积极性、进取心，可能会影响一辈子的前程。一旦学习成绩退步，孩子会想要逃避，感觉到读书的负荷、心灵的压力，很多孩子不堪重负，并不是因为读书的艰难，而是源于心灵的疾苦。拥有无法解脱的心理负担，会让一个孩子的思想会变得极端，性格变得孤僻。

想起自己的童年，我曾经学习成绩也是非常好，但穿着破旧的衣服，又不善于表达，被同学欺负，被老师看不起，心里有着深深的自卑。我逐渐开始对学校有一种厌恶，心里反感，不再认真学习，脑袋里想着乱七八糟的事情，一心想着离开学校、离开家乡。当今社会，留守儿童的现象很普遍，孩子心里难言的困扰、无法吐露的心声、羞于表达的情感很少有人去关注。孩子会厌学、逃学、不想考试都是情有可原的，他们需要心灵的援助。很多父母只注重考试分数，不懂得分解孩子的压力，减轻他们的心理负担，孩子无法正常思考，学习退步也是自然而然的事情。

培养孩子，要注重孩子心灵的成长。每当女儿碰到一件事，我会想得很远，想到她在学校的点点滴滴，想到孩子心里的恐惧和挫败感，想到她的成长和未来。不管孩子心里有多难受，我都会让她变得开心、快乐，又充满活力。不是孩子不说，父母就可以不管，孩子把心事放在心里，无处表露，才是最不好的现象。

功夫不负有心人，女儿读初中的时候，再一次当选班长，孩子会更加珍惜来之不易的成就，珍惜这经过漫长的等待和期盼换来的结果。无论何时何地，父母学会淡定，要始终如一地对待孩子，用平常心看待儿女的得失，不管收获，只管耕耘，是成功的秘诀。

# 作业多了难了

那一天，女儿放学回家，放下书包就开始哭，我不明白究竟，也不想问，孩子需要释放压力。我偶尔对女儿说："你想哭的话就一个人去房间哭个够。"孩子二话不说，一个人进了房间，把房门关了，真的开始哇哇大哭。我在外面听了觉得好笑，倍感欣慰，孩子敢面对自己的脆弱，不是件坏事。哭泣不代表一个孩子无能，憋在心里的压抑，需要有一个出口，孩子尽情地发泄，就不会变得郁闷、烦躁和不安。

女儿哭了好久，我听到房间里没有了声音，方才进去，看到女儿发泄够了，一个人傻傻地坐在那里，我轻声地问："丫头，你不哭了？哭够了没有？"女儿点点头说："妈妈，我不哭了。"我接着问孩子："什么事让你这么难过？"女儿开口说："今天的作业太多了。"我笑了，是温柔的微笑，继续问孩子："现在哭完了，作业要不要做？"女儿点点头说："要的。"我又接着问："你哭了这么久，作业会不会少一点？"女儿摇摇头说："不会。"我又一次问："刚刚不哭的话，是不是可以做很多作业了？"女儿点点头，表示认同。

看到孩子放松了心情，我语重心长地对她说："丫头，既然哭了作业不会少，以后回家就马上做作业，真的做不完的话，告诉妈妈，妈妈跟老师去讲，老师不会批评你的。"女儿点点头，再一次表示认同，我又接着对孩子说："丫头，哭是不能解决问题的，遇到问题要学会面对，不能面对的问题就告诉妈妈，妈妈会帮助你解决的，以后不哭了，行吗？"我用期待的目光看着女儿，她如释重负，认真地去做她的作业，不再有情绪。

我后来得知，原来是因为班上纪律不好，老师随口说一句，让他们抄写几遍书本上的字，这个任务的确很难完成，女儿是个很认真的学生，老师说什么就做什么。过了晚上八点钟，我对女儿说："丫头，不用写了，明天妈妈给你写个条子，你带去交给老师，老师不会批评你的。”女儿是信任我的，相信我的处理方法一定有用，于是就没有继续做作业。不会休息的人不会工作，孩子如果不能够正常休息，就不会有很好的心情读书，学习的态度会变差。

第二天下午放学后，女儿急匆匆地回家，对我说：“妈妈，老师表扬你了，说你是个好妈妈，那个作业其他同学都没有做，只有我一个人做了。”女儿的表情好得意，我笑着对孩子说：“以后回家先做作业，不管作业是不是很多，做好了再去玩，这样心里没压力。”女儿很开心地答应了。父母说话，要懂得策略，了解孩子的需求，减轻孩子心中的压力，孩子心里会变得轻松自然。父母对自己的行为负责，孩子心里有安全感，不会做傻事，不会感觉到孤苦无依，心里面也不会慌乱，自然会更好地成长。

作业难了，女儿又会哭，我对女儿说：“丫头，感觉作业难了，就先把你会做的做完，不会做的放到后面再做，像考试一样。”女儿会听我的话，能做的一口气做完。面对不能做的题目，我对女儿说：“做完作业，你去看那几道不懂的题目，第二遍看和第一遍看，肯定会不一样。如果还是做不出来，你就出去玩，玩高兴了再回家。到时继续看，感觉又会不一样。如果还是做不出来，那就第二天去问老师，回来后把答案告诉妈妈，行吗？”女儿答应了。孩子小时候都很听话，父母怎么说就会怎么做，等到孩子长大后变得有思想，再想教育孩子会很牵强，没有多少意义。

不知道父母有没有尝试过，无论看什么问题，看第一遍和第二遍的感觉绝对是不一样的，即使看故事书，带给人的感悟都会不一样。读书写字也是一样的道理，简单的问题重复做，会有不同的收获。女儿照着我的话做了，告诉我说：“妈妈，你说的话是真的耶！好几道题目，我多看几遍，竟然会做了。”遇上不解的问题，孩子会有不同的感悟，一旦悟出真理，一辈子都不会忘记。解决一道难题，对孩子来说，不但是一种收获，更是一种自信。

不要看到孩子不会做作业，就以为他笨，说他不如人家，不公平的评价会给孩子造成错觉，以为自己真的不聪明，技不如人，甘拜下风，失去进取心、上进心、创造力。一个人拥有自信心比能力更重要。

# 妯娌之间

自古以来，妯娌之间很难相处。不知道是命运，还是缘分，我的第一次婚姻里，夫家有三兄弟，第二次婚姻夫家还是三兄弟，其间的关系各不相同。

老公的大哥也是二婚，我跟大嫂同样都是后母，彼此会有一些共同语言，但思想和见解完全不同。那天，儿子在学校生活费不够用，老公的手机是欠费，儿子无奈就打电话给了他大伯母，让她转告我们给他送伙食费。老公一个电话回过去，要求儿子在学校借点钱，下次再还给人家，养成儿子借钱的习惯。儿子原本是半个月回家一次，中间有一次没回，所以欠缺伙食费，我那时候刚进他家的门，对一切不是很熟悉。

我们现在的住处，距离老家七里地，我们偶尔才回去。大哥跟二老住在隔壁，彼此见面比较容易。那天，我们回去还没有进屋，遇上大嫂叽里呱啦说一大堆，责备我们不该那样对儿子："你们怎么搞的，儿子读书，生活费都不用给的？儿子电话都打到这边来了……"她的言语里带着许多责备，而且用不一样的眼神看着我。后母难当，难就难在别人的眼光不一样，好像我故意为难儿子。各人心中一本账，我怎么样对儿子，自己心里有数，不需要解释，更不必内疚，做到问心无愧就足够了。

大嫂在外面说了不够，又跟着进家门，继续唠叨："我们都是后母，做事情要小心一点的，不要给人家说闲话，有些事情该说不该说，自己明白……"看似在帮我说话，教育我如何做一个尽职的后母。每个人对生活都有不同的见解，处在不同的环境，教育方式也自然不同，没有自己的主见，随波逐流，会把事情弄得更糟糕。

林黛玉是大家闺秀，但父母的一句话"不可多说一句话，不可多走一步路”，让她压抑自己的人生不说，连身边的人跟着担忧。多愁善感的人，心里存在煎熬，心态不自然，活得多累。人生太多的拘束和无助，局限了自己的思维和主见，没有自己的个性。林黛玉多愁善感，消极悲观，没有正确的人生观、价值观，活在别人的阴影里，纵然满腹经纶，最终却忧郁而死，输给了自己的心态。

经历过两次婚姻，我不能让儿女重复我走过的路，该怎么说还得说，是非恩怨不能变得浑浊。大嫂还继续说着，我溜之大吉，去了弟媳妇家，婶婶比大嫂聪明多了，不会倚老卖老，念叨个不停，婶婶说：“大嫂就是那样的人，凡事喜欢充老大，心底还是善良的，只不过没有自己的原则，嘴巴里想说什么是什么，没有个把门……”我们彼此有同感，心照不宣。

我对婶婶说：“我们家现在钱不够用，本想开个饭馆，做早点，老公又不干，说没有资金……”婶婶是个很开明的人，比较淡定，说话慢条斯理的，又非常热情，给人一种亲切感。婶婶对我说：“我没有多少钱可以借，可以借给你一只手，五千元。”我听了好感动，一下子精神抖擞。婶婶真的好大方，老公还欠着婶婶两千多元钱没还，再向她借钱有点过意不去，我惭愧地对婶婶说：“钱呢，暂时不用借给我，家里给儿女存的学杂费我先用着，孩子上学的时候要是钱不够，你帮我凑一点。”婶婶立马同意了，没有半点犹豫。做人我有自己的底线，尽量不麻烦别人，婶婶的一番话给了我主心骨，以备不时之需。

回家后，我跟老公说：“哎，你家弟媳妇说，让我们做生意，可以借给我们五千元。”我故意把借钱的事情说得很肯定，给老公一颗定心丸，让他有勇气跟着我做生意。当初家里的条件其实是给儿子的生活费都成问题，再怎么努力上班也不能满足需求，打工赚钱太慢了，对于贫穷的我们来说是杯水车薪。再说，家里欠了那么多的债，猴年马月是个头。我想做生意，老公死活不干，说家里没钱，没资金，种种理由搪塞我，所以婶婶的一番话，还真是及时雨！

老公见状，无话可说，答应跟我一起做早点。话是那么说，但做起来还是有几番迟疑，我是什么都不怕，说干就干，做事情用的是心，需要毅力。想做的事情，没有什么可以难倒我，别人会做的，我就一定可以。穷苦的日子里，我学会了一种本事，我有一种大无畏的精神，不管什么样的难题，都会凭自己的毅力去克服。即使全家人不支持我，我也会硬着头皮上，想什么一定要去做，执行力非常强。

我一生最大的骄傲，就是自己敢作敢当，即便心里做好了最坏的打算，也还是勇往直前地去面对。婶婶的一句话，给了我无穷的力量和强有力的后盾。凭自身的一股冲劲和老公不情愿的支持，我立马开始经营饭馆生意，一做就是六年，经历无数风雨，一步步走向成功。我和老公观念不一致，思想也不同，那一段经历再一次磨炼了我的心智。一次次生活的考验，让我见识不少，面对儿女的教育，不但是智商的开发，还有情商的培养，孩子今后赚钱的能力、选择婚姻的能力，都是从小培养的结果。

# 大街上的你争我夺

夫妻不能同心，做什么都没意思，但是为了儿女，我又不能不做，不能让孩子面临困苦无助的境地，无奈只能逼着老公跟我一起做生意。

婆婆说："老公是睡梦山投胎而来的，一辈子都睡不够。"幸亏婆婆一家都支持我，几个兄弟姐妹都说老公太懒了，应该学会勤快一点。做早点需要起得很早，我们每一天都要为早上起床的事情而吵架，甚至置办一件锅铲，两个人都可以在街上大闹一场。老公舍不得花钱，几十元钱都是命根子，买什么都不同意，但又不能不买。

不管怎么样，我不听老公的，我要为儿女着想，不想把日子过得紧紧巴巴，老公还欠那么多的债，债主都跟我要钱，好像是我欠的债。儿子的三姨夫是这么描绘老公的："他那个人，有斤米就以为自己是财主，只要明天有饭吃，今天就舍不得去拼搏。"正是这样，为了做生意，我们俩几乎是每天吵架，老公嫌累我嫌烦。

我不相信命运，相信自己努力可以创造更好的生活，要想改变自己的命运，首先必须改变自己的思想，不管是不是有人支持，我赚钱吃饭总没有错，不怕别人议论纷纷。家不和被邻欺，左邻右舍看我经常骂老公，给我提了不少的建议，劝我脾气要改改，说是好意，实在无奈。开饭馆离不开冰柜，买个冰柜又跟老公吵，我无奈跟儿子说："爸爸什么都舍不得，做吃的生意，要冰东西，必须要买个冰柜，要不然买一斤肉，没过两天就坏了，尽管是冬天，还是不方便的。"幸亏儿子懂事，脑袋瓜也聪明，一次次表示赞同我，对我说："妈妈，别听爸爸的，你想买什么就买什么。"儿子那么一说，给予我一份胆量。我担忧的不是钱，而是跟老公去大街上买东西，经常弄得不欢而散。

我们是某一年的腊月十八动手做的生意，两个人在门口搭了一个棚子，开始招揽生意，老公连一口大锅都不舍得买，只拿了一口小锅给我煮面，一次只能煮一碗，跟小孩子过家家一样。煮得久了，汤自然浑浊不请，我说汤要另外一口锅煮，老公死活不同意，煮出来的面跟猪食一样，幸亏人家都还算捧场，没说什么。我不会包馄饨，但却做了馄饨来卖，客人叹息说："你们家的馄饨够难吃的。"老公笑得不得了，每次想起来就讽刺我一回："我们家馄饨狗都觉得难吃，更别说是人……"听得我心里一阵心酸，我的确不会包馄饨。我做的包子就更好笑了，上部分拿起来卖给人家，下部分还粘在蒸笼里，一天下来营业额只有三四十元，幸亏是过年时节，做生意的外地人都回家了，要不然生意更加冷清。

有一天，我们居然做了两百多元的生意，我以为自己数错了。儿子好开心，端了一碗馄饨给他外婆吃，跟他外婆去说。我的馄饨是包不好，但手工做出来的，怎么说也不会太差。外婆是个精明人，反问儿子："你们这样的馄饨，可以卖两百多元钱一天？"儿子笑容满面，回来学给我听，我是非常开心的，不管怎么样，我们的小店还是开张了。

老公经常笑话我："你做的包子，扔在人的额头上可以起个包。"那一句话说了很多年，我也的确是做了很多年才学会做包子。我每一次想好了一个主意就做，没有人买就停，想起一个主意又做，做得不好又停，就这样反反复复做了好几年，简单的事情重复做便是成功。父母对儿女也是一样，没有人生来是天才，都需要经过不懈的努力和培养才能有所成就，如果稍有做不好就骂，那实质上是一种讽刺与嘲笑，会打击孩子的自信。要想做好一件事情，需要勇气和胆量，父母的耐心和帮助，可以让孩子的路走得更稳、更好。

半个月的时间，我把儿女读书的学费钱都给赚回来了，没有跟婶婶借一分钱。老公做什么都喜欢借别人的东西，感觉能借得来就显得自己很有面子，自己又不舍得去买。每一次我想买什么，两个人就在大街上吵。比如借人家的三轮车用，借了好几次后再去借，人家就不答应了，毕竟车子也会损耗，人家也会心疼的，毕竟都是自己的饭本，又不是为我们家买的。我提出来要买一辆三轮车，老公难得痛痛快快地答应一次，于是我们花血本买了一辆电动三轮车，那在当时是我们家最值钱的东西了。看儿女为黑白电视机吵架，我又买了一台彩电，不管老公是不是愿意，该花的钱我一样都不少。

年老的公公和婆婆对我说："这几年，你们家没有给过我们二老生活费，看他一个人可怜，没办法。"老人的一句话，让我心酸，为人一生最怕老来无依。我对公公婆婆说："爸妈，过去的事情我不知道，也不想管。从今天开始，不会少你们一分钱的生活费。"说到做到是我一贯的作风。公公婆婆都很聪明，看到我们两个人吵架，帮理不帮亲，一般都是数落老公的不是，让我感觉到无限的温暖和亲切。人生几十年，我不亏待老人，不愧对孩子，自己舍不得吃和穿，但是想图老公的一张笑脸，真是难如登天。

只要不怕辛苦，赚钱是不成问题的，即使老公要吵架、要争论，我也不顾后果，街坊邻居都觉得我很厉害，又霸道。面临家庭的困境，想到要供养儿女的生活费、学杂费，我宁可做一个泼妇，逼着老公做这做那，不管世俗的偏见。有奶便是娘，只要能够赚钱，给孩子过上好日子，说啥都行。都说女人命苦，我早已经不知道什么是苦，看到儿女幸福的笑脸，感觉一切都值得。

家家有本难念的经，不要让儿女的前程毁于父辈的无知。家庭教育的学问，以及人生的智慧，体现在平常的点点滴滴，我不会让孩子受到心灵的伤害，我会用我并不宽阔的臂膀，为他们撑起一片蓝蓝的天。

# 老师的人品

女儿读二年级了，虚岁只有九岁，学习成绩一直都不错。女儿读书入门慢，思维能力不够敏捷，很多简单的问题，在她脑袋里不会转弯，一根筋，但是孩子学习的方法比较好，又比较认真，做事情都用心去做，包括对别人的事情都非常负责，从小学会担当。培养孩子的学习态度，不是一朝一夕的事情，是一辈子的学问。

有一段时间，我发现女儿有些不对劲，作业很晚才能做好，脸色越来越差，心想：是不是我们做早点太忙了，没有照顾好女儿？我心生内疚，对老公说："你看，咱们家女儿越来越瘦了，这段时间少做一点生意，给孩子多一些关心和照顾吧。"我是个说得出、做得到的女人，要是赚钱耽误孩子的前程，我宁可不做。

那天，女儿放学很晚，六点钟还没有回家，孩子有个习惯，放学后不会游荡，肯定会先回家报平安后再出去玩。每天回家，女儿会先做好作业，其余的时间自己安排，出去玩也只在家门口家长喊得应的地方。平时，我不需要找女儿吃饭，也不用看孩子几点放学，她每次都准时回家，不用我操心。这一次，我感觉到事情的反常，第一次去学校找女儿，连班主任是谁都不知道，据说那段时间城市、乡村的老师对调，为了评职称，班主任经常更换。我很少去学校，打听了好几个老师，终于找到了女儿的班主任，跟老师说明女儿现在都没回家，老师一下明白了，说是在某某同学家。

一路上，老师对我说："你们家孩子很负责，又讲诚信，班上有个学生成绩太差了，我让她去辅导，她特别用心，原先的班主任没有好好培养她，像她这样全面发展的孩子的确很少，是不是要去找一下他们的老师?"我听出老师的话外之音，她是想让我出钱给孩子补课。现在的班主任是市区对调过来的，在我耳边喋喋不休，我顺口说了一句："我把女儿托付给你吧！"老师马上回答："不用，我们家已经很有钱……"我心里有些恼火，培养孩子跟老师家有没有钱，应该没有关系的吧。

我不会跟老师起正面冲突，不希望孩子在学校有麻烦，女儿有什么事情都是回家再教育。即使女儿不会读书，我也不会去麻烦老师，我用自己的方式，告诉孩子如何读书，怎样拥有最好的人生。走到别人家，我看到她的同学在做作业，女儿在一边守着，看到我去了，老师让女儿跟我回家了。走在路上，我问女儿："丫头，你帮忙辅导别人，自己怎么不做作业？"女儿哭丧着脸，对我说："妈妈，我怕那个同学做不好，老师会批评我的。"我更加奇怪地问："别人没做好作业，跟你有什么关系？"女儿脸色更难看了，怯怯地跟我说："妈妈，他要是不做好作业，老师会打我的手板。"我一下愣住了，心疼得不得了。女儿从小到大，我都没有打过她，骂也舍不得骂，老师凭什么这样对她！更何况女儿又不是读书不好、表现不对，别人读书不好，该由我的孩子承担责任吗？

那一晚，我失眠了，不想老师为难，又不想女儿受罚，想了好久，终于想出一个两全之策，我让女儿给老师带一封信，信中告诉老师："孩子才九岁，不需要担当如此重任，家里都不舍得让她受委屈，学校的老师更不应该这样，别人读书不好，应该是老师的责任，挨打受罚给孩子造成的恐惧是无法估量的，希望老师尊重父母的选择……"我不想跟老师发生正面冲突，这样做也是给老师一个面子。

中午时分，女儿带来老师的回信，气得我直跳脚，老师信中的内容，大概是这样的："我们家已经很有钱，是不需要钱了，看到孩子的班主任，没有很好地培养她，你要是害怕别人会超过你女儿，我也没办法……"我的确很生气，别人怎么读书，跟我的女儿有什么关系。每个人读书很好，我也不会有意见，我只是不希望孩子在学校受到惊吓。没有良好的心情，即使拥有最好的学问，也是白搭。

我好心疼，不应该让孩子承受如此重的负担，不应该接受老师的指责和惩罚。我和老公拿着那封信，去找校长主持公道，女儿躲在我的背后直哆嗦。我对校长说："校长，孩子第一天来报到的时候，又不认识你，但她可以很大方地走到你面前，给你鞠躬问一声好，你看她今天躲在我的背后，像一只惊弓之鸟，为人父母怎么可能不心疼？"校长一脸迷茫，问其中缘由。

我把女儿班主任的信，以及事情的来龙去脉都告诉了校长，我对校长说："当初，女儿能来这里上学，是校长你给的人情，我们不想让学校为难，要不然这封信告到教育局，为人师表，怎么可以拥有如此人品?"我又继续问校长："一个老师的贫富，跟我们家长有关系吗？一个老师诋毁另一个老师，能教育好她的学生吗?"校长看完信，连声说抱歉，向我们夫妻承诺，这件事一定会处理好，至于校长怎么处理，我们也不用管，我们在意的是孩子在学校不再受虐待，不再受欺压。

接连几天，我都密切关注孩子的状态，看到她的确变得阳光，没有恐惧感，方才安心。女儿对我说："妈妈，每一次我走到校门口，校长都会问我老师有没有为难我，我说没有，校长又会问我，你怕不怕老师，我说不怕了。"女儿恢复了原来的状态，我害怕女儿对老师产生逆反心理，又对孩子说："老师做错了一件事，不代表老师不好，只能说老师用错了方式，你可不能因此看不起老师，不认真读书可是你自己的损失，要记得更加认真读书。"女儿坦然地点点头。

很多父母对老师的偏见，直接影响孩子的学业，孩子对老师的不礼貌、不尊重，导致儿女学习的退步、人格的不完善。面对老师的错误，家长不要瞎起哄，不要说孩子在那个老师的教育下学习不好，这样反而给了孩子一个不读书、不学好的借口。无论怎么样的老师，学问必定是优秀的，要教育孩子学习老师的才干，忘记老师的过错，人非圣贤，孰能无过。不管是对孩子、对老师，父母都要有一颗豁达的心，原谅别人，释放孩子的心情，不要让事情一错再错，那事情闹大，甚至要求更换老师，等等，都是不正当的行为。

当我们不能改变老师的时候，就要让孩子学会改变自己，教育孩子要学会尊敬老师、用心学习，不要把不良情绪注入孩子的心里，否则孩子会变得胆小怕事，失去面对问题的勇气。教育的失败会耽搁孩子的未来。

# 心甘情愿地付出

有一天，女儿用她自己的钱买了两个冰激凌，一个给她哥哥，一个留给她自己。女儿把冰激凌递给她哥哥的时候说：“哥，我给你买了一个冰激凌，下次你也要给我买的。”看似很有道理，礼尚往来是天经地义的事情，儿子却冷不丁地对女儿说：“我不吃你的冰激凌。”女儿递给哥哥的冰激凌悬在半空，不知道如何是好。看见这一幕，我心里有些心酸，连忙给女儿解围：“既然哥哥不要，你把冰激凌放冰箱里面，待会儿自己再吃。”我没有责备儿子的意思，只是不想女儿为难。

一件小事，在女儿心中一会儿就过去了，小孩子说话不记仇，也不当一回事，在我心里却是一件大事。多少年前的往事历历在目，那时我不懂得处理亲情关系，不可能让兄弟姐妹情同一家。很多父母看不到一言一行存在的隐患，不知道一件小事有可能会变成大事，人的情商一旦缺失，就会不懂得处理人际关系，多少家庭面和心不和，父母儿女形同陌路。

过了一会儿，我对着女儿喊：“丫头，你过来，妈妈跟你讲一件事情。”女儿很听话地走到我跟前，我无限怜爱地看着女儿，对女儿说：“丫头，你今天给哥哥买冰激凌，本来是一件好事，但你不应该要哥哥等价交换。你不想给哥哥买可以不买的，想要付出对哥哥的好，必须是你心甘情愿地付出，不要指望哥哥会给你买。哥哥想给你买，是哥哥的一份心意，你会对哥哥好，是你的一份心意，如果要求哥哥给你买什么，那就是你的诚意不够，哥哥不领你的情，是不是让你自己很尴尬？”女儿点点头，对我说：“妈妈，我错了。”我笑着对女儿说：“你没有错，你的心意是好的，只是用错了方式。你想哥哥给你买很正常，但不是绝对的。”女儿仿佛明白了这一切。

数年以来，我都是对女儿说：“丫头，哥哥的东西不可以乱动，你喜欢哥哥的东西，要问哥哥要。哥哥愿意给你的话，你要懂得感恩；哥哥不愿意给你，也不可以难过，是哥哥的东西，不是你想要就一定会有……”女儿每一次接受哥哥的东西，都会说一声谢谢，让儿子觉得很不好意思。

有一天，儿子对我说：“妈妈，妹妹也太客气了，每次我给她东西都说谢谢，一家人哪用怎么客气。”我笑了，对儿子说：“妈妈一直都教育妹妹，对任何人都要以礼相待，这样会让一家人的关系变得更融洽。有一天你们会长大，会各自有一个家，不是你的东西就是妹妹的，妹妹的东西也不是你的，除非你们心甘情愿地付出，要不然谁都没资格拿谁的东西。”教育孩子懂得感恩，知道珍惜，明白没有什么事是理所当然的。

细节决定成败，一件小事可以反映一个人的素质，孩子的人品也是从平常的小事积累的。几十年前，我的父母不会教育，兄弟姐妹反目成仇，付出的人伤痕累累，得到的人不懂得感恩，无论谁都不会幸福。我教育孩子学会满足，懂得经营生活、经营自己、经营各种不同的人际关系，不让爱情麻木，不给亲情一丝的委屈。

为人母的我，引导儿女不断地学会独立，懂得珍惜，心怀感恩。亲人之间需要相互理解，彼此分担，共同珍惜，人生的幸福与快乐，需要大家一起努力。

# 不是骨肉胜似亲

孩子的心都是善良的，又非常敏感，父母说什么、做什么，小孩子嘴上不说，心里都明白，懂得感恩，也知道反击，暗地里跟父母较劲，弄得一家人不愉快、不开心是常有的事情。很多父母不懂得沟通与交流，而孩子不懂得说心里话，父母儿女之间不懂得处理情感的问题。

每一天，我跟老公都忙着干活，非常辛苦，没时间管儿女。有一次，女儿悄悄告诉我："妈妈，哥哥要求我去楼上收东西，我不去，哥哥骂我了。"我一听就明白了，多数家庭都会有这样的问题，孩子之间以大欺小。我没有很生气，也不觉得奇怪，微笑着对女儿说："哥哥让你去拿，你上楼去拿一下又不费力，哥哥要煮饭，而你不用煮，所以你做一些力所能及的事情，不是也很好吗？"女儿似有所悟地点点头。疼爱孩子不是护短，妹妹听哥哥的话没有错，兄妹之间应该相互帮忙，才能够建立更深的情谊。

每一次，女儿在家里看电视，不管女儿是不是看得舒服，儿子从外面玩好了回到家第一件事就是把电视频道换了。女儿不干了，跟哥哥较劲，两个人互不相让。我在一边默不作声，看着他们兄妹俩你一句我一句，暗自觉得好笑。儿子实在过分了的时候，我眼看女儿要吃亏，就会对女儿说："丫头，妈妈带你出去玩，好不好？"孩子听到可以出去玩，别提多开心了，马上跟着我出门。

那时候，不管有多忙，我都会带着女儿出去玩，避免兄妹俩吵架。一路上，我又对女儿说："丫头，下次你跟哥哥吵架，就让他一把，行吗？"女儿不依了，反过来问我："妈妈，为什么我要让哥哥，哥哥不可以让我？"女儿一点都不示弱，问得很有道理。倘若父母说不出道理，一味强行压制孩子，就会给孩子造成不必要的伤痕。

我分析给女儿听:"你看,哥哥很小就没有妈妈了,而你不一样,你有妈妈照顾你,要是你跟哥哥吵架,爸爸是不是会骂哥哥,你愿意哥哥挨骂吗?"女儿立马明白我的用意,对我说:"妈妈,我知道了,不要爸爸骂哥哥。"我笑了。利用小孩子的同情心是教育的上乘之法,可以让他们学会彼此忍让,让一家人更幸福,孩子的心胸也会变得更宽广。

没过多久,兄妹俩又吵架了,听到女儿哇哇大哭,老公忙不迭地问:"怎么了?"我在一边笑着说:"这还用问,肯定是兄妹俩吵架了。"女儿在边上扯一扯我的衣襟,悄悄对我说:"妈妈,不是说不可以告诉爸爸的吗?"我笑了,指着女儿的眼泪说:"那你不是在哭吗?"女儿连忙擦了擦眼泪,对我说:"妈妈,我不哭了。"孩子的控制力、克制力都比大人厉害,哭是一种本能反应,也是一种发泄。女儿心里面还是爱着哥哥、心疼哥哥的,即使自己感觉到委屈,又不舍得哥哥挨骂,这也是孩子善良的天性。

闲聊间,我轻轻推一把儿子的肩膀,悄悄对他说:"你看你,这么大了还跟妹妹吵架,妹妹怕你被爸爸骂,马上把眼泪水擦掉了。"儿子笑了笑,非常尴尬,没有多说什么。教育不是让孩子认错,而是让孩子一次次感悟,提升他们自我的价值,用他们自己的心情调节兄妹俩的关系,比父母的教育更重要。父母不要盲目引导孩子间的关系,不用担心小的会吃亏,孩子是善良的,自然会懂得相互珍惜和照顾。

自从家里开了饭馆,做早点起得早,下午我们一般都会睡觉。家里买了彩电,怕兄妹俩吵架,我提醒儿女说:"记得,两兄妹看电视,不可以吵架的哦!"女儿偷偷跑来跟我说:"妈妈,我和哥哥现在看电视不会吵架。"我好奇地问:"为什么?"女儿一本正紧地告诉我:"喏,我喜欢看的节目,哥哥陪我看,哥哥喜欢看的节目,我陪哥哥看,这样做就不会吵架了。"女儿说话的时候好得意。只要父母懂得处理问题的方式,儿女自己会协商把事情处理好。不是父母要求儿女亲密一点,孩子就一定会照办,感情源于自然,只有心甘情愿地付出,才是最真的感情。一旦化解了孩子心里的矛盾,他们自然会懂得相互忍让,孩子想怎么做是孩子的事情,父母无权干涉,只有他们自己解决的问题,才是最好的结果。

小孩子吵架没有隔夜仇,没有父母的掺和,不会苦大仇深、相互报复。不懂得教育造成的后果,苦了父母,伤了孩子。尽管父母的出发点是好,但是如果方法用得不对,态度不够温和,孩子就会误解父母的一片苦心。父母的偏爱会造就孩子心里的委屈，孩子想要找一个发泄口，这样就很容易让兄弟姐妹反目成仇。我的童年也不例外，经历过那样的人生，我非常能体会孩子的心情，我不允许错误的思想延续到儿女这一代。儿女都是父母的心头肉，我会维护他们的权益。

如今，儿子长大成人了，可以自己赚钱，凡是女儿的事情，儿子都会用心去做，花多少钱都心甘情愿，不会跟我们来算账。女儿呢，不管他哥哥做什么，都会懂得感恩。儿子给女儿的压岁钱都是好几千元，女儿受宠若惊，不敢接受，对我说："妈妈，哥哥怎么给我这么多钱?"我笑着说："哥哥给你多少钱，你就拿着，等你赚钱了，记得更心疼哥哥的孩子，不就好啦?"女儿接受了哥哥的每一份好，心里充满感激。

亲情无价，女儿 QQ 签名写了一条：我要努力读书，长大以后，给我的小侄子买礼物。一家人和睦相处，能更好地激励孩子奋发图强，充满正能量。

# 敢于面对自己的不足

人的一生，有些事可以不做，有些事必须要做，成年人必须赚钱，才能够维持生活，小孩子必须读书，才能够有出息。万物都有它的自然规律，谁也不能够违背它，孩子不读书，父母会心急，父母不赚钱，孩子的生活会成问题，父母儿女都是相辅相成的一个整体，大家彼此照应、相互帮衬。

没有规矩不成方圆，别看做作业、吃饭睡觉这些都是小事，父母都要有自己的原则。小孩子吃饭，需要一家人围在一起吃，培养孩子的坐姿、吃相，让孩子明白团体的精神。晚上睡觉，要规定孩子的作息时间，培养孩子的时间观念。平常做作业，也是有规矩的，作业必须是一心一意地完成，不认真做作业就不必继续做。孩子上课开小差，摸东西，跟平常的习惯密切相关，做家庭作业都可以用心，上学自然可以放心，一切不良的习性，都是最先在家里表露出来的。

父母要允许孩子犯错误，接受新事物的过程中难免会出差错，生活需要不断尝试、不断摸索，这样才能不断成长。教育孩子要学会淡定，从容面对孩子的错误，允许孩子慢慢长大。培养孩子有探索知识的勇气、面对错误的胆量，这样可以完善孩子更好的个性。人的一生学到老、做到老，知识无止境。我经常对女儿说："你看，爸爸妈妈经常会犯错误，你也不要怕犯错误，在错误中成长自己，纠正自己不良的行为，知错能改是个好孩子。"是我的开明和实在，带给孩子平静的心态，敢于面对自己的不足，承认自己的错误。

有一次，女儿神色慌张地来到我面前，充满歉意地说："妈妈，对不起，我不小心把风扇打破了。"言语里充满恐惧，又有许多内疚。我笑着回答："没关系，有没有砸到你的脚？你的脚没事就好，不过这个夏天你没有风扇可以吹了哦。”女儿看到我的不责备、不生气，非常开心，连忙说：“妈妈，没关系的，我不热……”我笑了，我不会马上给女儿买新的风扇，要让她感受一下没有风扇的滋味，学会自己承当责任、承担后果。

一个孩子只有明白自己的错误，才会更加懂得珍惜。父母不断地指责，会让一个孩子做事变得尤为小心，心里的恐惧占多数，甚至有些人变得麻木、刻意逃避，还有的人变得胆小和懦弱，这些都不是父母愿意看到的结果。父母不应该指责孩子的不小心，要让儿女学会保重自己、珍惜自己。一个懂得爱惜自己的人，自然会珍惜生命，珍惜她身边一切的荣誉，拥有一份良好的心态，这一点至关重要。

又有一次，女儿一个人端了很多碗，一不小心全砸在地上，我装作没有看到，不予理睬。女儿把那些碗的碎片清理干净，一个人坐在那里，心里面很慌张，我看着女儿惊慌失措的样子，过去问孩子：“有没有砸到脚啊？”女儿摇摇头说没有，我又说：“以后做事要小心一点，砸烂多少碗，妈妈不心疼，吓到你自己就不好了。”女儿充满歉意地点了点头，一次次的不小心，一次次的犯错，孩子做事情会更加谨慎，更加细心，不用打，不用骂，孩子会感受到自己的错误和不足，这就无形中培养了孩子的淡定与从容。

有一天，女儿对我说：“妈妈，我今天不想做作业了。”很多父母会问原因，然后进行说教，指责孩子。其实，父母还没有问之前，孩子就已经想好了答案和理由，基本上父母都不是孩子的对手。多数父母会说：“我们家孩子说话太厉害了，我们根本不是他的对手。”既然这种时候说不过孩子，所以干脆不问理由。侧面的教育，通常比正面的教育更有说服力。

听到女儿说不做作业，我像捡到了一块宝，乐呵呵地说：“你不想做作业，怎么不早说？妈妈我是没机会去读书，早就想去读书了，又怕自己去读书的话家里就没人挣钱了。这样好了，妈妈去读书，你去赚钱。妈妈的工作呢，你也不会做，但有一样事情，你是绝对可以，就是去捡垃圾赚钱，你赚钱给妈妈读书，好不好？”干吗要求儿女读书呢？孩子不想读书，我也乐得清闲，自己可以读书。

女儿心里急了，马上回答我：“妈妈，不用了，我自己做作业好了。”说完一溜烟地跑去做作业，所有的理由和借口都烟消云散，充满活力、热情奔放地投入她的学业中去。父母习惯说教，即便说一百个理由，也不如一次现实的例子。我的一番话使得孩子明白，她现在不读书，除了捡垃圾，做不来别的，所以自然会努力读书，不用父母费心。教育孩子读书、写字，需要用技巧，说话不当会引起孩子的反感，无端给孩子增加负担和压力，还不如亲身去体会，孩子心里的感觉会更好。

性格和习惯是在平常的一点一滴中养成的。一棵参天大树，不是在一年之间可以冲上云端，必须经过园丁辛勤的劳动，不断地修剪，才能拥有栋梁之材。孩子也是一样，需要父母不断栽培，帮助孩子成就最好的思想，做一个人见人爱的好孩子，在错误中使自己成长。

所有的孩子都应该是参天大树、国之栋梁，就看父母是否有能力引导孩子走向正确的方向，拥有美好的未来。

# 妈妈没有爸爸好

每一个孩子成长的过程，都会发脾气、使性子，比父母还凶，如果父母不懂得处理，跟孩子较真，会让儿女的心里形成一种怨恨、一份心结，无法释怀，演变成另一种个性。

女儿也不例外，每个人都说她很听话、很优秀，但是发脾气的一刻，也是六亲不认。没有父母的引导，脾气秉性跟动物没多大区别，没有正确的思路，就会变成一种兽性。一个孩子不敢反抗，会变得懦弱无能，没有自己的主见，无奈的沉默是敢怒不敢言。父母的一句话，一个表情，可以让孩子变成一条虫，或者变成一条龙，气质和修养各不相同。

妹妹的女儿比我女儿小几岁，妹妹心里的想法依然陈旧，认为做姐姐的必须让妹妹，这是我的妈妈对我们的教育。如今，我们都为人母，妹妹依然是妹妹，还保持童年的那种习惯认为姐姐让妹妹是天经地义的事情。她把我女儿的东西不断拿给她自己的女儿，又不断告诉我女儿说："你是姐姐呀，姐姐要让妹妹的。"说一次不够，说两次，两次不够三次，说得我女儿很暴躁、很无奈，不断跟我妹妹较劲。闹了很久，作为礼貌，我对女儿说："丫头，算了嘛，别跟妹妹一般见识。"我的一句话，孩子更加暴跳如雷。

憋了一肚子的气，女儿指着我的鼻子骂："你是什么妈妈，普天之下没有你这种妈妈，你看看人家，都是帮自己的女儿，只有你那么傻，帮着别人说话，你还不如爸爸，爸爸看着我哭，会把我抱起来，你是……"女儿越骂越带劲，我马上意识到自己的错误。当年的我又何尝不是如此，恨我的妈妈，讨厌妹妹，妈妈的偏爱伤害了我。

我的无心和礼貌伤害了女儿，二话不说抱起孩子，连声对她说："对不起，妈妈错了。"我满脸笑容，对着女儿赔笑脸。倘若此刻，我继续责备自己的孩子,孩子的心里会更加仇视妹妹,嫉恨我对别人的好,从而失去对我的信赖。童心是不允许被伤害的,一旦变成习惯,会导致性格的偏离,会变得对父母不尊重、对别人不友善,不良的情绪会在孩子心里生根发芽。

从那以后,只要我妹妹带着女儿来我家,女儿就会躲出去,有一种眼不见心不烦的想法。多数孩子的状态都是这样,惹不起躲得起,逃避生活,逃避自己。如果父母不懂得处理问题,孩子就不会跟父母说心里话,对别人有话讲,看到自己的父母不想说话,父母的不理解、不懂得,孩子会心生厌烦,无话可说。

看到女儿对她妹妹的样子,我心里感觉好笑,这是人类自然的心态。但是,倘若没有父母的援助,这将变成女儿心里的阴影,排斥妹妹,远离妹妹,甚至成为人格的倾向。任何时候,父母对儿女说话都需要方式和方法,要学会跟自己的孩子平起平坐,不让孩子感觉到父母高高在上,从而有一种恐惧感、麻木感。每一次跟儿女说话,我都会很慎重,很礼貌地对待孩子,找孩子说话,必须拿出父母的诚意,不要让孩子感觉到父母在说教。我面对面看着女儿,轻声地问:"丫头,妹妹来了,你就往外面跑,是不是看到她很讨厌?"女儿有些迟疑地点点头。我又继续对女儿说:"妹妹有很多地方的确很讨厌,妈妈也看不惯,但她是你的妹妹,是我们家的亲人,你要是对她不好,别人会更加看不起妹妹,你说呢!"女儿有些认同,表示理解。

我又对女儿说:"你小姨有很多地方做得不对,是外婆把小姨惯坏了,小姨都不知道怎样去管她自己的孩子,把妹妹管成那样。你就不一样了,你是妈妈培养出来的女儿,肯定很厉害,又讲礼,所以我们要对妹妹好一点,这是待客之道,你说呢?"每一次说话,我都征求女儿的意见,让她感觉到自己被尊重、被理解,孩子的心情豁然开朗,不会计较太多的事情。没过多久,女儿对我说:"妈妈,妹妹好像没有那么讨厌了。"其实,女儿真正讨厌的不是孩子,是大人不良的教育。

父母理解孩子,孩子才能够体会父母的一番苦心,要不然的话,儿女会跟父母一样蛮横,一样没有方向。特别是边走边跟孩子说话的父母,是对孩子的不尊重、不礼貌。古代的皇上上朝都要毕恭毕敬坐在朝堂之上,跟大臣面对面说话,父母对孩子说话也要注意礼貌,不能一味地只让孩子尊重父母,父母首先要学会尊重自己。

很多父母都说自己忙,既然跟孩子说话的时间都没有,又何必生下孩子，让他们经历孤独，尝试亲情不在的寂寞？有些父母看一眼孩子都没时间，忙忙碌碌又是为了什么？赚钱留给孩子，还不如给孩子多一份陪伴，孩子会感受到亲情的温暖，学会赚钱的能力、交际的能力。

我的儿女是幸福的，也是快乐的。幸福不是金钱和物质，快乐不是给他们更多的物质享受。给孩子成长的空间，让他们拥有更多精神的力量，拥有心灵的财富，获取一颗爱人的心。

# 半个西瓜

暑假到了，儿子在家里帮忙做事情，回家的前两天，儿子干劲十足，过不了三天，又恢复了以往的本性。儿子每天洗碗打杂，的确不是大丈夫所为，男儿应志在四方。儿子说："老是让我洗碗，我又不是干这个的。"儿子是做腻了，自然开始烦躁，发泄自己不满的情绪，寻找各种不同的理由，释放他心中的压力。

我刚用调羹吃掉了半个西瓜，把没有吃完的另一半放进冰箱里时，就听到了儿子的嘀咕和一脸不服气的样子，我反问儿子："那你认为，你应该做什么？但为了生活没有办法，你要是有能耐，就想个法子出来。"我用挑逗的语气激怒儿子，儿子无语了，但心里面的怨气依然存在。

中午吃饭，冰箱里会冰很多啤酒，方便顾客，增加盈利，儿子把一些啤酒放在冰箱里，等我上楼拿啤酒的一刻，就把西瓜放在楼梯上。我在乎的不是半个西瓜，而是他的态度：是的，儿子跟我挑战了。我不紧不慢地问儿子："儿子，是你把半边西瓜放在楼梯上的吗？"儿子立马回答："嗯，我看那半边西瓜没地方放，放楼梯上了。"儿子说话一脸的漫不经心。我心中暗笑，心想："总有一天，你会成为我最好的士兵。"我又继续问儿子："那我们这么辛苦赚钱，是为了什么，不就是为了过得更好，更舒服吗？"儿子更加不服气地说："所以，放了做生意的啤酒，就没有地方放你的西瓜了呀！"我也没发火，继续跟儿子兜圈子："妈妈这么辛苦又是为了什么，如果说我吃半个西瓜的权利都没有，忙忙碌碌又是为了什么呢？"儿子不说话了。

我又继续说："你就是不放所有的啤酒进冰箱，也不能把那半个西瓜从冰箱里拿出来，那是对妈妈的不尊重，不礼貌，你说你不想洗碗，妈妈也不愿意，没办法，你们要吃饭，要上学，这些都需要用到钱，如果你们还不看重妈妈，妈妈又何必那么辛苦？”儿子无语了，我也不吱声了，这件事情不了了之。

到了晚上，我把一桶卤水放在冰箱里，气温太高，容易变坏。儿子又把一桶卤水放在外面，我百思不得其解，看来儿子余怒未消。我走进儿子的房间，对着儿子问：“儿子，是不是你把卤水拿到外面的。”儿子很干脆：“是的，我看卤水还是很热，容易弄坏冰箱。”我又说：“现在外面气温四十度，卤水有可能自然凉吗？”儿子耍无赖，对着我说：“那我不管，反正我觉得太热。”儿子心里有气，跟我较劲，我退出房间，对着老公发火。

我对老公说：“你说你是怎么教育儿子的，该说你不说，不该说的，又说一大堆……”我叽里呱啦地在老公面前直发火，儿子不是我亲生的，有些话我不能说得太多，母子俩相处的日子还不多，彼此间不够了解。老公来气了，直奔儿子的房间，儿子把门锁得死死地，老公拿起一个板凳就往门上砸，门被砸得稀巴烂，一个凳子也砸得不成样子，把儿子吓得直嚷嚷：“爸，别砸了，我出来了。”儿子走到我们的房间，站在那里一动不动，一言不发。面对这种尴尬的局面，老公气哄哄下楼了，一个人骑着电瓶车不知去向，剩下我和儿子两个人对阵。

儿子站在我的床前，我睡在床上一声不吭，这种沉默过了很久，儿子又回到自己的房间。没过多久，儿子又返回到我们的房间，对着我说：“妈，你可不可以原谅我……”一句话说得我热泪盈眶，对着儿子说：“我有什么不能原谅你，你是我的儿子，我也希望你好，但你想想看，你今天做得对吗？假如你不尊重妈妈，妈妈待在这个家里，又有什么意思，你也知道，爸爸那点能耐。妈妈流产生病了，家里的一切，依然需要妈妈，假如你和妹妹都不听话，妈妈所有的努力，又是为了谁。”儿子就是儿子，怎么说也已经读了高中比较明理。母子俩和好，老公却找不到了，我和儿子骑着自行车到处找，凌晨一点多钟还是不见老公，我和儿子急得像热锅里的蚂蚁，怕老公一时想不通出事情。

那时候，我们楼上住着一帮民工，儿子去吵醒他们，借了他们的手机，打了一个电话，老公电话关机，这吓得我们母子俩更不敢睡觉了。凌晨两点钟左右，老公骑车回家了，坐在一个凉亭上，到了后半夜实在太冷了。我听了很不安，想到自己的童年，经常在外面过夜，那种凄凉，那种煎熬，仿佛就在眼前，我骂老公是想他跟儿子去沟通，事情弄得更大。

我对儿子说:“你看,你的一个不开心,让我们家的一扇门报废了,凳子也是千疮百孔。”儿子说:“妈,这扇门留着,等我赚钱了再装,每次看到这扇门,我就能想起自己做错的事情,以后就可以不再出错了。”看到儿子轻快的笑容,我的心也变得轻松。又笑着对儿子说:“一扇门并不重要,重要的是可以得到儿子的一颗心,这才是妈妈最大的快乐。”儿子连连点头。

每一次跟儿子吵架,我都可以把大事化小,小事化无,儿子也逐渐懂得生活的不易和亲情的可贵。多少次,儿子调皮地对我说:“妈,我们越吵越亲了。”看到儿子得意的模样,我的心里乐开了花,又笑着回答:“嗯,下次继续吵,我们就更亲了。”儿子又悄悄对我说:“妈,我是看到你好欺负,找你吵架。”我笑了,非常安慰。儿子每一次说出的自己的心声让我明白我们彼此之间没有隔阂。

对待孩子,不可以纵容,不可以生气,要跟他们讲道理,让他们明白是非。即使当场不会认同,过后,孩子也会用大脑去思考。不孩子生气不开心,父母还继续小心翼翼赔笑脸,这样会让孩子看不到自己的缺点和错误。孩子心理上的迷茫与困惑,需要父母不断的引导和化解。没有父母正确的方向,孩子的心理问题会积累,直到有一天完全爆发,一发不可收拾,多少孩子因此走上不归路。

针对每一件事情,我都是不依不饶,解开孩子的心结,有时甚至会和孩子吵一架。但是,我们都要明白,父母的教育不可以太偏激,太激烈的批评会导致儿女更反感,更纠结。就事论事,给孩子反省的机会,给自己圆滑的余地,不要逞强舌战,给孩子造成恶劣的情绪,一个孩子的性格,需要父母平和的心态,完善儿女的一生。

# 离家出走

穷养儿子富养女，对儿女的教育上有很多的不同，我认为儿子必须要学会赚钱的能力，培养他做事的能量，女儿呢，要努力读书懂得做人，学会理解和宽容，懂得理财和规划人生，也要懂得珍惜自己和保护自己，还要有能力把自己打扮得清纯靓丽，因为一个家庭的和谐与温暖，需要女人的豁达胸怀。

早上，我们夫妻俩起得很早，孩子都没起床，女儿读书好做什么都会，不用那么辛苦。过年的日子，一家人来不及干活，女儿充个数帮忙做点，其他时候，我们不会要求女儿会干活，做好她自己分内的事情就足够。儿子就不同了，十七八岁的小伙子，看着父母起早贪黑无动于衷是父母的过错，懒惰不会拥有好前程。

老公也是，平常教训儿子很凶，真的该教育又不吱声了，不管儿子会不会做事，老公无动于衷，即使来不及也不会叫儿子帮忙。我很生气，对着老公问："你看，天都这么亮了，怎么不叫儿子起床干活。"老公碍于面子，怕我生气不饶人，不敢违抗我的指令，又把一肚子火发泄在儿子身上，对着儿子气哄哄地喊："你怎么还不起床，不知道父母的辛苦……"叽里呱啦说了一大堆，把我对他的不满，一股脑儿全发泄在儿子身上。

于是我在教育儿子的同时，又教育起了老公，老公的态度惹恼了儿子，儿子碍于老公的权威起床，一百个不愿意，一千个不甘心。我给儿子煮一碗面，儿子怄气不吃早点，自己一个人去拔草了。那会儿家里穷，儿子平时一边帮忙做早点，一边兼职，他在市场里有一份管花草的工作，需要经常要过去拔草，这天儿子不吃早饭就出去了，显然心里面窝着一团火。

临近中午，儿子回家了，黑着脸，一脸不高兴，一声不吭上楼了。没过多久，我看到儿子下楼，手里拿着他妈妈的遗像，匆匆离开家门。我怕儿子出什么事，赶紧叫老公去追。等我做完生意回家，吃了中午饭，依然没看到父子俩。我心想，凭老公的情商，是不可能劝得动儿子的，于是我又骑个单车追了过去。

到了婆婆家，看到父子俩都在，老公看到我说："儿子说他不回家，要在奶奶家住几天……"听老公的语气是妥协了。看父子俩的阵势，王八吃秤砣铁了心。我看了暗笑，心里直摇头，平常骂儿子那么凶，真的有事却没办法，只有听之任之。多数父母看似厉害，最终却都被儿女说服，孩子看不到自己的过错，也不会有所成长，父母这样的所作所为会助长孩子成为一只缩头乌龟，遇上不如意，不顺心的事情，就逃之夭夭，作践自己，摧残自己，玩它几天消消气。多少父母走进教育的误区，看到孩子闹脾气就束手无策。

面对儿子，我轻声地问道："你真的不想回家?"儿子点点头意志很坚定，不敢抬头看我，心里面没底气。我又对儿子说："你想住在爷爷奶奶家，不见得爷爷奶奶会同意，爷爷奶奶同意了，大伯和叔叔不见得会同意，你应该知道，爷爷奶奶现在都是爸爸三兄弟抚养的，不是你说要住就可以住的，更何况你这么大一个人，应该有自食其力的能量，不会依靠爷爷奶奶而生存吧!"听我怎么一说，公公婆婆极力反对儿子住在他们家，可见老人的聪明之处，家和万事兴。

儿子没办法，灰溜溜跟着我们回家了。一个人径直上楼，不理会我们夫妻俩，我紧随其后，儿子睡在床上，满脸的沮丧，我又轻声对儿子说："感觉累了，休息会……"儿子的眼泪刷一下流了出来，多少委屈，无数的抱怨，都在这一串眼泪里。我又对着儿子说："是不是感觉到很委屈?"儿子点点头，表示默认。我继续跟儿子聊："你长大了，爸爸让你做事是应该的，爸爸的态度是不对，不应该那样对你，让你难过又伤心。但你也不应该离家出走，爸爸又不是你今天才认识的，这么多年了，你还不能适应吗?"儿子沉默了。

过一会，儿子对我说："早上，我一个人做事，越想越难过，早饭也没有吃，没有一个人关心我，就想要离开你们……"我很理解孩子，又表示认同："你会这样想是正常的，每个人都需要关心和照顾。妈妈早上给你煮了早点，你也不该赌气去拔草，我们家要做生意，即使妈妈会去看你，也不见得你会吃早点，你呕的是一口气，你自己跟自己过不去，谁劝你都不会有用……”儿子的心情平静了一些。

又继续对儿子说：“妈妈小时候也喜欢赌气，有一次饿了两天，眼冒金星，经常不吃饭，自己的身体变得很不好。所以妈妈现在希望你们，要懂得保重自己、珍惜自己。不要等以后再去后悔，身体不好，难受的还不是你们自己，像妈妈现在，身体不好还要做事，还不是为了你们，人这一辈子有很多事情，不能够随自己的意愿任性，也是为了生活……”儿子的心情有些缓和了。

继续跟儿子聊：“你看我们家这么穷，别人都看不起，要是我们自己不努力，别人是不会帮我们的，就是会偶尔施舍，也还得我们千恩万谢，还不如我们自己努力赚钱。别说帮忙洗个碗，就是帮家里捡垃圾又何妨，重要的是能够养活自己，只要有能力，我们才能够做其他的事情，咱们家现在的力量，无法改变目前的状况，所以我们一起努力，好不好？”儿子再一次流泪，这次是动情的泪水，让我们的心紧紧连在一起。

多少年来，我给儿子的不是快乐，是成长，我给儿子的不是金钱和物质，是做人的道理，我给儿子的不是简单的批评，而是孩子犯下错误，如何引导他走向正确的方向。没有一次次的吵架，儿子不会成长的怎么快，没有一次次的沟通，孩子经历最多的磨难，无法理解生活的真谛。

我用自己的故事，母亲的情怀，一次次感化成长的儿子，让他变得更加坚强，拥有男儿的魄力和自信。

# 清除心里的垃圾

老公有很多坏习惯，特别是他那张嘴，无论谁经过家门口，听到什么传闻，老公都喜欢说上几句，幸灾乐祸，感觉自己很有先见之明，真是狗嘴里吐不出象牙。儿子做什么事，老公都会到处宣扬儿子的种种不是。孩子不好的习性，别人原本是不会知道的，父母一次次重复述说儿女的不孝顺、不听话，落人话柄。

每当儿女不听话的日子，我会反思自己的行为，是不是错在哪里，教育的问题、孩子心理的问题、事情本身存在的问题，分三部分去想，给孩子一个正确的答案，让他们看到自己的不足，勇敢地面对，不要害怕别人说什么，知错能改，善莫大焉。

有一天，儿子放学回家，有意无意地说了一句："我们班主任像个婊子。"我听了很反感，一个孩子在学校不懂得尊重老师、欣赏同学的优点，跟着别人瞎起哄，说老师的坏话，不知道自己错在哪里，感觉自己很了不起，我顺口问儿子："班主任什么时候勾引过你？"儿子有些牵强地说："同学都这么说的。"我反问道："别人这么说，你就跟着，同学说你杀过人，你也承认吗？"儿子马上狡辩道："那不一样。"我又问："有什么不一样？子虚乌有的事情，你都可以说得这么坦然，那别人为什么不可以乱说？"儿子有些理亏词穷。

针对教育，我不会放过任何机会，继续对儿子说："每个人头上都有自己的一个脑袋，不是别人说什么，你就跟什么，万一不好的事情，以讹传讹就不对了。就算老师真的是婊子，都跟你无关，更何况老师不是那种人。你要是有什么事情，跟老师有关，老师有权指责你、批评你，是父母花钱请老师教育你们。你看爸爸经常说别人坏话，好听吗？"很多孩子不努力读书，说一些乱七八糟的事情，给老师取绰号，感觉这是一种娱乐，其实是在浪费自己美好的年华。

女儿上学了，每一次回家都讲别人的不是，我会对女儿说："丫头，妈妈让你上学，不是让你去管别人的事情，管的是自己，别人好不好、坏不坏都跟你没关系，你要懂得如何管好自己，学习文化，给自己的未来创造财富。"我不允许孩子带钱去学校，上课时间想着下课应该买什么，孩子心里就会有很多杂念，不可能有太多的精力用在学习上，不会读书就变得很正常了，心里想的是乱七八糟的东西，怎么可能认真听讲呢？

有一个小和尚，每天很努力又非常勤劳，但一年到头看不到成绩，心里纳闷，去问老和尚："师父，我一年忙到头，怎么就看不到成绩？"老和尚要求小和尚拿一个杯子，里面装满核桃，问小和尚："满了没有？"小和尚说："满了。"老和尚又让小和尚装进沙子，又问小和尚："满了没有？"小和尚回答："满了。"老和尚又让小和尚往里面倒满水，问小和尚："满了没有？"小和尚再也不敢说满，老和尚又让小和尚拿盐装进杯子里。

一则小故事，告诉我们一些道理，做事情要有方法、顺序，这一点举足轻重，不是你会努力、勤奋，就一定会出成果。多少孩子认真读书，还是不会有好成绩，一方面是心态不对，喜欢说人是非、道人长短，做人没有原则和方向，不懂得珍惜学习的机会；另一方面是学习的方法不对，不能掌握重点，不知道分析问题，没有自己的思想和情操，老师说什么就做什么，不会深入思考，没有主心骨，只知道被动、麻木的学习方法。

同样的道理，孩子如果不懂得尊重老师，要想读书好，可能性非常小。多少父母注重孩子的成绩，却忽略了孩子心灵的健康，孩子心理有障碍，就不可能敞开胸怀去接受新的文化。如果父母盲目地告诉孩子认真读书、听老师的话，孩子就不会有自己的思路，存在孩子心里的杂念，足够毁掉他们的一生。要想读书好，必须拥有阳光的心态，学会做人，懂得待人接物的礼貌。

# 半夜惊叫

有一天晚上，凌晨一点多钟，老公起来上厕所，忽然间，听到老公一声惨叫："哎呀来，有贼……"老公一边喊，一边紧关房门，脸色铁青，吓得我径直跳起来，老公说："晚上睡觉之前，看到房门口没有东西，现在看到一个蛇皮袋挡在房门口。"老公话没有说完，就听到房门外低低的声音，竖起耳朵听才知道是儿子低泣的声音："爸爸，是我……"

我连忙起床，打开房门，看到儿子跪在房门口，头低得几乎碰到地，穿着一件白色的上衣，难怪老公说是蛇皮袋一样的东西，都怪他自己上厕所不开灯，所以没有看清楚儿子的头，闹出这么大的笑话。我连忙扶起跪在地上的儿子，让他进屋，关心儿子有没有吃饭，我问儿子："这么晚回家有没有吃饭？"儿子说："吃过了。"没有等我再问，儿子连忙说："其实，我很早回家了，七点多钟，看到门口没人，我就一个人偷偷溜到楼上，想了很久，感觉对不起父母，所以一个人下楼跪在房门口……"儿子演的这一场负荆请罪的游戏，把我们吓个半死。

看着儿子惊慌失措的样子，我又是心疼，又是感慨，对儿子说："做错事情，直接跟父母说就行了，看你现在这个样子，差点把我们吓坏。"儿子泪流满面，心里的恐惧可想而知，他在等待一场暴风雨的洗礼。多数孩子都畏惧父母的权威，默默承受父母的教训，任由父母尽情发泄。我对儿子说："现在已经太晚了，上楼好好睡一觉，有什么事情明天再说。"看到儿子一脸的疲惫，我心里很心疼。

再一次安慰儿子："去睡觉吧！什么都不要想，即使天塌下来，也总会有解决的方法，去吧！"面对孩子，我永远会表现得淡定，不是我心胸豁达，而是我懂得珍惜。看到孩子，我会联想到自己的人生，内心会变得特别温柔，心里想的不是责备孩子，而是如何安抚孩子那颗脆弱的心。孩子已经受伤的心灵，不能再雪上加霜，呵护孩子的心灵比什么都重要。

第二天早上，儿子起得有点晚，晚上折腾太久，心里面有事睡不着，难为孩子一脸的疲倦。看到我一脸的慈祥，儿子稍微放松了一些。我让儿子继续睡，睡到自然醒。没有良好的心情和精神饱满的状态，是不可能解决问题的。我不愿意孩子带着一脸的沮丧，不希望他们害怕什么，遇到任何事都需要有勇气去面对。

看到儿子坐在房间里，不敢主动来找我，我进去坐在儿子旁边，微笑着问："这一次，又发生什么事情了，给老师遣送回家了？"儿子已经不再那么慌张，慢悠悠地说："上课时，我看不惯那个老师，在课桌后面拍大腿，对老师不尊重，老师让我回家了。"多么小的一件事情，弄得孩子一夜没睡，搞得一家人人心惶惶。我又继续问："为什么要那样对老师？"儿子说："那个老师对某某同学做过什么，我看不惯，那个同学是我最好的朋友。"打抱不平是青春期孩子最喜欢做的事情，感觉自己很有正义感。

看着青春期的儿子，我语重心长地说："你以为这样做，是对同学好吗？你有没有想过，老师这样做又是为什么，不都是为你们好嘛，老师跟你们无冤无仇，希望你们多学一点东西，多一点文化和修养，有什么不好？或许老师的做法有些不妥，让你们看不惯，但是老师的出发点绝对是好的，假如父母做不好，是不是也要对我们不尊重？"儿子笑了，有点不好意思地说："那倒不会。"看着儿子的心情变得轻松许多。我又继续对儿子说："你想想看，自己的行为错在哪里，对老师不尊重，你以为是在帮助那个同学，你以为同学会感谢你，就算同学说了几句好话，可是你浪费的是自己一生的前程，你觉得值得吗？今天，你是回家了，父母会因此难过，而你自己又荒废了学业，最吃亏的人又是谁？"儿子似有所悟，一脸尴尬。教育孩子要有分寸，把握一个度，给孩子一个灿烂的微笑，一份柔和的心情。孩子只有心悦诚服，才会有改变自己的能力，认真对待问题，反省自己的过错。我又问儿子："现在你知道该如何面对老师吗？"儿子点点头说："我知道了。"我又继续问："这一次，需要父母陪你去吗？"儿子立马说："不用了，我自己会跟老师说清楚。"有了上一次的教训，儿子已经懂得跟老师沟通，承认自己的错误。是我的包容，让他有勇气面对自己的错误，人非圣贤，孰能无过，更何况是一个孩子，他会在错误中不断成长自己，完善自我。

一个孩子犯错，一般不会是多么严重的事，父母的教训会让孩子变得诚惶诚恐。孩子许多不良的情绪，存在心里的恐惧和不安，都是父母平常的态度造成的，让孩子心里没有安全感。父母是孩子的精神支柱、心灵的港湾，倘若父母都不懂得孩子，不会保护自己的儿女，那么孩子的一生又该向谁去诉说。父母不应该一味责备孩子，要学会放松孩子的心情，让孩子的生活变得更加开心，充满快乐。

教育是拉家常，父母要懂得随和、自然，面对青春期的孩子，更应该懂得方式方法，不要说孩子会叛逆，就连父母也希望被人尊重，让人喜欢。那么，喜欢自己的孩子，欣赏他们，接受孩子的喜怒哀乐，孩子会在成长路上更加努力，奋勇向上。

# 担　当

十七岁是最美好的年龄，步入青春，看似没有哀愁，实则迷茫重重，面对家庭的压力、对社会的无知，层层压在一个人的心上，一会儿欢腾，一会儿忧愁，无论是交际还是理财都处于茫然的阶段，没有正确的目标。

老公经常说："儿子喜欢骗钱，不是说饭卡掉了，就会说别的理由，反正有多少钱都不够他花。"我笑而不答。以我们家的条件，又有多少钱可以供儿子去挥霍，平常的一些零花钱、一点生活费，他偶尔还会去外婆那里弄点钱，其余的日子，儿子无计可施。说儿子会花钱，无非就是不懂得节约，不会规划自己的人生，不懂得经营自己的生活。

那一天，儿子打电话说："妈妈，我把饭卡掉了。"老公在边上直嘀咕："看，又来骗钱了。"不管老公说什么，我给儿子打电话都很开心，不会感觉到儿子的不好，孩子说什么，我都会相信。父母要尊重儿女、珍惜儿女，不可以凭空怀疑自己的孩子，否则孩子未来走上社会如何立足？

我问儿子："饭卡掉了，那怎么办呀？"儿子说："要重新补一张。"我又问："饭卡里面还有多少钱？"儿子回答说："有三十多元钱。"我不太明白补饭卡的程序，不知道该怎么样去补，以为饭卡掉了，里面的钱就没有了，不知道补办一张饭卡，需要工本费，儿子没有细说，我也不懂得问，直到女儿上高中，才明白饭卡怎么补的。

我又继续问儿子："这一次的三十多元钱，妈妈给你，以后再掉饭卡，我就不管了。"儿子连忙说："好好好。"每一次跟儿子说话，我都会教育一番，于是继续对儿子说："要是在古代，你这个年龄都是养儿育女了，要承担一个家的责任，现在的你一张饭卡都不能保护好，以后怎么样立足于社会？"儿子一再表示："嗯嗯！"我又继续对儿子说："儿子，现在的你长大了，要学会担当，不可以每一次发生这样的事情，都让父母帮你承担责任，否则你长大以后又能做什么？这是我最后一次给你补饭卡，再发生类似的情况，你自己承担责任。”儿子连连答应。

面对儿女，不管他们是不是会骗、会不会偷懒，父母都要给他们一次机会，帮助他们渡过难关，杜绝相同的事情发生。先小人后君子，告诉孩子下一次将会怎么处理，给孩子提个醒，让他们慢慢学会担当与责任。我每一次说出来的话，一定会算数，孩子心里有个谱，不会感觉到父母说一套、做一套，儿女会顺着我的想法，慢慢改变自己。我不会跟孩子谈条件，说一是一，说二是二，让他们自己心里都有数，不会存在侥幸，没有第二次的机会。

从那以后，儿子再也没有掉过饭卡，我也不再提起，对待孩子有一个宽限期，第一次犯错都不会是错，原谅他们无心之过，但是不允许同样的事情继续发生，逐渐培养儿女良好的习惯。小时候的女儿，每一次犯错误，我会问她：“丫头，你做错事情，该怎么办？”我给孩子选择处理问题的方式，女儿自己说：“妈妈，今天我不看电视。”我连声附和，相信孩子的话，又继续落实孩子的承诺：“好，是你自己说的，不可以反悔，不能偷偷地看，要不然妈妈说话也不算数。”女儿会很爽快地答应，相信自己会信守承诺。

又有一次，儿子说：“妈，这一次上学，我不是半个月回家，而是一个月才能回家，所以你要给我一个月的生活费。”我二话没说，把一个月的生活费交给儿子。我相信孩子，这是父母必须有的心态，对孩子要尊重，未来本就只是一个规划，具体怎么样没有人能肯定地说清楚，先绝对相信自己的儿女，哪怕是真的错了，再处理也不迟，但这期间督导孩子、提醒孩子还是有必要的。

过了半个多月，儿子兴冲冲地回家了，我大吃一惊。他是特意回家拿生活费的，钱用完了。问题果然来了，我故作惊讶地问儿子：“你不是拿了一个月的钱，怎么就没有了？”儿子有些理亏地说：“嗯！”声音好轻，没有底气。我也毫不留情，直接回答儿子：“要钱没有，一个人不可以没有诚信，即使父母儿女也不例外，你现在没有担当，又怎么可能成为一个真正的男儿，你自己透支的钱，学会自己承担后果，父母是不会再给你钱的，自己回学校去吧！”儿子无语，灰溜溜地返回学校。

上次儿子借钱，我领教过一次，他的哥们没有生活费，共用儿子的一张饭卡，我知道儿子有能力渡过难关，承受一次不守信用的后果。读书固然重要，但人的道德和品质更重要，没有一个男儿的担当，拥有学问又有何用。儿子再一次回家时，的确是脸色灰白，没有一点血色，我心里难过，但不会让孩子感觉到我的心软。一次的教训，儿子清楚自己要如何为人，学会自己担当后果。

那一天，我们家装修门面，我事先备好的钱少了一百多元，我问儿子："你有没有拿过饭盒里的一百元钱？"儿子回答："没有。"我也不追问，尽管心里怀疑这笔钱是被儿子拿走了。如果真的是这样，我也难得糊涂，让他用这笔钱还同学的人情，弥补我心里的亏欠。父母都心疼自己的孩子，万一那笔钱不是儿子拿的，而我强硬地责怪他，岂不是给他造成更大的伤害？掉钱事小，伤害儿女的心灵是父母最大的过错。

事隔多年，我一直没有提及此事，最近写文章，想到那一幕，我打电话去问儿子，儿子说他早就忘记了。孩子生长在民主的家庭，有勇气承担自己的错误、面对自己的错误。只要父母允许孩子犯错误，适当的惩罚有利于孩子的身心健康。父母的诚信，可以感染孩子的为人，让他们也学会言而有信。与其让孩子以后受苦，不如现场施教，一次的痛苦，让他们明白更多的道理。

自古慈母多败儿，父辈的教育让我明白一个道理，对待孩子不可以心软，该父母心疼的时候，自然要对儿女好，不该放任的时候，一刻也不能放松，即使孩子心里痛苦也是难免的。为人父母，不可以恶语伤人，不可以贬低儿女的人格与尊严，不可以伤及孩子的自尊心，但生活的困苦，儿女必须学会克服，没有经历过磨难，就不会感觉到生活的美好。

父母亲心疼孩子用在心里，说出去的话泼出去的水，必须让孩子学会担当，心里有无数的不舍得，还是要学会克制，适当的无情有助于儿女心灵的成长。教育不是面子，不可以同情，要从原则出发，针对孩子的个性，就事论事，孩子学会担当，人生才有希望。

一次正确的教训，或许能改变儿女一辈子的人生。知道父母说话言而有信，孩子就不敢胡作非为，乱了自己的分寸；若是教育没有原则，就会造成孩子的错觉，失去一辈子的目标和方向。

# 女儿的眼泪

离婚再嫁的孩子是可怜的，遇上很多问题，不是孩子能够解决的，父母的问题影响孩子的心情。女儿远离家乡和同学，跟随我到一个人生地不熟的地方，尽管是我的家乡，却是女儿的异乡。女儿跟我回浙江，听不懂家乡的方言，没有熟悉的朋友，孩子的情绪会低落，心里的纠结，远不是父母想象的那么简单，不敢面对现实的残忍，孩子的心灵一落千丈。

隔壁有个女孩子，跟女儿一样大，年龄相仿，一个上半年生，一个下半年出生，比女儿小一级。彼此间有很多共同语言，隔壁父母经常不在家，跟着奶奶的日子比较多，花钱很大方。我们有空的日子，经常带她们出去玩，到我父母家，还有婆婆家，不管去哪里会带上她，像自己的女儿一样。

女儿不会骑自行车，看到邻居的孩子会骑车，就跟在她后面跑，我心疼孩子，对女儿说："丫头，你要不要骑车？妈妈给你买一辆。"对女儿，我很大方，平时我不会轻易浪费一分钱，但有关孩子的尊严，我都尽力满足她。孩子心里不会觉得凄凉，没有贫穷的悲哀。不像我自己，童年的时候连一件像样的衣服都没有，那种心情、那份滋味，至今想起来都心里发酸。面对儿女，我是比较开明的，给他们足够的空间和自由，做自己喜欢做的事情，走自己想走的路。

谁知道，女儿听到我这么问，哇的一声大哭，埋怨我："你明明知道我不会骑单车，还让我去买车，不是存心让我难堪吗？"我心里暗笑，不想刺激孩子，连忙道歉："对不起，妈妈看你跟在别人后面，怕你委屈，才想着要给你买车，你不想要，妈妈不会勉强你的。"女儿也就作罢，我也不再提。

没有一个孩子生来就胆大，儿女不想做的事情，我是绝对不会勉强，如果他们感觉到开心与快乐，做什么都可以。没过多久，女儿跟我说："妈妈，你给我买个单车吧！"我好奇地问："你不是说不要吗，怎么又想起来要买？"女儿说："我已经学会骑单车了，就要买单车了。"我恍然大悟，心中有数。当一个孩子不愿意做的事，父母不要贬低孩子、辱骂孩子，这样会增加孩子的压力。孩子有需求时，不是无理取闹，父母要懂得满足孩子，提升他们心中的一份自信。

给女儿买了单车后，我发现都是人家孩子在骑，于是我好奇地问女儿："丫头，隔壁孩子自己有单车，干吗总是骑你的呀！"女儿又说："那时候，我不会骑单车，说好的，我用她的单车学好了，现在要让她我的车，这样很公平。"我明白了，这是孩子间的承诺，我不参与任何意见，孩子学会言而有信，是人生的一门学问。父母不要舍不得自家的东西，买给孩子的东西，就是孩子自己做主，有权支配，给孩子独立的根本。

有一天，女儿哭丧着脸回家了，对我说："妈妈，隔壁阿姨说，让我不要再到他们家去了。"事后，我得知是隔壁女主人说家里丢了两百元钱，对孩子说了一些绝情的话。清者自清，浊者自浊，这种事情我不会去解释，开导女儿才是我要做的事。当我们不能改变现实的时候，就要求孩子学会改变，我对女儿说："妈妈相信你没有拿过别人的钱，你是一个最好的孩子。隔壁阿姨不信任你，咱们要把自己做得更好，时间会证明一切的。"女儿似懂非懂地点点头，眼里充满沮丧，心里面流着眼泪。

我又宽慰女儿："妈妈知道你心里难过，你和她玩这么久，是有感情的，不要去责备她，她也是没办法，母命难违。要知道生活中会发生很多事情，你要学会面对，失去一个朋友会拥有更多的朋友。没有朋友的日子，你要更加用功读书，自己会变得更优秀，后悔的是他们，绝对不会是你，是他们有眼无珠，不认识我们最好的女儿。"女儿笑了，是一种动力，一种希望。

后来的日子，女儿还是会难过，她给隔壁的孩子写了一封信，具体内容我不知道，结果两个人的关系没有好转。我又继续宽慰女儿："丫头，做任何事，尽力就行，别人怎么对你是别人的事情，你做到问心无愧，对得起别人，就足够了。你不能失去一个朋友，又失去自己，没有她你也一样要过得开心、快乐，这才是你真正的人生。"凡事都有一个过程，过了那一个阶段，女儿不会再伤心和难过，恢复自己的状态，要比大人来得快。

人生一世，经过多少事，相遇多少人，都是过眼烟云。感悟人生，提升自我的价值，别人对我们怎么样并不重要，重要的是自己一定要对自己更好，拥有美好的心灵，走向成功的未来。

# 爸爸好像很讨厌我

每个人都有自己的个性，很多是童年养成的习惯。老公习惯于不断寻找别人的缺点，又不断皱眉，不断吆喝，看到什么都会说两句，尽管是有口无心，却让人敬而远之。

家里很穷，没有一件像样的家具，女儿也没有玩具，女儿在床上蹦蹦跳跳，老公说："跳跳跳，不怕床铺蹦烂了。"孩子不敢再跳，我心里好难过，碍于情面不敢作声，为了家庭的和谐，能忍则忍。女儿用剪刀剪纸，堆积在桌子上，老公又会骂："剪剪剪，剪得到处都是垃圾。"老公每一次都会露出不耐烦的神情，吃饭也要说孩子两句，以显示自己管孩子的能力。

每一次遇上孩子心情不好，我都会特别理解，女儿不想吃饭，不会强制她吃东西，会跟她说心里话，只要拥有良好的心情，自然会增加食欲。通常孩子不会说假话，不想吃东西是很正常的事情，缓和孩子的心情后，她自然会感觉到肚子饿，到时再吃东西也不迟，孩子开心，是我最大的快乐。老公看到孩子不好好吃饭，就开始骂骂咧咧："这么好吃的菜都不想吃，那你想吃什么？"女儿闷头不响，一口气吃完饭，独自一个人坐在楼梯上，一脸的挫败感。

这种时候，我会紧跟其后，理解孩子此刻的心情，看着女儿心疼地问："爸爸那样说你，是不是很难受？"女儿连忙摇头说："妈妈，我没有，真的没事。"孩子怕我伤心和难过，自己一个人默默承受。我对女儿说："爸爸就是这个脾气，他不但说你，也会说哥哥，不是故意对你不好。爸爸的性格，是爷爷奶奶培养的结果，你可不准难过，要不然长大以后，跟爸爸一样容易生气。"女儿点点头，表示默许。

我又继续对孩子说："爸爸这么大年纪了，要爸爸去改变似乎不现实，我们自己学会改变，以后你不想吃东西，可以告诉妈妈，喜欢吃什么，妈妈会给你买。”女儿用力地点点头，没原来那么纠结，我就放心了。转过身，我又对着老公说：“你说话不注意态度，孩子会不开心，有什么好处？”老公生气了，气哄哄地对我说：“我知道女儿不是我生的，以后不管了，行吗？”我一阵冷笑，对老公说：“你说的话现实吗？在一个家庭里，你能做到不管，也是天方夜谭。”老公爱理不理，表示沉默。

我继续对老公说：“要是想女儿长大对你好，现在你对她好点；想女儿长大以后对你不好，现在说一声，我们母女俩会离开这个家。你知道我在湖南为什么离婚吗？就是因为那个人对女儿不好，不能控制自己的脾气。你要是对女儿不好，我照样会跟你离婚。你对我怎么样都没关系，对女儿不好，我就跟你拼命。”老公有些畏惧，因此不开腔。

我继续说：“别说女儿不是你亲生的，就算是你亲生的，你要是经常骂她，也不会对你好。我就是个最好的例子，你能说我的父母对我不好吗？他们跟你一样，说话做事不懂得方式，给我带来许多悲观情绪，你可不能像我父母一样。”说完，我上楼了。没过多久，老公跟着上楼，对着女儿说：“丫头，刚刚爸爸说错了，态度不好，原谅爸爸好不好？”女儿一把抱住爸爸，一边说：“爸爸，没关系的，我没有生气。”孩子要比父母讲理，不管多大的委屈也不会计较什么，父母跟孩子较劲，会弄得两败俱伤。

老公是个醋坛子，看不得我和女儿好，把他冷落在一边会生气，嘴巴嘟哝道：“你们母女是一条战线，跟我不是一家人……”叽里呱啦说一大堆，让我警觉，倘若女儿跟我一条战线，父女之间有更深的隔阂。特别是我和老公吵架的日子，老公会迁怒于孩子，重蹈覆辙。第一次的婚姻是这样，每一次我跟他吵架，男人拿女儿开刷，吃一堑长一智。

将近十年了，我把女儿丢给老公管，给老公做爸爸的机会，不管女儿想要什么，让她跟爸爸要，经常对女儿说：“丫头，你想要什么，对爸爸说，爸爸同意了，妈妈不会有意见的，要是爸爸不同意，妈妈一样会给你，给爸爸做一回老大，爸爸会更心疼你。”女儿非常聪明，上学回家都跟着爸爸，牵着爸爸的手。我跟儿子一条战线，一个家庭形成不分你我的状态。

女儿会经常跟我说：“妈妈，爸爸好像很讨厌我，每次看到我都喜欢皱眉头……”我笑着对女儿说：“爸爸不是讨厌你，是他童年时受的教育养成的习惯，你可别像爸爸。记得见到爸爸一定要喊的哦！”女儿跟着我学会忍耐，学会不计较、不在意，不管老公怎么样对她，女儿都会尊呼他一声爸爸。当我们不能改变对方的时候，要求孩子学会改变，学会大度，彼此的亲情不会恶化，不会失去真爱。

生活是一门学问，经营一个家庭需要智慧，培养儿女要多方位考虑，不仅仅是读书一条路，还有做人的道理，心灵的成长是人生最大的学问。

# 弯　腰

小时候，总以为夫妻关系不会好，谁欺负谁，谁又看不起谁，经过两次婚姻才懂得，并不是那么一回事。两个人性格不合、思想境界不同，产生的一些摩擦，跟一个人的好坏没有关系，还有每个人的生活习惯、心胸不同产生的矛盾，吵架的程度各不一样。

老公有个习惯，每一次吵架都会扯上一个理由，一种罪名，比如说儿子回家了，老公会说："我知道的，你看着儿子回家不舒服跟我吵架。"我不屑地问："儿子不在的日子，我们也是要吵架，又是为什么？"老公无言以对。婆婆来我们家住几天，老公又说："我知道的，你看着我妈来了不开心，找我吵架。"吓得婆婆不敢再住，我对婆婆说："妈，你可别介意，那是你儿子，他是什么人你还不知道吗？平常你不在，我们照样会吵架，你就当没看见就好。"婆婆很明事理，帮着我说话，老公又对婆婆吼。

我对婆婆说："妈，下次我们吵架，你不用帮我，想干吗就干吗，我可以摆平他。"看着婆婆年老的日子，不想老人家难过，老人和孩子一样，需要呵护与关心，不可以受惊吓。老公看不得我们有笑容，我和儿女笑得开心，他要骂个自在，自己又不会跟着我们闹，一脸的严肃。父母从小的教育，老公心里有自卑感，压抑感，不会自己调节心情，看到我们开心的样子，用各种不同的理由指责我们，跟着他一样消沉、悲观，没有乐观的心态。

那一年，儿子高考成绩不是很理想，大专水平填了三个志愿，我跟儿子说："填志愿不要填得太远了，太远以后发展的前途在外省，咱们浙江也不是很差……"儿子很听话，多数的事都会跟我商量，不会跟他爸爸去折腾，老公一问三不知，习惯摆谱，不懂装懂，弄得全家人都不开心。儿子填了两个杭州的学校，另一个是衢州的，都是浙江省内的。录取通知下来的那一天，我打电话告诉儿子，被衢州的学校录取了，儿子支支吾吾半天不作声，儿子说："我查过网络，衢州的学校不咋地……"心里面非常不情愿。我对儿子说："不管你想不想读，目前还早，等开学的光景，我们再做决定，好吗？"儿子一百个不愿意，但是答应了我的提议，先不做决定。

我对孩子的教育持保留的态度，不教育他们做什么，不强迫他们做什么。有些事情，过一段时间自然会想通，不用轻易做决定，给孩子一个思考的余地、考虑的空间。儿子是听话的，经常可以沟通，性格没有那么偏激，我们之间有聊不完的话题。唯独老公，叽里呱啦吵个不停，脾气又倔，很多事情说不清楚，无中生有。跟老公做生意，经常吵架，做生意不是靠盲干，需要头脑和智慧，服务态度至关重要。盈利不算会吃亏，老公凭自己的心情做事，心情好给人家多一点，超越成本的范围。心情不好又少一点，对人做事好大的脾气，常常弄的啼笑皆非，多少人在我面前告状，说老公的服务态度真是差劲。还不听劝，好几次吵架，开口一句话打死我，闭口一句话打一顿看看。

我是百口莫辩，做生意没有对手，过日子没有一个知心的人，除了跟儿子聊几句，剩下母女俩还不能多聊，老公会吃醋，对着我酸溜溜地说："你们是有母女俩，我是没办法……"从那以后，不管是女儿上学，还是煮夜宵，都给老公去做，凡是女儿要跟我说的事情，让她跟爸爸说，免得节外生枝，不想一家人闹得鸡犬不宁，重蹈覆辙。心里面憋着火，眼里面流着泪，依然微笑着过日子，看到孩子的幸福，是我今生最大的快乐。

那一次，我们又吵架，老公又说："我知道的，你是不想给儿子读书，所以跟我吵架。"气得我直跳脚，子虚乌有的事情让我觉得针扎一样的痛。如果我真的不让儿子读书，受委屈的应该是儿子，要去告状的也是儿子，老公跑去儿子外婆那里告状，说我不给儿子读书，平地起风波，无端给我一盆污水，我又是百口莫辩。上帝造人是公平的，我不懂得珍惜感情，才会失去幸福和快乐，错就一次又一次的婚姻。那天，我心里烦躁，一声不响地带女儿去朋友家玩，老公来接我回家，没好气地对我说："可以回家没有？"一句话惹恼了我，我顶着老公说："我才不想回去呢！"老公骑着电瓶车，一溜烟自己回家了。

我在朋友家住了一天，想想自己说过的那句话，碍于面子，真不想回家，女儿回家拿东西，对她爸爸说："爸爸，你去接妈妈回家吧！"老公对着女儿吼一句:“我才懒得接这东西回家。”女儿学给我听,气得我直跳脚,又一次想离婚。老公骂人很难听,说我不是东西,骂我神经病,多数的日子还会骂我没爹娘教的疯子,多少难听的话都出自老公的嘴,真的很难受。我带着女儿去了镇上,想换个环境,发现给女儿转学很麻烦,我一个人想了很多很多。我已经不是个小孩子,不可能像童年时一样,外婆打我就跑到妈妈家,妈妈对我不好,又跑到外婆家,心理面没有踏实过。现在,孩子跟着我东奔西躲,没有一个安定的家,不会有一颗平稳的心,岂不是毁掉儿女的前程?儿子长大了,可以上大学,不再需要我,可是女儿需要一个家,于是我强忍着怒火,努力改变自己的个性,带着女儿回家了。

没想到,家里的房门钥匙已经更换了,老公一副爱理不理的样子,我很心寒,人心为何如此残忍。不管我们是不是回家,老公在乎的是钱,存折的密码一样更换了。我为了女儿不能再吵,不可以再离婚。即使再苦,也要给女儿一个完整的家,不能让她跟着我颠沛流离,不管受多大的委屈,我一定要学会忍受。我一把抱住老公,心里在流血,泪水在眼里打转,我要努力赚钱维护一个家,学会忍耐,求得安宁。

我第一次感觉到自己好厉害,居然有勇气面对自己的脆弱,有勇气弯腰,接受老公对我的不公平、不尊重。爱是可以创造奇迹的,学会忍让,懂得宽容。要不是为了女儿,我学不会忍辱负重,要是没有儿子,我没有勇气继续留在这个家,一切都是有关系的。我打电话给儿子:“儿子,爸爸说我不让你读书……”儿子那边否认了,一个劲地安慰我。万人爱不如一人懂,儿子的懂给了我继续赚钱的动力,我对女儿说:“家里赚的钱不是你的,妈妈给你的是读书的机会、做人的道理,人生的路要学会自己走,妈妈不能保护你一辈子。”金钱远不如亲情来得重要,为了孩子,我忍气吞声,继续往前走。

爱出者爱返,福往者福来,尽管我和老公的感情不是很好,但是将近十年的相处,我对儿子的爱一如既往,对女儿的教育不偏不离,孩子懂得尊重爸爸、爱惜自己,依然可以过上幸福的生活。人到中年,看到儿女的优秀和孝顺,感觉这是我今生最大的骄傲。

# 为人之本

每一次，儿子放假回来，都会带他妹妹去买东西，兄妹俩买很多零食回家，每一次女儿提着回家，我都会偷偷地问女儿："丫头，哥哥给你买了这么多零食啊？"女儿笑着回答："妈妈，不是的了，这些都是哥哥的。"然后，从里面拿出一包薯片，告诉我："妈妈，这是我的。"我非常惊讶，问女儿："哥哥这么多，你为什么只有这么一点？"女儿轻声地回答："不一样啊，都是哥哥的钱，又不是我的。"在女儿心里，哥哥的钱是哥哥的，自己能拥有一包薯片，已经很知足。

我笑了，儿子给女儿多少东西不是最重要的，重要的是他们之间和睦相处，懂得感恩方能知足，懂得快乐才能够幸福一生。儿子也不赖，自己买那么多零食，没有吃独食，给他妹妹一些木糖醇，还有其他的零食，女儿当成宝贝一样收起来，感觉是无上的荣耀，收藏哥哥的一片心意。第二天，儿子要去上学，我悄悄对儿子说："昨天你给妹妹的木糖醇和零食，妹妹像宝贝一样地收藏着，舍不得吃。"我的话没说完，儿子就带他妹妹往超市跑，买了一堆零食给他妹妹，自己再去上学。我看在眼里，喜在心上，看着儿女心甘情愿地相互付出，是我心中最大的快乐。

大姑来我们家做客，对我说："你妈说你太笨了，就知道帮别人家赚钱。"我笑而不答。在父母的心里，我第一次离婚，不要财产和抚养费是很笨，现在又努力赚钱，给儿子赚学杂费，生活费，又抚养公公婆婆，还要还这么多账，感觉自己的女儿非常吃亏，又不划算，父母都是心疼自己的孩子，不想儿女有一丝一毫的委屈。今非昔比，过去父母说我什么，嘴上去吵架，心里又不敢任意妄为，有的是痛苦与煎熬，没有自己的主见。父母是关心我，我想怎么做又是我自己的一份心意，不用在乎父母会说什么，自己又害怕什么，心甘情愿的付出，无怨无悔。

大姑又说："你和别人不一样，我看到某某地方，有一对夫妇开饭馆，不让父母上桌吃饭，怕影响生意。"妈妈有点邋遢，不太会收拾。大姑说话，有几分看不起，又有一份赞美，我对大姑说："这有什么呀！父母是父母，永远无法改变的现实，不给父母上桌吃饭，养儿女干吗呀！"大姑佩服我五体投地，又继续说："父母当年那样对你，你不记恨吗？"我笑了笑说："父母对我的态度，的确是错了，出发点是好的，他们不懂得教育的方式和方法，让我误解了生活，误解父母，早已经不恨了。"大姑点点头，表示默许。

数年以来，我心里有气，自己的一份心态害苦了自己的一生，父母有一大半的责任，还有我自己对人生的误解，对生活的迷茫，错就了一生。如今父母已老，往事已成追忆，再难过也于事无补。唯一的一点，我不想让儿女重复我走过的路，自己不能够成为优秀的人，最起码我可以做优秀的人的母亲，这也是我毕生追求的理想。我的目标是，不管是心态，还是学习成绩都名列前茅，培养德智体全面发展的孩子。

很久很久以前，我已经原谅自己的父母，父辈有他们无言的痛，我们这一代有自己的悲伤和不幸。要想给儿女一辈子的幸福，学会改变自己的思想，改变以往的家庭教育。我经常问女儿："丫头，十几年的生活，你有什么不开心的事情吗？"女儿坦然回答："妈妈，没有不开心的事，我每天都很幸福。"同学给女儿写评语，都说女儿非常乐观开朗，把快乐带给学校，带给老师和同学。

为人父母，不需要教育孩子如何疼爱妹妹，怎么样巴结哥哥，这些都是不好的教育。兄弟姐妹相处，需要那份自然、平常与随和，孩子懂得谦让，彼此尊重，自然会处理人际关系，不会像我当年一样迷茫、困惑，又得理不饶人。教育孩子为人之本，孩子会拥有自己的一份才华，拥有一颗善良的心。

# 我是班上最富有的人

有些家庭很有钱，孩子心里却很自卑，这是父母追求完美的结果。有些家庭一无所有，孩子心里很满足，不会有一丝沮丧，心里面充满阳光，充满斗志，有的是幸福与快乐。

有一个朋友对我说："我们家现在不贫穷，有房有车有别墅，孩子心里充满了自卑，感觉处处不如别人，我们一再教育他，不用自卑，不要自叹不如，可他就是不听……"我笑着说："你的教育有问题，孩子幼小的心里，灌输自卑的概念。"朋友有些迟疑地说："可能是吧！结婚那几年，家里条件不太好，多少有些自卑，这几年家境不错，孩子心里就是放不开，舍不得吃，不敢花钱享受，给他多少钱都没用。"

朋友给我说孩子的童年，儿子看到别人家漂亮的房子，对着妈妈问："妈妈，别人家房子很漂亮，为什么我们家不好看。"孩子有一种好奇，一份向往。朋友说的话，没有给儿子解开心里的迷茫，带给儿子心里的自卑，是一辈子的事情。朋友对儿子说："别人家房子怎么漂亮，爸爸妈妈是不如别人，你要努力读书，给爸爸妈妈造个好房子。"我笑了，对朋友说："看似一份教育，鼓励孩子一定要比别人强，一份无形的自卑埋在儿子心里，感觉自己的父母不如别人。"

朋友诧异道："要是你，怎么样教育孩子？"我笑着说："很简单的教育，何必弄得怎么复杂，我们家住的就是这个房子，你要是愿意跟人家换一换，做他们家的儿子，我也没意见啊！"说完哈哈大笑，又风趣又幽默。孩子一下明白了，急着对父母说："不要了，我还是喜欢自己的爸爸妈妈……"没有一个孩子会喜欢别人的父母，自然会懂得父母是最好的。关于房子的问题，无需要解说，难得糊涂又是一种教育，何必让孩子感觉到自己的父母没用。带给孩子无形的自卑和忧伤。

人生没有可比性，最好的房子不一定住最好的人，最差的房子有他最心爱的人就是幸福。激发孩子的潜力，可以对儿女说："未来，我们家会更漂亮……"给孩子心里一种盼望，一份期待，激发孩子的潜力，告诉孩子："以后，你跟爸爸妈妈一起努力，你好好读书，父母会努力赚钱。"彼此分工，给孩子一个明确的态度，可以看到未来的蓝图，人生的方向，孩子的心里会有目标，懂得勤奋，更加努力。

女儿幼小的日子，我从来不会告诉她生活的疾苦，命运的无奈，我会经常对她说："你是妈妈的开心果，妈妈只要看到你会很开心，只要你努力读书，妈妈会更开心。"拥有了孩子，我的生活不再孤单，人生变得有价值，感受到生活的意义。父母的感恩和感动，可以激励孩子奋发向上，拥有更多的进取心，创造力。

即使离婚再嫁的孩子，拥有父母的一份赞美和欣赏，一样活得很幸福，女儿曾经对我说："妈妈，幸亏你离婚了，现在我还多了哥哥的一份爱。"看到孩子心里得意，生活满足，我也就欣慰了。女儿读初一的时候对我说："妈妈，我是班上最富有的人。"女儿指的是心灵，我明知故问："为什么，我们家又没钱，怎么会觉得是班上最富有的人？"孩子幸福地笑了笑："妈妈，不是这样的，别人经历过的事情，我都没有经历过……"说完，打着比方告诉我："妈妈，我们班有的同学，父母拿着这么粗的棍子打他的哦！"言语间，充满了骄傲，又对同学无限同情。

女儿是幸运的，也是快乐的，尽管有许多的不幸与坎坷，但我的教育给女儿心灵很多呵护，为她铺平一条人生大道。父母的不计较、不责备，可以给儿女无忧无虑的生活，拥有一颗平静的心态，变得从容淡定。人都应该拥有乐观向上的心态，这样才能容得下喜怒哀乐，可以征服一切的苦难。

# 不欺负同学

女儿读初中了，非常开心和阳光。女儿对我说："妈妈，别的家长告诉孩子都是弊，只有你告诉我都是理。"我反问女儿："此话怎讲？"女儿说："你看，班上有人欺负我，你会告诉我，人家父母没有教育好同学，让我学会理解同学，相信自己是最棒的，学会不计较不生气，自然开心了。"我笑着说："妈妈让你学会理解，懂得宽容，还有你为人处世的方式，自然可以拥有好脾气、好性格，拥有你自己的好个性，是不是很好？"女儿连连点头。

我又问："现在有同学欺负你吗？"女儿说："没有了，欺负我也能够自己去解决。"孩子非常的自信，又充满阳光，笑着问："你是怎么解决的？"女儿说："假如他是有意欺负我的，我会问她，什么时候得罪过你，是不是可以告诉我，好玩欺负我的，我会告诉他，读书期间应该把心力放在学习上。"女儿说话的样子，非常自豪。

孩子又告诉我："妈妈，我们班上有个女孩子，经常被同学欺负，穿一条裤子说一句话，都会有人讲她，说她不懂得搭配……"看着女儿同情别人，我想到了我自己。我的童年过得非常压抑和无奈，父辈的教育让我感到自卑，常常不敢多说一句话，不敢多走一步路。我对女儿说："全班同学都欺负她，你不可以对她不好，你能够拥有今天，不是你一个人的成就，妈妈对你的教育和帮助，给了你最好的自信。同学会变成这样，是缺乏一份教育和温暖，她的心里会很苦，妈妈当年就是那样，但这并不代表她以后没有出息，你要学会尊重身边的每一个同学，这是你必修的功课。"女儿表示认同，理解母亲的情怀。

女儿的同学，也是再婚家庭的孩子，父辈的恩恩怨怨使得孩子心里的阴影很多，变得沮丧、悲凉、不自信。父母离婚，孩子留在家中由奶奶带大，奶奶是一个非常能干的人，热情好客，老人的强势，让孩子变得弱势。看似教育，其实是一种压力，孩子孤苦的心灵不会有安全感。教育孩子需要放开胸怀，让孩子做自己想做的事情，需要倾注一份耐心，讲求方式和方法，而不是父母无端的责备。

不管女儿结交怎么样的人，认识多少朋友，我都要求孩子尊重别人，珍惜彼此间的那份友谊。孩子想要拥有一份幸福和快乐，需要结识不同的人群，孩子会吸取别人的精华，避开他人的短处，学会比较和分析，不断完善自己，超越自我，做一个德智体全面发展的人。

# 亲兄妹明算账

女儿初来乍到，对儿子充满热情，非常喜欢她的哥哥。有一天，女儿对我说："妈妈，哥哥从我这儿借了两元钱，哥哥说会还给我的。"我急忙问："哥哥说什么时候还给你？"女儿愣住了，告诉我："哥哥没说什么时候还给我。"我立马回答："去，跟你哥哥要回来，亲兄妹要明算账。"女儿还小，非常听话，马上跟他哥哥要回两元钱。

在我心里，两元钱不是最重要的，重要的是那种习惯和态度，还有彼此间的诚信，如果纵容他们，让一切变得理所当然，就是得不偿失。像我当年一样，我的哥哥肆无忌惮，我心有怨恨，两人之间仿佛有说不完的仇恨、道不完的怒火，这都是彼此不能独立的缘故。一家人可以相互帮助、彼此分担，但不可以变成理所当然，特别是经济账，哥哥是哥哥的，妹妹是妹妹的，要分得一清二楚，免得日后心生祸端，使得骨肉亲情不懂得珍惜。给孩子的钱，孩子有权支配自己的财富，借是借，给是给，要说清楚，从小养成良好的习惯。

过年那会儿，家里没有多少钱，兄妹俩一人拿五十元钱，两个人都有自主权，买自己喜欢吃的零食，谁也不能干涉谁。我们大伙儿一起在婆婆家吃年夜饭，女儿的伯母给她三十元钱，但没有给儿子。回家的路上，女儿对我说："妈妈，我把其中十元钱给哥哥了。"我反问女儿："为什么？"女儿说："哥哥没有压岁钱，我给他十元钱是应该的。"女儿说是应该的，我不说二话。

回家以后，我给兄妹俩一人五十元钱作为压岁钱，儿子对我说："妈妈，我还以为不给我压岁钱了，我还跟妹妹要了十元钱。"我笑了笑说："没关系，那是妹妹愿意给你的。"我知道儿子的五十元钱是不够的，但是儿子花钱似水，不懂得规划，所以为了培养他的克制力，我宁可给少一点，以免他乱花。物以稀为贵，孩子感觉到钱的重要性，才会懂得珍惜，女儿不会乱花钱，会所有的钱都存起来，享受存钱的快乐。儿子不同，很会花钱，又到处借钱，我把原本有心给儿子的钱尽量控制，让他明白一个男儿的担当，必须努力学习，用自己的能力去赚钱。

有一天，女儿对我说："妈妈，我要是打电话，哥哥一定会给我打……"我好奇地问："为什么哥哥一定要给你打电话？"女儿一开始不想说，后来又忍不住告诉我，我和女儿之间没有秘密，几乎是透明体。最重要的一点，不管儿女说什么，我都不会生气，跟儿女交流与沟通，孩子会心悦诚服，懂得生活，了解自己，更好地经营感情，团结兄妹之间的一份情谊。女儿对我说："哥哥交电话费，差六元五毛钱，是我帮他付的，哥哥说，我想打电话，什么时候都可以。"我笑了，女儿能有什么电话，只不过她帮了哥哥的忙，自己感觉很不错，可以得到哥哥的一份信赖。女儿连忙补充一句："妈妈，那个钱不是哥哥借的，我心甘情愿给哥哥的。"女儿怕我又让她叫哥哥还钱，马上补充那句话。我再一次笑了，笑得非常开心，赞同女儿的做法："嗯，心甘情愿给哥哥的，不要让哥哥还钱，否则会伤哥哥的心。"女儿欢快地答应了。在女儿心里，帮哥哥做一件事情，就非常开心。

孩子在处理亲情的时候，需要父母良好地引导，这样才能拥有兄妹之间最真诚的爱，彼此珍惜，心甘情愿地付出。一份情意，一种感觉，不是父母一句话、一个字，就会变得更亲密。教育要懂得方式，必须有原则，而不是强制要求哥哥必须心疼妹妹，甚至是觉得这样理所当然。上梁不正下梁歪，父母没有明确的思想，孩子就不可能懂得人情世故，让孩子明白感恩至关重要。兄妹之间彼此尊重，心甘情愿地为对方付出，才能够让亲情温暖。

人到中年，我看到儿女亲密无间，心里甚是安慰。父母不要做无谓的牺牲，要学会放手，孩子会处理自己的问题，协调各种不同的关系，尊重儿女的每一个选择，给孩子最好的空间和自由，才是最好的爱。

# 理财是一门高深的学问

女儿读三年级了，对我说："妈妈，同学说钱存银行，可以生小钱……"我开心地回答："是的，你要把钱存到银行吗？"女儿立马回答："好的呀！"看着女儿拥有理财的观念，我心里非常开心，小小年纪懂得把钱变通，存在银行有利息，未来前途无量。我对女儿说："你自己去银行问问具体存钱的方法。"孩子从小大方，不会拘束，自己的事情自己去做，银行存钱这件事，我没有插手，给孩子锻炼的机会、成长的勇气。

女儿年纪不大，生活常识懂得不少，从小我就给她锻炼的机会，什么事都让她自己去尝试，外人不会觉得孩子很小。孩子从小独立，长大才能有能力处理很多事情，不用我操心。爱孩子要懂得放手，让孩子做一些力所能及的事情，不仅不会累着孩子，还会让孩子有一种成就感。女儿拿着户口本，到银行去开户，柜台跟她的人差不多高，孩子对着工作人员问："阿姨，五毛钱可以存吗？"银行阿姨看着她，这么小就有存钱的欲望，于是也不怕麻烦和辛苦，回答说："可以的，只要是钱都可以存，不管多少。"女儿零零碎碎存了一千多元钱，听说定期存的钱利息会更多，又把一千多元钱存做三年定期。

孩子读初中后，学校奖励了她三笔钱，被我花掉了，女儿对我说："妈妈，你没钱就跟我要，不用还给我的，反正我没钱时你会给我的。"多少年来，我经常花女儿的钱，又给她存钱的快乐，平常要花的钱，我不少孩子的，让她感觉到一家人就该相互分担，彼此友好，这是一种亲情，一份骄傲，孩子感觉到自己有能力，特别自豪，又充满正义感。

女儿长大一点后，我又给孩子买了两份保险，征求女儿的同意后，我告诉她理财的概念，长大以后的那几年，要由女儿自己交钱，学会理财。我对女儿说:“为什么要买保险?一来有保障,二来可以让你学会节俭,懂得理财。以后需要用钱的一天,不会像父母一样到处借钱,万一家里发生什么,也可以有能力支付……”孩子看到自己的家境,看到我们借钱的痛苦,能够明白我的用意。儿子会自己买保险,每年存一点,到老不会吃亏。我让孩子学会赚钱,学会理财,学会经营自己的财富。

很多父母一边给孩子存钱,一边又舍不得给孩子钱,经常听到一些父母说:“你不是有钱吗?先把你自己的钱花了……”孩子很舍不得,跟父母较劲又讨价还价,父母儿女之间变得斤斤计较,不仅没有存钱,弄不好还鸡飞狗跳。孩子辩解,父母强势,彼此都会不爽。教育不懂得相互友好,没有彼此的尊重,即便父母拥有再多的钱,孩子也不会懂得珍惜,有的是浪费和奢侈,感觉花父母的钱理所当然。

# 一张邮票

经常听说儿子贪小便宜，说话骗人，我没有见识过，不敢胡乱猜测。我不会道听途说，给儿女定位成什么样的人，自己的孩子需要父母的了解，用心观察，不要别人说一句话，就看不起自己的孩子。要做孩子心中的伯乐，发掘孩子的优点，培养孩子的自信心、创造力。

有一天，儿子跟我一起包饺子，非常用心，一不小心用舌头沾了沾，包了一个饺子。我看了心里一乐，笑着问儿子："你以为手上拿的是一张邮票？"儿子听了我的话，想到一件非常得意的事情，对着我说："有一次，我写了一封信，自己没有邮票，看到同桌有一张邮票放在桌子上，我就说，你这张邮票这么漂亮，给我看看。我一边笑，一边拿过那张邮票，趁同学不注意，把邮票贴在我的信封上了。"儿子说完后好得意，感觉自己好聪明，占了一点小便宜，沾沾自喜。

我不欣赏儿女这样的做法。我先是顺着儿子的心思，夸耀他说："你这么聪明的？"儿子更加开心了，连忙答应："嗯嗯嗯！"言语里再一次充满自豪和兴奋。青春期的孩子，不懂得是非真假，不明白人情世故，不知道错和对的定义。我看着儿子开心的笑容，很冷静地问儿子："你不寄那封信，会有什么损失吗？"儿子连忙回答："没有。"我继续问："既然你不舍得邮票钱，干吗要写信？"儿子有些迟疑地说："好玩……"儿子听我的话，觉得我有些莫名其妙。我对儿子说："你觉得好玩，你就值一张邮票钱。"儿子愣了，反问我："为什么？"我语重心长地对儿子说："你自己想想看，下一次你再写信，同学害怕你再耍滑头，提前把邮票收起来，即使让你得到一次好处，又不是人家心甘情愿给你的，同学会提防你。你洋洋得意，占他的便宜又觉得自己聪明，别人也不傻，是不是就值一张邮票钱？"儿子心里变得沉重，在那一刻学会思考，反省自己的行为，重新审视自己的为人。

通常这一刻，我不会变得沉默，我会把平常的所见所闻说给孩子听，又问儿子：“有一天，你是不是告诉婶婶，同学请你吃顿早点，花人家 13 元钱？”儿子点头说：“是。”我又继续道：“你是感觉到自己很有成就、有面子，同学请你吃早点，知道婶婶怎么说的吗？”儿子很认真地听我往下讲。“婶婶说，你儿子喜欢贪便宜，跟她家儿子出去，每一次都是她家儿子买单，说你一毛不拔。”儿子连忙辩解道：“我也请过客。”我笑了，又很严肃地对儿子说：“你是会请客，但也只是偶尔一次，人家不会记得，要是你不占人家便宜，婶婶不会这么说你。”儿子无语，我却不依不饶，每一次教育孩子，我习惯把话说透，继续对儿子说：“你知道‘一毛不拔’是什么意思吗？就是铁公鸡，社会上最看不起的一种人，每个人见到你都会避之不及，表面上对你不错，心里面有一种歧视的眼光。”儿子似有所悟，一个孩子成长的过程，存在无知和迷茫，没有父母的点拨，孩子看不到将来，不懂得人心。一件小事的问题，代表一个人的人品、学识、气质和修养，这些都是将来立足社会的资本。我对儿子说：“以后，跟别人出去，不要总是给别人消费，自己不舍得出钱。即使跟舅舅的儿子出去，你不可以不消费，舅舅有钱是他的钱，跟你一点关系都没有，你应该付出自己的那部分。要是觉得没钱，不要跟他们出门玩，可以在家里学习文化，增长知识，自己会变得更强大，更有实力。”儿子明白我的意思，懂得如何改变自己。

没过几天，儿子对我说：“妈，这一次我和哥哥出去，都是我花的钱。”我连连点头，表示认同，又对儿子说：“妈妈要你不贪便宜，不代表都是你请客，那样做你又不对了，我们家又不是大款，再说哥哥也不是没有钱。出门在外，懂得相互照应，彼此珍惜，不要把别人的钱，看作理所当然，谁也不欠谁的。”儿子又一次听我的话。

跟儿女说话，我都是以问为主，道出事情的主题，告诉他们事情的严重性，孩子容易接受，不会有抵触情绪，孩子的心灵不会得到任何伤害。教育孩子要从平常的点点滴滴开始，无意间的一次聊天，会让孩子懂得一个道理，明白是非，改变自己不好的习惯，下一次能更好地接受我的建议。

如今，儿子已经长大成人，我再跟他聊起此事，儿子笑着说：“以前都是我欠别人的钱，现在别人欠我的钱。”我乐得直笑：“说明你现在有能力，不要跟别人计较太多，爱出者爱返，福往者福来。”儿子又说：“妈妈，我们同学四个人毕业，一个富二代不能比，其余三个都是靠自己努力，我算是混得最好的了。”我点头表示认同，笑着对儿子说：“将来，你会更加成功，现在是初始阶段。努力奋斗不一定是要赚多少钱，存在你心里的学问和知识，以及为人处世的道理，是你永远的财富。”

这么多年来，我的儿女都非常独立，不会让我操心，无论事业还是家庭，他们都有独当一面的能力，我庆幸自己培养了他们立足社会的能力。

# 形　象

人活一世，要注重自己的形象，在别人面前没有风度、没有魄力，同样是心灵的残缺，不会应用社会的关系，自己的人生会变得灰暗无助。

几年前，我们家做早点，中午会做一些家常菜，方便干活的民工有地方吃饭，菜价都是很便宜的。我每天都能看见南来北往的顾客各有各的吃相，有些人吃饭，一杯茶一碗饭，喝一口茶吃一口饭；有些人一边看电视一边吃饭，半天不进食，他们的吃相透露出一个家庭的教育。小时候，我们家吃饭不允许喝水，外婆说："一边喝水一边吃饭对肠胃不好，没有营养……"不管我们多想喝茶，但畏惧外婆的权威，不敢那样做，吃饭狼吞虎咽，怕吃到最后，没有饭菜，来不及上学。直到长大以后，我才明白吃饭要细嚼慢咽，这样对身体有好处，于是慢慢改变狼吞虎咽的习惯。

有一天，来了一帮人，都是外地的打工仔，做的是拌沙灰担泥土的苦力，饭量自然很大，因为他们消耗的体力比较大。我们家饭钱一个人一元，利润不高，一不小心还会赚不到钱。老公特别注重这一方面，看到有一个人吃了三大碗，每一碗都压了又压，真是好大的食量。老公看了好心疼米钱，对着别人说："你是劳改队出来的啊，一顿饭可以吃这么多。"我笑了，笑老公的坦率和不雅，非常不礼貌、不大度，可见一个人的修养和心胸。

做生意有亏有赚，遇上这样的人也很正常，老板再心疼也不可以当面指责别人，失去自己的风度。好在那个人没有跟老公吵架，要是遇上强悍的对手，非干架不可，生意人和气生财，不可以对客人不礼貌。一些人情世故我以前也不懂，后来在苦难的日子里学会看别人的脸色，感悟人生。

那天，儿子放假回来，一家人坐在一起吃饭，儿子高谈妙论，对我们说："有一天，我去饭馆吃饭，一口气吃六小碗饭，服务员都愣住了。"儿子说这句话的时候，神采飞扬，感觉自己那样了不起，想起老公那一天的举动，我轻描淡写地对儿子说："不知道的人，以为你是从劳改队出来的。"儿子听了不爽，连忙为自己辩解，对着他爸爸说："爸爸哦！我们以前都是这样的。"

我笑了，理解孩子的心情，一个人的修养和习性都是平时点点滴滴熏陶出来的，我慢慢对儿子说："你问爸爸，那天有个人来我们家吃饭，吃了三大碗，爸爸对着人家说'你是劳改队出来的'，人家服务员比爸爸有修养，没有当面指责你，他们比爸爸讲文明多了。"老公在一旁没说话，儿子无语了。其实，儿子平常的习惯，我是有些了解，通常读书的时候不吃饭，把钱生下来玩别的游戏，到饭店大吃一顿，这些都是情理之中的事情。

为人父母，要求儿女讲究场合，知道分寸，吃别人一顿，吃的最饱也是一顿，过日子要懂得细水长流，我对儿子说："你是高中生，说话做事要注重自己的形象，不是你喜欢吃哪道菜就尽管自己吃，还要顾及别人的感受。场面上的事情，能反应一个人的人品，还有你的气质和修养，不顾及自己的颜面，别人会看不起，真的想吃，以后回家自己做着吃。"人的一生，不可以随心所欲，要注意自己的形象，这同样是一门学问，未来的社会必须要讲究文明和素质。

很多年前，侄女过十岁生日，大家一起聚餐。我们家条件不是很好，女儿那时才两三岁大，很喜欢吃肉，简直可以说是无肉不欢。不管去哪里，看中一道她喜欢吃的荤菜，其余的菜就一动不动。孩子还小，不会自己用手去抓，要求我不断给她夹牛肉，看着孩子这么不客气，坐在旁边的表姐对我说："你怎么让女儿老盯着那盘菜，好像家里没吃的一样。"当时的我不以为然地笑了笑，不予理睬，对一个孩子来说，吃她喜欢吃的东西，应该不是罪过，人家要是不高兴，可以不请我们吃饭，这是我心中的底线。现在，我明白了那样做很自私，的确不应该。

读小学的女儿非常幽默，吃饭吃了一半去上厕所，回来看到没菜了，嘀咕道："再苦不能苦孩子，再穷不能穷教育。"然后端起一碗饭，吃个精光，没有生气，毫无怨言，道出了她的心声，也给我们提了一个醒。儿子不一样，九岁就没有妈妈，他的人生里缺少母爱，没有人给他提醒，靠他自己的一份信念在摸索道路。有句古话说，做官的爹不如要饭的娘，只有母亲最懂儿女的心，我们家不是很富有，哪怕买了两元钱的东西，我也会要求必须一家人一起吃，谁也不准吃独食，一家人必须有团结的精神。

如果父母一味强调孩子的学习成绩，而不注重平常的细节，或许孩子会失去形象和人品。即使有钱的父母，一样不会让儿女随心所欲，不管孩子的形象。培养一个孩子细节决定成败，如果一个人不知道检点自己的行为，不懂得完善人格与魅力，那将来也无立足之地。

# 诚　信

儿子上大学了，这是可喜可贺的事情，他暑假去打工赚了好几百，加上亲戚送的钱，总共有两千多，我们没有多余的钱可以给他，于是说好每个月八号给他定时寄生活费，早一天不行，晚一天也不行。父母亲办事有原则，儿女自己也会有规划，儿女也更能懂得感恩，懂得经营自己的人生。知道生活的艰难，孩子才能够体会父母的辛苦，感觉到生活的不容易。我们限定了孩子的生活费，让孩子花钱有节奏、有规律，以后的人生才不会亏空。

没过多久，离下个月八号还有十多天，儿子发信息给我们，好像是一份账单，记载他近日的消费，我们看半天也没有看明白，算来算去有个几百元钱。儿子打电话给我说："妈，我没钱了。"我很诧异地问："这个月你不是有两千多元钱吗？怎么就花完了？"儿子不紧不慢地说："不是给你们发了一条信息吗？那是这个月的账单。"我看了看说："里面还不到一千元钱呢！"儿子赖账了："我发给你们了，是你们自己没收到。"

我不再跟儿子狡辩。通常儿女讨价还价是没用的，关于孩子怎么消费，不关我的事情，生活费给孩子，怎么花是孩子的权利，够用就好，但不可以透支生活费，不管儿子如何赖账都跟我无关。我对儿子说："你花多少钱不重要，不用告诉我们，记得每个月八号，正常给你寄生活费……"儿子急了，有点生气地说："我没钱了，要寄点钱给我。"不是孩子强硬，父母就要就范。我不会生气，但是跟儿子交战，该说的话一句不会少，我果断地对儿子说："你自己没有规划，不应该由我们承担后果。"儿子更生气了，对我说："别人都是那么用钱的。"教育孩子，从来不跟别人攀比，儿子要比也没用，不是他说了算。孩子会生气，父母一旦妥协，以后的日子，黑白颠倒不说，很多孩子会变得不尊重父母、不孝敬老人，就是要在这一刻就杜绝他的这种念头。面对儿子的强词夺理，我轻描淡写地说："别人怎么用钱，我不管，你是我们的儿子，我们就只管你怎么花钱，这是我们的原则和底线，一个月给你多少钱就是多少钱，多一分钱都不会给。"儿子那边的电话挂了，我无语。

过几天，儿子又打电话来，说话没有上一次那么强硬，在电话的那边哭了。我明白，儿子初次上学，人脉不够广，没那么大的面子可以到处借钱。不像高中的时候，多的是熟人，朋友多得是，不给他钱依然可以维持生计。大学不一样，大家来自五湖四海，面对一张张陌生的面孔，儿子无计可施，不得不求救于我们。经过一番煎熬与挣扎，他学会面对自己的脆弱，这需要勇气和胆量，男孩子不用假装坚强，偶尔放软，也是生活的另一种学问。

儿子已经哭了，说明他认识到自己的错误，走到了山穷水尽的地步。为人母的我，必须给儿子心灵的援助，帮助他解决燃眉之急。面对孩子，教育不可以太死板，人性化的教育，孩子会心悦诚服，关键是孩子要认识自己的错误，成长自己的心智。我语重心长对儿子说："记住，最后一次帮你，以后的日子每个月八号，给你寄生活费，自己要懂得规划，不要再出差错，妈妈不会一直帮你的。"儿子答应了，从那以后，再也没有让我操过心。

期末那几天，我们又寄了一个月的生活费给他，多了三分之二的钱，儿子答应回家退还给我们，我把这句话记在心里，看儿子有什么样的举动。儿子回家半个月，迟迟不提退钱的问题，我决定主动出击。那天，我跟儿子聊得起劲，中途咳了两声，儿子愣住了，不知道我要说什么。跟儿女交流与沟通，我会提前打个暗语，让孩子心里有数。看着一脸茫然的儿子，我笑嘻嘻地说："不是要把期末多余的钱退还给我吗？"儿子傻傻地笑，我心里早就知道，这笔钱打了水漂。

看着儿子跟我打马虎眼，我再一次教育孩子："儿子，你把这笔钱用掉了，妈妈不生气，生气的是你做人的态度，良好的习惯都是从家里开始养成的。假如说这笔钱是别人的，你也没钱还，是否要跟别人说清楚，取得对方的谅解？你想把这笔钱不了了之，别人会看轻你的人品，失去诚信二字。"儿子连连点头，表示认同。我又继续说道："不管你做错了什么，我都不会骂你，不会感觉到你的不对。但是，妈妈必须告诉你做人的道理和为人处世的原则。你现在养成这种习惯，未来又如何取得别人的信赖？别说是父母，夫妻之间没有诚信，也会战火不断，日久天长的日子，失去真情与真爱。

不管以后你做错什么，必须给对方一个交代，坦白从宽，抗拒从严，从家庭里开始抓起，养成良好的习惯，这对你的将来不会有坏处。”儿子认真听我把话说完。

对待儿女，我始终不生气、不妥协，保留自己的意见，不管他们怎么哼哼，都跟我没关系。女儿从小到大，对我唯命是从，曾经对我说：“妈妈，你是火眼金睛，我想做什么，你一看便知。”女儿不知道，我做事向来都有自己的原则，有我的坚持，不退让，不强势，不给儿女有机可乘，不允许他们耍小聪明。该付出的，我一分不会少；不该付出的，他们哭也没用，闹也是白搭。父母做事有诚信、有原则，孩子才能懂得如何规划自己的人生。

儿子说：“妈妈，你是我们家的慈禧太后，你说的话谁也不能反驳。”有理走遍天下，无理寸步难行，要想儿女有出息，就要教育孩子不可以反反复复，不允许讨价还价，放手给儿女自由，父母也有自己的一份自由，不会有剩余的钱给孩子。孩子懂得独立，学习能力和知识，自己努力得来的东西，父母无权干涉。不是父母的钱，儿女自己说了算，花完了没钱，自己承担责任。孩子的生活要自己学会担当，有自己的追求。

一个孩子肩负自己的使命，学会诚信，坦然处世，需要父母不断地引导，一次次地交流，教育不是指指点点，尊重孩子从小事开始。父母懂得处理问题，孩子心里就不会惊慌，慢慢学会淡定从容。

# 妈妈，我是你亲生的

儿子的童年是可悲的，经历过无数的坎坷走到今天。我们有幸成为母子，注定的缘分，一生的感恩，凭空得到一个儿子，能够与我心灵相通，夫复何求！儿子的妈妈，长年累月在病床上度过，充满凄苦和悲凉。老公的性格不是那么温顺，也不通情达理，听儿子说，老公生气打过他妈妈。婆婆说："老公是这样的人，好的时候对你很好，不好的日子六亲不认。"

有一次，我问儿子："人生一世，都说童年最幸福。"儿子的回答："我是没有这种感觉，感觉到现在的人生，才是我最大的幸福。"心中暗自神伤，我们都是同命人，不同的年龄，一样的感觉。儿子经历过不幸的童年，帮妈妈买药，煎药，肩负老公不正当的教育，成长的心理一片凄凉，没有多少安全感。老公没有文化，感觉自己很了不起，做事情以他自己为中心，稍不如意会皱眉，骂人凶巴巴的，是一个脾气很差的人，又很矫情，希望每个人围着他转，我跟孩子心里有气，但敢怒而不敢言。

老公有一个最大的缺点，我们对他好，洋洋得意，经常会找茬，显示他自己的能干。我真的生气了，骂他一顿又像个小媳妇，满脸的沮丧，不敢再猖狂，过几天又恢复他的本色，源于童年的那份教育。父母习惯骂人，驯服孩子沾沾自喜，养成孩子的个性，不骂不听话。孩子变得被动，又怕凶不吃软，老公在那样的环境里长大，形成他的一种个性，不懂得感恩，不知道如何处理人际关系。

每一次，老公骂人都很凶，儿子对我说："妈妈，你骂爸爸一顿，爸爸会安宁了。"变成一种习惯，同样是我心中的泪，一家人和睦相处该有多好，相敬如宾才是真人生。没有能力改变老公，改变儿女目前的状况，避重就轻。我对儿子说："儿子，爸爸是这种性格，爷爷奶奶的一代，没有培养爸爸一个好性格，好能力。年过半百的爸爸，再让他改变是不现实的。你却不同，长大以后不可以像爸爸一样，没思想，没品位。那么现在的你，不可以对爸爸唇枪舌剑，变成爸爸一样的人……”儿子连忙点点头。

教育不要怕烦，渗透孩子的心理，继续对儿子说：“很多人，小时候不服父母管，恨父母对自己的凶。长大以后，发现自己的脾气，越来越像父辈的一代，耳濡目染，近朱者赤近墨者黑，你跟爸爸吵架多了，自然会变成爸爸的做派，有形无形变成爸爸一样的人。”儿子似有所悟地看着我。

又对儿子说：“你们还小，可以改变自己的命运，改变自己的习性，才有能力改变你的下一代，爸爸想做什么，骂什么是他的自由，不可以跟着他一样，爸爸说的话中听，你就听两句，不中听的话就当没听到。有什么事情，可以跟妈妈讲，爸爸不愿意做的事情，妈妈会帮你做，你可以跟爸爸吵架，变得不孝顺，不讲道理，毁掉的是你……”儿子点点头，表示默许。

通常我跟孩子说话，都会说很多，特别是儿子，他的生活里没有这种阅历，这种思想，我又对儿子说：“其实，爸爸也是受害者，爷爷奶奶的一代不懂教育，爸爸才会变成这种性格。小时候的爸爸恨爷爷，责备爷爷，用一根牛鞭子打烂他的一颗牙齿，如今的爸爸和当年的爷爷又有什么区别。爸爸老了，学会尊重爸爸，孝敬爸爸，做一个最好的你。”当我们不能改变别人的同时，学会改变自己，提升自我的价值比什么都重要。

有一天，儿子对我说：“妈，我感觉妹妹不是你亲生，我才是你的亲生。”我笑了，非常的幸福和自豪，反问儿子说：“看妈妈平常对妹妹很冷漠，对你比较热情？”儿子连忙附和：“嗯嗯！”我对儿子说：“不是妈妈不心疼妹妹，妹妹和妈妈之间可以达成默契，不会跟你吃醋，跟你较劲。妹妹幼年的日子，妈妈已经灌输给她正确的人生观，价值观。别看你比妹妹年纪大，不见得你比她懂得更多。许多生活的常识，妹妹都懂，你却不懂，没有一个人会像妈妈一样跟你聊天，跟你说话，你心里有的是迷茫与困惑。”儿子似有所悟。

儿子不会明白，女儿小时候跟我打架，一样跟我较劲，我已经把她训得服服帖帖，明明白白，一个人拥有人生的价值，明白做人的道理，孩子一生的财富。女儿心里明白，妈妈永远是妈妈，无论走到哪里都不会离开她，放弃她，给她心理无数的安全感，踏实感。爱自己的孩子，感受到父母的一份真诚，一份厚重。一家人处在平等，民主的位置，不是父母可以高高在上，不是儿女没有说话的权力。

我对儿女说:“妈妈允许你们和我吵架,允许你们可以犯错,吵到最后,谁输了谁认错,说明输的那个人,没有说服力,不会有正确性。学会批评和自我批评,面对现实承认自己的错误。即使妈妈错了,也不例外。”我感觉到自己的错误,儿女们不说,我也会主动承当,取得孩子的谅解,每个父母必须有的担当,给儿女做一个最好的表率。

只要有我的一天,儿子的人生不会孤单,我会跟他聊天,做他最好的听众,聆听孩子的心声,听儿子讲一讲学校的事情,谈一谈朋友之间的情谊,说一说曾经犯下的错误,聊一聊过去的历史。不管儿子说什么,我都会认真去听,不管儿子做错什么,我都不会责备他。闲聊中,我会纠正儿子语言的错误,提醒儿子为人处世的注意点,培养儿子正确的人生观、价值观。

不像我的父母,觉得他们自己永远都是对的,不会承担自己的错误,让我的童年有苦难诉,除了吵架还是吵架,憋在心里的委屈变成一种负担、一份仇恨。为了战胜自己内心的脆弱,我失去我一生的前程和幸福,世界上没有我们真正的敌人,只有战胜自己的内心,才是真正的赢家。

一份错误的家庭教育,给了我一个灰暗的人生,消极和偏激的思想需要我用一生的时间去化解。教育孩子的同时,我改变自己以往的心态,爱创造了奇迹,改变了我的思想,再一次获得重生。

# 爸爸妈妈吵架就是好

没有一个孩子会觉得父母吵架是好事，不会有一个人说父母吵架是她的幸福，只有我的女儿会这么想，因为那的确是她最幸福的时刻。

有一次，我们夫妻俩吵架，刚巧儿子也在，把他吓得直哆嗦，赶紧喊女儿跟他一起上楼，躲避一场无情雨，以及闻风丧胆的家庭暴力。女儿无动于衷，没多少感觉，儿子百思不得其解。事后，我对儿子说："爸爸是那种性格，是他童年养成的习惯，不吵上几句就特难受，自己折腾自己，这是他的一种生活习惯。"儿子用迷惑的眼光看着我。我继续对儿子说："人是有一种惯性的，会吵架的人忍不住想骂人，是自己的心理作用，我们不跟他吵架，他就想吵架引起我们的注意，获取更多的关心和权利。只要骂他几句，他心里会感觉到平衡，这是爷爷奶奶给爸爸养成的一种习惯。"儿子似有所悟，又不甚了解。我继续对儿子说："像你一样，经常被爸爸骂，爸爸有一天不骂你，你反而不自在，特别是你做错事情，心理有挨训的准备，爸爸无动于衷，你会更加害怕。每日里提心吊胆，索性把事情弄得更大，一切都说开了，你的心里会变得踏实。"从那以后，老公闹腾不休，儿子会说："妈妈，你骂他一顿，爸爸就不会这样对我们了。"我笑了，不到万不得已，我不想吵架，一旦开口，会骂得老公死无葬身之地，这才消停一段时间。

小时候的女儿，表姐妹之间聊天，侄女说："妹妹，爸爸妈妈吵架，我可害怕了。"女儿笑呵呵地对表姐说："爸爸妈妈吵架，我就幸福了，妈妈平常舍不得给我钱，他们吵架会给我很多钱，我想吃什么买什么。"女儿说话的样子，洋洋得意，感觉一点不难过，一副很享受的样子。

每一次，我们要吵架了，首先想到女儿的心情，不让她心中有一丝的恐惧，又怕夫妻俩吵架，赌气不煮饭，不烧菜，饿坏女儿可不划算，经常对孩子说:“丫头,爸爸妈妈要吵架了,拿二十元钱去街上,看到什么买什么,吃饱再回家。我们在楼上吵,你暂时不要上楼,在楼下看电视,等我们吵完了,你再上楼睡觉……”平常在楼下吵,要求女儿直接上楼,孩子明白父母吵架,跟她一点关系都没有,又怕女儿担心我,对她说:“不要怕父母吵架,妈妈吵架从来不会输……”哪怕是流着眼泪,告诉女儿自己赢了,孩子心里拥有一份安全感。

很多父母都说,吵架要避免孩子,父母给儿女优越的环境,不让他心里受到创伤。万一,孩子长大了,面对社会,遇上吵架的事情,又该如何面对。倒不如给孩子上一课,家庭暴力的学问,如何应对这样的局面,孩子学会忍耐不在乎,看到别人吵架变得从容,淡定。做到不管不问,不会有任何恐慌,对孩子今后的人生,拥有一份智慧,一种学问,一种经营家庭的模式,有的是理解与宽容,豁达的心情。

如今,儿女长大成人,看到我们吵架,如入无人之境,一个个笑容满面,做他们自己该做的事情,不会暴躁,不跟着害怕,女儿风趣幽默地说:“你们两个又想吵架了,好好好,我把房间让给你们吵。”说完走了,吵架的人相视一笑,再大的风波也变得无趣。学会大事化小,小事化无,这是大智若愚的境界。人生处处皆学问,即使夫妻吵架,也可以提升孩子更好的能力,拥有大智慧。

# 妈妈，我三岁了

十多年前，老公背一个风车过马路，出了一次车祸，做事不牢靠的人会不计后果，不懂得珍惜自己，最起码的安全问题也不知道，不会自己照顾自己。相处十年的时间，大大小小的祸事不断，不让身边的人省心，不知道羞耻，不懂得担当，提及当年的车祸，还当成丰功伟绩。

每一次不想做事，想偷懒的日子，老公会搬出杀手锏，说一句："我是一个被汽车撞过的人，脑袋不好用，喏喏喏，我晕过去了。"说完，跌跌撞撞的走路，希望我们去扶他一把。多半的日子是矫情，偷懒不做事，寻找各种不同的理由。一个人不懂得坚强，不会珍惜自己，身边的人最有爱心，会变得麻木，甚至有些讨厌。

婆婆也是这种性格，有意无意显示她的弱点，换取别人的那份同情和可怜。多半的日子，想得到对方的一份在乎，一次次撒娇，一表示她的不幸和脆弱。婆婆有个脚痛的毛病，年轻的日子惹下病根。每一次婆婆对我说："喏，我这只脚好痛……"我笑着对婆婆说："嗯，这只脚痛是没办法，去医院都没用，你就出去玩，哪里好玩去哪里，吃饭的时间记得回家，不要去想那只脚，自然就不痛了。"婆婆会很开心，每一次回家出门都会跟我打招呼，人的心情好，自然没事。

老公不一样，他是那么年轻，又是一家之主，不可能说不做事，每次用头疼做马虎眼，经常会说："我今年九岁了。"我好奇地问："什么意思啊！"老公得意地说："我被汽车撞去九年了，今年九岁了。"一边的儿子更得意："妈妈，我今年三岁了。"我又好奇地问："你怎么三岁了。"儿子笑嘻嘻的跟我说："妈妈来三年，我三岁了。"我充满情趣的问儿子："难不成过去的日子，你没有活过。"儿子点点头，对我说："妈，只有你来了，活着才像个人，感觉到幸福与快乐"心里一酸,眼泪都要流下来。明白儿子的意思,不是我给他的生活,我给他的那份理解,那种安全感,儿子心里不会恐惧,不再担忧老公会骂他,打他,不用再担忧家庭暴力。我又何尝不是,活了几十年,不知道生命的存在,没有可爱的儿女,付出自己的一生都不会有人感动。

老公的教育可不一样,一个人做事不开心,想起外面玩的儿子,打个电话召唤他回家,多数的日子是指责和抱怨,老公对儿子说:"我们在家怎么辛苦,你有没有章程的,可以在外面玩的怎么开心,半天不用回家。"儿子玩得不安宁,提心吊胆回家,等着挨骂和做事。老公又像个没事人一样,发泄自己的一份不满,事情就过去了,留在儿女的心里是一种伤害,无形的恐惧和不安。

再遇上这种事情,儿子打个电话问我:"妈妈,家里有什么事情吗?"老公无理的责难,儿子心神不宁,我对儿子说:"没事,你在外面痛快地玩,妈妈会帮你担待。准时回家吃饭就行了。"儿子一边直抱怨:"老爸也是,一点事情也没有,打个电话让我回家。"多数的日子,老公自己不干活,见不得别人开心。儿子是他的私有财产,稍不如意拿儿子当出气筒,给儿子的心里留下多少悲伤。

放假期间,儿子会帮我做事,到了下午,儿子想出去玩,经常问我:"妈,还有事吗?"我笑着说:"没事,你出去玩吧,记得准时回家。"儿子开心地答应,心里非常踏实。只要我答应的事情,绝对可以放心又不会更改。即使家里有很多事情,我又做得很辛苦,也不会抱怨儿女的不是,不会责备孩子的懒惰,不会休息的人不会工作,给儿女适当的空间,成就他们的天空。儿子这样问,代表他想出去玩,如果没有什么特别重要的事情,我会放他出去,让他玩个痛快。

多少年以后的今天,儿女长大成人,懂得感恩父母,感恩周边的一切,拥有博大的胸怀。要想儿女过得好,父母要懂得放手,学会控制自己的情绪,给儿女一份自由的生活。生养的权利,不是把控孩子的命运,教育的自由是要维护儿女的心情,开心与快乐才是人心永远的需求。

# 女儿的坚强

每个人都希望自己的孩子学会坚强，父母给儿女多少坚强的机会，孩子就拥有多少能力。父母给儿女太多的保护，孩子会变得依赖，不会有自己的思想和追求。所谓的坚强，要允许孩子承担自己的责任，面对不同的环境，能够应对自如。

小时候，女儿生病了，我不会表现出同情她，孩子要承担自己不珍惜身体的后果，学会保护自己、爱惜自己，不让自己轻易感冒。父母心疼孩子，要把握一个度，装作不在乎，孩子感觉不到优势，自然会懂得珍惜自己。当年的我，多想父母给我一点疼爱，但是他们的冷漠和无情，让我学会自尊、自强和自立，只不过冷漠过了头，就会让孩子心理压抑，所以要把控好程度，时刻关注孩子的心态。

有一年冬天，女儿读六年级，睡午觉的一刻，听见楼下老师直嚷嚷，女儿玩游戏摔去了，赶紧下楼，那惨景让我很心疼，女儿的一颗牙齿，连根拔除，嘴唇裂开了，缝了好几针，脸部摔破了，肿了好大一块，跟老师一起带女儿去医院包扎，医生说："牙齿掉下来，不能用纸包着，太干了容易牙齿容易坏死，用牛奶裹着，含在嘴里的存活力更高。"医生赶紧把女儿掉下来的牙齿，泡在水中，满口鲜血的女儿没有喊一句疼。

女儿整牙齿的一刻，我的眼泪水都要掉下来，老师一脸的内疚，对女儿说："你要勇敢一点哦，你妈妈心疼地要掉眼泪了。"女儿不顾自己的疼痛，反过来安慰我："妈妈，没事的，我不痛。"看着女，一脸的坚强，不给自己轻易掉泪，增加女儿的负担和痛苦。一只手紧紧抓住女儿的手，孩子会感觉到母亲的力量。回家以后，脸青红肿，嘴唇多出一块，肿的好大，能够喝汤水不能进食，嘴唇几乎不能动，心里好一阵心酸，没有责备老师。天灾人祸，谁也不能预料的事情，唯一让我感觉到不对，老师不应该玩那种无聊的游戏，女儿是坚强的，没有掉一滴眼泪，我的心里像针扎一样的痛。

老师说："看到天冷，给同学取暖玩一个游戏，一个人背着另一个人，一起赛跑，孩子绊倒在地……"这种游戏太荒唐，没有支撑点，女儿摔倒的那一刻，想的不是自己，背在身后的同学，自己嘴巴着地，牙齿磨碎了嘴唇，一张脸抵挡两个人的重量。一个人跑步，绝对不会有这样的事情发生。即使摔倒了，用自己的一双手去支撑落地，不会有怎么严重的后果。

老师一脸的歉意，对我说："不管多少钱，给孩子换一个好牙齿，费用由我来承当……"老师怎么说，我也没有怎么做。老公不依不饶，非要赔偿毁容的钱，真的要赔钱，那是无价的。一张脸代表孩子的一生，黄金千两也挽不回，我跟儿子说："妹妹摔去，爸爸说要赔钱，妈妈说不用，你说怎么办？"儿女都跟我想法一致，得饶人处且饶人。

女儿读高中的今天，嘴唇的不漂亮，取消跳健美操的资格。女儿对我说："妈妈，学校选我去跳健美操，同学说我的嘴唇不好看取消了。当场我有一点难过，后来想想，又告诉自己不跳健美操更好，可以认真读书。后来，老师又让我跟着男同学一起跳，因祸得福了呢！我喜欢跳男孩子的舞，特别精神。"看着女儿自圆其说，我附和道："嗯，你会这样想是对的，凡事都有两面性。"女儿笑了。

面对儿女，我做到荣辱不惊，让自己淡定，平衡各方面的情绪，不让世俗的偏见，再一次吞没孩子的年华。只要孩子能够开心与快乐，父母就不要计较得失，不跟别人较劲，孩子学会平静处世，慢慢会做到不生气、不暴躁，也就不会有挫败感。是非成败留给别人评价，一切荣誉是别人的一个说法而已，做一个最真实的自己，轻松自在，无忧无虑。

人生一世，没有真正的敌人，不断超越自我，学会坚强，面对自己的脆弱，做一个心灵的强者、生活的主人，不让别人的情绪左右自己的思想，不让世俗的偏见压垮自己的人生。

# 四 提升自我的价值

当我们不能改变别人的时候，就努力改变自己，自信和快乐是可以相互感染的。

# 住院风波

每一个媳妇都应该孝敬自己的公婆，这是一种道义，也是一份责任，是每一个儿女必须接受的使命。百善孝为先，没有自己的付出，又怎么可能得到儿女的认同。下一代的健康成长，很多时候就是看父母的一种态度。

一天，老公的哥哥打电话说："妈要住院了……"通知我们一起去医院，婆婆没有跟我们住在一起，相隔好几里地。接到电话，我和老公带着钱，匆匆忙忙赶去医院，医生要求婆婆去市区检查回来就诊。三妯娌带着婆婆赶往市区的医院，给婆婆做全面的检查。到了市区医院，等了很久，婆婆吐一口痰去检查，婆婆不会吐痰吐一口水，医生检查不出毛病。第二天再去，弟媳妇很会体贴人，看我们都比较忙，她一个人来医院，给我节省时间，心里好感激。

费用的问题，对着弟媳妇说："婶婶，费用由你一个人垫出去，需要我们给多少钱，说一声。"婶婶答应了，大家相安无事，各自回家了。婶婶连续去四次，结果没有毛病，我打电话去问："婶婶，需要我们付多少钱啊！"婶婶给一个数目，老公马上把钱送过去。

婆婆是个很矫情的人，心情的缘故，没有吃药打针，心里不踏实，每天在家里折腾，说是不舒服，嫂子和弟媳妇把婆婆送进医院，我不会骑电瓶车，老公去侍候婆婆，为人处事不是很圆滑，经常带一些是是非非，回家说给我听，家里开饭馆抽不出时间，老公又不会做，照顾婆婆的任务，自然落在老公的肩上。

不料女儿连续发烧，全身抽筋，我和老公连夜去医院，趁女儿上医院的机会，看一回婆婆，婆婆好端端坐在病床上，一双眼睛骨碌碌到处望，看她没有很严重的毛病，闲聊几句回家了。第二天，照常给女儿打吊针，嫂子来了，指着我鼻子骂："女儿是个宝，老公的娘是一根草，我们做媳妇的，不该嫌弃婆婆，看她一眼，害怕传染给你……"叽里呱啦说一大堆，不想追问，跟着女儿哭笑。嫂子急性子，说话不饶人，陈谷子烂芝麻的帐说个不停，老公三兄弟过去的事，我回应一句："以前，我也没有来，跟我没多大关系。"一句话惹闹大嫂，骂得更厉害。

换做以前，我一定会大吵大闹，现在的我不想多说一句话，也不在意。老公自家的事情，交给他处理比较好，为了医药费说个不停，到处宣扬我们家没出钱，我心里不服，却不想吵架。湖南的十年，看清楚一些人，一些事，有些事情不用吵，清者自清，浊者自浊，真的吵架了，难受的是老人，看热闹的一大片，不想一家人鸡飞狗跳。

偶尔去妈妈家，跟妈妈说起这件事情，爸爸在一边开腔了，爸爸说："你这张嘴巴怎么厉害，活该遭罪。"原本找个出口，倾诉心里的一种郁闷，爸爸的一句话，挑起我心中无名之火，又一次水火不相容，对着爸爸说："是啊，你是想把我变成童养媳。"爸爸更加凶劲，对着我吼："就是要把你变成童养媳，刁难你……"叽里呱啦说一大堆，话没听全，带着老公和女儿落荒而逃。

看到爸爸的样子，大嫂的怒吼，理解上一代的想法，一种性格，一份习惯的养成，老了都不会改，看似吵架，一种情绪的发泄。要想改变儿女，必须改变自己的思想，学会做一个弱者，退一步海阔天空。有些事情的确不用解释，永远不会有答案，做一个最好的自己。

# 我是开明的妈妈

儿子大专毕业了，步入社会开始他新的人生，翻开了新的一页，万事开头难。临别，我对儿子说："你在外面开心的日子，可以不想到妈妈，不开心的日子，记得一定要找我，妈妈会帮你分忧解难，会告诉你未来的路该怎么走，又该怎么做。你心里想什么，要不断去尝试，即使做不好，也不要害怕做错，失败是成功之母。只要不做违法的事情，不损人利己，你想怎么都去做，妈妈会支持你。"儿子很开心，没有异议。

面对儿女，我是他们的导航，引导孩子走向正确的道路。面对儿女，我是他们心中的明灯，照亮儿女前进的道路。不管孩子做错什么，说错了什么，都不会跟他们计较，不会生气，懂得交流与沟通，给儿女一份最好的人生。彼此的尊重，相互信任，是建立感情的桥梁。孩子遇到迷茫和困惑的日子，我是他们的母亲，不管做怎么，我都会理解孩子，包容孩子一切的人生，孩子感觉到开心，是我一生的幸福。

走的那一天，儿子对我说："妈妈，家里那床新被子给我吧！"我摇摇头不同意，对儿子说："从今天开始，你出去赚钱闯事业，要把外面的财富带到家里，不可以把家里的东西带到外面，这样的话，你会有决心把自己做得更好，做得更出色。"儿子很委婉地答应了，心里有多少的委屈。

没过多久，儿子打电话给我："妈妈，幸亏你没让我带被子，天气怎么热也用不到，搬家的日子，还要背来背去。"我笑了，儿子懂得感恩，知道分析问题，没有抱怨的心情，面对我每一次对他的拒绝。几十年前，我有一种不良的心态，被人拒绝会感觉到没面子，甚至无地自容，一份可悲的自尊，毁掉我美好的人生。用一颗平常心看待生活中的每一个问题，被人拒绝是一种美，学会面对逆境，是人心最高的境界。

父辈的一代会拒绝，用一大堆理由贬低孩子的人格，偏离教育的真谛。几十年前，那时候的我二十来岁，拥有强大的自尊心，有无数的骄傲，跟爸爸借过一次钱，爸爸对我说："我是不会借钱给你，万一你不还给我怎么办？你们一个个都向我要钱，我的钱又不是天上掉下来的……"爸爸说了一大堆的话，让我无地自容。那么一次足够我一生对他的不尊重，不理解，不原谅。

爸爸的一番话是对我的不尊重，不信任，还有多少不了解，不但是人心的伤害，一种亲情的冷漠，相互之间的隔阂。贬低孩子，是父母的愚昧和无知，造就多少儿女看不清未来，看不到亲情的珍贵。我们家现在开文具店，孩子想买好几种笔，一来是写字，二来是一种享受，三来是一种尊严。看到同学都有很多笔，对孩子来说是一种向往，一种心理的需求，希望自己跟别人一样，拥有很多花色的笔。

像一个人平常穿衣服，一件衣服几年都穿不烂，依然不停地买衣服，是一种享受，一份自尊的维护，一种心理的需求，爱美之心人皆有之。可是，很多父母会不停地唠叨，说话有多少的难听，买一支笔可以毁掉儿女的一份心情，伤害一份自尊和人格。多数父母骂孩子："书就不会读，笔要买的那么多，不是浪费是什么，记得给我好好读书……"叽里呱啦什么难听的话都有。父母是否想过孩子的感受，又是否理解孩子的一份心情，一个人在学校的感受，是需要跟别人一样平起平坐，有平等的待遇。

父母亲又会说："别人家孩子是读书好，买什么都没关系，我们家孩子读书又不好，买那么多是一种浪费。"父母给孩子的定位，已经没有孩子的尊严，没有他们可以骄傲的余地，抹杀孩子的一份自尊心，自信心。一个孩子会不会读书，能不能成才，不是由父母说了算，孩子心灵的纯洁，一样的自尊，父母埋没了孩子的一份光芒。

多少年前，儿子考大学，我们家条件不好，儿子读书不是很用功，儿子回家对我说："妈妈，我考大学要买三只最好的笔……"我听了，二话没说给儿子买笔的钱。结果，儿子并没有买哪一支最贵的笔，我看在眼里没有作声，没有跟他要回剩余的钱，维护儿女的一份心情，比金钱更重要。教育孩子，不是要说得很清楚，条条款款都必须很严明。人性化的教育，给孩子更多的温暖，更多的享受，让孩子感觉到父母永远是那样的民主，那样健谈，又是那样的宽容，给孩子的希望有更好的潜力。

历史的错误,让我明白一个道理,家不是个讲理的地方,讲的是人情,给孩子的温暖要比教育好得多。女儿上小学的日子,非常懂事和节约,知道家里的条件,孩子会帮着父母一起省钱,孩子的渴望,父母是不可以让儿女落空。有一天,女儿对我说:“妈妈,同学有很多漂亮的笔……”言语之间无数的羡慕,又是那样的向往。

我笑着对女儿说:“你喜欢那只笔就去买,妈妈不会说你的……”女儿不好意思地说:“妈妈,我有笔,买多了是浪费……”我笑了笑说:“不浪费,只要你感觉到开心,一点也不浪费,不要让自己在同学面前,有一种拘束感,无奈感。你想要的话就去买,妈妈要你永远都快乐。”女儿还是没有浪费,多少买一点,不会奢侈,父母懂得放手,儿女才会懂得如何担当。

几十年前,我也是个学生,穿着妈妈的衣服去上学,存在我心里的自卑让我童年的日子充满凄苦和悲凉。特别是那一次体操比赛,哥哥有学校统一的服装,而我穿着跟别人不一样的衣服,那种心情,那份落寞,让我有一种深深的挫败感,让我的童年拥有许多杂念,不能平静自己的思绪,不会有良好的心情,不能专心攻读学业。有聪明的头脑,没有读书的心,一样不会变得优秀。我不希望儿女重复我走过的路,要想今后活得有尊严,不仅仅是把书读书,还要学会为人处世的道理。

儿子刚走上社会那几年,经常会打电话给我,一打就是一两个小时,母子俩有说不完的话,开怀畅笑,彼此间没有隔阂,不会有不愉快的事情发生。每一次,儿子打电话给我,我都笑着问儿子:“今天怎么有空,给你妈打个电话。”儿子会在电话一头笑个不停,还调皮地对我说:“嗯,很久没有听到妈妈训我,心里不爽啊!”

我会很惊讶地问:“难不成,妈妈教训你,让你感觉很舒服。”儿子会笑得更灿烂,又对我说:“妈妈,你每一次说我,对事不对人,都是为我好,没有你不会有我的今天。”儿子的一番话,让我感觉到无比欣慰,充满自傲,是我努力的成就,想要的结果。

对每一个人,我都没有恶意,包括对自己的姐妹,没有一个人会听我的,认为他们自己都是最好的榜样。我听之任之,不参与任何意见,眼看着他们的孩子,一个个都不成形,不想说什么。我说一句,妹妹和哥哥会顶我十句,所有的心意变得苍白无力。

教育好自己的孩子,是我今生最大的骄傲,孩子愿意听我说话,跟我交流与沟通,不会自以为是,看到儿女一个个长大,充满笑容,是我心里最大的安慰。每一次,看到别人骂孩子,心里酸酸的,又不知道如何是好?老公骂儿女,我会跟他拼命,养育孩子需要父母的疼爱,不是折磨孩子身心健康。多数父母看似教育,一些不良的习气交给孩子,父母会打人,孩子以牙还牙,父母给儿女的不公平,儿女给父母的不孝顺,不听话,都是不良教育惹的祸。

爱是要让对方,感觉到幸福与快乐,倘若孩子不觉得幸福与快乐,父母付出最多的金钱和物质,依然是一杯毒酒。让儿孩子吞也不是,吐也不好,学会逃避,学会忍气吞声。离开一个家,是多少孩子的向往,又让多少孩子迷失方向,在外面受多大的委屈,都不敢面对自己的家庭,怕的是雪上加霜。多数父母的教育,让孩子报喜不报忧,只能成功不能失败。

我的儿女不一样,他们可以面对自己的脆弱,面对自己的不足,不会感觉到,自己的无能是一种屈辱。错误的人生是最好的开始,一个人是从不懂到懂,从无知到聪明,只有不断尝试的结果,才能够面对最好的人生。一个孩子不能面对自己的脆弱,又怎么可能变得坚强,不能面对自己的肤浅,又怎么可能提高自己的水平。

步入青春,儿子跟女朋友聊天,发一段信息给我看,女朋友都觉得不好意思,儿子说:“没关系的,我妈很开明,可以理解我们这一代的感情。”事实上,大家都需要一份爱,需要有人疼,希望自己的一生有人懂。过去的年代也是一样,女人都想找一个称心如意的郎君,只不过在旧时,很多人思想太肤浅,会更注重外表的一些东西。

当今的社会是一个自由、开明的局面,应该以快乐为主,父母如果依然沉浸在故去的陈旧的教育方式里,会局限孩子的能力,阻挡孩子发展的空间。许多人不懂得放手,以为放手就是不管不问,其实放手是一种理解和支持。放飞自由,让儿女充分发挥自己的思想和情怀,心有多宽,路就有多远,父母的心胸是儿女未来的人生。

# 公公走了

那天赶集，公公和婆婆来了，公公对我说："这一次来，要在你家住上一段时间。"我的心里乐开了花，连忙答应了。平常公公不愿意住在外面，破天荒第一次，家有二老是个宝，父母要是会来住，我一样很开心。不知道是跟外婆一起长大，还是心中对外婆的那份亏欠，不管对哪一个老人，我都很热情，包括孩子来了，一样很开心，尊老爱幼是我多年的风格。

婆婆的身体，一直很脆弱，每一次赶集，公公陪婆婆打吊针，婆婆有好几天的针，公公自己回去，留下婆婆在我们家住，老公说："住在镇上几十年，公公第一次要在我们家住，是给你面子……"公公有个习惯，做什么都喜欢回家，老人心里踏实。这一次，公公主动提出在我们家住一段时间，一种不祥的征兆。

看到公公上楼梯的场景，总是往后翻的样子，走路没有过去那种稳健。几十年来，对老人有一种特殊的感情，不管公公他们怎么住，我都不会有意见，不会大鱼大肉的招待，一顿家常便饭，给老人烧一顿可口的饭菜。二老过得安心与快乐，平静与祥和，为人处事的道理。喜欢一家人其乐融融的感觉，做什么都没有怨言，不会排斥。对老人不计较，不要求，一家人相互帮助，彼此珍惜，活着该有多幸福。

临近端午，老人回家哺雄黄，老祖宗留下的规矩。公公身体有所好转，走路不打摆子，上楼梯比原来苍劲有力，心里不放心。五月十五，镇上交流会，一个电话，我们心匆匆地赶到医院。公公住院了，一个非常坚强的老人，不到万不得已不看病，真的生病了，没有生还的余地，外婆当年也是这样的，三天的时间，匆匆离开人世。

婶婶，看到我们非常热情，嘴巴嘟哝道："你们忙，没想打扰你们，想出院的日子，让你们来就可以了。”一句话，说中了我要害，我对婶婶说：“那倒不用，父母生病，即使最忙，侍候二老是天经地义的事情，不要像去年一样，婆婆出院，连个通知都没有。”婶婶反应很快，笑着说：“出院哪用通知你们。”我也笑呵呵地说：“你不通知，老公隔一天来看，人都不在医院，不知道的人，谁会知道他是婆婆的儿子，以为是亲戚呢。”生活的苦难，磨炼我另一种个性。即使心里有气，不再喧哗，不会恶语伤人。

婶婶是个聪明人，再回答问题有些牵强，婶婶说：“二哥，反正手脚勤快，多跑几趟没问题。”我不吱声了。第二天，坐车去医院照顾公公，婆婆住院的经历，不想妯娌之间说闲话，家里最缺钱，公公婆婆最重要，不再要求老公去医院，免得节外生枝。到医院，看到婶婶在，非常开心，婶婶望外面看，我好奇地问：“婶婶，你看的是什么呀！”婶婶回答，对我说：“看你们家保镖怎么没有来。”一下子明白婶婶的意思，看老公有没有来，我笑了。

笑着对婶婶说：“今年，跟往年不同了，侍候公公的事情交给我了。”婶婶也笑了，又对我说：“哎，你们是忙，不想通知你们，出院结账的日子，告诉你们一声就行了。”一句话，又说中我的要害，我对婶婶说：“是啊，亲兄弟明算账，不要像婆婆住院一样，账也不算就出院了。”婶婶连忙说：“算过的呀！总共剩下两千元钱，给公公了。”公公连忙附和，对我说：“是啊！算过的，那个钱都给我了。”我笑着回答：“老公也是的，他告诉我没结过账……”一句话提醒，免得再有下一次纠。

刚巧，大哥夫妇来了，大嫂是个直性子，说话有点冲，人心不坏，为了婆婆的事情，大嫂骂我一顿，一年没有来往，大嫂连忙说：“恩，去年婆婆的账是没有算过的。”大嫂的一番话，急坏了一边的婶婶，连忙补充道：“去年，婆婆用的钱，还不止这个数，我还贴了一点，给了公公一个整数……”亲兄弟明算账，不会把事情变的怎么复杂。脾气来了挡不住，心情好了，谁都是她的亲人。大嫂执意我去他们家吃中午饭，两兄弟算是和好了。

第三天，老公的弟弟对我说：“二嫂，你看看妈妈去年住院的账目，看对不对？”我根本不会去看，陈谷子烂芝麻的事情，怎么说是提个醒，不要再犯这种低级的错误。我对叔叔说：“这个账，我是不会看的，真的要看，去年我就会去看，希望下次不要说我们，没有给婆婆付过住院费，听起来心寒，多少钱都不重要。”我执意不看账单，叔叔也就作罢。

公公没了，儿子在他乡工作，匆匆忙忙回家给爷爷奔丧，回家的第一件事，问我："妈妈，我们家的钱够了吗？我带回来几千元钱，可以拿去用……"好感动，又非常欣慰。我的儿子长大了，可以帮助父母分忧解难，我对儿子说："不用了，妈妈早就预备这笔钱，现在不会说妈妈很抠门吧！"儿子笑了笑，又继续对儿子说："生活中，离不开天灾人祸，手上预备一点钱，以备不时之需，每个人必须有的心态。"儿子连连点头。

多少年来，尽管儿子多次提出，我对他们很抠门，依然我行我素，不改变自己教育的原则。一个家庭，一份人生，需要有人掌舵，有人规划，要懂得经营财富，不可能随心所欲。要求儿子学会存钱和赚钱，学会经营自己的人生，儿子对我说："妈妈，我现在不欠别人的钱，别人还欠我的钱。"我笑了，懂得自力更生，方能够从容。

第二天，儿子看着我满头白发，又对我说："妈妈，把你的头发染一染，会显得很年轻。"说完，从兜里拿钱给我，真的好感动。有生以来，收到一份最好的礼物，儿子的孝心。一份恰当的教育，没有血缘的儿子一样会变得如此孝顺，如此亲密。多少年来，我们之间有吵架，有争斗，每一次大事化小，小事化无，给儿子一次次的感动，又一次次地改变，拥有他今天的成就。

街坊邻居看热闹，问儿子："你家阿姨对你好吗？"儿子愣了一下，马上明白别人的意思，对着别人说："啊，妈妈对我很好的呀！"这一声"妈妈"，别人不敢再问第二句。儿子把这一句话学给我听，我心里很感激儿子，感谢他对我的一份厚爱、一份尊重，人间有情，天下有爱。

人和人之间，恶语中伤是不对的，不可以针锋相对，但适当的吵架不是件坏事情，亲人之间需要沟通与交流。叛逆期的孩子，需要父母的理解与关怀，父母要帮助孩子走出迷茫的困境。成长的过程中，如果没有父母的援助，孩子的心理会走向极端。

# 不懂感恩的人

我们家不算是有钱的，老公原先欠的账，经过六年的努力都还了，家里的电器买齐了，房子三层变成五楼，儿子大学毕业，可以自己赚钱，不再是家庭的负担。每一次家里买一样电器，老公会跟我吵架，不是说东西不好，又是舍不得钱去买。真的制齐了，感觉一切的功劳都是他的，没有一样东西是我的，穷则思变，富者狂傲。

老公顿时扬眉吐气，感觉自己不再需要我，不用我对他的辅助，一样可以过得很好，不再像以前一样，吵完以后对我好，看到我不会跟别人去诉苦，对我肆无忌惮。老公心里明白，反正我打不过他，一次次跟我较劲，不给我看电视和录像，什么都管制我，简直是他的私有财产。允许我赌气不做事，只要不走出家门，怎么样都行，面对老公种种的行为，如坐针毡，变成一只笼中鸟，瓮中鳖，失去自由和空间。

一个人没有社交，不会有人脉，为人处事比较麻烦，没有来往的朋友，不可能发展自己的事业，成就未来的天空。老公没有多少爱好，除了睡觉还是睡觉，不想跟他一样坐在家里休闲，不喜欢活在别人的掌控之中。跟老公一天一个吵，三天一闹，只要我不出门，日子过得越来越恼火，走出家门，老公会怒目凶光，嘴巴念念有词："怕是又要挨揍了，打你一顿死死……"说真的，打过几次，砸碎啤酒瓶，从碎片上拖过去，一忍再忍，忍无可忍。

那一天，心里气不过，跑到儿子阿姨家，老公最怕的一路亲戚，儿子的阿姨和舅舅都是有钱人，一直被亲戚照顾的老公，只有在他们面前，温顺得像只绵羊。在家人面前耀武扬威。家里仅有的一点财富，我一步一个脚印，不分白天黑夜干出来的成就，老公洋洋得意说："家里那一点东西是你的……"别说是功劳，苦劳都没有。老公看我没地方告状，一天比一天凶，心一狠，跑到他姨姐姐家诉苦："姐，我要是跟老公离婚，还给你们的账，有一半是要还给我的吧！"

姐姐是个非常明事理的人，对我说："那是，肯定要给你的……"一种敷衍，在我心里也是一种安慰，毕竟是我努力赚钱还的帐，第一次向姐姐说心里话，老公怎么多年来对我的所作所为，姐姐很同情，答应帮我劝老公，我对姐姐说："姐，怎么多年，没有在你家吃过饭，今天在你家吃了，他不来接我，我不回家。"六年了，姐姐家很客气，在他们家做过衣服，每次喊我吃饭都不会吃一顿，不喜欢欠别人一份人情。

不是老公一逼再逼，动不动说打我一顿死死，不想麻烦亲戚，知道老公怕前妻的兄弟姐妹，过去养成的习惯，一直畏惧三分。姐姐去找老公，回来对我说："我骂过他了，说你要打老婆，我们都不会同意……"具体怎么做，我也不知道，老公跟着姐姐接我回家了。从那以后，没有再打过我，心里再也不领情，说明他是可以控制自己，不是不懂得心疼，什么都装傻。一个不懂得感恩的人，付出我更多的爱，看不到我存在的价值。一边打电话跟儿子诉苦，儿子对我说："妈，你帮爸爸赚钱太快了，让他以为不用再依靠你，才对你越来越凶……"儿子让我去他那里住，心里明白，逃避终究不是办法，更何况女儿在家读书。

现在的我，不跟老公吵架，不想跟他啰唆，他做得好与不好，不想去管他，不要来烦我就行，一种夫妻的情分荡然无存，渴望几天安稳的日子。说安稳也不安稳，老公过不来这种平静的生活，有形无形会跟我吵架，只要我对他好，以为怕着他更加肆无忌惮。心里只有一个信念："等孩子长大了，我要争取自己的一份生活，不可能让他为所欲为……"

多少年来，我努力做事，拼搏向上，不求有恩，但求无过，更加努力珍惜自己，让自己成长得更多，拥有我更高的理想和目标。我想要普及家庭教育，提醒更多的父母去了解孩子、尊重孩子，学会沟通与交流，做一个有素质和修养的人。父母有学问，懂得经营人生，孩子的未来才会有希望、有冲劲。

男怕入错行，女怕嫁错郎，两次婚姻让我开始觉醒，人和人之间的确不一样，有些人不劳而获，沾沾自喜，多少父母付出自己的努力，看不到孩子的感恩与感动。我庆幸自己培养了一对优秀的好儿女，没有他们的支撑，我人生的方向又在哪里。家中有老是个宝，家有儿女是人生的希望。

# 砸电脑

信息时代，离不开网络，自控能力不好的人会深陷其中，变成一杯毒酒。任何事情都有两面性，电脑好像是鸦片，用得好是一剂良药，用不好是毒药，如何把控它的程度，由每个人的性格而定。

六年了，我和老公磕磕碰碰的人生，让我有些厌倦，再一次掉进地狱之中，经过人生的一次次历练，感觉到家庭教育的重要性。没用的人选择吵架，不断生气，不会接纳别人的意见，我行我素。我的心里不想再做早点，不是害怕辛苦，两个人为鸡毛蒜皮的事情，吵得不可开交，浪费我多少的精力和时间。我想改行没资金，写点东西聊表心意，满腹的思绪无从发挥，借自己的一双手，写一份教育孩子的心得，分享给千千万万的父母，希望更多的孩子，不再经历我们的童年，父母无知的教育和摧残，多少孩子走不出迷茫与困惑。

儿女说电脑上可以写字，学习文化，给我心里一份向往，一种追求。我对电脑产生一种好感，想自己摸索一回，跟着新时代的步伐，充实我空虚的心灵。老公不会同意怎么做，跟儿女打商量绝对的赞成，儿子说："妈，我有一个同学买电脑，带你去……"有了孩子的支持，心里有一种依靠，我用三比一的对比，迫使老公就范。

那一天，我们一行四人去买电脑，老公走得很慢，习惯东倒西歪，有人搀扶着，感觉自己很有面子，给亲人造成不必要的麻烦。活蹦乱跳的大男人，走在街上需要家人的搀扶，说来是爱，又何尝不是一种负担。多少年来，不喜欢跟老公逛街，好端端的路不会走，非要搀扶着，又不是病人老态臃肿。为了买一架电脑，扶着就扶着吧！心里面一百个不愿意。见到儿子的同学，大家都非常开心，孩子非常热情，儿子的同学对我说："阿姨，我早就想去看看你……”我受宠若惊，说明儿子没有少夸我，佯装不解：“为什么要去看阿姨？”儿子的同学笑得很、更灿烂，有些诡异地对我说：“没什么，就是想看看你。”我笑了，感觉好幸福。

同学用最便宜的价格，把电脑卖给我们，三个人非常开心，老公的一份心情，阴阳不定。回家以后，儿子装好电脑，没有我的允许，谁也不可以玩游戏，变成我的专用电脑，心里想写一本家庭教育的书，缺乏自信，不断地问孩子：“妈妈是初中文化，写的书有人看吗？”儿女异口同声地说：“妈妈，可以的，你是最棒的。”孩子用我平常对他们的支持，反过来支持我，鼓励我。人和人之间需要相互鼓励，彼此帮衬着，父母儿女也不例外。儿子一次次对我说：“妈妈，我现在赚钱了，你不用那么辛苦，把身体养好就行。”儿子的一番话，一辈子都觉得温暖。

初次学会打字，一天打二十多个字，脖子好酸痛，腰板不硬也好酸。多少年来，我跟孩子一起努力，共同成长，没有一种学问是天生而就的，没有一个孩子学不会做人。人到中年的我，依然喜欢学习文化，接受新鲜的事物。几个月的功夫，一天几万个字不在话下，不断的尝试，无数的努力，感染孩子奋发向上，做孩子心里永远的榜样。

有了电脑，做生意的劲没了，想把自己一生的经历告诉别人。我想对父母说：“没有天生而就的个性，需要父母不断地培养，正确的引导，才能够完善儿女的一生。”父母不懂得努力，不要怪儿女做事的能量，孩子不会懂得努力的结果。别人知道我每天打电脑，对老公说：“你老婆每天玩电脑，哪天给人家拐跑了。”聪明的人选择进步，完善自己的人格。愚蠢的人选择武力征服对方，压制对方，最终不欢而散。

老公听了别人的挑唆，吓得半死，每天跟我找茬，跟电脑过不去，看我玩电脑就骂人，我也毫不示弱，老公一生气把新买的电脑砸烂了。这对于原本不富有的家庭来说，无疑是雪上加霜，我也不妥协，不把电脑买回来，就不做生意、不干活，像一个孩子一样耍无赖，要求达到自己的目的。老公是个纸老虎，生气没有原则，不能控制自己的情绪，一旦平静了自己的思绪，又害怕我生气，变成一种恶性循环。

再一次买电脑，我不再打算做早点，我的性格是想到什么就一定会去做，龙潭虎穴都敢去闯一闯。一生中不怕改行，不怕做错什么，相信自己可以做到最好。面对感情，我步步为营步步错，错的是心态，陈旧的思想、走不出的心结,都是童年时养成的习惯造成的。包括老公的所作所为,也是小时候的习惯,父母不懂得悉心教育孩子,下一代就会走进生活的误区。

为了孩子,我学会改变,改变自己原有的心态,鼓励孩子做我不敢做的事情,走我不敢走的路,看到儿女拥有自己的快乐,我感到特别幸福。我在教育孩子的同时,成长自己,强大自己的内心,如果人生可以重来的话,我的命运不会是这样。但是,如果没有我的昨天,我就不会懂得反思,孩子的今天也就不会幸福。

都说父母是孩子的第一任老师,什么都可以等,唯独孩子的教育不能等。学会改变自己的心情,父母有动力和信心,孩子的心里才会有方向。

# 因祸得福

我的一生，经常被别人骗，不知道是身边的人不够诚信，还是我太单纯，愿意相信别人、相信自己。被别人骗习惯了，我也就不觉得难过了，吃亏是福。每一次被人骗，我对自己说："总有一天，你可以强大自己的力量，每一次对自己说'失去我的心来是你们的损失，我要变得更强大，让别人去后悔'……"

刚来那几年，真的很苦，老公欠很多账，儿子又读高中，公公婆婆七八十岁的老人。人生最艰难的阶段，莫过于中年，上有老下有小，中间有那么多的责任与担当。家里的房子三层楼，水泥板的屋顶，天上下大雨家里下小雨，楼梯间搭的石棉瓦，被风一吹整个掀起，每年翻修是那样的艰难和辛苦。

每个月剩余的钱，不够儿子上学的生活费，咬着牙做早点，赚了一点钱，开店装修年年亏空。有一天，表姐出现在我们家里，很少来往的亲戚，彼此的关系不算好也不是坏，我又非常固执和骄傲，尽管家里条件不好，不会向别人低头，不会讨好有钱的亲戚，有的是埋头苦干，没有多少人情往来。表姐做保险业务，看到我们家房顶漏雨，信誓旦旦对我说："你们家房子漏雨怎么厉害，上面那两层砌上去。"我笑着回答："说得容易，没钱怎么砌。"表姐依然夸大其词："你把房子升上去，钱不够我借给你。"

我这个人做事，火急火燎的，表姐那么一说，不管她是不是会借钱给我，心里乐开花，自己借钱还真的不敢，别人会主动借钱给我，当仁不让，马上动工。现在砌房子有个好处，所有货源不用先付账，只管拿货造房子就是，又是喊泥工，又是要木匠，忙得不亦乐乎。一个多月的功夫，上面两层楼房，嚓嚓嚓封顶了，前前后后花了三万左右。

打个电话给表姐说:“姐,房子已经砌好了,你什么时候借钱给我。”表姐傻眼了,支支吾吾说半天,答应借我一万元钱,表姐手上买了五千多元的保险,一共欠账一万五,三个月不到,表姐跟我要钱,还的人不够能力,拖到过年,一万五千元钱给了表姐,轮到现在砌房子,不知道要多少钱,起码是翻倍,工钱翻了好几番,怎么说还是赚。有其母必有妻子,儿子现在的风格跟我差不多,二十多岁的小伙子,找一个女朋友,自己买房买车,不要家里一分钱,两个人共同努力,又是房贷又是车贷,忙得不亦乐乎!

老公砸了电脑,心里很伤心,打电话给侄姑娘,对她说:“叔叔真的很讨厌,自己不想做事,把我的电脑给砸烂了,我是想开个书店,目前没有钱,过年以后再想办法。”随意说一句,侄姑娘对我说:“婶婶,你开店好了,钱不够我借给你,我银行里存了四万多元钱,都可以借给你。”侄姑娘还说:“婶婶,你不要到银行贷款,不用跟别人借,欠人家人情也不好,我一个人借给你就够了。”说者无心,听者有意,说干就干,我跟女儿直接去义乌看行情。

儿子听说我和女儿要去义乌,要求母女俩去他那里玩,顺便到他那边去买电脑,一年买两个电脑,幸亏主机没有砸烂,浪费一千多元钱。儿子带我们去玩,开宾馆住宿,把我吓一跳,住一宿宾馆一百多元钱,把我吓得合不拢嘴,真是孤陋寡闻。好几年待在家里,跟社会脱轨了,居然不知道外面的行情,感觉自己落伍了。瞪大眼睛问儿子说:“住一晚,要这么多的钱啊!”儿子看着我的表情,轻轻一笑说:“嗯,是这个价钱啊!”真是乡巴佬进城,看什么都稀奇,有心想要步入社会。

当年,我孤身一人去湖南,带一套换洗衣服,两年的时间,一个月赚一万多元钱,如今做几千元钱的生意,还得看老公的脸色,今非昔比。在儿子哪里玩了三天,给我一款资料,晨光文具店的总部在义乌,二话不说奔赴前程。为人做事,有天不怕地不怕的胆量,兵来将挡水来土掩是我一贯的作风,我始终认为别人可以做的事情,我就一定可以。一个星期不到签下合同,不管十万元钱什么时候到户,把一个好端端的饭馆清除掉,变成了一个文具店。人家借给我的钱始终没有到位,每天告诉我会送钱,又告诉我种种的理由,最后不接我电话,知道是一场闹剧。

当初,开饭馆一分钱没有,装修房子,拥有镇上最好的一家饭馆。有个习惯,做什么都喜欢做最好的,自己做事情一样,要求精致大方,源于外婆对我的一份教育,饮水思源,可见童年的教育相当重要。外婆对我的严厉,的确让我受了不少委屈,拥有我今天赚钱的能量。再一次开店,手上没有一分钱,标准的式样装修晨光文具店,一切都是那样的齐全,两夫妻开始凑钱,拿着房契贷款。穷人就是穷人,贷款找不到担保人,借钱找不到好亲戚,七拼八凑没有筹足那个数,可见理财相当重要。

古时候,有一对夫妻,老公抽一次烟,老婆就丢一个铜钱在水缸里,到了过年时,水缸里的钱攒了很多,拥有了一大笔财富。老公看自己抽烟花那么多钱,第二年就戒掉了,老婆也不丢铜钱了,结果到了过年的时候没有余下一分钱。故事告诉我们,不管你有多少财富,都要懂得留存、积累,才能够衣食无忧。人生一世,需要一份胆量、一份勇气和担当,懂得理财。为此,我给一家人买了保险,越是没钱的日子,越要懂得理财,留存财富,遇上问题的时候才可以化解燃眉之急。

我的一份胆量,以及自己的一些经历,告诉孩子,想做的事情别犹豫,不管别人怎么想、怎么看,停滞不前就是最大的退步,敢作敢当的人,才能够勇往直前。

# 做保险可以练胆量

原本以为，开了文具店，一家人可以和和美美地过日子，借的钱不用很紧张，夫妻俩努力一点，不用很久可以全部还清。开饭馆剩下很多原料，跟老公再辛苦一年没有问题，老公死活不同意，买回来的一百斤肉，全部烂掉也不心疼。只要能够让他自己不做事，不辛苦，其余的事情仿佛都跟他无关，没钱的时候就跟我吵一架、干一仗，不愁我不想办法，自己的养老金，也要我筹钱给他补办。

生活依然过得紧紧巴巴，干活是轻松了，心里面背负沉重的枷锁，玩电脑跟我吵，不玩电脑陪老公聊天，一点兴趣都没有。东家长西家断，别人的生活不关我的事情，我想的是一个家，对儿女未来的前程，自己的追求。老公没有娱乐，每天看的人是我，仿佛我是他的私有财产，管束我不该去哪里，不可以做什么事情，每天跟着他含含糊糊地过，生活越来越郁闷。

两个人守一个店，老公守着我磨，做什么讲我两句，睡觉叽里呱啦讲个不停，守着我讲这个不对，那个不好。别人走在街上，老公都要说两句，又说不出别的，几句闲话闹腾不休。谈赚钱的计划，一个字都不会提。不允许我有那么多的见解，谈一些普风捉影的事情，几乎是天花乱坠，话不投机半句多。

晚上，接女儿放学，两个人又经常吵架，通常老公接女儿，自己睡过头跟我生气，真是不明白，女儿没有说啥，老公经常生气，日子过得非常压抑。在我心里，一直有一个梦想，说一些家庭教育，分享育儿经验。同学叫我了解保险，我看职业不错，可以出去见见世面，老公听说我要做保险，在边上不停地念叨，老公说："别人都说保险是骗人的，要去做太晚了，早几年做保险好。"老公自己没主见，别人说什么是什么，不停地念叨，不停地嚷嚷。

别说是做保险，怎么多年做的每一件事情，老公都不会支持，不是吵架就是打架，厌倦这种生活。每一次跟儿子打商量，幸亏有儿女的支持，自己也不孤单。怎么多年来，想做什么，置办什么电器，老公都不会同意，不但贬低我的能量，经常骂我神经病，这种女人不是东西。听多了，自己都没自信，又不让我去做保险，儿子对我说："妈，你想做什么就去做，不用听爸爸的。"儿子给我无穷的力量，是我坚强的后盾，

保险公司上班，第一次接触那么多人，住我嫌贵的宾馆，吃我舍不得吃的酒店饭，当我上台介绍自己的一刻，全身都在颤抖，嘴唇都在抖。登上我梦寐以求的舞台，看到我敬而远之的老师，心里有一种莫名的恐慌，面对他们成功的案例，蠢蠢欲动，梦想自己和他们一样的成功，一样的淡定。为此，夫妻俩吵架的日子更多，心里面的惶恐无所适从。

不到黄河心不死，顶着家庭无数的压力，依然我行我素，第一次去说保险，坐了一个多小时，自己没有说过一句话，别人听到我做保险，人家叽里呱啦说一大堆，保险如何不好，有多少人上当受骗。我在一边听，不会有我说话的份，每个人都比我更懂保险。走出别人的家门，我对自己说："不管怎么样，我是去过了。"第一次学会营销，心里别说有多紧张，怕别人会说我什么，一个没有自我的女人，又多么的自信，相信自己做事的能量。

那天，金华学习回来，老公对我说："女儿的学习退步了，年纪三十多名。"我笑了笑，对女儿的学习不是很紧张，心里有办法补救，懂得如何教育孩子。进门一刹那，女儿看到我哭了，前十名掉下来，孩子心理的确难过，女儿对我说："妈妈，对不起，这一次没考好……"不知道为什么，面对孩子的成绩，我心里非常的淡定，读书是一场马拉松赛跑，不是跑在前面的人一定会优秀。有勇气面对自己脆弱的人，才是成功的脚步。

看着女儿沮丧的脸，微笑着说："考试不好，哭有什么用，说明你平常学习的方法不对，马虎多还是不懂的多，马虎多说明你平常的作业不够细心，不懂的多说明你平常的学习没有巩固，以后把它做好了就行。"一边说，一边抱着女儿，给她脆弱的心灵，一个强有力的臂膀，母亲的胸怀可以温暖孩子的心灵。

孩子做错一件事情，不是对她不满，不要对儿女的抱怨，对孩子的理解和包容，能够体现母亲的情怀，抚平孩子心灵的挫败感，给予孩子最好的肯定和鼓励，稳定孩子的情绪，孩子有力量追求更好的明天。多少年来，我的

淡定带给孩子平静的心态，我的微笑给孩子无穷的力量，女儿心理不会有紧张的感觉，不会忐忑不安，不会有一丝一毫的惶恐，孩子心里会有足够的安全感，自信心。

老公有个习惯，我说一声孩子不好，叽里呱啦会说个不停，分不清东西南北，什么样的话脱口而出。孩子考试成绩差了，变成他不断诉说的理由，我不会给老公这样的机会，经常对老公说："孩子考试不好，属于正常，你不可以因此而攻击她……"老公会连忙附和，不敢造次。老公是个没有主见的人，对方的一句话，可以挑起无端的是非，弄得鸡犬不宁。改变儿女的一代，不能用脾气骂人，发泄自己情绪的不满。孩子会犯错，会失误，属于平常的事情，有利于父母更好的教育，父母的理解和宽容，可以给儿女平静的心态，更好的发展自己。

很多父母都说自己没空，没时间管孩子，不会处理孩子的问题。孩子出现消极、悲观的情绪，父母要懂得释放孩子的心理负担，提高儿女读书的积极心、创造力。孩子会懂得反省，学会思考，主动承担自己的责任，学会处理自己的问题，拥有自己的主见和思想。

我想做保险，实现自己童年的梦想，给自己一份空间和自由，接触更多的人群，了解社会的趋势，走出自己心灵的悲苦。做保险可以练胆量，不管你做什么，都会有人支持你，赞同你的决定，奋勇向上。销售的行业，用一种激励人心的方法，激励身边的人更加努力，创造自己的财富。我喜欢拥有一种激情，奔赴自己的目标，实现自己的理想和抱负。

# 竞选班长

每个人选择一件事情，都有自己的目的和方向，我选择做保险最大的目的，就是练习自己的胆量。我有赚钱的胆量，有离婚改嫁的胆量，却没有说心里话的胆量。每当看到别人教育孩子骂骂咧咧的时候，我不知道可以说什么，心里有的是酸痛和无助，回首自己的童年、成长的经历，我感觉到父母的态度决定孩子的将来。

我对儿女说："妈妈这辈子没有给自己活过一天，不懂得如何珍惜自己，我想去做保险，实现自己的人生价值，走出家庭，走出心中的牢笼。"儿女非常支持我，希望拥有一个最优秀的妈妈，女儿对我说："妈妈，我现在跟别人说，妈妈在保险公司上班。"笑着问孩子："我们家做生意开店，自己当老板，你不觉得骄傲吗？"

女儿不以为然地对我说："不一样，你现在是一个公司，不是一个家。"顿时明白女儿的内心，有一种团体的力量，我对女儿说："妈妈年纪大了，要求自己更多的追求，你要更加用功读书成就自己，不要看妈妈忙碌，你的学习跟不上，妈妈会失去动力和斗志，我们一起努力哦！"女儿笑着安慰我："妈妈，没关系的了。我会努力读书，不会让你失望。"人生路上，我跟儿女共进退，相互理解，彼此帮助，追求美好的明天。

保险公司有一个特别的好处，你想做什么都可以去做，不怕你做不好，怕你不敢去做，即使做不好，不会有人嘲笑你，讽刺你，相互欣赏，彼此帮衬着，有一种家的味道。一种温暖，团结的力量，可以开发自己的潜力，提高自己的胆量，不像过去那么压抑，不再像家庭一样的拘束。每一次去金华学习，上台竞选班长，胆小的人不止我一个，敢于上台演讲的人没几个。装着胆子上台，同事会支持我，鼓励我，代表每一个人的心愿，跨越心里的障碍，超越自我。

每个竞选班长的人都有自己的感言，我站在台上浑身不自在，想到女儿的话，心里一阵振奋。经常对女儿说："丫头，妈妈不敢上台，看到那么多人，浑身直哆嗦。"女儿对我说："妈妈，你到台上，不要去看别人，跟平常一样说话，变得自然轻松，没有压抑感。"女儿的话是不错，依然做不到孩子的那种淡定。站在台上，不知道能说什么，心里想好的话术都变调了，断断续续说了一番感言，没想到自己当上班长。同事们都说我胆大，敢作敢为，心里想："我哪里是胆大，心中有方向，自然顾不得体面了。"很多时候，我习惯面对自己的不足，教育儿女勇往直前。

又一次，杭州学习初级导师，老实巴交的农民，不会说正确的普通话。保险公司，每个地区的精英聚集在一起，一个个都比我优秀，又一次上台竞选班长，这一次说话更加自信，我宣言："都说保险公司两条腿走路，我有四条腿走路，保险的两条腿，一条腿做业绩，一条腿建立团队，我的理想写一本家庭教育的书，有利于孩子，有利于家庭，还有一条腿做生意，做一个时代的女中豪杰，大家跟着我，想不成功都难，我就是班长。"台下一阵鼓掌。

又一次被当选班长，班主任对我说："你知道，为什么每个人都选你当班长吗？是你的气场压倒了别人。"人生的路就是这样，你不去做什么都没有，只有去做了不会有遗憾。既然别人可以做的事情，相信自己一定行。多少年来，存在我心里的胆怯，鼓励孩子勇敢去面对，放开心胸大胆去做，想做什么，干什么，跟着孩子一起吆喝。即使做不好，不会伤害孩子的一份自尊，孩子有勇气面对的不足，拥有更多的感悟。

人生一世，草生一秋，重要的是过程，还有欣赏过程的心情。学习结束后，我无比兴奋，但回来的那段日子，又不敢去说保险，没过多久又变得死气沉沉，然后又去学习，一步一个脚印地做到了主任的位置。自己都不知道是不是优秀，心里一直有一个心愿，做什么都要学会去面对，别人可以做的事情，我也可以尝试去做。遇上一次次挫折，我学会忍耐和放松，总结自己一次次的过错，失败是成功之母。

保险业有一句话说得很经典，"一个人的努力可以不成功，但不会不成长"，我努力让自己变得更好，给儿女做一个表率。孩子的前进路上，不会胆怯，懂得追求，无怨无悔。

# 老师的一个电话

有一天晚上，女儿的老师给我打了一个电话，的确让我很震惊，这是从来没有过的事情。老师开口的第一句话，对我说："你们还是准备钱，给女儿读高中吧！今天我让班上的学生没做作业的站起来，你们家孩子居然站了起来，我对她的评价一直都不错，现在一下子等级降为零，寒假那么长的时间，孩子居然一个字没写。"我静静地听老师说，不敢有半点含糊，不敢插嘴。

老师又说："你们家情况特殊，别人家孩子都去补课，唯独你们家孩子没补，我们也不好说什么。"老师的言外之意，责备我没有让女儿去补课，导致她学习的下降。我是一言不发，感觉到老师说话好沉重，女儿没有好好读书，责任在我，我太注重自己的事业，忘记对女儿的督导，我心里没有一丝一毫的怨言，有的是自责，对女儿的亏欠。

晚自修结束，女儿回家了，眼睛哭得红红的，不用说给老师好一顿批评，女儿走到我前面说："妈妈，对不起！"微笑地看着女儿，充满自责的对孩子说："妈妈错了，妈妈忙着做保险，对你缺少关心和问候，导致你犯这种低级的错误。"女儿拼命摇头，对我说："妈妈，不是这样的，都是我自己错了。"父母有担当，孩子学着承担责任与错误。不是父母的抱怨，可以激起孩子学习的进步，不是一份责备，孩子会认识到自己的错误，学会批评和自我批评，孩子拥有自觉性，自律性。

依然微笑着对女儿说："我们两个人都有错，一起改变，好不好？"女儿连忙点头，又继续对孩子说："以后你在家里，妈妈尽量少出去，帮助你解决问题。"我才发现，由于自己的疏忽，女儿在学校跟同学发生矛盾不能解决，打电话给她的同学，结果那个同学，又把这件事当作笑料，孩子的心里受到很大刺激。有时候，父母一再强调学习，忽视孩子内心世界的变化，导致儿女对学习没兴趣，对生活产生不良的情绪，一切都是心态的培养和维护。

这件事，应该由孩子的爸爸说起，那天学校打电话给老公，对老公说："你们家女儿跟某某同学玩，学习成绩直线下降，那个同学认识很多男同学，你们自己跟孩子说一声，不要她跟某某同学一起玩。"老公一听来神了，看到女儿跟某某同学走在一起，直接跟那个同学说："老师打电话来，叫我们家女儿不要跟你一起玩，以后你们两个不要走在一起。"老公不懂得处理问题，引起孩子的反感，一肚子怨气发泄在女儿身上，彼此受到伤害不说，导致学习的退步。

又一次，女儿哭着回家了，眼睛红肿，连忙问孩子："丫头，你怎么了?"女儿抱着我一个劲地哭，哭了好久，女儿对我说："妈妈，还是为那件事，男同学攻击我，讽刺我……"生活中很多的事情都是这样，我们自己以为过去了，别人心里存在矛盾，自然会发泄，给孩子的危害更大，防不胜防。

我笑着对女儿说："其实，有一天你步入社会，这种事情经常会发生，只不过你是提前面对了。我们身边每个人的素质都不一样，为人处世的方法各不相同，要是去在意，生活不会变得快乐，失去自我得不偿失。不懂得处理问题，现在读书会影响学习，步入社会影响你的工作，学会冷静，放松自己的心情，做到什么都不在乎。"女儿静静地听我说话，感受心灵的慰藉。

又继续对孩子说："明天去上学，不要难过，以前怎么样，现在还是怎么样，不要在乎别人会怎么想，怎么做，依然充满微笑，充满希望，谣言不攻自破，清者自清，浊者自浊。别人会怎么做是别人的事情，跟你毫无关系，做你该做的事，走你该走的路，当一切没有发生过。"第二天，女儿放学回家，立马对我说："妈妈，没事情了，像你说的那样，装作一点事情都没有发生过，别人也没有怎么样。"

我笑了笑，又对女儿说："以后，遇到什么问题不要去逃避，学会面对，学会淡定，自己没有做过的事情，无需要内疚，不用害怕，即使做错什么也是很正常的事情，人有失足，马有失蹄，做到问心无愧，无愧于天地，无愧于自己。"女儿笑了，笑得很开心。

青春期的孩子，很容易作茧自缚，时常跟自己较劲。遇上问题，不懂得解决，变成另一种心结，一份情绪。父母无需要辨别是非，孩子会感觉到更委屈，变得更脆弱和无助，不是最好的结局。鼓励孩子学会面对，学会从容，学会不计较，坦然处事，理解别人原谅自己，做一个豁达的人。孩子学会斤斤计较，即使拥有最大的学问，不会有辽阔的天空，心海的博大是孩子理想的摇篮。

别人对我怎么样是别人的心情，一个有志向、有目标的人，不会让别人左右自己的情绪，人都应该有自己的情操、独立的人格。懂你的人不用解释，不懂你的人又何必浪费自己美好的年华。人生中很关键的一点就是要学会放开自己的心，就能拥抱自己的一生。孩子不需要责骂，父母要懂得引导，让孩子学会释放心情。

# 厚此薄彼

有一天，我和女儿去妈妈家吃饭，妈妈看到我们去，很开心地招待，祖孙三代齐聚一堂，真是人生一大快事。一路上，我们有说有笑，一起煮了一顿中午饭，吃得开心也玩得尽心。妈妈冷不丁地问我一句："妹妹去你家，给你送东西，你为什么不要？"言语中有几分责备，又有一些不满，责备我的不近人情，也顺便替妹妹喊委屈。

很多年以前，我的确不了解父母，心里非常懊恼，妹妹说话不可信，仗着父母的疼爱，导致我们姐妹俩不是很亲密。父母的不会教育，妹妹变得肆无忌惮，目中无人，心里面没有我这个姐姐的地位，不懂得尊重，不知道相互友爱的亲情，有的是她自己的一套，父母也不管是对是错，对我一顿骂起，一种教训是难免的。

多年以后，妈妈依然是这个样子，让我心里很不舒服，我不是责备父母对妹妹的偏袒，而是感觉到父母的教育害了妹妹又伤了我。父母还是老样子，不顾及我的一份感受，我也不想解释，反问妈妈："为什么你就只相信妹妹？"原本一件小事，彼此心里都有气，有形无形之中会爆发当年的不愉快。妈妈有些理亏地对我说："我是帮妹妹问问，没有别的意思。"我生气地说："你那不是问，帮妹妹抱不平，怎么多年了，还是不改老毛病。"妈妈是个不服输的人，像过去一样跟我较劲。

我对妈妈说："我真的不明了，邻里乡亲都说我好，为什么你们总是感觉到我不对，没想过你们自己的一份偏心，害得我们兄弟姐妹，不懂得团结的力量。"越说越激动，旧痕新伤一起爆发。我的青春和年华，父母的一份不理解，不认同，一辈子不认识自己，心里没有安全感，造成我对感情的不自信，对生活的迷茫与困惑。

妈妈对我说:“你在别人面前不敢凶,在我面前肆无忌惮。”妈妈的话,现在的我依然很生气,以前我会说别人好,妈妈会说:“那是你贱,帮别人干活……”几十年以后的今天,父母依然不了解我,根深蒂固的概念,践踏我的一份人格与尊严。教育是一门学问,一种策略,父母要懂得说话的技巧和分量,给孩子心服口服的理由,才是最真的教育。

妈妈始终看不到自己的缺点,不承认自己的过失。当然,我不需要妈妈的忏悔,我只是不希望她无中生有,触碰我心中的伤痕。多年以后的今天,我只希望她不要再偏袒妹妹。学会放手给儿女自然的成长,兄弟姐妹之间的事情,让孩子去解决,那是一种亲情,一份感觉,父辈的错误,敲响我的警钟,我在教育儿女的一刻,特别注重平常的点点滴滴。

有一天,我们一家四口走在马路上,路边有一丛月季花,儿子非常喜欢,女儿还小摘不到,夫妻俩没有帮忙,儿子摘了一束月季花,自顾自地回家了。女儿跟在后面,一言不发,回家刚进门的一瞬间,女儿把房门一关,一个人哇哇大哭。我推门进去,笑着问女儿:“丫头,你是不是感觉到,哥哥摘的那一束月季花应该要给你的,结果哥哥没有给你,你心里觉得委屈?”女儿点点头,一脸的无助,多少的伤感。依旧笑着对女儿说:“哥哥自己摘的花,凭什么要给你,他也喜欢的呀!”女儿更不开心了。

我继续往下讲:“你想想看,哥哥上学,难得回家摘一次花,你就不一样了,每天可以去摘,再说哥哥拿回来,放在我们家里,跟你拿回家,有什么不同吗?”女儿似懂非懂地点点头,我又一次对女儿说:“以后,你要记住,哥哥的东西不代表是你的,你的东西不见得是哥哥的呀!”女儿非常认同我的观点,心里不再纠结。

日久天长,儿子和女儿之间相处越来越融洽,他们是两个独立的个体,相互帮忙,彼此理解,没有理所当然的付出,也没有不劳而获的成果。一家人懂得独立,懂得彼此尊重、相互照应,才能够让家庭更加圆满。父母如果不懂得教育,会毁掉骨肉亲情,失去团结友爱的根本,最终害人害己,伤的是孩子,苦的是父母。

只有不会教的父母,没有教不好的孩子。父母认为儿女的不孝顺,应该检点自己的行为,反省自己的教育。家中有民主,生活有自由,才能拥有快乐和幸福,这就需要父母的宽容和理解。

# 心有多宽，爱有多远

女儿读初三了，我一心想着孩子的中考，没想过自己过得好不好、累不累。每天晚自习结束后回家，女儿都会做作业，一直做到很晚，我害怕女儿压力大，晚上睡不着，陪着她睡觉，给孩子心理多一份安全感。多一个人承担，孩子心里不觉得孤单，不会孤立无援，感觉有妈妈在，心里面会特别踏实。聪明好学的孩子，自然会担心自己的未来，心里的压力不同于一般人。母爱的温暖可以支撑儿女弱小的心灵，减轻一些心理负担。

我陪女儿睡觉的性质跟别人不一样，不担心她的学习，不监管女儿的作业，害怕女儿夜深人静，一个人想得太多，久久不能入睡，影响睡眠。第二天没有精神读书，影响孩子的身心健康。想起自己的初中，没有很好的读书，又胡思乱想，心里面特别的孤单。为人母亲的我，希望孩子有个好成绩，关键的一年自然会紧张，惶恐与不安，我的存在可以释放孩子的心灵，不想多数父母一样唠叨，基本上一言不发，静静地看着孩子睡觉，自己回房。

老公不一样，每天要按时陪他，稍不如意就骂人，看到我一天天陪女儿睡觉，心里很生气，又不敢直言，半夜三更把房门给锁了。很多人都说，直接在女儿房里睡觉，不用受老公的冤枉气，话是不错。老公等的就是这种感觉，可以找到吗我的理由，几乎冲进女儿的房间，城门失火殃及池鱼，弄得一家人不安宁，影响孩子的前程，自然不敢造次。为了一个家的平静，坚持不跟老公分房，家和万事兴。老公锁了房门，从窗户上爬了进去，守护他不吵架，不生气，事实并非如此，老公看我坚持陪女儿睡觉。走进房门，直接到女儿房里骂人，我心里更加不安，乖乖跟老公回房睡觉。

老公的习惯，我对他凶悍，会变得安分，乖巧，平静一个星期，或者半个月，原来的习性又暴露无遗，让我防不胜防，忧心匆匆。骂人是我的强项，又是我致命的弱点。一旦开骂撕心裂肺的痛，拼了命的去吵，骂得自己胸口疼痛，不能自已，身心俱疲又无可奈何。是一种致命的伤痕。我的身体一天不如一天，骂人给骂的，心中气的，我对老公说："不要让我再骂人，等我不想骂了，自然会离开这个家，不要以为忍气吞声是怕你，你打人是比我厉害，其余的能够超越我多少。我做你的牛马，任你使唤，不是让你处处约束我，我现在是为了孩子，女儿上寄读学校，看我是不是会离开你。"老公无语，好了几个月。

女儿十七岁了，我从来不会骂她，更不会打她，孩子拥有自己的思想、正确的人生观与价值观。老公会骂女儿，我对孩子说："爸爸骂你，你不可以还嘴，否则那就是不孝，但是你不一定要听爸爸的，爸爸做事没有原则、没有章程，你听他的话就埋没了自己的才华与能干。如果你认为爸爸说得对就去做，认为爸爸说得不对，就不用跟爸爸争论，不需要解释，做你自己该做的事情，有些人永远说不清楚。"孩子的心里有是非的评判，我不是让孩子看不起爸爸，而是给孩子提个醒，让她对未来的人生懂得退让，做到心里有数，不做无谓的牺牲。

心有多宽，爱有多远，父母考虑问题，不应该只顾自己的情绪。关系儿女的未来，父母必须学会做长远打算，对儿女不讲理的教育要尽量根除，消失在萌芽状态。父母不懂得尊重孩子，孩子也就不会尊重父母，家庭教育需要三思而后行。

# 绝对不让你再补课

女儿读初三了，每一次回家对我说："妈妈，某某老师问我要不要去补课，某某同学一直在补课，成绩都很好……"看到女儿说话，那样羡慕，又是那样期待，我不想孩子的心里留下任何遗憾。既然是女儿心中的期盼，为人父母不可以让孩子失望，让孩子尝试多种生活也是好的。

初三的第一个学期，我允许女儿第一次去补课，问孩子："你想补几门课，妈妈都让你去，自己联系老师，安排你自己的学业，告诉妈妈多少钱就可以了，其余的事情我一概不管。"女儿很开心，一口气报了三门，她最喜欢的几门课，孩子的生活变得更加繁忙。好不容易等到周末，又忙着补课送行，看着女儿忙忙碌碌的样子，心里不免有些担忧，不赞成孩子读书如此辛苦，看到女儿非常开心与乐观，无话可说。

以前到了周末，女儿可以睡懒觉，一个早上不用起床，可以玩电脑，看电视，有她自己的娱乐，生活过得很充实。为了学习放弃一切，一个孩子对自己的要求，作为妈妈的我，又能够说什么。人生何须太忙碌："不会休息的人，就不会工作……"不会花钱的人，不懂得赚钱，人生不但需要努力，更需要思考，给自己一份空间和自由，放松自己的心情，比读书更重要。初三升高中，关键的一年，女儿的学习不是大有进展，退步得很厉害，我心中担忧的结果，老师对我说："你们家孩子学习起起伏伏，没个定性，很难稳住阵脚。"我倒不希望孩子考试名列前茅，人生好像一根橡皮筋，必须有它的弹性，一紧一松，才能够品味人生最真正的价值。

眼看着补课，孩子的成绩直线下降，不做任何回答，不强求她做什么，一切顺其自然。到了期末，年级前十名的女儿排列三十多名，难得一次退步，存在女儿心里的打击可想而知。孩子不懂得自己错在哪里，不明白自己如此努力，达不到预期的效果。下一期是中考了，女儿要是再补课，真的上普高都困难，每一个父母的担忧与紧张，我也不例外。

过了年以后，最后一个学期，距离中考四个多月，女儿再一次要求补课，我不干了，对孩子说："丫头，去年你说补课，妈妈我不拦你，知道为什么吗？"女儿摇摇头说："不知道。"我又对女儿说："看到许多人都去补课，你好羡慕，又充满欲望，妈妈不想你的人生留下遗憾。你以为别人成绩好，都是补课的作用，倘若不给你补，你会抱怨我一辈子，考得不好都是妈妈的错，不是妈妈舍不得花钱，我一直认为补课没有用，关键是你自己要不要读书，想不想读好，不想打击你的积极心，你一口气补三门，现在尝试补课的滋味，不见得成绩会更好。"

每一次我跟孩子说话，不紧不慢切入正题，孩子用心听仔细想，慢慢回味我说的话是不是有道理，教育孩子需要细嚼慢咽，品味其中的含义。尊重其实的对女儿说："你看，你去补课，是不是每一个人给你们一张试卷。万一说，你欠缺的并不是这一张试卷，是不是劳民伤财，已经会做的题目，又何必辛苦再做一次，起早而不能休息，补课的第一个坏处。"女儿点点头，表示默许。补课的流程，不用女儿告诉我都知道，一样的模式，极度的不欣赏。

我又慢慢对女儿说："你看，一个星期下来，好不容易遇上周末，可以好好休息，结果还要去补课，一个学期不会有放松的日子，是不是更辛苦，你会觉得睡眠不足，精神欠佳，注意力不集中，浪费你平常学习的质量。"女儿再一次点头，表示认同。

继续对孩子说："你在家里一个人清静，自己的思想和身体得到休息，跟同学去补完课，大家一起闹哄哄的，遇上开心的事情还不错，遇上纠结的事情，在学校依然耿耿于怀，妨碍你学习的进步，思想的不集中，不能够单一的思考问题，造成你心灵的错觉。"女儿又一次点头，表示认同。

我继续往下说："你再看，平常你在家做作业，用你自己的大脑去思考，琢磨一个星期的学习，你心里会有一种概念，一份思维，不懂的题目上学解决。下一个星期再思考，心里不会有依赖，麻痹自己学习的概念。你错误地认为，补课一定会考得很好，不知道别人家补课是怎么样做的。当你考不好的日子，感觉到对不住父母，花那么多钱给你补课，无形中增加你的压力，变得不轻松，不自然。"女儿再一次默认。

一口气说出四个理由，不允许孩子再去补课，我对女儿说："今年不让你补课，保证你考上市区最好的学校，你要是去补课，上普高都会很困难。”要想儿女读书好，不要给他们太多的后路，勇往直前的一颗心，孩子心里没有依赖，不会有别的想法，相信自己，努力读书，一定可以做到最好。三心二意，提不起放不下的滋味，才是人生最大的失败。

女儿有些犹豫，对我说：“妈妈，那就让我补一门。”我很坚决地告诉孩子：“不可以。”孩子明白人生没有依靠，自然会懂得独立，强大自身的能量，发挥无限的潜力。最后女儿拍板，对我说：“妈妈，我一定要好好努力，就是不补课，也要考上市区最好的高中。”我非常肯定女儿的想法。孩子的决心才是动力，拼搏向上的意志力，就是成功的希望。

多数父母，骂自己的孩子：“每天给你花那么多钱补课，结果还是读不好，你有什么用，不是一块读书的料，别人没有补课都比你考得好。”说话之间，补课一定会出好成绩，自我欺骗的手段，掩耳盗铃。真的会读书，学校四十五分钟的时间足够了，余下的时间补充孩子心理的能量，身体的能量，又何必安排一个周末，来回奔跑。人是需要休息的，消化一个星期的学习，需要玩中有学，学中有玩，增长社会的知识，生活的阅历，实践出珍珠，有些思想在平常的日子里，可以得到升华，得到更好的改善。

开阔一个人的思路，不是学习一条路，很多结构组成一个整体。百无一用是书生，读书不懂得生活，比没有文化更糟糕，茶壶里煮饺子有货倒不出，要比没货更难受。没货的人可以活得坦然，活得自在，有货不能用的人，会感觉到压抑，无数的遗憾和悲凉，一份最深深的失落，一种心灵的无助，多少人失去生活的勇气。坚定自己的目标，才能够奋勇杀敌，坚定自己的方向，才能够一心一意读好书。孩子会自己去分析，发现自己的不足得到改善，巩固一些不懂的题目需要反思，哪些是巩固了，那些是不太懂。几个月的时间，不可以什么都做，做的是不懂和没有巩固的题目，帮助孩子排除外界一切的干扰，拥有一颗轻松的心灵，愉悦读书，愉悦心情，拥有一份良好的心态。

每一次考试，女儿都用努力地向前冲击，用十二分的努力去寻找不懂的题目，解决心中的疑问，挤出时间巩固知识，明白更多的道理。学习是一种心得，感悟每一种学问，体会其中的含义。读书不是用脑而是用心，即便拥有再多的学问，如果没有心灵的感悟，依然是纸上谈兵。读书需要方法，更需要智慧，父母不要盲目追求别人的思路，否则孩子会迷失方向、迷失本性。每个人都要用自己的思维，享受生活，理解生活，才能够获得幸福与快乐。

# 女儿上高中的每一次电话

女儿读高中了，一直以来我都让女儿预习，一想到高中的题目太难了，就给她报名去补习班学习一下也是有必要的。孩子提前学习高一的内容，不输在起跑线上，对新的科目不会陌生。像往常一样，我买了些资料给女儿看，又怕孩子看不懂，就给孩子报了补习班，忘记了自己当初的目的是希望孩子带着疑问去上学，在学校追求更多的知识，揭开迷茫的心灵。

女儿在补习班的成绩的确很优秀，我也很放心。上学初期，第一次考试，女儿打了个电话给我，对我说："妈妈，这一次成绩没考好。"听到女儿的报告，我笑着对孩子说："没考好很正常，要是读好了，还去上学干吗？"女儿如释重负，我给孩子一个轻松的理由，减少她心里的负担和压力，能不能考好不重要，重要的是敢于面对、敢于承受。

高中的学习比较紧张，经常考试，女儿又一次打电话给我，对我说："妈吗，这一次我又没考好。"我依然轻松地回答："没考好很正常，记得如何巩固你不懂的问题，学会反思，理解自己不懂的内容，不要跟别人比分数，你自己会感觉到很累，愉悦读书，开心快乐，是你最终的人生。"孩子读书不需要紧张，不用担心，用心去读，做到问心无愧。女儿又对我说："妈妈，我在补校读过的作业，一点也不害怕，没有读过的新课，心里很紧张。"我一下子懵了，知道自己做错了。

面对女儿的不安，果断的回答："丫头，补完这一次，以后不会让你去补课了，免得你再一次学会依赖。"女儿连忙说："妈妈，我知道了。"一个新的学期，女儿经常打电话给我，感觉到学习成绩的不理想，对自己的要求太高。女儿考上重点高中是全校的尾巴，进高一基本上在中间，我已经很满足，淡定态度给女儿吃一颗定心丸，孩子的心里没有排斥，不会厌学，有的是开心与快乐。

全市最优秀的尖子生，都在女儿的那一个学校，每一个人都处在优势，要想超越别人谈何容易，学会宁静，淡泊名利，平静处理问题。在我心里，始终有一个概念，读书是马拉松赛跑，不是跑在前面的人，可以冲刺到前端。女儿从小学到初中，读书入门比较慢，接受新课的理解比较差，除非找到她自己的感觉，懂得课文过目不忘，等到高三，我去带她半个学期，成绩自然不会差，母女同心其利断金。

简单的事情重复做，老生常谈，依然对女儿说："丫头，不管你现在读高中，还是读小学，心情都是一样的，不懂的问题弄懂，不要跟别人比分数，不要给自己无形的压力，不要让你的学习变得很累，压力和负担变得更大适得其反，没有良好的心态，不可能拥有学习的淡定。还是像过去一样，每次跟你自己比，不断超越自我，最后是优秀的。"女儿每一次都会很开心的答应，一直应用我交给她的方法。

我不要求孩子跟别人比，攀比的心理给孩子造成错觉，找不到自己的缺点，不能发挥自己的强项。别人怎么做，孩子不懂得，滥竽充数造成孩子不必要的恐慌，自己怎么做，孩子心理一清二楚，女儿对我说："妈妈，我们寝室好几个同学，晚上打着手电做作业，做到凌晨一两点钟。"我听了对孩子说："别人怎么做，跟你一点关系都没有，你不可以这样做，别人成绩比你好，不用羡慕，听妈妈的话，每次把不懂的题目弄懂，妈妈保证你可以出好成绩。"孩子每一次把负担给我，我一次次把负担简化掉。

在我心里，读书不是最重要的，成绩不是关键，获得身心健康，比学习更重要。尽管父母心里都要求孩子变得更优秀，不要盲目读书，随波逐流。坚信把不懂的问题弄懂，一定可以出好成绩，死记硬背的道理，最后不是自己的学问。表明功夫没有实在重要，未来的人生需要淡定与从容。读书需要用心，一点一滴融化在自己的心海里，才是真正的学问。

女儿从小读书到现在，没有比别人辛苦，中考那会加了一把劲，其余的日子都是以玩为主。每一次，女儿考试不好，我都非常淡定，告诉孩子，读书好像做事一样，心里越慌做的事情反而不好，不如平静心态，有条不紊做完每一件事情，得到的效果绝对不一般，一步一个脚印的抵达终点。经常对女儿说："考试不好很正常，要是都考好了，我们还上学干吗！不懂才需要努力，巩固自己的实力才能够变得更优秀。”孩子心里拥有一颗平常心，拥有一种大无畏的精神。

人生无止境，要不断进取，超越自己，相信每一个孩子都是优秀的。父母的不理解、不懂得，让多少孩子背负沉重的压力，不能施展自己的才华，没有自己的方向。父母要允许孩子慢慢长大，慢慢吸收人生的学问，不断充实自己的心灵，成就美好的明天。

# 青春期的孩子

有一天，女儿找不到东西了，埋怨我没有把房间整理干净，导致她东西找不到，她的语气带着厌烦，让我心生恐惧。我心想难道这就是所谓的代沟，我们想事情的思路不一样。那一刻，我忍着心中的怒火，没有理睬生气的女儿，我不会像她小时候那样去抱着她解决问题。

青春期的孩子与童年不一样，不是你对她好就可以放松，必须让她明白其中的道理，才能够理解父母不是他们想象中那样完美。等女儿气消了，我上楼对女儿说："丫头，刚刚对妈妈发那么大的脾气，妈妈心里好难过。就算是妈妈错了，你也不可以这样对妈妈，要是这样，以后你犯错了，妈妈也会那样对你……"女儿听了，马上赔礼道歉，对我说："妈妈，对不起，我错了。"我的气消了一半，女儿没有刚刚那种强势。

继续对女儿说："以后，不管妈妈做错什么，你都不可以生气，不可以对我发脾气，那是对我的不尊重。从小到大，你犯过多少错误，妈妈也不对你生气，人和人之间要懂得相互尊重，彼此信任。要是像你一样，不开心发脾气，会失去一种好脾气，好个性。不是你优秀了，可以感觉到妈妈的无能，妈妈培养你的优秀，希望你更加有出息，更懂得礼貌和修养。不是你优秀了，可以贬低妈妈的人格与尊严。"我的一番话，让女儿无地自容。

不管任何时候，把孩子的不孝消失在萌芽状态，不可以让她在心里滋长，孩子懂得谦卑，拥有修养和素质，一切的习惯都是从家里开始。又继续对女儿说："假如，你感觉到家里太乱，可以帮忙一起清场，父母没有侍候你的义务，自己的东西保管不好，是你自己的责任，跟父母一点关系都没有。"女儿诚恳地点了点头，内心里充满了歉意。

读高中的女儿，情绪问题会更加复杂，追求完美的心情，看很多东西都会不如意，不顺心。有一次，女儿要求我个字，说句评语，很高兴帮女儿做了，谁知道孩子看到我写的评语，没有达到她心目中的要求，马上指责我："妈妈，你是怎么了，这张纸要交到老师那里审核，你把它写成这个样子，我怎么办?"孩子一边抱怨一边哭，说的我心里直掉眼泪。我是真的老了，女儿都会嫌弃我，一直说要帮女儿带孩子，看到女儿那个样子，心里有些害怕，对未来产生恐惧。

女儿一边掉泪，一边晃来悠去的，六神无主，我心里很生气，又不能让女儿带着情绪上学，马上期末考试了。女儿到学校一个星期，要是一个星期都不开心，我又会放心不下，忍住自己的委屈不说，我对女儿说："怎么一点小事，你哭什么，要是你感觉不对，我们边上有复印的，重新复印一张，要是感觉还不对，可以问老师，再给你一张纸，重新填写一下，不就完事了吗?干吗要变得这个样子……"女儿一边流泪，一边走来走去，走的我心都碎了。

又继续对孩子说："妈妈知道你现在追求完美，想做到最好，但人生没有十全十美的事情，总会出现这样那样的错误，问题发生以后，不是去抱怨，想办法去解决。要学会感恩，这件事情本来是你请妈妈帮忙做，妈妈做不好，你都应该懂得感恩。我帮你做这件事情，是不是很开心地接受，做不好也不是故意的，你生气不开心，以后妈妈还敢帮你做事吗?"女儿依然很生气。

不管女儿怎么想，话要说到位，又继续对孩子说："今天这件事跟妈妈一起闹别扭，要是跟别人，你也这样对人家，人家会怎么想，别人还愿意帮你吗?"女儿开始有一点点平静，我又继续说："你将来出嫁了，面对未来的亲人，这样对待他们，不管是夫妻，还是其他人都会感觉到委屈，造成你家庭的不幸福，夫妻的不和睦。你要请人帮忙做一件事，要想到别人是不是可以胜任，其次看你表达的是不是很清楚，不能把一件事情发生了，想到是别人的错误，自己不用负责，你会变得迂腐，盲目。"女儿有些认同我的观点。

我再继续往下说："你知道吗？一个人的修养和素质，都是在家里养成的习惯，不是你要追求完美，学会面对不完美的事情，可以淡定自如，想出解决的方法，才是最真正的强者。"说到最后，女儿对我说："妈妈，对不起，我错了。"我依然对女儿不依不饶，说出自己心里的感受，给女儿未来的人生提个醒，体会对方的一份心情，是人生的一门学问。

继续对女儿说："刚刚你又哭又闹，妈妈心里是什么感受，恨不得甩你一巴掌，再叫你滚出家门，你又哭又闹的一刹那，妈妈的心在流血，养大的女儿不能体会妈妈的心情，想到自己的一份面子和处境，得理不饶人，以后妈妈还能指望你什么。"女儿再一次说抱歉，感受到自己的一份自私，可以伤害她最亲的人。

我的行为看似不依不饶，却给女儿上了最生动的一课，为人父母再生气都会原谅自己的孩子，孩子今后要面对婚姻，面对社会不同的人群，适应各色不同的人生，如果不懂得控制自己的情绪，不学会忍耐，不理解对方的心情，就会变得愚蠢和无知，情商为零，最终受伤的会是她自己。

青春期的孩子最容易走入迷茫困惑的状态，追求完美的同时又变得不完美，要让孩子懂得理解，知道分析，面对问题学会淡定自如，用他们良好的心情开启智慧的大门。

# 人生的目标是微笑

每一个人活着，都有自己奋斗的目标，目标明确、有条不紊的人才能活得不累。含糊其辞，思路不够清晰的人活得不轻松。即使有目标，也很难抵达终点，有的是抱怨和泄气，感觉命运的不公、自己的无能，不会有持久的毅力和决心。一个人的习惯与童年所接受的教育密切相关。

父母的教育浑浊不清，有一句没一句，想到什么教育什么，不会有自己的原则和方向，孩子的心里活得沉重，盲目追求，瞎折腾，劳民伤财不会有实质的效力，我经常对女儿说："丫头，你做什么事情，都要用心去做，不用朝三暮四，做好你手上的每一件事情，就是你最好的人生。"女儿的心里不会有压力，不用承当过错，即使做不好，依然会重头走来，用脑袋思想人生，用心感悟的事情，存在心里一辈子的记忆。

小时候的我，看着年老的外婆，辛苦的背影，思想长大以后赚大钱，做一个立地顶天的好儿女。外婆走了，人生的方向变得一片空白，干农活的日子，借人家的东西很难，又对自己说："赚钱了，我买一个收割机，买一头牛，不用求人家做事，弄得自己像个乞丐一样。"心里面有向往，人生有残缺，才会拥有奋斗的目标。心里会想要什么。

步入青春，我学会经商，学会做手艺活吃饭，想着如何发展事业，做一个成功的企业家。面对爱情，欠缺情商的智慧，看到自己心灵的残缺，毅然放弃事业，追求我心中的唯一，尽管我失去爱情和事业，获得重生，变成一个最好的母亲，成就儿女一代的人生。事实让我明白，人心没有多大的期盼，要的是一份幸福与快乐。

小时候，经常被家庭压抑着，没有自己的思绪，不能拥有的情怀，是我一生的向往。放手给儿女自由，让他们尽情发泄，好好做事，学会做一个最真实的自己，那就是幸福。幸福因人而异，心里缺少什么，得到什么，才是人生最大的快乐。所谓的爱，过得很痛苦，好无奈，让女儿尽情笑，尽情发泄，不再重复我的悲伤。童年的我喜欢笑，父辈一代消极的态度，又让我失去笑的资格，不苟言笑的生活，背负沉重的十字架，没有生活的质量和含量，拥有最多的金钱，依然是郁郁寡欢。

教育孩子快乐为原则，不会失去爱的真谛，一个人充满微笑，即使最痛苦的人生，也会变得灿烂。所谓心态，把一切的事情看淡，看的不在乎，做得更好，只有平静的心情学会思考，变得理性，清晰，没有情绪的污染，才变得纯洁无瑕。父母的一次微笑，可以带给儿女无数的勇气，走出灰暗的日子，没有青春的无助，有的是感动与感恩。

我也是经过无数次的悲伤，感悟人生的方向，仅仅是一个微笑。父母会骂我，说明他的在乎，心里的失望，教育方法的不对，需要有人指点迷津，给予多少正能量，用微笑面对儿女，才是父母最好的爱。随着时间的推移，我心中的方向一次次改变，提升自我的价值，改变无数的性格和脾气，心里只有一个愿望："学会微笑，带给他人永远的幸福……"仅仅的我学会了爱，学会平淡，学会应用正能量，懂得交流与沟通。

微笑可以化解无数的恩怨，宽容可以让人和人之间变得和谐安详。倘若没有我的微笑，孩子就不会感觉到人生的美好；倘若没有我的微笑，孩子不可能保持愉悦的心情，轻松读书；倘若没有我的微笑，孩子的人生不会那么阳光。不管是谁，都要学会微笑，这样世界才会变得更美好、更文明。未来的人生，我的心里只有一个目标：继续保持微笑，跟孩子们风雨同舟，迎来生活的光芒。

# 人生只有一天

有一天，有位妈妈打电话给我："刘老师，我们家孩子读高三，忽然说不想考大学，我们不知道怎么跟他说，可不可以帮忙辅导一下?"我一听就明白了，孩子心理压力大，选择逃避来释放心中的压力，心里又渴望自己考得更好，非常矛盾，需要心灵的援助。

那天晚上，那位妈妈带儿子来见我，高才生斯斯斯文文，非常腼腆，有一种压抑，没有男子汉的魄力。多数学生会有这种状态，跟父母平常的教育有关。父母的期盼，无数的担忧，不断的叮咛，给孩子造成无形的压力，说不清道不明，又不知道该如何处理，有的是惶恐与不安。

我对高才生说："你看你堂堂男儿，说话看人都不敢理直气壮，你也没有犯错，何必显得怎么猥琐，给自己一种胆量，哪怕考试不好，做人的本质不能丢，男子汉应该昂首挺胸，拥有大无畏的精神。"高才生立马挺起胸脯，抬头看我，一个人用眼睛看人，可以成就一种胆量，一份气魄。

我又对高才生说："考试不可怕，跟平常一样，考得好与不好，不是你现在考虑的问题，读书十多年，平常点点滴滴的积累，不是你一下子可以提升的能量，又何必去纠结?"高才生一脸茫然地看着我，不解其中含义，我又说："你看，过去的已经过去，明天的事情又不是你想得到什么，一定会得到，谋事在人成事在天，你现在离高考只有一天的时间……"高才生更加觉得奇怪，离高考明明还有一个学期，怎么会是一天。

我又笑着说："你看，不管你心里如何着急，都需要你今天的积累，既然不能够跨越一大步，你就跨越一小步，每天给自己一个计划，解决一个问题，告诉自己得到了高考的两分。你解决的题目越多，心里的感觉会变得轻松自然，那么一个学期一百多天，你就得到两百多分。哪怕其中没有这些题目，你也可以问心无愧，人生重在尽力而为。这样你就不会恐慌，不会茫然，过去的已成往事，只有珍惜今后的每一天，才是你最好的成功。”高才生听懂了一点点。

他对我说：“每次我考不好，班主任会提醒我们，批评我们，我心里会慌。”我笑了，语重心长地说：“班主任会这么做，是一种督导、一份鞭策，具体该怎么做，还是你自己的事情。你每天只有一个任务，那就是把不懂的弄懂，其余的事情都跟你无关，想太多只会给自己更多的困扰。既来之则安之，已经到现在，唯一能做的珍惜你每一个今天，就是最好的明天。”高才生听懂了我的话，对我说：“阿姨，我懂了。”

回家一个星期后，高才生又恢复原来的状态，妈妈再一次担心，又带着孩子来找我。我对高才生说：“你会这样想很正常，是一种习惯，一份状态，一下子改变谈何容易，需要有人不断开解，无数次的提醒，你会慢慢改变以往的心态，变得轻松自然。”高才生点点头，我又重复上一次的话题，让他再一次找到自己的感觉，他又对我说：“阿姨，我知道怎么做了。”

谁知道，妈妈在一边听了，连忙又开始她的教育，说某某名人都是怎么做，怎么坚持，又是怎么样达到自己的目的。说了一大堆名人的事迹，孩子轻松的心理再一次蒙上阴影，又一次变得沉重，不知道如何面对妈妈的要求。

名人的话的确管用，那也是一种感悟，平常点点滴滴的积累，不是名人生来就是天才，不是名人就一定会那么做，那是他对成长的一种感悟，一份总结，点点滴滴的积累。父母要求儿女达到那种境界，也是需要时间和过程，不是临时抱佛脚，弄的孩子一片浑然，易懂难懂，偏离生活的现实，没有孩子心灵的轻松，最好的方法都是徒劳无功。

妈妈走了以后，我问高才生：“刚才你妈妈说话，你是什么感觉？”高才生对我说：“心里只有一个念想，马上出去玩。”他再一次逃避。父母亲的教育太复杂了，没有实际操作的可行性，仿佛给孩子套了一个圈圈，让孩子走得又累又乏，没有自己的思想，不会有自己的情操，耳边尽是父母的唠叨和教训，孩子心里被套上沉重的枷锁。

教育孩子不要太复杂，不用想得太远，只要孩子努力攻读一天的功课，自然有明天的好收成。面对自己心情的烦乱、艰涩难懂的教育，以及不敢面对的人生，孩子会越逃越远，越来越感觉到生活的无助。

# 皇帝不急太监急

女儿周岁以后就自己学会吃饭，不管孩子多么辛苦，我都不会表现出心疼，那是孩子的人生。孩子生病没有胃口的日子，我偶尔喂一次饭，孩子会感觉到母爱的温暖，激起无数的食欲，懂得感恩。很多父母每天给儿女做牛做马，孩子会习以为常，认为这是理所当然，哪天父母做得不够好的时候，甚至还会抱怨和不满，这就造成了孩子不良的情绪。

女儿上学的一天起，不管她书包里有什么，没有看过孩子的书包，不是对孩子的不负责，放手给孩子做自己的事情，有利于孩子能力和心灵的成长，开发自己的想象力，主动权。即使孩子读书不好，我不会生气，孩子学会承担失败的能量，总结学习的态度，自然会感觉到读书的快乐。孩子读书缺什么，要什么都是她自己的事情，给孩子足够的经费，采购她需要的东西，学会经营自己的学习，懂得花钱的奥秘，尽情发挥孩子的聪明才干，完成他一生的使命。

有时候，女儿买错东西，又变得贪心，对我说："妈妈，我今天想多买几只笔，同学都有很多的笔。"我对孩子说："你感觉自己是对的，又让你觉得开心，那就去做，有一点要记住，懂得珍惜父母辛苦赚来的钱，珍惜父母的劳动成果。"孩子会适可而止，又不会感觉到委屈，损害儿女自尊心的话绝对不可以，对儿女的不尊重，不爱惜，孩子会失去爱的能量，理解父母的胸怀是平常一点一滴的教诲。给孩子做主的权利，买到她自己满意的东西，孩子会感觉到幸福与快乐。

偶尔买错了，孩子会觉得内疚，我又对女儿说："既然买了，不要去后悔，下次想好了再去买，不要给自己造成不必要的困扰，没有规划的人生给自己找麻烦，必须要学会快乐，学会满足才是最重要。"更多的日子，女儿学会补救的方法，跟老板换一样东西，学会讨价还价的资本。孩子会做什么，我都不会干涉，不阻拦，支持孩子实现自己的梦想。考试差了，又该如何操作，引导孩子反败为胜，儿女思考的问题，给孩子一个建议，一个提示，具体怎么做孩子的事情。

多少次，女儿无法抉择的时候，问我："妈妈，你说是这个好，还是那个好……"我笑了笑说："你自己选择吧！怎么样读书，你自己心里最有数，需要什么不用问妈妈，自己感觉好就行……"给孩子选择的权利，拥有自己的主见，生活不会变的茫然无助，缺失方向感，没有自己的思路和能量，又如何面对未来的社会。

每一次谈及孩子，父母都有自己不同的心得，优秀的孩子不用管，不听话的孩子管了也没用，多数都是被动的，没有说到孩子的心坎里，最多的教育都是一种伤害。父母要求儿女读书好，又不给孩子读书的权力，做人的独立，母喜欢包办孩子的学习，包办孩子的生活，包办孩子一切的一切。看似有责任心的父母，失去孩子独立的能量，帮助孩子成长的机会，失去儿女自由的空间和能量。

一个孩子不会吃饭，饿肚子的不会是父母，父母急得像热锅上的蚂蚁，这一点完全没有必要。吃饭和生存是人类的本能，连动物都懂得觅食，更何况四肢健全的孩子，父母又何必多此一举，阻挡孩子自由成长的空间。多少父母给孩子送饭，从小学到初中，又从初中到高中，恨不得大学也跟着孩子一起上，这样反而是害了孩子。吃饭都不会独立的孩子，今后父母能指望他们什么。有的父母认为这样做是父母的责任，但我想说，这样管孩子，就是在抹杀孩子潜在的能力。习惯不劳而获，会留给孩子一片空白的人生，今后又如何面对社会？

# 无知的教育

父母爱孩子是必然的，但不要把必然变成理所当然，无偿地付出会变成恶性循环，害的不仅仅是孩子，父母也会受到更大的刺激，辛辛苦苦养大的儿女，最终没有自己理想的成就，不孝顺、不听话，这都是对人心的摧残。

读书的孩子，不知道书包里面装的是什么，找不到东西问父母，一次次跟父母较劲，长着一双眼睛看不到东西，一颗脑袋变成摆设。孩子不会读书，父母看着着急又无计可施，有的是不心甘，不平衡。孩子一点感觉没有，父母的态度造成孩子心理的恐慌，多少孩子逃学逃课，隐瞒自己的成绩，不敢面对自己的缺点。成绩不好，孩子不会难过，难过的是父母，害怕的是挨训，父母的不理解，不认同。

有一位妈妈对我说："我们对孩子算是尽力了，每一次孩子放学回家，对孩子说，你不会做的题目，可以问对面的小姐姐，那你不敢去的话，妈妈会陪你去问，孩子就是不听话，自己不会读书，又不敢问，是不是很胆小……"说话的人感觉到委屈，我替孩子抱不平。妈妈给孩子的定位太低了，孩子没有做作业，非要孩子学会问别人，抬高别人的身价，贬低孩子的无能。即使拥有最好的自信心，又给妈妈的一番话说的一文不值。有时候，自信比能力更重要，孩子心里有信心，自然会想办法去解决。父母的指指点点，孩子心里会失去平衡，走进盲区，误以为自己真的不够聪明，不够能力，失去追求的动力丧失信心，又何尝不是父母教育的结果。

一个孩子做作业是他自己的事情，父母操心孩子省事，作业不会做变成父母心里的压抑，孩子乐得清闲。其实，父母不管孩子，自然会变成孩子的事情，父母又何必先发制人，给孩子的一种不信任，不理解，不会有耐心等孩子慢慢长大。父母的心急，不给儿女一份空间和自由，学不会三个字打击孩子的积极性。有些孩子会做作业，即使可以做作业，生怕出错了，父母又会讲，说孩子的没用，唠叨孩子的笨拙。做了会讲，错了会骂，不如不做，看父母着急的样子，乐得省心，又是一种压力和负担，心里闪过一个念头，学会逃避，学会麻木。

孩子买文具很平常的一件事，父母都不放过教育，要求孩子节约，不该损伤儿女的人格和自尊。跟着孩子买文具，一边买一边骂，骂的孩子不敢有自己的需求，父母在一边直念叨，："不会读书，买那么多笔干吗，又买那么多本子，还不是浪费……"左一个不会读书，右一个不会写字，叫的孩子心里都烦，满脸的不服气，又无可奈何。孩子会读书需要本子，不会读书是不用写字，不会维护儿女的人格和自尊，有的是摧残和不屑，孩子的心里没有自信心，看不到自己的优秀，没有人生的光芒。

人生一世，靠的是一份希望、一种信念，维护孩子的自尊，孩子自然会拥有读书的动力，给孩子阳光的心态，自然会拥有一份好心情、好人生。好心态不是天生的，需要平常的点点滴滴去培养，拥有了无数的正能量，自然会感觉到开心与快乐。有些父母看到孩子开心，就会认为是孩子感悟不够深，不懂得难过，非要孩子可怜巴巴的样子，才感觉到自己教育的成功。孩子嬉皮笑脸，父母心里有气，却不知道儿女心里的委屈，这都是很可悲的。

未来的人生，需要儿女自己去感悟，一步一个脚印地去尝试，才是真正的学问。父母太多操心，无偿地付出，会阻挡孩子的成长，局限他们的思维，埋没孩子的才华。只有孩子拥有得失成败的过程，方能够领悟人生最高的境界。